grafit

Dieses Buch ist ein Roman. Handlungen und Personen sind frei erfunden.
Ähnlichkeiten mit lebenden oder toten Personen sind nicht gewollt
und rein zufällig.

Bibliografische Information der Deutschen Nationalbibliothek
Die Deutsche Nationalbibliothek verzeichnet diese Publikation
in der Deutschen Nationalbibliografie; detaillierte bibliografische Daten
sind im Internet über http://dnb.d-nb.de abrufbar.

© 2024 by GRAFIT in der Emons Verlag GmbH
Cäcilienstraße 48, D-50667 Köln
Internet: http://www.grafit.de
E-Mail: info@grafit.de
Alle Rechte vorbehalten
Umschlaggestaltung: Nele Schütz Design unter Verwendung von
AdobeStock/Katy; shutterstock/by-studio
Gestaltung Innenteil: DÜDE Satz und Grafik, Odenthal
Lektorat: Dr. Marion Heister
Druck und Bindearbeiten: CPI – Clausen & Bosse, Leck
ISBN 978-3-98659-019-2
1. Auflage 2024

Die automatisierte Analyse des Werkes, um daraus Informationen insbesondere
über Muster, Trends und Korrelationen gemäß § 44b UrhG (»Text und Data
Mining«) zu gewinnen, ist untersagt.

Silke Ziegler

Im Sog des Schweigens

Ein Südfrankreich-Krimi

Silke Ziegler, Jahrgang 1975, lebt mit ihrem Mann und zwei Kindern in Weinheim an der Bergstraße. Zum Schreiben kam sie 2013 durch Zufall, als ihr während eines Familienurlaubs im Süden Frankreichs die Idee für ihr erstes Buch kam. Wenn sie nicht gerade in ihre französische Herzensheimat reist oder an einem ihrer Romanprojekte schreibt, geht sie gern wandern oder liest.

Für meine Kinder, das Beste in meinem Leben

Geschwister sind nie allein.
Sie tragen einander immer im Herzen.

Prolog

Selbst ein aufmerksamer Beobachter hätte an diesem wunderschönen Frühlingstag die sich anbahnende Tragödie nicht annähernd erahnen können.

Die Sonne strahlte von einem fast wolkenlosen Himmel und erwärmte die Luft bereits auf angenehme fünfundzwanzig Grad. Im Schatten war es hingegen noch etwas kühler.

Die beiden sechsjährigen Mädchen auf dem Spielplatz ähnelten sich wie ein Ei dem anderen. Die exakt gleiche Haarlänge, die kleinen vorwitzigen Stupsnasen, die dunklen, ausdrucksvollen Augen, die zarten Wangenknochen und der leicht trotzige Zug um die wohlgeformten Lippen. Nichts, aber auch gar nichts in den Gesichtern der beiden hob sich so eklatant ab, dass eine Unterscheidung der Mädchen möglich gewesen wäre. Außer ihren Eltern war wirklich niemand in der Lage, sie auseinanderzuhalten.

Die Kinder buddelten im Sandkasten, eines grub ein Loch, das andere versuchte eifrig, eine Mauer zu errichten. Doch der Sand war zu trocken, die Körnchen hafteten nicht richtig aneinander.

Während die beiden in ihre ganz eigene Fantasiewelt versunken waren, saßen die Eltern am Rand des Spielplatzes auf einer dunklen Holzbank und unterhielten sich leise.

Sie waren ein attraktives Paar Mitte dreißig. Die Frau sah aus wie eine ältere Version ihrer beiden Töchter, lediglich ihre Augen waren eine Nuance heller. Ihrem Körper sah man die zurückliegende Zwillingsschwangerschaft nicht an. Sie hatte das Glück, essen zu können, was sie wollte, ohne ein Gramm zuzunehmen. Ihr Mann besaß die Figur eines Sportlers, der regelmäßig laufen ging. Sehnige, muskulöse Beine, schlanke Arme, einen durchtrainierten Oberkörper. Sein dunkles Haar stand in interessantem Kontrast zu seinen hellen grünen Augen. Wenn man die vier an diesem Vormittag zusammen sah, wirkten sie wie eine typische französische Durchschnittsfamilie.

»Aurélie, Charlène, möchtet ihr etwas Melone?« Die Mutter kramte in ihrem Korb, den sie heute früh hastig gepackt hatte, und holte die Schüssel mit den klein geschnittenen Obststückchen hervor.

Der Spielplatz lag nur zweihundert Meter vom Mittelmeer entfernt, sogar hier konnte man das leichte Rauschen der Wellen hören. Da es noch früh war, befanden sie sich ganz allein auf dem Platz.

»Nein, wir müssen erst noch das Loch fertig graben«, rief Charlène zurück und wies ihre Schwester in eifrigem Ton an, sich zu beeilen. Aurélie machte sich sofort mit neuem Feuereifer an die Arbeit. Hoch konzentriert stach sie wieder und wieder ihre Schaufel mit dem langen Holzstiel in den trockenen Sand, die kleine Zungenspitze zwischen die Lippen gepresst, während Charlène zum wiederholten Mal versuchte, den Sand höher aufzutürmen. Die Mädchen rackerten und gaben ihr Bestes, doch ihre Bauten drohten immer wieder aufs Neue einzustürzen. Charlène stampfte mit dem Fuß auf, Aurélie presste die Kiefer aufeinander.

»Na kommt, Mädchen«, lockte die Mutter erneut, da sie zu spüren schien, dass die Stimmung bei ihren Töchtern zu kippen drohte. »Stärkt euch erst, und dann könnt ihr weitermachen!«

Aurélie packte die Hand ihrer Schwester und zog sie hinter sich her zu den Eltern.

»Ein Stück für dich«, sagte ihre Mutter zu ihr und drückte ihr die Melone in die Hand. »Und eins für dich.« Charlène senkte ihren Blick und starrte auf den Boden.

»Wir schaffen das«, sprach Aurélie ihrer Schwester Mut zu. »Vielleicht müssen wir noch etwas tiefer graben, da wird der Sand nasser.«

»Ihr seid zwei so fleißige Baumeisterinnen«, mischte sich ihr Vater ins Gespräch. »Ich bin mir sicher, dass ihr eine Lösung für euer Problem finden werdet.« Er arbeitete als Produktmanager bei einer großen Firma in Narbonne. Problemlösungen waren sozusagen sein Spezialgebiet.

Nachdem Charlène ihre Melone aufgegessen hatte, wischte sie sich mit einem feuchten Tuch, das ihre Mutter ihr reichte, über die verklebten Lippen. Immer wieder wanderte ihr Blick zum Sandkasten. Sie kniff die Augen zusammen, als ob sie abwägen wollte, wo genau sich die Komplikation in ihrem Bauwerk befand.

»Charlène, komm«, forderte Aurélie ihre Schwester auf und fasste erneut nach ihrer Hand.

Doch Charlène drehte sich weg und schüttelte nur stumm den Kopf.

»Komm«, wiederholte Aurélie bestimmter und trat einen Schritt um ihre Schwester herum, um ihr wieder ins Gesicht sehen zu können. »Wir bekommen das hin.«

»Ich habe keine Lust mehr.«

Aurélie ließ die Schultern hängen, sah hilflos erst zu ihrer Mutter, dann zu ihrem Vater, bevor sie sich umdrehte und ohne ein weiteres Wort allein zum Sandkasten zurückrannte.

Unschlüssig stand Charlène vor der Bank und schien nicht zu wissen, wie sie sich nun verhalten sollte.

»Setz dich«, schlug ihre Mutter vor und legte die flache Hand neben sich auf die Sitzfläche.

Das Mädchen schob seine Unterlippe vor und reagierte nicht. Minutenlang blieb sie reglos stehen, die Arme vor dem Oberkörper gekreuzt. Ihre Eltern wechselten stumme Blicke miteinander, sprachen sie aber nicht an.

Abrupt drehte sich Charlène schließlich um und schlenderte zur Rutsche.

Von Aurélie neugierig beobachtet, kletterte sie in Windeseile die Leiter nach oben und rutschte nach unten. Ohne zu zögern, rannte sie erneut zur Leiter und hastete ein weiteres Mal nach oben, als sei der Teufel hinter ihr her.

Aurélie ließ ihre Schaufel sinken und schien abzuwägen, ob sie sich ihrer Schwester anschließen oder an ihrem ursprünglichen Projekt festhalten sollte.

Nachdem Charlène weitere Male gerutscht war, traf ihre Schwester eine Entscheidung. »Warte auf mich. Wir rutschen zusammen!«

Achtlos ließ sie die Schaufel in den Sand fallen und rannte zu Charlène.

Diese verzog ihren Mund, wartete aber, nachdem sie die Leiter ein weiteres Mal erklommen hatte, bis ihre Schwester ebenfalls oben ankam. »Halt dich an mir fest.« Sie nahm die Hände ihrer Schwester und zog sie enger an ihren Bauch. Zusammen rutschten die Mädchen unter lautem Geheul nach unten.

Ihre Eltern sahen dem Vergnügen zu und lachten.

Eine Viertelstunde später verließen die Mädchen die Rutsche und steuerten gemeinsam auf das Klettergerüst zu. Entschlossen griff Charlène nach den Stangen und stieg das Spielgerät hinauf. Aurélie überlegte nur für den Bruchteil einer Sekunde und tat es ihrer Schwester dann gleich. Oben angekommen begannen die beiden laut zu kichern und winkten den Eltern auf der Bank zu.

»Wollen wir uns an den Griffen entlanghangeln?«, schlug Charlène vor und musterte Aurélie lächelnd.

Diese betrachtete ehrfürchtig die Strecke, die bis zur anderen Seite führte. »Ich weiß nicht …«, gab sie zögernd zurück. »Was ist, wenn wir uns nicht halten können?«

Charlène rümpfte die Nase. »Ach was, das schaffen wir locker. Wir sind doch keine Babys mehr.«

Ihre Schwester schien noch immer nicht überzeugt von dem Vorschlag.

»Na los. Du zuerst, ich komme dann hinter dir«, drängte Charlène weiter.

Aufmerksam beobachteten die Eltern von ihrer Warte aus, was ihre Töchter auf dem Klettergerüst vorhatten.

Noch immer stand Aurélie auf der kleinen Plattform des Spielgeräts und schien sich unsicher zu sein, wie sie sich verhalten sollte. Die Griffe befanden sich knapp drei Meter über dem Boden. Aurélie war einen Meter zwölf groß. Das waren fast zwei Meter Differenz. Das Mädchen hatte Angst vor der enormen Höhe.

»Na, mach schon«, raunte Charlène hinter ihr. »Wir bekommen das hin. Mama und Papa sind doch auch da. Was soll denn passieren?«

Aufgeregt fuhr sich Aurélie über den Mund. Ihr kleines Herz klopfte wild, als sie nach dem ersten Griff fasste.

Nein, selbst ein aufmerksamer Zuschauer hätte die sich anbahnende Tragödie an diesem Tag nicht erkennen können.

1

Zweiundzwanzig Jahre später

Als Aurélie das Café am Canal de la Robine in Narbonne betrat, saß ihre Schwester bereits in der hinteren rechten Ecke an einem kleinen runden Tisch. Aurélie hatte nicht viel Zeit, sie musste in knapp fünfundvierzig Minuten wieder in der Schule sein, da sie ihrer zehnten Klasse heute das Wirken Claude Monets nahebringen wollte.

Als Charlène vor einer halben Stunde angerufen hatte und um ein dringendes Treffen bat, hatte Aurélie erst abgelehnt. Doch dem flehenden Tonfall ihrer Zwillingsschwester konnte sich Aurélie auch im größten Stress nicht widersetzen. Wieder einmal hatte sie sich also breitschlagen lassen und dem Treffen schließlich zugestimmt. Sie fragte sich zum wiederholten Mal, was es so Wichtiges zu bereden gab.

Charlène erhob sich, als sie Aurélie entdeckte, und winkte. »Bonjour, Süße!«

Sie umarmten sich und küssten sich auf die Wangen.

»Du machst es spannend«, bemerkte Aurélie, während sie sich setzte. »Ich habe dir gesagt, dass ich …«

»… keine Zeit habe«, fiel Charlène ihr sanft ins Wort. »Ich weiß. Und ich werde mich beeilen. Versprochen.« Sie fasste nach Aurélies linker Hand und drückte sie. »Danke, dass du gekommen bist«, raunte sie verschwörerisch.

Aurélie verdrehte die Augen.

In dem Moment brachte ihnen die Kellnerin zwei Kaffee.

»Ich war so frei«, erklärte Charlène grinsend. »Da du es eilig hast.«

»Danke«, erwiderte Aurélie aufrichtig und führte die Tasse an ihre Lippen.

»Nicht dafür.« Charlène lehnte sich zurück und musterte Aurélie eingehend.

»Was ist?«

Charlène nickte vieldeutig. »Es klappt.«

Aurélie verstand kein Wort. »Was meinst du?«

Charlène deutete auf ihr Haar. »Unsere Frisuren …«

In Aurélie wuchs die Ungeduld. »Liebstes Schwesterherz«, setzte sie an und verzog ihre Mundwinkel, »wärst du so gnädig und würdest bitte Klartext mit mir sprechen?«

Zwei junge Männer in schwarzen Anzügen setzten sich an den Nebentisch.

Aurélie sah sie nur für den Bruchteil einer Sekunde an, bevor sie sich wieder ihrer Schwester zuwandte.

Charlène räusperte sich und beugte sich dann über den Tisch. »Ich benötige deine Hilfe«, flüsterte sie.

Aurélie betrachtete die gleichmäßigen Gesichtszüge ihrer Schwester. Unter den braunen Augen hatten sich dunkle Schatten gebildet. Kleine Trockenheitsfältchen schienen sich seit ihrem letzten Treffen vor zwei Wochen vertieft zu haben, wenn das überhaupt möglich war. Charlène sah müde und ausgelaugt aus.

»Klartext«, wiederholte Aurélie ihre Bitte.

Charlène seufzte theatralisch und rollte mit den Augen. »Bastien.«

Aurélie erstarrte innerlich und hoffte sogleich, dass ihre Schwester nicht erneut von ihr verlangen würde, was sie auf keinen Fall nochmals tun konnte. Sie schluckte und bemühte sich um eine unbeteiligte Miene.

»Was genau meinst du?«, gab sie sich ahnungslos.

Charlène lächelte sie wissend an. »Ach komm, Aurélie, du weißt, was ich meine.«

Sie schüttelte den Kopf. »Nein, Charlène. Das mache ich nicht mehr. Das ist … unfair und kindisch. Wir sind keine Teenager mehr. Damals war ein Rollentausch witzig, vor allem, weil es niemand merkte. Aber Bastien …« Sie schnaufte. »Er ist dein Mann, Charlène! Überleg mal. Wenn er merkt, dass wir …«

Charlène sah sie eindringlich an. »Hat er es beim letzten Mal gemerkt?«

Aurélie fühlte sich unter dem Blick ihrer Schwester plötzlich verletzlich und angreifbar. »Nein.«

Charlène hob die Schultern. »Na, siehst du!«

Aurélie schüttelte den Kopf. »Das meinte ich nicht. Nein, ich werde es nicht tun.«

Ihre Schwester stöhnte leise auf und sah entschuldigend zu ihren nächsten Tischnachbarn. »Aurélie, es ist wirklich wichtig! Ich würde dich nicht um einen so großen Gefallen bitten, wenn ich eine ... andere Alternative hätte.«

Aurélie wusste, dass sie sich kein weiteres Mal auf dieses Spiel einlassen durfte. Nur zu deutlich war ihr noch im Gedächtnis, wie das letzte Mal verlaufen war.

»Aurélie, Bastien und ich ...« Charlène fuhr sich durch das dichte Haar. »Er flippt aus, wenn ich heute Abend schon wieder ...«

»Heute Abend?«, entfuhr es Aurélie panisch. »Das geht nicht. Das ist ... viel zu kurzfristig. Ich ... Ich habe ...«

»Was? Was hast du? Hast du ein Date mit Jules?«

Aurélie schloss kurz die Augen.

Die Sache mit Jules musste sie unbedingt beenden. Sie liebte ihn nicht, zumindest nicht so, wie er es verdient hätte. Und seit Februar ... Sie wusste, dass sie ihm niemals das geben konnte, was er gern von ihr hätte. Und ihr war ebenso klar, dass Jules ihre Beziehung in einem ganz anderen Licht sah als sie. Er wollte Kinder, wollte heiraten. Auch Aurélie hatte ähnliche Pläne gehabt, doch Jules war nicht der Mann, mit dem sie sich deren Umsetzung vorstellen konnte.

»Hat es dir die Sprache verschlagen?«, drangen Charlènes Worte wieder zu ihr durch.

Aurélie fasste sich an die Kehle und schüttelte erneut den Kopf. »Nein, ich treffe mich nicht mit Jules. Aber ...«

Charlène klatschte in die Hände. »Dann passt ja alles.« Sie kramte in ihrer Tasche, bis sie ihr Handy fand, kurz hervorzog und aufs Display sah. »Am besten bist du um kurz nach sieben bei uns. Bastien hat noch einen Termin und kommt etwas später. Er wird uns also nicht in die Quere kommen.«

»Hast du nicht gehört, was ich gesagt habe?«, gab Aurélie zurück und bemühte sich, ihren Ärger nicht allzu deutlich zu zeigen. »Ich werde das nicht tun. Es ist nicht in Ordnung.«

Charlène seufzte schwer. »Du musst mir helfen, Schwesterherz. Du musst einfach. Ich habe einen superwichtigen Termin heute Abend, den kann ich auf keinen Fall absagen.«

Aurélie konnte es nicht glauben. Hörte Charlène ihr überhaupt zu? Was war nur mit ihrer Schwester los? Und mit Bastien? »Ich verstehe das Problem nicht. Erzähl ihm doch einfach, dass du einen Termin hast.«

Charlène wackelte mit dem Kopf. »Es ist gerade etwas schwierig mit uns. Bastien ist der Ansicht, ich arbeite zu viel ... Du weißt doch, wie er ist ...«

Ja, Aurélie wusste nur zu genau, wie Charlènes Mann war. Und genau deswegen konnte sie sich absolut nicht vorstellen, dass er kein Verständnis für einen Interviewtermin seiner Frau aufbringen würde.

»Du bist Journalistin! Bastien ist sich darüber im Klaren, dass du keine Arbeitszeiten von acht bis fünf hast. Er hat doch auch öfter Abendtermine.«

Charlène zog eine Grimasse. »*Er* führt ja auch eine Immobilienfirma. Das ist in seinen Augen etwas ganz anderes.«

»Ihr solltet dringend miteinander reden«, wagte Aurélie sich auf vermintes Gelände.

Wie erwartet verzog ihre Schwester missbilligend das Gesicht. »Das sollten du und Jules auch.«

»Aber ihm spiele ich zumindest kein Schmierentheater vor«, patzte Aurélie zurück.

»Lass uns nicht streiten. Bitte«, schlug Charlène sofort einen versöhnlicheren Ton an.

Aurélie nickte.

»Also?«

»Also was?«

»Kann ich auf deine Unterstützung zählen?«

»Charlène ...«

»Danke, Süße.« Charlènes Gesicht nahm einen zufriedenen Ausdruck an.

Aurélie rang um Fassung. Wieso schaffte ihre Schwester es jedes Mal wieder, sie zu überreden? Und wie sollte sie den Abend bloß unbeschadet überstehen?

»Das ist das letzte Mal!«, erklärte sie mit Nachdruck. »Das allerletzte Mal!«

Charlène nickte grinsend und hob eine Hand. »Versprochen. Hoch und heilig!«

2

»Was ist das Typische an Monets ›Frau mit Sonnenschirm‹?«, wollte Aurélie von Yvonne, ihrer besten Schülerin, wissen.

Die Jugendliche betrachtete das an die Wand projizierte Bild und legte den Kopf schief. »Die Gesichtszüge der Frau sind verschwommen, wässrig«, setzte sie an. »Er benutzt nur wenige Farben und ...«

Aurélies Gedanken schweiften ab. Warum hatte sie sich nur auf diesen hirnrissigen Vorschlag ihrer Schwester eingelassen? Wenn sie nur daran dachte, was ihr heute Abend bevorstand, schoss ihr Puls schon in die Höhe. Wenn Bastien je herausfände ...

»Madame Garnier?«

Yvonnes Stimme riss Aurélie aus ihren Überlegungen. Sie spürte die Blicke der Schüler auf sich. Mist! Sie räusperte sich. »Kannst du noch etwas mehr zu Monets Maltechnik sagen?«

Yvonne kniff die Augen zusammen. »Ich hatte Sie gerade gefragt, ob das zweite Bild, das er mit diesem Motiv gemalt hat, in direktem Zusammenhang mit diesem hier steht? Ob die Frau ihm etwas bedeutet hat?«

Aurélie schluckte und versuchte sich zusammenzureißen. Verdammt, Charlène! Ihre Schwester hatte sie durch ihre kurzfristige Planung derart aus dem Konzept gebracht, dass sie sich kaum auf ihren Unterricht konzentrieren konnte.

Als zwei Sekunden später die Schulglocke läutete, atmete Aurélie erleichtert aus. »Richtig. Ich gehe Anfang der nächsten Stunde noch mal auf deine Frage ein, einverstanden, Yvonne?« Sie warf der Schülerin einen freundlichen Blick zu. »Monet wird uns eh noch einige Stunden lang beschäftigen, sodass wir auch genügend Zeit haben werden, um uns mit seinem Privatleben zu beschäftigen.«

Yvonne nickte und wandte sich dann an ihre Tischnachbarin.

Aurélie räumte ihre Unterlagen zusammen, schaltete den Beamer aus und wartete, bis die Klasse vollständig den Raum verlassen hatte. Da es ihre letzte Stunde für heute war, schloss sie den Kunstraum hinter sich ab und machte sich auf den Weg Richtung Lehrerzimmer.

Auf dem Flur begegnete sie Carole Dumiers, die an der Schule als Mathematik- und Geschichtslehrerin arbeitete. Carole war vier Jahre älter als Aurélie, verheiratet und im fünften Monat schwanger. Aurélie und Carole hatten sich auf Anhieb verstanden, als sie sich vor drei Jahren als Kolleginnen kennenlernten. Seitdem war zwischen ihnen eine gute Freundschaft entstanden, die Aurélie sehr schätzte und nicht mehr missen wollte.

»Na, was machen die angehenden van Goghs und Gauguins der Neuzeit?«, fragte Carole grinsend.

Aurélie lachte. »In der Zehnten gibt es tatsächlich einige vielversprechende Talente.«

»Wenn ich das nur auch mal von meinen jungen Mathegenies sagen könnte«, seufzte Carole, verzog dann aber gutmütig ihr Gesicht. »Wie sieht es bei dir heute Abend aus? Wollen wir zusammen essen gehen? Paul hat ein Arbeitstreffen. Und ich hätte mal wieder Lust auf den leckeren Taiwanesen.«

Aurélie schüttelte den Kopf. »Heute geht es leider nicht.«

»Uh, triffst du dich noch immer mit Jules? Ich dachte, du wolltest die Sache beenden?«

Aurélie blieb stehen und blies die Wangen auf. »Meine Schwester braucht mich.« Sie konnte Carole kaum von ihrem aberwitzigen

Vorhaben berichten. »Aber Jules …«, fuhr sie fort und schnaufte schwer. »Ich muss wirklich dringend mit ihm reden.«

»So schlimm?«, hakte Carole nach, während sie Aurélie behutsam zur Seite schob, da eine Gruppe Schüler an ihnen vorbeidrängte.

Aurélie sah sich um. »Es geht einfach nicht mehr. Am Anfang dachte ich wirklich, das mit uns könne etwas Ernsthaftes werden. Jules ist so unheimlich nett, zuvorkommend … Er ist intelligent, hat ein riesiges Allgemeinwissen.«

»Außerdem sieht er umwerfend aus«, merkte Carole an und grinste erneut. »Diesen Aspekt solltest du nicht unterschlagen. Schließlich benötigen wir unsere Männer nicht nur für unsere Fortbildung und unseren Intellekt.« Sie lachte.

Aurélie stöhnte. »Du hast gut reden. Du bist ja mit deinem Traummann verheiratet.«

Carole berührte sie am Oberarm. »Der Richtige kommt schon noch, Aurélie. Du bist jung. Wer weiß? Vielleicht triffst du ihn schon heute Abend im Supermarkt.«

Im Supermarkt wohl eher nicht, widersprach Aurélie stumm, verkniff sich aber diesbezüglich jedwede Erwiderung. Sie wollte jetzt nicht über ihr katastrophales Liebesleben nachdenken und schon gar nicht darüber reden. »Lass uns einen anderen Termin finden, einverstanden?«, wechselte sie daher zu einem unverfänglichen Thema.

»Ich schaue mal auf meinem Kalender«, gab Carole zurück und schenkte ihr noch ein aufmunterndes Nicken. »Lass den Kopf nicht hängen, Aurélie. Ich muss weiter. Meine Elfte wartet. Die können es gar nicht abwarten, sich erneut ausgiebig mit Vektorrechnungen zu beschäftigen.«

Aurélie verdrehte die Augen. »Bin ich froh, dass ich diese Zeit hinter mir habe. Vektorrechnung! Pah! Das sind Themen, die die Welt echt braucht.« Sie lachte.

Auch Carole stimmte in das Gelächter ein und verabschiedete sich dann von ihr.

Die Schulklingel ertönte und kündigte die nächste Stunde an. Doch Aurélie hatte Feierabend. Als sie das Lehrerzimmer betrat, war dieses leer. Sie steuerte ihren Schreibtisch an und warf einen Blick auf den Kalender, der neben ihrem Laptop lag. Wieder wanderten ihre Gedanken zu Jules.

Sie hatte den Investmentbanker vor einem knappen Jahr bei einer kleinen Feier einer entfernten Bekannten kennengelernt. Jules Dupois war wie Aurélie allein zu der Einladung erschienen, und so waren sie recht schnell ins Gespräch gekommen, da die restlichen Gäste ausnahmslos aus Pärchen bestanden. Jules war an jenem Abend witzig und charmant gewesen. Mit seinem dunklen Haar und den hellen Augen zog er nicht nur Aurélies Blicke immer wieder auf sich. Nachdem sie den kompletten Abend miteinander verbracht hatten und problemlos von einem Gesprächsthema zum nächsten wechselten, war seine Frage, ob sie sich wiedersehen würden, fast überflüssig. Aurélie hatte selten einen Mann getroffen, der so aufmerksam und zuvorkommend war wie Jules. Immer wieder brachte er ihr ein Buch mit, über das sie kurz davor gesprochen hatten. Oder er schenkte ihr eine Postkarte mit einem besonders hübschen Kunstdruck. Oft begleitete er sie zu Vernissagen junger Künstler, von denen sie ihm im Vorfeld vorgeschwärmt hatte. Es hatte keine zwei Wochen gedauert, bis sie ein Paar waren. Drei Tage später war sie mit ihm im Bett gelandet. Und obwohl Jules auch in dieser Hinsicht ein wahrer Glücksgriff war, brannte die Flamme der Begeisterung in Aurélies Innerem nach wie vor nur lauwarm. Jules war toll. Er war respektvoll, charmant, hatte Humor. Und doch …

Der letzte Funke, der Aurélie zum Brennen bringen sollte, fehlte. Monatelang hatte sie versucht, diese Tatsache zu verdrängen. Hatte sich wieder und wieder gefragt, was mit ihr nicht stimmte, dass sie Jules nicht das geben konnte, was in ihr schlummerte. Seit einigen Monaten wusste sie hingegen, was fehlte. Sie liebte ihn nicht. Nach wie vor schaffte sie es einfach nicht, sich auf einen Mann einzulassen. Mit Haut und Haaren, mit ihrer Seele und ihrem Herzen. Mit jeder einzelnen kleinen Zelle ihres Körpers.

Es lag nicht an Jules, es lag an Aurélie. Sie war das Problem und niemand sonst. Und sie musste endlich den Mut aufbringen, Jules die Wahrheit zu sagen. Er hatte so viel zu bieten. Jede andere Frau würde sich glücklich schätzen, einen Mann wie ihn an ihrer Seite zu wissen. Doch solange Aurélie ihm vormachte, dass mehr aus ihrer Beziehung werden konnte, nahm sie ihm die Möglichkeit, die Frau zu finden, die ihm all das geben konnte, wozu Aurélie nicht in der Lage war. Selbst wenn es wehtun würde, wieder allein zu sein, musste sie jetzt stark bleiben. Auch sich tat sie keinen Gefallen, an einer Beziehung festzuhalten, die früher oder später zum Scheitern verurteilt war. Wenn sie den heutigen Abend überstanden hatte, musste sie mit Jules reden. Wahrscheinlich fiel er aus allen Wolken, da er wohl kaum nachvollziehen konnte, was mit Aurélie nicht stimmte, aber irgendwann würde er ihr dankbar sein, dass sie ihn freigegeben hatte.

Und vielleicht … ja, ganz vielleicht gab es möglicherweise noch eine klitzekleine Chance, dass auch Aurélie eines Tages ihr eigenes Liebesglück fand.

3

»Monsieur Richaud, Ihr Konzept klingt genial«, erklärte Thomas Bordet mit Begeisterung in der Stimme, nachdem Bastien dem Investor sein neuestes Bauprojekt in allen Details vorgestellt hatte. »Es spricht rüstige Rentner genauso an wie Senioren, die teilweise auf Hilfe angewiesen sind.«

»Und diese beiden Gruppen zusammen unterzubringen, war der ursprüngliche Ansatz«, fügte Bastien hinzu. »Das Grundstück am Ortsausgang von Narbonne liegt verkehrstechnisch perfekt. Eine angemessene Anzahl von Parkplätzen wäre auch überhaupt kein Problem.« Er schob Bordet das Exposé zu, das seine Assistentin Sylvie in den letzten Tagen erstellt hatte.

»Und Sie sind sich sicher, dass Sie das Grundstück für den genannten Preis erwerben können?«, hakte Bordet nach.

Bastien nickte und erhob sich von seinem Platz. Während der Investor das Exposé durchblätterte, trat Bastien ans Fenster und sah ins Freie. Auf der Strandpromenade von Gruissan, die sich in etwa dreißig Meter Entfernung befand, war reger Fußgängerverkehr. Es war ein heißer Junitag, viele Leute waren auf dem Weg zum Strand. Die ersten Touristen, die nicht an die Ferien gebunden waren, bevölkerten seit drei Wochen den kleinen Ort am Mittelmeer, in dem Bastien aufgewachsen war und nach wie vor lebte. Schon sein Vater hatte sein erstes Architekturbüro in Gruissan eröffnet, Bastien war nach seinem Studium vor vier Jahren Teilhaber geworden und hatte ihr Aufgabengebiet kontinuierlich fortgeführt und erweitert. Mittlerweile war das Planen und Konzipieren neuer Häuser, die ursprüngliche Domäne von Bastiens Vater, nur noch ein Teilbereich unter all ihren Aufträgen. Philippe Richaud führte seit Bastiens Einstieg in die Firma das Büro in Narbonne, während Bastien zwischen Gruissan und Narbonne pendelte. Gegen Abend hatte er im Nachbarort noch einen wichtigen Termin mit seinem Vater und zwei interessierten Bauträgern, die die Gestaltung einer Ferienhaussiedlung bei ihnen angefragt hatten. Bis zum Nachmittag würde er heute aber zu Hause arbeiten.

»Was meinen Sie?« Er drehte sich um und betrachtete den übergewichtigen Bauinvestor. Schweiß lief dem dunkelhaarigen Mann über die Stirn. An den Achseln seines weißen Hemds hatten sich dunkle Flecken gebildet. Bastien machte ein paar Schritte Richtung Tür und stellte die Klimaanlage zwei Grad kühler.

»Phänomenal, Richaud! Einfach klasse«, wiederholte Bordet und sah auf. »Damit werden wir eine Zeitenwende im Bereich der Seniorenbetreuung einleiten.«

»Freut mich, dass es Ihnen gefällt.«

Bordet erhob sich schwerfällig und stellte sich neben Bastien. Ein unangenehmer Geruch stieg Bastien in die Nase, doch er verzog keine Miene. »Sie sind ein Mann mit Visionen. Ich habe vor fünfzehn Jahren mit Ihrem Vater das Haus meiner Schwiegereltern geplant.« Er nickte nachdrücklich. »Sie sind bis heute hochzufrieden. Aber Sie …« Er zeigte zum Fenster hinaus. »Sie haben einen ganz anderen Weitblick.« Er lachte. »Kein Wunder, bei diesem Ausblick.«

»Der Blick aufs Meer inspiriert mich tatsächlich«, gab Bastien zurück. »Meine Eltern haben ein Haus in der Altstadt, aber mein Traum war es immer, so nah wie möglich am Wasser zu leben.«

»Und Sie haben sich Ihren Traum erfüllt.«

Bastien zuckte mit den Schultern. »Dafür sind Träume doch da, oder nicht?«

»Ich sage es ja, Sie sind ein Mann mit Visionen. Sie lassen sich nicht von Ihrem Weg abbringen«, schmierte Bordet ihm weiter Honig um den Mund. »Und dieses Projekt …«, er zeigte auf das Exposé, das noch immer auf dem Tisch lag, »… das wird Ihnen unzählige Folgeaufträge bescheren.«

Nachdem sie die weitere Vorgehensweise besprochen hatten, verabschiedete sich der Bauinvestor von Bastien und verließ das Büro.

Keine zwei Minuten später klopfte es an der Tür.

»Ja?«

»Puh, hier riecht es ja genauso eklig.« Seine Assistentin trat ins Zimmer und rümpfte die Nase.

Bastien schaltete die Klimaanlage aus und riss das Fenster auf.

»Wie ist es gelaufen?«

»Ich denke, er hat angebissen«, erwiderte Bastien und räumte die Unterlagen auf dem Besprechungstisch zusammen. »Gute Arbeit, Sylvie. Wirklich. Bordet war sehr angetan von dem Exposé.«

»Das ich auf deine Anweisung hin erstellt habe.« Sie lächelte schwach.

»Was steht heute noch an?«, wollte er von ihr wissen, als er ihr die Akten in die Hand drückte.

»In einer Stunde kommt Moret wegen der Pläne für das Schwimmbad. Und um drei hast du einen Termin mit dem Ehepaar Takahashi. Sie möchten ein altes Haus in Béziers kaufen und suchen einen Architekten, der für sie die Umbaumaßnahmen plant.«

»Takahashi?«, wiederholte Bastien.

»Japaner«, sagte Sylvie. »Aus der IT-Branche.«

»Interessant. Sprechen sie Französisch?«

Bastiens Assistentin verzog ihre Mundwinkel. »Mehr schlecht als recht. Ich habe Englisch mit ihnen gesprochen.«

»Okay. Und heute Abend habe ich den Termin mit meinem Vater in Narbonne«, überlegte Bastien laut.

»Brauchst du mich dafür?«

Bastien schüttelte den Kopf. »Nein, du kannst ganz regulär Feierabend machen. Es ist ein erstes Gespräch, und ich habe keine Ahnung, ob wir überhaupt ins Geschäft kommen.«

»Gut.« Sylvie deutete zur Tür. »Dann lass ich dich mal wieder weiterarbeiten. Bitte unterschreibe die drei Briefe noch.« Sie drückte ihm ihre rote Unterschriftenmappe in die Hand.

Er nickte, und sie verließ sein Büro, das gleichzeitig auch als Besprechungsraum für seine Kunden diente.

Die Firma brummte. Sie konnten sich vor Aufträgen kaum retten. Vor einigen Jahren hätte niemand für möglich gehalten, dass die Baubranche noch einmal derartig boomen würde. Doch die gesamte Wirtschaftssituation veranlasste immer mehr Menschen, in Immobilien zu investieren, im kleinen genauso wie im großen Stil.

Während Bastien zwei Jugendliche auf dem Weg am Meer beobachtete, die mit ihren Skateboards im Slalom langsam an den anderen Passanten vorbeikurvten, musste er an den Streit mit Charlène denken. Um was war es überhaupt gegangen? Er konnte sich schon gar nicht mehr erinnern. Warum gerieten sie in letzter Zeit nur ständig aneinander? Egal, was er sagte, Charlène hatte an allem etwas auszusetzen.

Er schloss die Augen und wandte sich vom Fenster ab. Gut, vielleicht war er momentan auch nicht gerade in der besten Stimmung, doch er bemühte sich immer wieder, die Situation zwischen ihnen zu deeskalieren. Charlène hingegen schien mehr und mehr in ihrer völlig eigenen Welt zu versinken. Oft hatte er das Gefühl, dass sie ihn gar nicht wirklich wahrnahm, ja, dass sie regelrecht genervt von seiner Anwesenheit war. Er dachte an den Anfang ihrer Beziehung zurück. Es waren ihre überschäumende Energie, ihre unbändige Begeisterungsfähigkeit und ihre unverschämt sexy Art gewesen, die ihn in ihren Bann gezogen hatten. Selten zuvor war ihm eine Frau begegnet, die so viel Selbstbewusstsein und Stärke ausstrahlte.

Seufzend ließ er sich auf seinen Schreibtischstuhl fallen. Von Energie und Begeisterungsfähigkeit spürte er kaum noch etwas. Wenn Charlène nicht in der Redaktion arbeitete, zog sie sich in ihr häusliches Büro zurück und verbrachte Stunden an ihrem Laptop. Bastien legte den Kopf in den Nacken und starrte an die Decke. Seit wann brannte das Feuer zwischen ihnen nicht mehr heiß und leidenschaftlich? Sehr lange schon, musste er notgedrungen zugeben. Zu lange, um das zu retten, was zwischen ihnen noch existierte? Doch was genau war das? Bastien war klar, dass sie dringend miteinander reden mussten. In den letzten Wochen hatte er mehrmals versucht, an Charlène heranzukommen, doch sie hatte ihn immer wieder aus fadenscheinigen Gründen abgewiesen. Zu viel zu tun, ein dringender Termin, eine wichtige Verabredung, die sie nicht verschieben konnte, Kopfschmerzen … Ihre Liste an Ausflüchten kannte kein Ende. Wollte sie nicht mit ihm reden? Empfand sie die Situation nicht als genauso belastend wie er? Sie waren seit drei Jahren verheiratet. Keine so lange Zeit, als dass die Glut des Verliebtseins schon komplett abgekühlt sein konnte, oder?

Bastien strich sich durchs Haar und überlegte. Was war nur mit ihnen geschehen? Warum hatten sie sich derart entfremdet? Er konnte keinen genauen Zeitpunkt benennen, an dem die Beziehung gekippt war. Vielmehr hatte sich ihr Zusammenleben schleichend zu einem Nebeneinanderher entwickelt.

Die Erkenntnis traf ihn schwer. Er war dreiunddreißig. Zu jung, um den Rest seines Lebens eine abgekühlte Beziehung aufrechtzuerhalten. Als sie sich kennenlernten, hatten sie von Kindern gesprochen, hatten große Reisepläne geschmiedet. Beides konnte er sich in der derzeitigen Situation kaum mehr vorstellen. Er musste etwas ändern. In den nächsten Tagen würde er Charlène mit seinen Gedanken konfrontieren. Und er würde keine Ausreden ihrerseits gelten lassen. Die wichtigste Frage von allen musste sie ihm endlich beantworten. Die, ob sie ihn überhaupt noch liebte.

I. L. CALLIS

DOCH DAS MESSER SIEHT MAN NICHT

KRIMINALROMAN

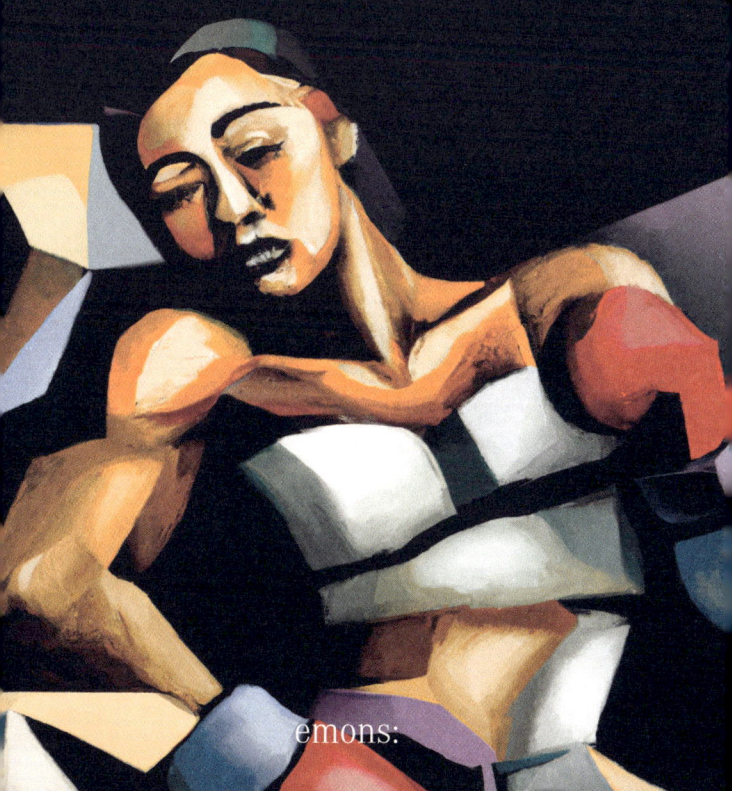

emons:

emons: **Tel. 0221-56977-0 · info@emons-verlag.de**

☐ Bitte senden Sie mir das aktuelle Verlagsprogramm zu

☐ Ich möchte den Newsletter von emons: per E-Mail erhalten

☐ Ich habe Interesse an Krimis aus folgender Region:

[   ]

f Besuchen Sie uns auch auf www.facebook.com/EmonsVerlag

Name

Straße

PLZ/Ort

E-Mail

emons: **verlag**
Cäcilienstraße 48

50667 Köln

Ich bin damit einverstanden, dass meine hier angeführten Daten zu dem folgenden Zweck »Versand von Kundenprospekt« erhoben, verarbeitet und genutzt sowie unter Umständen an unseren Dienstleister zum Versand des angeforderten Kundenprospektes weitergegeben bzw. übermittelt und dort ebenfalls zu dem folgenden Zweck »Versand von Kundenprospekt« verarbeitet und genutzt werden. Hier werden die Daten unmittelbar nach dem Versand gelöscht. Im Falls des Widerrufs werden mit dem Zugang meiner Widerrufserklärung meine Daten gelöscht.

4

Aurélie sah in den Spiegel und betrachtete kritisch ihre leicht gebräunte Haut. Da sie momentan täglich stundenlang an ihrem neuesten Projekt, einer Lagunenlandschaft mit sehr viel kompliziertem Schilf und filigranen Flamingos, arbeitete, kam sie kaum an die Luft. Die Arbeit in der Schule und die Malerei in ihrem Atelier nahmen sie momentan vollends in Beschlag.

Da Charlène noch nie eine Sonnenanbeterin gewesen war, kam Aurélies augenblickliche Stubenhockerei ihrem Rollentausch mehr als zugute. In anderen Sommern konnte man die Schwestern allein anhand ihrer Hautfarbe unterscheiden, weil sich Aurélie gern im Freien aufhielt, viel laufen und schwimmen ging und auch gern mal eine Relax-Stunde am Strand einlegte. In dem Fall hätte Bastien den Unterschied auf Anhieb bemerkt. Bastien!

Aurélies Magen krampfte sich bei dem Gedanken an ihren Schwager schmerzhaft zusammen. Seit Februar, seit Charlène sie das erste Mal um diesen schwachsinnigen Gefallen gebeten hatte, war Aurélie ihm tunlichst aus dem Weg gegangen. Zweimal hatte Charlène sie zum gemeinsamen Abendessen in ihr Haus in Gruissan eingeladen, was Aurélie nicht hatte ablehnen können. Einmal hatte Jules sie begleitet, beim zweiten Mal war er kurzfristig verhindert gewesen, und Aurélie hatte sich allein in die Höhle des Löwen begeben müssen.

Bastien jedoch hatte sie bei beiden Treffen genauso wie immer behandelt. Freundlich, aber distanziert. Er ahnte nichts, dessen war sich Aurélie sicher. Sie hingegen hatte es kaum geschafft, ihm in die Augen zu sehen, ohne an den verhängnisvollen Abend denken zu müssen.

Verflucht, Charlène! Warum musste sie sie bloß erneut in diese unselige Situation bringen? Warum durfte Bastien nicht wissen, dass Charlène einen geschäftlichen Termin hatte? Und warum schaffte Aurélie es nicht, ihrer Schwester eine derart absurde Bitte abzuschlagen?

Ein Blick auf die Uhr zeigte Aurélie, dass sie sich beeilen musste, wenn sie pünktlich um sieben bei Charlène sein wollte. Sie fuhr sich ein letztes Mal über ihr kinnlanges, dichtes Haar und seufzte. »Wir werden das schon irgendwie hinbekommen, nicht wahr?«, redete sie ihrem Spiegelbild Mut zu. Dann verließ sie das Bad, packte ihre Handtasche und machte sich auf den Weg.

Da auf den Straßen wenig Verkehr herrschte, schaffte sie es sogar, pünktlich um fünf vor sieben vor dem Anwesen von Charlène und Bastien vorzufahren. Sie stellte den Wagen ab und stieg aus. Jedes Mal, wenn sie hierherkam, überfiel sie erneut ein ungewollter Anflug von Neid. Wie musste es sich anfühlen, in einem solchen Haus mit Bastien zu leben? Er und sein Vater hatten die Pläne für die Villa vor drei Jahren selbst entworfen. Nichts war dem Zufall überlassen worden. Die hohen Mauern schirmten das weitläufige Grundstück vor fremden Blicken ab, der smaragdgrüne Pool, der das Prunkstück des gepflegten Gartens darstellte, glitzerte geheimnisvoll im Licht der Abendsonne. Charlène hatte das schmiedeeiserne Tor bereits geöffnet, sodass Aurélie flugs auf das Grundstück huschen konnte. Die gelb getünchte Fassade des zweistöckigen Gebäudes leuchtete so grell, dass Aurélie förmlich von ihr geblendet wurde.

Riesige schattenspendende Palmen säumten die Auffahrt zum Haus hinauf. Die Villa besaß drei Terrassen, fünf Schlafzimmer und drei Badezimmer. Ein einstöckiges Nebengebäude, nur durch die Doppelgarage vom Haupthaus getrennt, beherbergte mehrere Büroräume von Bastiens Firma. Verstohlen wanderte Aurélies Blick zu den offenen Fenstern zu ihrer Rechten. Sollte Bastien es sich anders überlegt haben oder sein Termin ausgefallen sein, hätten sie ein ernsthaftes Problem. Nein, korrigierte sie sich sofort, Charlène hätte ein Problem. Aurélie würde kurz Hallo sagen, einen Vorwand für ihren Kurzbesuch vorschieben und unverrichteter Dinge wieder nach Hause fahren. Fast hoffte sie, dass ihr Schwager ihnen den ausgeklügelten Plan durchkreuzen würde. Wäre diese Option nicht für alle Beteiligten die sauberste Lösung?

Während sie auf die Eingangstür zusteuerte, klingelte ihr Handy. Als sie aufs Display sah, fluchte sie stumm. Jules. Einen unpassenderen Zeitpunkt für seinen Anruf hätte er sich nicht aussuchen können.

Sofort schalt sie sich für ihre Gedanken. Woher sollte Jules wissen, dass Aurélie sich wieder einmal für den Schwachsinn ihrer Schwester hergab? Bevor er den ganzen Abend erfolglos versuchen würde, sie zu erreichen, nahm Aurélie das Gespräch an und sah erneut auf die Uhr.

»Salut, Jules.«

»Wo bist du, chérie?«

Aurélie schloss die Augen und rief sich ins Gedächtnis, was sie sich heute Vormittag vorgenommen hatte. »Ich bin ... zu Hause«, log sie mit einem dicken Kloß in der Kehle.

»Was meinst du? Wollen wir den Abend gemeinsam verbringen? Ich könnte uns etwas Nettes zu essen besorgen und in einer halben Stunde bei dir vorbeikommen.«

Aurélie schluckte. »Nein, das geht leider nicht, Jules. Ich ... muss noch dringend eine Klausur korrigieren. Sie liegt schon viel zu lange bei mir zu Hause und ... bald sind Ferien, und ich ...«, begann sie zu stammeln.

»Schade«, gab Jules zurück. »Und wenn ich nur für ein Stündchen komme und dann ganz brav wieder nach Hause gehe?«

Aurélie konnte das Lächeln in seiner Stimme hören und kam sich augenblicklich noch schäbiger vor. »Heute nicht, Jules. Bitte. Es ist wirklich ... Ich habe einiges zu tun. Und ich möchte auch mit dem Bild vorankommen.«

»Ich verstehe.« Er klang enttäuscht. »Wie sieht es morgen bei dir aus?«

Morgen, dachte Aurélie. Morgen hätte sie den heutigen Abend überstanden. »Ja«, entgegnete sie und räusperte sich. »Morgen klingt toll. Ich möchte sowieso etwas mit dir besprechen.« Warum sollte sie ihre Entscheidung auf die lange Bank schieben? Sie liebte Jules nicht, und je früher sie ihm das mitteilte, desto schneller konnten sie beide ihre Leben wieder getrennt voneinander aufnehmen. Ein Leben als Single.

»Jetzt machst du mich aber neugierig«, antwortete Jules unbedarft. »Um was geht es denn?«

Er ahnte nichts.

»Nicht am Telefon. Morgen, okay?«, vertröstete Aurélie ihn, als vor ihr die Haustür geöffnet wurde und Charlène erschien. Ihre Schwester winkte ihr ungeduldig zu und deutete hektisch auf ihre Armbanduhr.

Aurélie nickte. »Ich muss jetzt Schluss machen, Jules. Es tut mir leid. Irgendjemand hat gerade an meiner Tür geklingelt.«

Widerwillig verabschiedete sich ihr Freund von ihr und wünschte ihr einen schönen Abend.

»Wenn ich nicht rangegangen wäre, hätte Jules es den ganzen Abend versucht«, rechtfertigte Aurélie sich bereits, während sie noch die Stufen hinaufeilte.

Charlène umarmte sie und schob sie in den Flur. »Der gute Jules«, sagte sie mit ironischem Unterton. »Wann schickst du ihn endlich in die Wüste?«

»Morgen«, murmelte Aurélie, während sie begann, sich auszuziehen. Sie kannte das Prozedere bereits vom letzten Mal. Charlène bestand auf absoluter Perfektion. Dass sie nicht auch noch die Unterwäsche tauschen mussten, war gerade alles.

»Kennt Bastien wirklich all deine Klamotten?«, wollte Aurélie wissen, während sie Charlènes weiße Bluse überstreifte.

»Nein, Süße, tut er nicht«, gab ihre Schwester zurück und schlüpfte in Aurélies rosa Tunika. »Aber was ist, wenn er sich bei unserem nächsten gemeinsamen Treffen möglicherweise fragt, warum ich schon einmal deine Tunika getragen habe? Klar, meistens nimmt er nicht einmal wahr, was ich anhabe, aber der Teufel steckt im Detail. Sicher ist sicher, meinst du nicht?«

Aurélie schnaufte. »Ich halte das Ganze nach wie vor für Schwachsinn.«

»Sieh es als … eine besondere Art der Abendunterhaltung«, erklärte Charlène und lachte. »Du bist doch Künstlerin. Und Schauspieler sind ebenfalls Kreative.«

Aurélie schüttelte den Kopf. »Trotzdem!«

»Es ist das letzte Mal, versprochen.« Charlène streckte ihren Arm aus.

»Was?«

»Tasche, Handy, Autoschlüssel.«

Notgedrungen reichte Aurélie ihr ihre privaten Besitztümer. »Muss das wirklich sein?«

»Soll Bastien sich wundern, wenn Jules erneut bei dir anruft? Was willst du ihm dann sagen?«

Aurélie seufzte. »Man sollte meinen, Bastien überwacht jeden deiner Schritte.«

Statt einer Antwort zuckte ihre Schwester nur mit den Schultern. »Und sei nicht zu nett zu ihm. Das würde ihn nur misstrauisch machen, da er das nicht von mir gewohnt ist.«

Nachdem sie sich gemeinsam kurz im Spiegel begutachtet hatten und zu dem Schluss kamen, dass es so gut wie unmöglich war, sie zu unterscheiden, hauchte Charlène Aurélie zwei Küsse auf die Wangen und verabschiedete sich.

»Es wird wahrscheinlich spät werden. Ich melde mich, sobald ich vor dem Haus stehe. Du kommst dann raus, und wir tauschen wieder die Klamotten. Wahrscheinlich sitzt Bastien eh in seinem Arbeitszimmer und vergräbt sich in seinen Projekten. Er wird nichts bemerken. Ich gehe rein und behaupte, ich hätte noch etwas Luft geschnappt. Alles klar?«

Nein, nichts war klar, doch Aurélie verkniff sich einen Kommentar und nickte nur.

»Das letzte Mal, vergiss es nicht!«

Charlène stürmte die Stufen hinunter, drehte sich noch mal um und warf Aurélie eine Kusshand zu.

»Versprochen!«

5

Eine Stunde später war Bastien immer noch nicht nach Hause zurückgekehrt. Fast minütlich sah Aurélie auf Charlènes Handy, da sie fürchtete, er könne sich telefonisch melden, und sie würde es nicht hören. Sie schlich durch das riesige Haus wie ein Tiger in seinem

Käfig. Das Wohnzimmer war ganz in Grau und Weiß gehalten. Die glänzenden großflächigen Fliesen wurden von weichen hochflorigen Teppichen bedeckt. Charlène hatte Aurélie erzählt, dass Bastien extra mit ihr nach Paris gefahren war zu einer der bekanntesten Teppichknüpfereien Frankreichs.

Jetzt blieb Aurélies Blick an einem besonders prächtigen Exemplar hängen. Zarte Muster wechselten sich mit groben Partien ab, sodass der Teppich fast aussah, als würde er sich bewegen. Mit Sicherheit überstieg der Wert dieses Läufers Aurélies reguläres Monatsgehalt. Sie schlenderte an den Hochglanzmöbeln vorbei und ließ ihre Fingerspitzen nachdenklich über die Oberfläche wandern. Auf der hellen Couch, die dem Fernseher gegenüberstand, hatte ihre Schwester drei große weiße Kissen drapiert.

Gelangweilt verließ Aurélie das Wohnzimmer und steuerte auf die breite graue Marmortreppe zu, die ins Obergeschoss führte. Als sie am oberen Treppenabsatz ankam, versuchte sie krampfhaft, nicht durch die offene Tür in das gemeinsame Schlafzimmer von ihrer Schwester und deren Mann zu blicken. Sie passierte die Öffnung und betrat Charlènes Büro, das sich direkt daneben befand. Auf dem Schreibtisch stand der aufgeklappte Laptop ihrer Schwester, daneben stapelten sich Unmengen von Papier.

Aurélie trat näher und überflog die krakelige Handschrift von Charlène. Da sie kaum etwas entziffern konnte, stellte sie sich an das bodentiefe Fenster, das auf einen kleinen Balkon hinausführte. Von hier aus konnte sie das schimmernde Wasser des Pools sehen. Hinter der Mauer, die das Grundstück umgab, verlief die Strandpromenade, und davor begann der Stadtstrand von Gruissan. Das Mittelmeer leuchtete tiefblau, am Ufer spielten zwei Kinder mit Schaufeln und Eimern. Was für ein Ausblick! Wusste Charlène das Privileg, in einem solchen Paradies zu leben, eigentlich überhaupt zu schätzen? In den letzten Monaten kamen von ihrer Schwester nur negative Kommentare in Bezug auf Bastien und ihre Beziehung.

Was war bloß mit ihr los? Wie konnte man in einem solchen Haus, mit einer finanziellen Unabhängigkeit, die Aurélie sich in ihren kühnsten Träumen nicht vorstellen konnte, und mit einem Mann wie Bastien nicht wunschlos glücklich sein? Sie waren achtundzwanzig. Ein gutes Alter, um an Kinder zu denken, wie sie fand. Doch ihre Schwester winkte nur ab, wenn Aurélie sie auf das Thema ansprach.

»Du lebst im Himmel und merkst es noch nicht einmal«, murmelte sie leise, sah ein letztes Mal zum Meer hinüber und verließ das Büro wieder. Das Zimmer daneben nutzten Charlène und Bastien als privaten Fitnessraum. Neben einer grünen Bodenmatte standen eine professionell aussehende Kraftstation, ein Rudergerät, ein Laufband sowie ein Bauch- und Rückentrainer. Vor der linken Wand waren vier Kletterstangen im Boden verankert, die bis zur Decke reichten. Rechter Hand grenzte ein kleines Duschbad mit integrierter Sauna an den Raum.

Seufzend ließ Aurélie sich auf dem Rückentrainer nieder und starrte auf den Boden. Vielleicht verzögerte sich Bastiens Abendtermin so weit, dass Charlène sogar vor ihm nach Hause käme. Dann hätte Aurélie ihren guten Willen gezeigt und wäre sogar mit einem blauen Auge davongekommen. Sie schloss die Augen und stellte sich vor, wie Bastien an den Geräten trainierte. Wie er sich mit seinem Handtuch den Schweiß von Stirn und Rücken wischte. Wie er …

»Lass das!«, ermahnte sie sich verärgert und erhob sich frustriert. Hastig verließ sie den Raum und beschloss, wieder ins Erdgeschoss hinunterzugehen. Als sie erneut am Schlafzimmer vorbeikam, konnte sie sich ihrer Empfindungen nicht länger erwehren, wandte wie ferngesteuert den Kopf und sah auf das breite Bett. Beige, glänzende Satinbettwäsche mit den passenden Zierkissen verlieh dem Raum eine elegante und gleichzeitig sehr intime Atmosphäre. Obwohl Aurélie es nicht wollte, betrat sie den Raum, ohne den Blick vom Bett abzuwenden. Über dem Kopfteil hing ein großformatiges Schwarz-Weiß-Foto von ihrer Schwester und Bastien. Ihr Schwager stand hinter Charlène und hatte seine Arme um deren Oberkörper geschlungen. Beide blickten vergnügt lachend in die Kamera, wobei Charlènes Lippen leicht verkrampft wirkten.

Aurélies Blick huschte zum angrenzenden Badezimmer. Nein, sie durfte nicht daran denken … Ihr Herz begann schneller zu pochen. Sie meinte, der Raum beginne sich um sie herum zu drehen. Fluchtartig eilte sie aus dem Schlafzimmer und stürmte die Treppe hinunter. Sie sollte nicht hier sein. Wer war sie, dass sie keine eigenen Entscheidungen mehr treffen konnte? Sie hätte Charlène von Anfang an zu verstehen geben müssen, dass sie für derlei Spielchen nicht mehr zur Verfügung stand. Im gleichen Moment war Aurélie klar, dass sie ihrer Schwester niemals mehr einen Wunsch würde abschlagen können. Zu schwer lastete ihr schlechtes Gewissen auf ihr. Vielleicht war es die gerechte Strafe für ihr Handeln, dass sie sich erneut in eine derartige Situation gebracht hatte.

Sie ging in die Küche, die selbst nach drei Jahren noch aussah, als habe hier noch nie jemand gekocht. Charlènes Reinigungskraft, die bei Bedarf ihrer Schwester unter die Arme griff, schien wieder einmal ganze Arbeit geleistet zu haben. Aurélie wusste, dass Charlène und Bastien erst gestern eine große Grillparty mit zwanzig Geschäftsfreunden von Bastien und seinem Vater veranstaltet hatten. Davon war nichts mehr zu sehen. Die Oberflächen der Möbel glänzten wie im Küchengeschäft, die Spüle wirkte, als habe sie noch nie ein Tröpfchen Wasser gesehen.

Wenn Aurélie an ihre eigene kleine Küche dachte, fragte sie sich, was sie eigentlich falsch machte. Sie schrubbte ihren Backofen, weichte angebrannte Reste stets gewissenhaft ein und bekam trotzdem nie ein Ergebnis, das auch nur annähernd mit dieser Küche vergleichbar war. Sie spielte eben in einer anderen Liga, musste Aurélie sich eingestehen. Sie gehörte nicht zu den oberen Zehntausend, der Elite, den Reichen und Schönen. Nein, sie war eine kleine Kunstlehrerin, die nebenher malte und zeichnete und sich mit dem Verkauf drittklassiger Gemälde ein kleines Zubrot zu ihrem Lehrerinnengehalt dazuverdiente. Mit einem Leben, wie Charlène es führte, würde sie niemals mithalten können.

Wieder blickte sie sich um. Doch wollte sie das überhaupt? Charlène verlor nie auch nur ein Wort über Bastiens Vermögen, über die Möglichkeiten, die sich ihr aufgrund seines Reichtums boten. Auch sie arbeitete lieber als Journalistin, anstatt sich auf dem Geld ihres Mannes auszuruhen. Da waren sich die Garnier-Schwestern eben nicht unähnlich, musste Aurélie schmunzelnd zugeben.

Während sie noch überlegte, ob sie vielleicht etwas zu essen anrichten sollte, hörte sie, wie plötzlich die Haustür geöffnet wurde. Schlagartig wurde es ihr schwer ums Herz. Sie legte eine Hand auf ihr Schlüsselbein und bemühte sich um eine ruhige Atmung. Dann trat sie aus der Küche.

»Hallo.«

Bastien legte seine Schlüssel auf die Anrichte und würdigte Aurélie kaum eines Blickes. Er trug eine helle Stoffhose und ein dunkelblaues Hemd.

»Hi.«

Sie nahm all ihren Mut zusammen. Ihrer Schwester zuliebe hatte sie eine Rolle zu spielen. »Wie war dein Tag?«

Ihr Schwager drehte sich zu ihr um und musterte sie aus zusammengekniffenen Augen. »Was ist denn jetzt los?«

Verunsichert von seinem feindseligen Tonfall zuckte Aurélie mit den Schultern. »Was meinst du?«

Bastien betrachtete sie stumm.

Aurélie schaffte es kaum, seinem Blick standzuhalten. Sie fürchtete jeden Moment, die Worte zu hören, die sie unbedingt vermeiden musste. »Was soll der Scheiß? Wo ist Charlène?« oder »Was machst du denn hier, Aurélie?«. Doch nichts dergleichen kam aus seinem Mund.

»Was ich meine?« Er lachte bitter und schüttelte den Kopf. »Charlène, manchmal frage ich mich wirklich, was in deinem Hirn vor sich geht.«

Er hatte nichts gemerkt. Unauffällig stieß Aurélie den angehaltenen Atem aus. Der Plan schien zu funktionieren.

»Hast du mich nicht vorhin am Telefon wieder einmal angepflaumt, nur weil du mit dir selbst unzufrieden bist?«

Aurélie wusste nichts zu erwidern. Verflucht, Charlène! Warum konnte ihre Schwester nicht einmal den Ball flach halten, wenn Aurélie sie heute vertreten sollte?

»Hat es dir jetzt die Sprache verschlagen?« Bastiens Blick wurde eindringlicher. »Was ist nur los? Ich erkenne dich überhaupt nicht wieder.«

Wie auch? Schließlich war Aurélie nicht Charlène, doch im nächsten Moment schalt sie sich für ihren Sarkasmus, da ihr natürlich bewusst war, dass es hier um etwas ganz anderes ging. Um etwas, von dem Aurélie keine Ahnung hatte, da Charlène sie nicht in die Beziehungsprobleme in ihrer Ehe einweihte. Aus gutem Grund, wie Aurélie befand. Doch was sollte sie tun? Auf keinen Fall wollte sie, dass die Situation zwischen ihrer Schwester und Bastien wegen ihres ungeschickten Verhaltens weiter eskalierte. Es war wohl das Beste, wenn sie sich so wenig wie möglich zu dem offenbar vorangegangenen Streit heute Nachmittag äußerte. Sie presste die Lippen zusammen und nickte nur.

Als ihr Schwager zu bemerken schien, dass sie nichts weiter sagen würde, drehte er sich schweigend um und eilte die Treppen hinauf, zwei Stufen auf einmal nehmend. »Ich bin dann noch mal weg.«

Aurélie schloss die Augen und versuchte, ruhig zu bleiben. Die kühle Atmosphäre, die zwischen Bastien und Charlène zu herrschen schien, überforderte sie völlig. Warum hatte ihre Schwester nicht gesagt, was passiert war? So hätte sich Aurélie zumindest gedanklich darauf einstellen können, was sie hier erwartete.

Als Bastien keine drei Minuten später die Stufen wieder heruntergerannt kam, trug er ein rotes Sport-T-Shirt und eine schwarze Laufshorts. Nur zu deutlich zeichnete sich sein muskulöser Oberkörper unter dem dünnen Stoff ab. Verlegen wandte Aurélie, die sich nicht von der Stelle bewegt hatte, den Blick ab.

Bastien blieb vor ihr stehen und sah sie fragend an. »Was?«

»Nichts«, hauchte sie unglücklich. Sie wollte weg von hier, weg von diesem Ort, der eine Kälte und Reserviertheit ausstrahlte, wie sie sie selten zuvor erlebt hatte. Weg von diesem Mann, weg von dieser Farce.

Bastien nickte grimmig. »Nichts also. Alles klar. Bis später.«

Nachdem er das Haus verlassen hatte, schlug Aurélie voller Entsetzen die Hände vors Gesicht. Was war hier los? Was war zwischen

Charlène und Bastien vorgefallen? Noch nie hatte sie ihren Schwager derart feindselig und eisig erlebt. Insbesondere nicht, als sie … Sofort verdrängte sie den Gedanken.

Was sollte sie jetzt tun? Nach Hause fahren? Vielleicht war Charlène von ihrem Interview zurück, wenn Bastien zurückkehrte. Sollte sie ihre Schwester kurz anrufen und nachhaken, wie lange sie noch brauchte? Wenn der Termin doch länger dauerte und Bastien früher heimkehrte, wäre der ganze Aufwand umsonst gewesen. Und die Stimmung im Hause Richaud auf einem neuen Tiefpunkt. Nein, Aurélie blieb nichts anderes übrig, als hier weiter ihre Zeit abzusitzen und inständig zu hoffen, dass Charlène vor Bastien nach Hause käme.

Sie durchquerte das Wohnzimmer, öffnete die breite Glasschiebetür und trat auf die Terrasse. Sie könnte eine Runde schwimmen gehen. Doch der mehr als unerfreuliche Zusammenstoß mit Bastien hatte Aurélie gründlich die Laune verhagelt. Außerdem hatte sie keine Lust, einen Badeanzug von Charlène anzuziehen. Das wäre ja ähnlich unangebracht, wie wenn sie die Unterwäsche ihrer Schwester tragen müsste. Und nackt baden kam aus mehreren Gründen auf keinen Fall in Betracht.

Aurélie ließ sich auf einem der Teakholz-Liegestühle mit den dicken Auflagen nieder und streckte ihre Beine aus. Sie würde Charlène morgen noch mal sehr klarmachen, dass sie nie wieder für einen derartig lächerlichen Rollentausch zur Verfügung stände. Es war mehr als offensichtlich, dass ihre Schwester gravierende Probleme mit ihrem Mann hatte. Diese musste sie dringend klären. Und es war definitiv keine Lösung, Bastien auf solch unfaire Art an der Nase herumzuführen. Ihre Passivität hatte seine Wut sicher weiter erzürnt. Doch was hätte sie sagen sollen? Aurélie hatte schließlich keine Ahnung, was zwischen den beiden schieflief. Jedes Wort, das sie von sich geben würde, konnte die Eheprobleme ihrer Schwester weiter anheizen oder im schlimmsten Fall sogar ihr mieses Schmierentheater entlarven. Sie legte den Kopf zurück und blickte in den noch immer strahlend blauen Himmel. Ein Paradies, das für Charlène und Bastien momentan zur Hölle geworden war. Aber wer war sie, dass sie sich ein Urteil über andere Paare erlauben durfte? Sollte sie erst mal ihre eigenen Probleme in den Griff bekommen.

Morgen, dachte sie noch. Morgen würde sie mit Jules reden.

»Was machst du da?«

Bastiens Stimme drang undeutlich in Aurélies Gehirnwindungen vor. Sie blinzelte und sah auf. Mittlerweile war es fast dunkel, das grüne Licht am Pool tauchte den Garten in eine fast unwirkliche Atmosphäre. Ihr Schwager stand schwer atmend vor ihr und sah auf sie herab.

»Ich ...«, begann sie zu stammeln. »Ich muss eingeschlafen sein. Ich wollte mich nur kurz ausruhen.«

»Seit wann sitzt du hier an der frischen Luft?« Er fuhr sich mit der rechten Hand über die schweißnasse Stirn. »Du gehst doch sonst nie raus.«

Aurélie schluckte und richtete sich hastig auf, da sie sich in ihrer liegenden Position unter Bastiens Blick mehr als unwohl und sehr verletzlich fühlte.

»Ich ... brauchte einen freien Kopf.«

Wieder lachte er höhnisch. »Ich gehe duschen. Kommst du gleich ins Bett?«

Panik stieg in Aurélie auf. »Wie spät ist es?«

»Zehn Uhr.«

Was sollte sie tun? Auf keinen Fall durfte sie sich neben ihn in Charlènes Bett legen. Wie sollte sie dann später wieder unbemerkt mit ihrer Schwester die Rollen tauschen? »Ich denke, ich ... bleibe noch ein wenig hier unten.«

Sie merkte selbst, wie unsicher und schwach sie klang, und verachtete sich für ihren weinerlichen Tonfall.

»Du siehst völlig fertig aus«, merkte Bastien an und stemmte eine Hand in die Hüfte. »Aber wie du meinst ... Ich bin dann im Bett.« Er drehte sich um, betrat das Innere des Hauses und murmelte etwas für Aurélie Unverständliches vor sich hin.

Sie setzte sich auf und starrte auf das Wasser, das sich im Wind leicht kräuselte. Hoffentlich kam Charlène bald heim. Bastien hatte recht. Sie fühlte sich müde und erschöpft und konnte sich keinen besseren Platz vorstellen, wo sie jetzt gern wäre, als ihr eigenes Bett. Und sie musste noch nach Hause fahren …

Aurélie erhob sich und ließ ihren Blick über das Anwesen schweifen. Die langen Schatten der Palmen reichten bis zur Mauer am Ende des Gartens. Dahinter hörte sie zwei Jugendliche miteinander kichern. Der Mond spiegelte sich auf der dunklen Oberfläche des Meeres. Aurélie konnte sich nicht vorstellen, woanders zu leben. Gruissan war ihre Heimat. Der Umzug nach Narbonne war ihrer Arbeit geschuldet und dem Umgehen des morgendlichen Berufsverkehrs. Eine Kopfentscheidung, ihr Herz hingegen hing nach wie vor an dem kleinen Ort am Mittelmeer.

Sie verließ die Terrasse und kehrte ins Wohnzimmer zurück. Bastien schien die Badezimmertür im Obergeschoss nicht geschlossen zu haben. Das Wasserrauschen der Dusche drang laut zu Aurélie herunter und rief mühsam verdrängte Bilder in ihr in Erinnerung. Sie setzte sich auf die Couch und versuchte, ihre Gedanken in eine andere Richtung zu lenken. Bastien war ihr Schwager, der Mann ihrer Schwester. Nicht mehr und nicht weniger. Jegliche Gefühle, die auf etwas anderes abzielten, hatten keinerlei Daseinsberechtigung.

Als die Dusche abgestellt wurde, lauschte Aurélie gespannt in die Stille. Bastien pfiff leise vor sich hin, der schwelende Streit mit seiner Frau schien ihn nur wenig zu beeindrucken. Eine Schranktür wurde geöffnet und wieder geschlossen. Nackte Füße liefen über den Boden, dann konnte Aurélie ganz leise das Absinken der Matratze und das Rascheln der Decke hören. Sie schloss die Augen, da sie von einem unangenehmen Schwindel erfasst wurde. Jetzt lag er da oben. Und sie saß hier unten. Unter keinen Umständen durfte sie ins Obergeschoss gehen.

Sie tastete nach Charlènes Handy und sah aufs Display. Keine Nachricht, kein Anruf. Es war inzwischen kurz vor halb elf. Wo blieb bloß ihre Schwester? Aurélie musste morgen früh arbeiten. Sie legte sich eines der Kissen zurecht und machte es sich auf dem

Sofa bequem. Das Telefon behielt sie in der Hand für den Fall, dass sie erneut einschlief.

6

Als undefinierbare Geräusche zu Aurélie vordrangen, versuchte sie, sich aus dem Dschungel aus Erschöpfung und Müdigkeit herauszuwinden. Noch verweigerte ihr Gehirn seinen Dienst, orientierungslos sah sie sich um, bis sie endlich erkannte, wo sie war und welcher Lärm sie geweckt hatte. Sie lag noch immer auf der Couch in Charlènes und Bastiens Haus. Im Schlaf musste sie sich unbewusst eine dünne Wolldecke über ihren Körper gezogen haben. In der Küche nebenan hörte sie Bastien leise pfeifen, die Kaffeemaschine lief, und Türen wurden geöffnet und geschlossen.

Schlagartig wurde Aurélie bewusst, dass Charlène letzte Nacht nicht nach Hause zurückgekehrt war. Ihr Puls beschleunigte sich, während sie darüber nachdachte, was diese Tatsache zu bedeuten hatte. Hatte Charlène sie belogen? Handelte es sich gar nicht um ein berufliches Interview, sondern vielleicht um ein privates Date? Hatte ihre Schwester die Nacht mit einem anderen Mann verbracht? Angesichts der Stimmung im Hause Richaud würde sich Aurélie zumindest nicht darüber wundern. Bis gestern hätte sie einen derartigen Verdacht nicht einmal in Erwägung gezogen, doch Bastiens feindseliges Verhalten wies nur allzu deutlich darauf hin, dass ihre Schwester ihr nicht die Wahrheit über den Zustand ihrer Ehe gesagt hatte.

Aurélie setzte sich auf und schob die Decke von sich. Ihre Bluse war zerknittert, die Hose schlug Falten. Unsicher fuhr sie sich durchs zerzauste Haar. Sie hörte, wie Bastien die Kaffeemaschine abstellte. Es nutzte nichts. Sie musste sich der Situation stellen, ob sie nun wollte oder nicht. Irgendwie musste sie die Zeit überbrücken, bis sie endlich das Haus verlassen konnte. Ein Blick auf die Uhr jagte ihr den nächsten Schrecken ein. Es war acht Uhr. Vor zehn Minuten hatte ihre erste Unterrichtsstunde begonnen. Sie musste dringend in der Schule anrufen. Und sie musste Charlène kontaktieren. Ihre Schwester konnte sich auf etwas gefasst machen! Sie hatten einen Abend vereinbart, von der darauffolgenden Nacht und dem nun wahrscheinlich mehr als peinlich anmutenden Morgen war nie die Rede gewesen.

Aurélie stand auf und betrat notgedrungen die Höhle des Löwen. »Bonjour.«

Bastien drehte sich nicht einmal zu ihr um, sondern holte eine Tasse aus dem Schrank. »Bonjour«, knurrte er kaum hörbar.

»Was ist passiert?«, rutschte es Aurélie heraus, bevor sie es verhindern konnte.

Wie in Zeitlupe drehte ihr Schwager sich um und fixierte sie mit seinem Blick. »Was soll passiert sein?«

Sie machte eine allgemeine Geste und zuckte mit den Schultern.

»Du hast auf dem Sofa übernachtet«, fuhr er mit ironischem Unterton fort. »Entweder bist du eingeschlafen und hast es nicht gemerkt. Oder …« Seine Miene wurde grimmiger. »Oder du erträgst nicht einmal mehr nachts meine körperliche Nähe und wolltest nicht neben mir liegen.«

»Nein, das ist es nicht«, beeilte Aurélie sich zu sagen. »Es ist …« Sie stockte.

»Was ist es?« Er baute sich vor ihr auf und sah abwartend auf sie herab.

Aurélie schaffte es kaum, seinen Blick zu erwidern. »Ich war müde.«

Er zog die Brauen hoch. »Das sagtest du bereits gestern Abend. Du hättest mit mir nach oben gehen können.« Noch immer entließ er sie nicht aus seiner alles einnehmenden Nähe. Sie konnte sich seiner körperlichen Dominanz kaum entziehen.

»Es tut mir leid«, gab sie leise zurück.

»Wie war das?« Er trat dichter vor sie und hob ihr Kinn an.

Seine Berührung ließ Aurélies Haut kribbeln, als ob tausend Ameisen über ihr Gesicht liefen. »Es tut dir leid?«

Sie nickte stumm.

Abrupt löste er seine Hand von ihr und trat wieder zurück. »Ich werde aus dir nicht schlau, Charlène. Ich denke, es ist höchste Zeit für ein Gespräch.«

Aurélie erwiderte nichts.

»Hast du nichts dazu zu sagen?« Sein Gesicht nahm eine enttäuschte Miene an. »Ist dir unsere Beziehung mittlerweile so wenig wert? Wann haben wir das letzte Mal miteinander …?«

Aurélie konnte seine Worte nicht mehr ertragen. Der Schmerz, die Verletzung und die Wut in seiner Stimme ließen sie innerlich erzittern. Sie musste hier weg. Sofort. Hastig drehte sie sich um und stürmte die Treppe ins Obergeschoss hinauf. Suchend sah sie sich um und entschied sich dann fürs Schlafzimmer. Die Decke auf Bastiens Seite war zerwühlt, sein Geruch hing schwer in der Luft, obwohl das Fenster weit offen stand.

Mit bebenden Fingern angelte sie das Handy ihrer Schwester aus ihrer Hose und scrollte durch das Telefonbuch, bis sie ihre eigene Nummer fand. Sie wählte und fluchte, als die Mailbox ansprang. »Ve…«

»Was machst du hier?«

Erschrocken unterbrach Aurélie die Verbindung und drehte sich zu Bastien um, der im Türrahmen stand. »Ich wollte … Aurélie anrufen.« Die Worte blieben ihr fast in der Kehle stecken.

»Aurélie?« Bastiens Augen weiteten sich überrascht. »Aurélie ist doch jetzt sicher in der Schule und hat Unterricht. Was willst du um diese Zeit von ihr?«

Aurélie rang um Fassung und bemühte sich, nicht allzu aufgelöst zu wirken. Sie steckte das Telefon weg und nickte. »Du hast recht, ich … habe den Tag verwechselt. Ich dachte, sie hätte heute frei.«

»Was ist los, Charlène?« Bastien trat vor sie und umfasste ihre Unterarme. »Du stehst ja völlig neben dir.«

Sie musste sich zusammenreißen, wenn sie jetzt nicht in letzter Minute auffliegen wollte. Sie schluckte und sammelte sich. »Ich … Ich habe wohl schlecht geschlafen. Die Couch ist nicht allzu bequem.«

Er lachte, und Aurélie erkannte einen Anflug von Ehrlichkeit darin. »Du hättest eine bequemere Alternative haben können.«

»Ich weiß. Aber ich habe dir doch erklärt, dass ich müde war und eingeschlafen bin.«

Bastien legte seine Hand an ihre Wange und sah ihr in die Augen. »Wir sollten wirklich dringend reden, chérie.«

Aurélies Magen krampfte sich sehnsüchtig zusammen, doch sie durfte diese Gefühle nicht hegen. Wieder nickte sie, da sie fürchtete, ihre Stimme könnte sie im Stich lassen.

»Heute Abend?«

»Ja«, stieß sie heiser hervor. Sie würde Charlène sagen müssen, was sie erwartete, wenn sie nach Hause kam.

»Und jetzt solltest du dringend duschen und dich umziehen. Charles wird sicher sauer sein, dass du eure Redaktionssitzung vergessen hast.«

Charles? Redaktionssitzung? Aurélies Gedanken überschlugen sich. Hoffentlich war Charlène nach ihrem Date, das unerwarteterweise oder vielleicht auch gar nicht so unerwarteterweise die ganze Nacht angedauert hatte, direkt in die Zeitungsredaktion gefahren.

Aurélie hingegen würde tun, was Bastien ihr vorgeschlagen hatte, duschen, zur Schule fahren und sich wegen einer Unpässlichkeit für die ersten beiden Stunden entschuldigen. Nach der Arbeit würde sie mit Charlène sprechen und ihr nachdrücklich klarmachen, dass sie sich von ihr nie wieder in eine solche Situation hineinmanövrieren lassen würde.

Als Bastien ihr einen zarten Kuss auf die Lippen hauchte, begann sich der Boden unter ihr zu drehen. Fast bedauerte sie, als er sich von ihr löste.

»Ich muss los«, erklärte er leise. »Wir sehen uns heute Abend, okay?«

Sie erwiderte den Blick aus seinen blauen Augen und nickte wie ferngesteuert. »Ja, bis heute Abend.«

Nachdem die Tür hinter Bastien ins Schloss gefallen war, entledigte Aurélie sich ihrer Kleider und betrat die Dusche. Als das warme Wasser auf ihren Körper herunterprasselte, begann das Kopfkino unerbittlich, ihre verdrängten Erinnerungen abzurufen. Aurélie stützte sich an den Fliesen ab und unterdrückte ein Schluchzen. Sie durfte dieser Sehnsucht nicht nachgeben. Niemals. Bastien hatte sich für Charlène entschieden. Er liebte ihre Schwester, nicht sie. Dieser Kuss hatte ihr gegolten, nicht Aurélie. Er wollte sich mit ihrer Schwester aussprechen, nicht mit Aurélie. Sie stellte das Wasser ab und trat aus der Dusche, als Charlènes Handy zu klingeln begann. Hastig trocknete sie ihre Hände ab. Sicher war das ihre Schwester, die sich bei ihr entschuldigen wollte. Die Nummer auf dem Display war allerdings nicht ihre eigene.

»Ja?«

»Verflucht, Charlène, wo bleibst du?«, blaffte eine sonore Männerstimme Aurélie ins Ohr.

»Ich … habe verschlafen«, entgegnete sie völlig überrumpelt.

»Süße, beweg deinen Arsch hierher. Aber dalli!«

Aurélie wusste nichts zu erwidern. Ihre Hoffnung, dass Charlène direkt zur Arbeit gegangen war, zerplatzte wie eine Seifenblase.

»Hörst du, Charlène? Sieh zu, dass du dich beeilst und herkommst.«

»Ja, ist gut«, erwiderte sie eingeschüchtert.

Was sollte sie nur tun? Und wo, verdammt, war Charlène abgeblieben? Kein Interview der Welt zog sich über eine ganze Nacht hin. Und warum hatte sie Aurélie nicht Bescheid gegeben? Musste sie die Möglichkeit in Erwägung ziehen, dass Charlène abgehauen war? Aurélie wusste natürlich, dass es immer wieder vorkam, dass Menschen einfach spurlos verschwanden und nie wieder auftauchten. Doch warum dann dieser unsinnige Rollentausch? Um einen Vorsprung zu haben, beantwortete sie sich ihre Frage sogleich selbst. Je später sie als vermisst gemeldet würde, umso mehr Zeit hätte Charlène, unauffällig abzutauchen. Schwachsinn, schalt Aurélie sich sofort. Warum sollte ihre Schwester sich absetzen wollen? Schließlich hatte sie alles, wovon eine Frau nur träumen konnte.

Nachdem Charlènes Vorgesetzter das Gespräch beendet hatte, trat Aurélie an den Kleiderschrank ihrer Schwester und überlegte kurz. Wie sollte sie weiter vorgehen? Sollte sie in ihr eigenes Leben zurückkehren oder noch eine Zeit lang ihre Rolle weiterführen, um nicht noch mehr Staub aufzuwirbeln, den Charlène dann mühselig wieder beseitigen müsste?

7

»Wo bist du, verdammt?«, zischte Aurélie voller Wut ins Telefon. »So war es nicht abgesprochen. Melde dich endlich.« Dann beendete sie die Nachricht. Mit pochendem Herzen sah sie die Fassade des Redaktionsgebäudes von Midi Libre in Narbonne hinauf. Warum machte sie das? Charlènes Kollegen würden sofort bemerken, dass sie nicht ihre Schwester war. Sollte sie sich nicht besser als Charlène krankmelden? Vor fünf Minuten hatte sie bei ihrer eigenen Rektorin Marine Chantelier anrufen wollen, um sich für heute zu entschuldigen, doch merkwürdigerweise war niemand ans Telefon gegangen. Daher hatte sie sich letztlich entschieden, erst als Charlène kurz in die Redaktion zu fahren, um den Vorgesetzten ihrer Schwester zu besänftigen, bevor sie persönlich zur Schule fahren und ihre letzten Unterrichtsstunden absolvieren würde. Aurélie würde einfach behaupten, dass sie sich gestern Abend den Magen verdorben hätte und es ihr erst im Laufe des Vormittags wieder besser gegangen wäre.

Während sie auf den Eingang des Verlagsgebäudes zusteuerte, überschlugen sich ihre Gedanken. Wo war ihre Schwester abgeblieben? Auch wenn sie Charlènes Alleingänge nur zur Genüge kannte, sah es ihr überhaupt nicht ähnlich, sich nicht zu melden und Aurélie derart im Ungewissen zu lassen. War ihr möglicherweise etwas zugestoßen? Sollte sie Charlène als vermisst melden? Und musste sie nicht endlich Bastien die Wahrheit sagen? Sie konnte ihn anrufen und ihm erklären, um was Charlène sie gestern Vormittag gebeten hatte. Gestern Vormittag, rief Aurélie sich erneut ins Gedächtnis. War es wirklich nicht einmal vierundzwanzig Stunden her, seit sie sich mit ihrer Schwester zum Kaffee getroffen hatte? Ihr wurde bewusst, dass Charlène noch keine vierzehn Stunden verschwunden war. Die Polizei würde Aurélie wieder nach Hause schicken, da erwachsene

Personen eine gewisse Zeit als verschollen gelten mussten, um eine Vermisstenanzeige aufgeben zu können. Und Bastien würde toben, wenn er von dem Rollentausch erfuhr.

Sie stieß die Tür zu dem Gebäude aus dem letzten Jahrhundert auf und betrat das Foyer. Da sie Charlène schon wiederholte Male zum Mittagessen abgeholt hatte, kannte sie die Räumlichkeiten und fiel zumindest nicht gleich im ersten Moment auf, weil sie sich den Weg zu ihrem mutmaßlich eigenen Arbeitsplatz erfragen musste.

»Bonjour, Charlène«, begrüßte Sophie Bénier, Charlènes Kollegin und beste Freundin, Aurélie.

»Bonjour«, erwiderte sie den Gruß knapp und rutschte auf Charlènes Schreibtischstuhl, der sich nur knapp drei Meter von Sophies entfernt befand.

Sophie beugte sich zu ihr herüber. »Charles ist stinksauer.«

»Ich habe verschlafen«, gab Aurélie zurück, während sie den Computer anschaltete.

»Erklär das mal dem Chef.« Sophie kicherte leise und zwinkerte ihr zu.

»Ich habe wirklich verschlafen«, wiederholte Aurélie und spürte, wie ihre Wangen heiß wurden.

»Was ist denn mit dir los?« Sophie rollte auf ihrem Stuhl zu ihr. »Du bist verheiratet. Mein Gott! Der Tag kann doch nicht besser starten als mit gutem Morgensex …«

»Sophie!«, rutschte es Aurélie barscher als beabsichtigt heraus. »Ich … habe … verschlafen.«

Charlènes Freundin hob die Hände und runzelte die Stirn. »Okay, okay. Ich wollte dir nicht zu nahe treten. Mal wieder dicke Luft zu Hause?«

Aurélie wandte den Kopf und musterte die attraktive Blondine, die Ende dreißig war, wie sie von Charlène wusste. Hatte sie Sophie von ihren Eheproblemen erzählt? Wahrscheinlich.

»Nein«, ruderte sie vorsichtig zurück. »Ich konnte gestern Abend lang nicht einschlafen und habe heute früh einfach den Wecker überhört. Bastien …« Aurélie schluckte. »Er musste schon früh ins Büro und konnte mich deshalb auch nicht wecken.«

»Also alles ganz harmlos.« Sophie grinste.

Aurélie wackelte mit dem Kopf. »Wie ich sagte. Verschlafen.«

»Charlène!«, donnerte Charles' Stimme von seiner Bürotür zu ihr herüber. »Kommst du mal bitte?«

Aurélie verdrehte die Augen und erhob sich. War sie nicht genau deswegen überhaupt hergekommen? Um die Wogen zu glätten und Charlène nicht in noch größere Schwierigkeiten zu bringen? Sie schlängelte sich zwischen den Schreibtischen der anderen Mitarbeiter durch und setzte ein freundliches Lächeln auf, als sie sich Charlènes Chef näherte.

»Bonjour, Charles. Es tut mir sehr leid.«

Sein Gesicht nahm einen misstrauischen Ausdruck an. »Bist du auf Drogen?«

Aurélie schüttelte den Kopf. »Wie kommst du darauf?«

»Du entschuldigst dich? Einfach so?«

»Ich bin zu spät«, erwiderte sie leichthin.

»Charlène, wie lange arbeitest du für mich?«

Aurélie schluckte. »Sag du es mir!«

Er deutete auf den Platz vor seinem Schreibtisch, sie setzte sich. »Drei Jahre.«

»Eine lange Zeit«, erklärte Aurélie und lächelte erneut.

Er nickte. »Eine lange Zeit, in der du dich noch nie, aber auch wirklich noch nicht ein einziges Mal bei mir entschuldigt hast.« Er verschränkte seine massigen Arme vor der breiten Brust.

»Dann wurde es wohl Zeit.« Sie zwang sich, seinem Blick standzuhalten.

»Gut. Schwamm drüber.« Charles winkte ab. »Ich hätte dich in der Sitzung gebraucht, aber dann besprechen wir deine Themen eben übermorgen.«

Aurélie nickte.

»Wie läuft's bei dir?«

Aurélie schürzte die Lippen. »Gut.«

»Geht es auch etwas genauer?« Charles beugte sich vor.

»Es wird«, erklärte sie, während Unruhe in ihr aufstieg.

»Also willst du mir nichts sagen.«

Aurélie entschloss sich, in die Offensive zu gehen. »Wir sprechen beim nächsten Mal über alles, in Ordnung? Ich würde mich jetzt wirklich gern meiner Arbeit widmen. Da ich spät dran bin, muss ich dringend etwas Gas geben.« Sie setzte ein entschuldigendes Grinsen auf.

Er seufzte. »So kennen und lieben wir dich, Charlène.« Er wedelte mit den Händen. »Na, dann los. Mach schon.«

Erleichtert erhob Aurélie sich und verließ das Büro wieder. Sie musste sich zwingen, ihren Aufbruch nicht wie eine Flucht wirken zu lassen.

»Und, lebst du noch?« Sophie sah ihr fragend entgegen.

Aurélie nickte. »Kein Problem.«

Sie setzte sich wieder an den eingeschalteten PC und starrte auf die Maske mit der Passworteingabe. Was sollte sie jetzt tun? Natürlich kannte sie das Passwort ihrer Schwester nicht.

Sophie betrachtete sie nachdenklich. »Was ist?«

Aurélie schüttelte den Kopf. »Nichts. Ich muss nur ...« Sie deutete auf eine Akte auf Charlènes Schreibtisch. »... etwas nachsehen.«

Sophie schien zu verstehen und rollte wieder zu ihrem eigenen Arbeitsplatz zurück. »Dann mal los!«

Fieberhaft überlegte Aurélie. Sie lupfte unauffällig die Schreibtischunterlage, um nachzusehen, ob Charlène das Passwort vielleicht dort irgendwo hinterlegt hatte. Doch außer ein paar Notizzetteln mit Charlènes krakeliger Handschrift fand sie nichts, was ihr half. Während sie weiter überlegte, fiel ihr Charlènes Handy ein. Sie holte es hervor und öffnete die einzelnen Ordner, bis sie auf einen mit der Überschrift »Sicherheitsschlüssel« stieß. Fast hätte sie laut in die Hände geklatscht, doch in letzter Sekunde ermahnte sie sich, Ruhe zu bewahren.

Nachdem sie das richtige Passwort eingegeben hatte, überflog sie die Ordner auf Charlènes Rechner. Unstimmigkeiten Weingut Stéphane, Datingportal, Hochwasserschutzmaßnahmen Aude/Carcassonne, Wechsel Rektor École Curas. Was sollte Aurélie jetzt tun? Sie hatte von keinem der Themen überhaupt eine Ahnung. Sollte sie so tun, als arbeitete sie an einem der Themen? War das nicht pure Zeitverschwendung? Aurélie sollte in der Schule sein, bei ihrer Klasse, und über die Malerei der Impressionisten sprechen.

»Stimmt etwas nicht?« Sophie schien ihre Unschlüssigkeit zu spüren.

»Ich … fühle mich nicht gut«, war das Einzige, was Aurélie spontan als Antwort einfiel.

»Du wirkst auch etwas … verstört.« Sophie rollte erneut näher. »Geh doch nach Hause und leg dich hin. Morgen sieht die Welt wieder anders aus.«

8

»Das Erdgeschoss wird ein wahrer Traum«, erklärte Rose Lurrot begeistert und strahlte ihren Mann an, der neben ihr am Besprechungstisch saß.

Bastien lächelte. Wenn die Frauen zufrieden waren, hatte er auch die Ehemänner. Die meisten Paare tickten doch ähnlich.

»Ist das Kaminzimmer nicht zu … klein?«, wollte Thibaut Lurrot von seiner Frau wissen.

Sie schüttelte den Kopf. »Nein! Die Größe ist perfekt. Wir wollen schließlich nicht protzen. Der Raum soll intim und persönlich gestaltet sein.«

Thibaut Lurrot blickte seufzend zu Bastien. »Sie hören ja, was meine Frau sagt. Also sind die Pläne genehmigt.«

Bastien nickte. Hatte er es doch wieder einmal gewusst. »Dann gebe ich meiner Assistentin Bescheid, dass sie noch die Details ergänzt, und lasse Ihnen die Pläne in den nächsten Tagen per Mail zukommen. Wäre das in Ordnung?«

Er ließ seinen Blick zwischen dem älteren Ehepaar hin- und herwandern.

Rose Lurrot konnte die Freude über ihr neues Eigenheim kaum unterdrücken. »Sie wurden uns von einem guten Bekannten empfohlen, Monsieur Richaud. Und dafür bin ich unendlich dankbar. Dieses Haus …« Sie blinzelte gerührt. »Das ist ein Lebenstraum, wissen Sie?«

»Ein Haus ist immer eine große Entscheidung«, pflichtete Bastien ihr bei. »Daher sollte man vorher ganz genau überlegen, was man möchte. Jeder setzt andere Prioritäten. Da Sie beide sehr genau wussten, was Ihnen vorschwebt, war die Umsetzung nicht allzu kompliziert.« Er lachte. »Da habe ich schon ganz andere Wünsche gehört.«

»Das glaube ich Ihnen.« Rose Lurrot legte eine Hand auf den Unterarm ihres Mannes. »Haben wir noch Fragen, chéri?«

Thibaut Lurrot schüttelte den Kopf. »Wir warten auf die Pläne, vielleicht ergibt sich dann noch die eine oder andere Unklarheit.«

»Rufen Sie mich jederzeit an, Monsieur«, bot Bastien ihm an. Sie erhoben sich, und er verabschiedete die beiden.

Nachdem das Ehepaar die Räumlichkeiten des Architekturbüros verlassen hatte, trat Bastien aus seinem Büro. »Sylvie, würdest du die Pläne für die Lurrots fertig machen?«

Sie sah von ihrem Schreibtisch auf und nickte. »Klar. Ich schreibe noch kurz das Übergabeprotokoll zu Ende, dann setze ich mich gleich dran.«

»Super.« Unschlüssig blieb Bastien bei seiner Mitarbeiterin stehen. »Je schneller wir das Okay der beiden haben, umso zügiger können wir mit der Beauftragung beginnen.«

»Du siehst müde aus.«

Er seufzte. »Ich habe nicht gut geschlafen.«

»Dann mach eine Pause. Dein nächster Termin ist erst in einer Stunde.«

»Ich muss noch eine Anfrage beantworten, außerdem will die Stadtverwaltung meine Einschätzung zu dem Umbau eines ihrer Bürogebäude.«

»Dein Vater ist heute auf verschiedenen Baustellen unterwegs.«

Bastien nickte. »Ich weiß. Ich habe ihn heute früh kurz angetroffen.«

»Ist sonst noch etwas?« Sylvies Blick wurde fragend.

Er schüttelte den Kopf. »Nein. Mach du nur weiter. Ich werde …« Er zeigte zur Bürotür und ließ seine Assistentin allein.

Als er wieder an seinem Schreibtisch saß, rief er sich die Mail mit der Anfrage auf. Ein Standardprojekt, befand er, nachdem er durchgelesen hatte, was der Kunde wünschte. Das Grundstück war bereits vorhanden. Es ging um einen einstöckigen Bungalow mit überdachter Terrasse einschließlich der Gestaltung des Gartens.

Bastien lehnte sich in seinem Stuhl zurück, während seine Gedanken wanderten. Was war nur mit Charlène los? Schon gestern Abend war sie ihm mehr als merkwürdig vorgekommen. So defensiv und zurückhaltend kannte er sie gar nicht. Hatte sie möglicherweise Probleme bei der Arbeit? Heute früh hatte ihn ihr Verhalten noch mehr irritiert. Dass sie ihn einfach stehen ließ, wenn er mit ihr sprach, hatte er bisher noch nicht erlebt. Normalerweise keifte sie zurück und diskutierte bis zum bitteren Ende. Bis kein Stein mehr auf dem anderen lag. Bis die Stimmung zwischen ihnen auf einem neuen Tiefpunkt anlangte.

Er schloss die Augen und rief sich den Abend im Februar ins Gedächtnis. An jenem Tag war Charlène wie ausgewechselt gewesen. Anschmiegsam und liebevoll, unkompliziert und zärtlich. Damals hatte er ernsthaft gehofft, ihre Ehe könne sich noch einmal berappeln. Dass sie es schaffen würden, ihre Beziehung zu retten. Die Zeit danach hingegen hatte sich umso anstrengender und unerfreulicher gestaltet. Bastien hatte Charlène mehrmals auf den Abend angesprochen, doch ein normales Gespräch darüber war nicht möglich gewesen. Seine Versuche hatten jedes Mal in bittern Vorwürfen ihrerseits gemündet. Er fuhr sich mit einer Hand übers Gesicht. Wie sollte es mit ihnen nur weitergehen? Wie würde ihre Zukunft aussehen? Zu Beginn ihrer Beziehung hatten sie über die Gründung einer Familie gesprochen, doch wenn Bastien jetzt das Thema Kinder anschnitt, kam er gar nicht mehr an seine Frau heran. Charlène ging in keiner Weise auf seine Bedürfnisse ein. Es schien fast, als habe sie die Beziehung bereits aufgegeben.

Hatte er damals einen Fehler gemacht? Die Anfänge waren mehr als holprig gewesen, nachdem er erst mit Aurélie ausgegangen war, die sich nach den ersten Dates mit ihm einem anderen zugewandt hatte, ohne Bastien reinen Wein einzuschenken. Dass Charlène und er sich im Anschluss nähergekommen waren, war so nicht geplant gewesen. Er war enttäuscht gewesen, und Charlène war für ihn da gewesen. Himmel, was für ein Klischee! Die eine Schwester konnte er nicht haben, also hatte er sich für die andere entschieden. Nicht zum ersten Mal fragte er sich, ob er damals richtig gehandelt hatte. Vielleicht brachten ihm die Garnier-Schwestern einfach kein Glück. Vielleicht hätte er auch von Charlène die Finger lassen sollen. Seine Frau war zweifellos eine der schönsten, denen er je begegnet war. Äußerlich. Die vollen Lippen, die schmale Nase, die dunklen, geheimnisvollen Augen. Beide Schwestern hätten problemlos als Models durchgehen können, doch beide arbeiteten lieber mit ihrem Kopf als mit ihrem Körper. In jungen Jahren waren sie tatsächlich von einem Agenten angesprochen worden, keine von beiden hatte aber ernsthaft Interesse an einem Job in einer derart oberflächlichen Branche, in der sich alles nur um Schönheit und Mode drehte.

Wann genau war ihre Beziehung den Bach runtergegangen? Welcher Faktor war ausschlaggebend gewesen, dass sie sich verloren hatten? Sie lebten beide ihre Leben, ohne den anderen wirklich daran teilhaben zu lassen. Selbst die Frage, ob und wohin sie in Urlaub gingen, artete in lautstarke Streitgespräche aus. Charlène war Bastien gegenüber ständig genervt. Er konnte kaum noch in vernünftigem Ton mit ihr reden. Die kurze Annäherung heute früh stellte eine wohltuende Ausnahme von ihren Reibereien dar. War das vielleicht ein erster kleiner Lichtblick?

Immer wieder hatte er sich in den letzten Wochen gefragt, ob es sich überhaupt noch lohnte, zu kämpfen. Wann war er das letzte Mal richtig glücklich gewesen? Im Februar, setzte er stumm nach. An jenem magischen Abend, als Charlène wie ausgewechselt gewesen war. Was war damals anders als sonst? Warum hatte sie es an jenem Tag geschafft, sich ihm völlig und vorbehaltlos zu öffnen?

Die Erkenntnis traf ihn wie ein heißer Blitz. Charlène hatte sich schon sehr lange vor ihm verschlossen. Er konnte ihre Seele nicht mehr spüren, wusste nicht mehr, was seiner Frau wichtig war. Sie hielt ihn auf Distanz, und Bastien hatte keine Ahnung, was er tun konnte, um ihr Herz ein zweites Mal zu erobern. Die andere Frage, die sich immer mehr in den Vordergrund drängte, war: Wollte er überhaupt noch kämpfen?

9

Aurélie war hin- und hergerissen. Vielleicht entdeckte sie in Charlènes Arbeitsunterlagen einen Hinweis darauf, mit wem sie gestern Abend das ominöse Interview hatte führen wollen.

»Geh nach Hause«, wiederholte Sophie neben ihr. »Morgen ist auch noch ein Tag.«

Aurélie nickte fahrig. »Ja, ich gehe gleich. Ich muss nur noch etwas überprüfen.«

Sie warf Charlènes Kollegin einen unauffälligen Seitenblick zu. Wusste Sophie möglicherweise, mit wem sich ihre Schwester treffen wollte? Fast hätte sie über ihre eigene Naivität gelacht. Sie konnte sie wohl kaum fragen.

Als sie auf Charlènes Kalender stieß, rutschte ihr ein erleichtertes Seufzen heraus, das sich schon im nächsten Moment in Enttäuschung umwandelte. Für den gestrigen Abend hatte Charlène keinerlei Eintrag hinterlassen. Hatte ihre Schwester etwa tatsächlich eine Affäre? Gedanklich ging Aurélie Wort für Wort ihres Gesprächs durch. Auch Bastiens unerklärliche Feindseligkeit würde zu dem Szenario passen. Vielleicht wusste er sogar von dem Betrug seiner Frau. Für die Feststellung, dass in Charlènes Ehe einiges nicht stimmte, hatte Aurélie gestern keine zehn Minuten gebraucht. Wieder sah sie zu Sophie, die konzentriert auf ihrer Tastatur tippte.

Sollte sie es wagen? Eigentlich ging es sie nichts an. Wenn Charlène eine Affäre hatte, war das die Privatsache ihrer Schwester. Sollte Sophie von ihrem Date gewusst haben, hätte sie heute früh sicher etwas in der Hinsicht zu Aurélie gesagt. Sie räusperte sich.

»Wie war dein Abend gestern?«

Sophie blickte überrascht von ihrem Bildschirm auf. »Ich hatte dir doch erzählt, dass ich mit meinen Eltern essen gehe.« Sie lächelte. »Die beiden wollten mit mir wegen ihres Hauses sprechen. Sie sind mittlerweile Mitte siebzig und möchten ihre Erbangelegenheiten geregelt wissen.« Sie verzog ihr Gesicht. »Na ja. Vielleicht ist es noch ein wenig früh dafür.«

»Und, konntet ihr alles klären?«, fragte Aurélie, obwohl es sie insgeheim überhaupt nicht interessierte. Doch sie musste das Gespräch am Laufen halten, um dann scheinbar beiläufig auf ihre eigenen beziehungsweise Charlènes Pläne zu sprechen zu kommen.

Sophie berichtete ihr von dem komplizierten Vorgehen, weil ihre Schwester, die schon seit Jahren keinen Kontakt mehr zu ihren Eltern pflegte, leer ausgehen sollte. Aurélie zwang sich, zuzuhören, doch ihre Gedanken kreisten weiter nur um die Fragen, was Charlène gestern Abend getan hatte und wo sie bis jetzt abgeblieben war.

»Wir gehen nächste Woche zu einem Anwalt und lassen uns noch im Detail beraten«, schloss Sophie und musterte Aurélie. »Und wie war es bei dir?«

Aurélie bündelte ihre Konzentration. »Was meinst du?«

»Na, wie war dein Abend?«

Sie zögerte. Offensichtlich hatte Charlène gestern vor Sophie keine besondere Ankündigung gemacht. Sie zuckte mit den Schultern. »Unspektakulär«, erwiderte sie schließlich emotionslos.

Sophie lachte. »Unspektakulär? Läuft es wieder besser mit euch?« Was sollte sie darauf erwidern? »Weder noch.«

»Du solltest mit ihm reden, Charlène.« Sophie beugte sich zu Aurélie herüber und senkte die Stimme. »Du bist unglücklich. Und Bastien wahrscheinlich auch. Vielleicht habt ihr einfach einen Fehler gemacht.«

Aurélie kniff die Augen zusammen. »Wie meinst du das?«

Sophies Blick flackerte. »Vielleicht passt ihr eben doch nicht so gut zueinander, wie ihr anfangs dachtet. Du hast mir doch schon öfter erzählt, dass du dich fragst, ob du ihn überhaupt noch liebst. Und ich sehe dir an, dass du unzufrieden bist. So etwas kommt vor.«

Aurélie schnaufte. »Ich muss nachdenken.« Das war noch nicht einmal gelogen. Sie packte Charlènes Handy in deren Handtasche und fuhr den Computer herunter. »Ich gehe jetzt. Mein Magen ...«

Sophie nickte mit verständnisvoller Miene. »Ruhe dich aus, Süße. Wir sehen uns morgen.«

Nachdem sie noch einige Kollegen, die Aurélie nicht namentlich kannte, auf ihrem Weg nach draußen angesprochen hatten und Aurélie sich jedes Mal mit unverbindlichen Floskeln aus der Affäre gezogen hatte, verließ sie das Verlagsgebäude. Draußen blieb sie stehen und holte erneut Charlènes Handy hervor.

»Verdammt, wo bist du?«, fluchte sie ein weiteres Mal auf ihre eigene Mailbox. »Wir hatten etwas vereinbart.« Frustriert steckte sie das Telefon wieder weg und überlegte, wie sie weiter vorgehen sollte, als es in ihrer Tasche zu klingeln begann. Charlène, dachte sie erleichtert und kramte das Telefon zum zweiten Mal hervor.

Doch es erschien Bastiens Name auf dem Display. Was sollte sie tun? Ihn ignorieren? Sie musste an Sophies Worte denken und fürchtete, die schlechte Stimmung zwischen dem Paar nur noch weiter anzufachen. Da das Klingeln nicht aufhörte, nahm sie das Telefonat schweren Herzens an.

»Ja?«

»Ich bin's«, erklärte Bastien überflüssigerweise. »Ich ...«

»Ja?«

»Heute Morgen ... Ich dachte, wir könnten vielleicht ...«, stammelte er mit unsicherer Stimme.

Was war nur mit den beiden los?

»Ich würde dich gern zum Essen einladen. Heute Abend. Nur wir beide allein. Wir könnten reden und ...«

Aurélie riss sich zusammen. »Das klingt toll«, gab sie zurück, obwohl sie wusste, dass er nicht sie meinte.

»Wirklich?« Er klang fast überrascht.

»Ja, natürlich«, bekräftigte sie und schluckte.

»Ich ...« Er atmete ins Telefon. »Charlène, ich hatte ehrlich gesagt nicht damit gerechnet, dass du meine Einladung überhaupt annehmen würdest, nach dem, was die letzten Monate zwischen uns war ...«

Aurélie wusste nichts zu erwidern.

»Aber heute Morgen ... der Kuss ...« Er lachte heiser. »Ich weiß natürlich, dass es nur ein harmloser Kuss war, aber ... ich hatte das Gefühl ... wir sollten uns noch nicht aufgeben.«

Aurélie schloss die Augen, da sie seine Worte kaum ertragen konnte. »Du hast recht.« Sie räusperte sich. »Wir sollten uns nicht aufgeben.«

»Das ist ... Charlène, das ist großartig. Ich kann dir gar nicht sagen, wie erleichtert ich gerade bin.«

Im Hintergrund erklang undeutlich eine Frauenstimme. »Ich muss jetzt leider Schluss machen, da meine nächsten Kunden gekommen sind. Aber wir sehen uns heute Abend. Zieh dir was Schickes an. Ich freue mich auf dich.«

»Ich mich auch«, sagte Aurélie leise und beendete das Telefonat. Er hatte den Kuss erwähnt. Den Kuss, den er nicht seiner Frau, sondern seiner Schwägerin gegeben hatte. Und der ihm ganz offensichtlich etwas signalisiert hatte, was er bei Charlène vermisste. Wie sollte sie ihm mit diesem Wissen je wieder unter die Augen treten? Und was sollte sie ihrer Schwester sagen?

Aurélie sah auf die Uhr. Die Situation war dermaßen verfahren, dass sie nicht wusste, wie sie sich weiter verhalten sollte. Wenn Charlène bis heute Abend noch immer nicht wieder aufgetaucht war, musste sie Bastien reinen Wein einschenken. Sie konnte diese Rolle nicht endlos weiterspielen. Doch bis auf Weiteres blieb ihr wohl nichts anderes übrig, wenn keiner etwas merken sollte. Obwohl ihr alles andere als wohl bei der ganzen Sache war, entschied sie sich, als Charlène nach Gruissan zu fahren und auf Bastien zu warten. Im besten Fall kehrte ihre Schwester in der Zwischenzeit zurück, und sie konnten unbemerkt ihre Rollen zurücktauschen.

Als sie zwanzig Minuten später in die Einfahrt der Villa bog, erkannte sie, dass ihre Schwester noch immer nicht zu Hause war. Nirgendwo stand ihr eigener Wagen. Langsam begann sie sich ernsthaft Sorgen zu machen. Sie stieg aus dem Auto ihrer Schwester und steuerte auf den Eingang zu. Bevor sie den Schlüssel ins Schloss stecken konnte, wurde die Tür von innen geöffnet. Simona, die

Spanierin, die Charlène beim Führen des Haushalts half, erschien im Rahmen.

»Charlène, Sie sind aber früh zu Hause.«

Aurélie mühte sich ein Lächeln ab. »Ich fühle mich nicht so gut.«

»Sie sind krank?« Das Gesicht der älteren Frau nahm einen mitfühlenden Ausdruck an.

»Nicht direkt, aber … ich glaube, ich habe mir den Magen verdorben.«

»Ich wollte gerade gehen, aber ich kann Ihnen gern noch einen Tee machen, wenn Sie möchten.«

Aurélie hob abwehrend die Hände. »Das ist lieb von Ihnen, aber machen Sie Feierabend, Simona. Ich komme zurecht. Ich denke, ich werde mich etwas hinlegen.«

Die Spanierin sah sie skeptisch an. »Sind Sie sicher?«

»Ganz sicher. Danke.«

Nachdem die Angestellte die Auffahrt hinuntergelaufen war, schloss Aurélie die Tür und lehnte sich von innen dagegen. Sie hatte keine Kraft mehr. Ein Blick auf die Uhr sagte ihr, dass sie noch Zeit hatte, bis Bastien käme, um sie abzuholen. Eine lange Zeit, in der Charlène hoffentlich endlich auftauchen würde.

10

Capitaine Jean Foummant sah sich skeptisch in dem Hotelzimmer um, als seine Mitarbeiterin, Commandant Loulou David, neben ihn trat. »Was denkst du?«

Er atmete tief aus. »Eine Beziehungstat? Mord aus Leidenschaft?«

»Sie ist bekleidet«, wandte Loulou ein.

»Vielleicht kam die Leidenschaft noch nicht ganz durch«, mutmaßte Jean.

»Sie ist sehr hübsch«, erwiderte seine Mitarbeiterin ohne Zusammenhang.

»Das ist dir aufgefallen? Hätte ich das gesagt, wäre es sexistisch.«

Er verfolgte, wie der Rechtsmediziner sich über die dunkelhaarige Leiche beugte. »Befragen wir die Reinigungskraft, die das Opfer gefunden hat.«

Die junge Frau saß zusammengesunken auf einem Sessel nahe der Tür und presste sich ein zusammengeknülltes Taschentuch vor die Nase. Ihrer Miene konnte man ansehen, dass sie überall anders lieber wäre als hier in diesem Raum, zusammen mit der Toten. Jean steuerte auf sie zu.

»Mademoiselle Hélier?« Er bedeutete ihr, ihm zu folgen. »Kommen Sie bitte.«

Auf dem Flur vor dem Hotelzimmer entspannten sich die zuvor hochgezogenen Schultern der Hotelangestellten sichtlich.

»Sie haben die Tote gefunden?«, wollte Jean von ihr wissen.

Mademoiselle Hélier nickte mehrmals. »Ich wollte ... Ich habe geklopft ... Wie wir das immer machen ... Aber ...«

»Sie haben keine Antwort bekommen, daher haben Sie die Tür aufgeschlossen und sind eingetreten«, half Jean ihr auf die Sprünge.

Wieder nickte sie. Ihre Unterlippe bebte. »Erst dachte ich, sie ist nur ohnmächtig geworden ... Ich bin zu ihr gegangen und habe ... Das ganze Blut ...« Sie fasste sich an den Hinterkopf. »Ich bin mit meinem Ohr ganz nah an ihr Gesicht, doch da war nichts. Sie hat nicht mehr geatmet. Vielleicht, wenn ich früher gekommen wäre ...« Sie begann zu schluchzen.

»Sie ist schon länger tot«, versuchte Jean sie zu beruhigen. »Auch eine halbe Stunde früher hätten Sie ihr nicht mehr helfen können.«

»Ist sie ... Wurde sie ermordet?«

»Haben Sie die Tote berührt?«, meldete sich Loulou zu Wort, ohne auf Héliers Frage einzugehen.

Hastig schüttelte die Reinigungskraft den Kopf. »Mon Dieu, nein ...«

»Und Sie haben sonst niemanden gesehen? Auch nicht, bevor Sie das Zimmer betreten haben? Auf dem Flur?«, hakte Jean nach.

Wieder schüttelte sie den Kopf. »Ich war ganz allein. Es hat eine Weile gedauert, bis jemand ... mein Chef kam und Sie angerufen hat. Wir dürfen während der Arbeit kein Handy bei uns tragen.« Sie verdrehte die Augen. »Damit wir schneller arbeiten, ohne Ablenkung …«

»Ich verstehe.« Wo gab es denn noch derart steinzeitliche Bestimmungen? Doch Jean ließ sich seine Verwunderung nicht anmerken. »Ist Ihnen sonst irgendetwas in dem Zimmer aufgefallen? Sah etwas ungewöhnlich aus?«

Mademoiselle Hélier schien nachzudenken. »Nein, ich habe die Frau entdeckt und dann …« Sie schlug die Hände vors Gesicht. »Entschuldigen Sie bitte, aber … ich habe noch nie einen toten Menschen gesehen. Ich arbeite erst seit fünf Monaten hier, und jetzt so eine Katastrophe …«

Loulou legte ihre Hand auf den rechten Unterarm der Frau. »Sie können nichts dafür.«

»Ich weiß, aber … sie ist … war noch so jung.«

Jean wechselte einen kurzen Blick mit seiner Mitarbeiterin und überließ es ihr, sich weiter um die Angestellte zu kümmern.

Ein Beamter der Spurensicherung kam sofort auf ihn zu, als er das Hotelzimmer wieder betrat. »Habt ihr etwas gefunden?«

Sein Kollege nickte. »Sie heißt Aurélie Garnier, achtundzwanzig Jahre alt, Lehrerin in Narbonne, wo sie auch lebt. Eine Schwester, keine Eltern mehr.«

Jean verzog anerkennend sein Gesicht. »Ihr seid ja schneller, als die Polizei erlaubt.« Er lachte über seinen eigenen Witz.

»Ausweis und Handy befanden sich in der Tasche. Ein Klick ins Melderegister, mehr war es nicht.« Der Beamte übergab ihm die Tasche. »Die Schwester hat schon mehrfach versucht, die Tote zu erreichen. Wahrscheinlich hat sie sich bereits Sorgen gemacht. Sie klang nicht besonders freundlich.«

»Da haben wir doch schon mal einen ersten Ansatz.« Jean deutete mit dem Kinn zur Toten, vor der noch immer der Rechtsmediziner kniete. »Ein Unfall?«

Der Beamte schüttelte den Kopf. »Schwierig zu sagen. Sie ist eindeutig mit dem Kopf gegen die Kommode geknallt. Ob sie allein war und gestürzt ist oder ob sie gestoßen wurde …« Er zuckte mit den Achseln. »Das herauszufinden wäre dann euer Job.« Er widmete sich wieder den gesicherten Gegenständen.

Jean blickte auf die Tasche in seiner Hand. Warum sollte sich eine junge Frau mitten in der Woche allein ein Hotelzimmer anmieten? Ihm fiel nur ein einziger Grund ein. Diskretion. Vielleicht war sie verheiratet und hatte eine heimliche Affäre? Nichts im Raum deutete jedoch darauf hin, dass eine zweite Person anwesend gewesen war. Keine benutzten Gläser, die Decken auf dem Doppelbett waren noch akkurat zusammengefaltet. Handelte es sich möglicherweise doch um einen Unfall? Eine Lehrerin aus Narbonne, das klang eher harmlos. Sie mussten dringend mit der Person sprechen, die gestern Abend an der Rezeption gesessen hatte. Vielleicht half ihnen das weiter. Überwachungskameras erwartete Jean in einem günstigen Mittelklassehotel wie diesem hier nicht. Beim Betreten der Hotellobby waren ihm auch keine ins Auge gestochen.

»Eine Kollegin kümmert sich jetzt um Mademoiselle Hélier. Ich habe ihr geraten, dass sie nach Hause gehen soll.« Loulou betrachtete nachdenklich das breite Bett. »Wissen wir schon etwas zum Todeszeitpunkt?«

Jean verneinte und gab ihr die Informationen weiter, die ihnen bisher zu der Toten vorlagen.

»Garnier?« Loulou kniff die Augen zusammen.

»Kennst du sie?«

Seine Mitarbeiterin schüttelte den Kopf. »Nein, aber ... der Name sagt mir etwas.«

»Na ja, allzu selten ist er nicht.« Jean lachte gutmütig.

»Irgendetwas gefällt mir hier nicht«, murmelte Loulou vor sich hin.

»Mir auch nicht. Eine junge Frau ist tot«, bemerkte er sarkastisch.

Tadelnd hob sie die Brauen. »Etwas mehr Ernst bitte. Noch bist du nicht im Ruhestand.«

Er legte den Kopf schief. »Noch zwei Jahre, drei Monate und zwei Wochen.«

»Vielen Dank auch, dass du mich daran erinnerst.« Ihre Mundwinkel zuckten. »Bis dahin haben wir den Fall hoffentlich gelöst.«

Einer der Spurensicherungsbeamten trat wieder zu ihnen. »Wir haben Massen an Fingerabdrücken.«

»War in einem Hotelzimmer wohl nicht anders zu erwarten«, gab Jean frustriert zurück.

»Und die Türklinke wurde bereits gereinigt«, fuhr der Kollege fort. »Es wird schwierig werden, herauszufiltern, welche Abdrücke relevant sein könnten.«

»Dann hoffen wir, dass die Obduktion uns ein paar Hinweise liefert.« Erneut ließ Jean seinen Blick durch den Raum schweifen. Über dem Bett hing ein billiger Nachdruck, auf den Nachttischen befanden sich kleine runde Lampen in einer Messingfassung. An der Wand gegenüber war ein schmaler Kleiderschrank in die Mauer integriert. Die halb geöffnete Schiebetür gab den Blick ins Innere frei, eine Handvoll unbenutzter Kleiderbügel hing an einer Stange. Durch die offene Tür daneben konnte er das weiß gefliese Bad erkennen. Nichts Besonderes, ein hoher Duscheinstieg, ein kleines Waschbecken. Graue, sorgfältig drapierte Handtücher lagen auf der Ablage neben dem Spiegel.

»Keinerlei Spuren«, merkte der Spurensicherungsbeamte neben ihm an, als habe er seine Gedanken gelesen. »Das Bad scheint nicht benutzt worden zu sein. Fingerabdrücke haben wir natürlich auch dort gefunden, aber ich glaube nicht, dass sie zwingend mit dem Tod der Frau in Verbindung stehen.«

»Schöne Scheiße«, rutschte es Jean raus.

»Vielleicht sollten wir mit der Schwester reden«, schlug Loulou vor und sah ihn abwartend an.

»Das machen wir«, stimmte er zu. »Erst reden wir mit dem Hotelchef, und dann kümmern wir uns um die Schwester.«

11

Aurélie entschied sich letztlich für ein violettes, knöchellanges Kleid, nachdem sie mehr als zwei Stunden lang Charlènes halben Kleiderschrank durchprobiert hatte. Ihr stand schon der Schweiß auf der Stirn, die Stoffe klebten unangenehm an ihrem Körper.

Nachdem sie kurz unter die Dusche gesprungen war, hatte sie sich sorgfältig eingecremt und das elegante Sommerkleid übergestreift. Keine Sekunde hatte sie währenddessen das Handy ihrer Schwester aus den Augen gelassen, doch jeder Anruf, der einging, hatte sich lediglich auf Charlènes berufliche Belange bezogen, die Aurélie mit vagen Ausflüchten abgewehrt hatte. Was war mit Charlène geschehen? Warum meldete sie sich nicht? Sollte sie ihre Schwester nicht endlich als vermisst melden, anstatt ihrem Schwager vorzugaukeln, dass er seine Frau zum Essen ausführte?

Als sie auf die Uhr sah, fiel ihr siedend heiß ein, dass sie vergessen hatte, noch mal bei der Schule anzurufen, um sich für ihr heutiges Fehlen zu entschuldigen. Wie hatte ihr das nur passieren können? Zu viel schwirrte momentan in Aurélies Kopf herum. Die anstrengende Performance in der Redaktion, das Abwägen ihrer Worte Bastien gegenüber, die Sorge um Charlène ... Wie sollte sie ihrem Schwager nur beibringen, wie sie sich in diese völlig absurde Situation gebracht hatte? Bastien würde toben. Schon viel früher hätte sie ihm erklären müssen, was Sache war. Spätestens nach dem Kuss hätte sie ...

Im Erdgeschoss wurde die Haustür aufgeschlossen. Aurélie schluckte und warf einen letzten Blick in den Spiegel. Sollte sie ihm nicht sofort hier und jetzt die Wahrheit sagen? Dann könnten sie gemeinsam zur Polizei gehen und endlich nach Charlène suchen lassen. Aurélie war hin- und hergerissen zwischen der Sorge um ihre Schwester und der Loyalität Charlène gegenüber.

»Chérie?«, erklang Bastiens Stimme von der Treppe her.

»Hier oben, im Schlafzimmer«, gab Aurélie zurück und rang um Fassung.

»Wow!« Er tauchte im Türrahmen auf und verzog anerkennend sein Gesicht.

Unsicher sah Aurélie an sich hinab. »Ich weiß nicht ... Vielleicht sollten wir nicht ...«

Mit zwei großen Schritten war er bei ihr und umfasste ihre Hände. Zärtlich hauchte er ihr einen Kuss auf die Lippen.

Aurélies Unterleib begann zu kribbeln. Sie durfte sich auf keinen Fall hinreißen lassen, sondern musste jetzt unbedingt einen klaren Kopf bewahren.

»Ich springe schnell unter die Dusche und ziehe mich um. Gib mir zehn Minuten«, raunte er mit rauer Stimme an ihrem Ohr. »Ich freue mich auf dich.«

Abrupt ließ er sie wieder los, drehte sich um und betrat das Badezimmer. Da er die Tür hinter sich nicht schloss und bereits begann, sein Hemd aufzuknöpfen, stürmte Aurélie aus dem Zimmer. Sie musste mit ihm reden. Jetzt! Charlène war seit knapp vierundzwanzig Stunden verschwunden, und keiner wusste, wo sie sich aufhielt. Fast hätte Aurélie aufgelacht. »Keiner« war gut. Niemand wusste, dass sie überhaupt verschwunden war. Niemand außer Aurélie. Ihre Gedanken überschlugen sich, ihre Verunsicherung wuchs und wuchs. Wie sollte sie sich richtig verhalten? Was sollte sie tun? Wie sollte sie Bastien erklären, was passiert war?

»Ich bin so weit«, rief er in diesem Moment von oben.

Vielleicht sollte sie ihm tatsächlich erst im Restaurant die Wahrheit sagen. In der Öffentlichkeit konnte seine Reaktion nicht so harsch ausfallen wie hier zu Hause allein mit ihr. Sie würde ihm ganz in Ruhe erklären, wie es zu dem Rollentausch gekommen war und warum Charlène der Meinung war, dass er nicht wissen durfte, dass sie schon wieder ein abendliches Interview für ihren Job hatte. Sachlich und emotionslos, beschwor sie sich und bemühte sich um Gefasstheit.

»Wir können los«, verkündete Bastien, als er bei ihr ankam. »Du siehst fantastisch aus, Charlène.«

Aurélie strengte sich fieberhaft an, eine neutrale Miene zu bewahren. »Du auch«, rutschte es ihr ungewollt heraus. Sie meinte es ernst. Das hellblaue Hemd betonte Bastiens blaue Augen und sein blondes Haar, die perfekt sitzenden schwarzen Jeans ließen seinen sehnigen Körper darunter mehr als nur erahnen.

»Lass uns gehen.« Er lächelte, als er nach ihrer Hand griff.

Als er sich anschickte, das Grundstück zu Fuß zu verlassen, sah sie ihn irritiert an. »Wir laufen?«

Er nickte. »Ich habe uns einen Tisch am Hafen reserviert. Das Wetter ist wundervoll, es lohnt sich nicht, den Wagen zu nehmen.« Er sah auf ihre Füße, die in eleganten schwarzen Pumps steckten. »Oder schaffst du den Weg mit diesen Schuhen nicht?«

Aurélie bemühte sich um Ruhe. »Doch«, erwiderte sie demonstrativ gelassen. »Doch, zum Hafen ist es ja nicht weit.«

Keine zehn Minuten später saßen sie in erster Reihe auf der Terrasse eines bekannten Restaurants. Die Yachten schaukelten leicht auf der Wasseroberfläche vor sich hin. Touristen flanierten an den Booten entlang. Möwen kreisten über dem Ufer und schrien ununterbrochen. Die Abendsonne tauchte die Szenerie in ein weiches, schmeichelndes Licht.

»Wir nehmen einen leichten Rotwein«, erklärte Bastien dem herangeeilten Kellner. »Und eine Karaffe Wasser dazu, bitte.«

Nachdem sie wieder allein waren, streckte ihr Schwager seinen rechten Arm über den Tisch und umfasste erneut Aurélies Hand.

»Ich bin so froh, dass es geklappt hat.«

Sie schluckte, erwiderte jedoch nichts. Wie gebannt blickte sie auf seine Finger, die liebevoll über ihren Handrücken strichen. Sie hätte ewig so sitzen können, um seine Berührungen zu genießen, doch die Umstände waren zu dramatisch, als dass sie sie hätte ausblenden können. Sie musste diese Scharade beenden. Jetzt und hier. Es ging nicht mehr, keine Minute länger. Aurélie konnte Bastien kaum noch in die Augen sehen. Endlich schaffte sie es, sich ein Herz zu fassen.

»Bastien, wir müssen reden.« Jetzt waren die Worte ausgesprochen. Nun gab es kein Zurück mehr.

Er nickte lächelnd. »Ja, ich weiß. Deshalb wollte ich ja auch heute Abend mit dir hierher essen gehen.«

Als Aurélie ihn unterbrechen wollte, hob er seine freie Hand und bedeutete ihr, ihn aussprechen zu lassen. »Es lief die letzten Monate nicht gut, Charlène. Das ist mir mehr als bewusst. Zwischenzeitlich dachte ich schon, dass du mich ... nicht mehr liebst.«

Seine Worte schnitten Aurélie tief ins Herz. Sie konnte seinen Schmerz und seine Angst förmlich fühlen.

Bastien nickte nachdrücklich. »Das ist die Wahrheit.« Er sah ihr in die Augen. »Ich hatte die Befürchtung, dass du mich nicht mehr liebst. Dass da nichts mehr zwischen uns ist. Wie lange ist es her, dass wir …« Er senkte seine Stimme und sah sich kurz um. »Dass es im Bett mit uns richtig schön war? Bis auf das eine Mal im Winter?«

Galle stieg in Aurélies Kehle auf. Sie glaubte, sich übergeben zu müssen. Sie wollte seine Worte nicht hören und lechzte doch danach. Wollte die Emotionen nicht spüren, die in ihrem Inneren tobten, und konnte sie doch nicht ignorieren. Was war nur zwischen Charlène und Bastien passiert, dass die beiden sich derart entfremdet hatten? Ihre Schwester hatte Aurélie gegenüber kein Wort darüber verlauten lassen, dass sich ihre Ehe in einem solch desolaten Zustand befand. Hatte sie vielleicht doch eine Affäre?

»Charlène, ich liebe dich. Zu Beginn unserer Beziehung war es so wundervoll. Wir haben uns immer blendend verstanden.« Er lachte. »In jeglicher Hinsicht.«

Wieder überkam Aurélie ein überwältigender Schwindel. Mit ihrer freien Hand umfasste sie die Tischplatte. »Bastien, bitte …«, unterbrach sie ihn entschlossen.

»Noch drei Sätze, Charlène. Bitte.«

Sie nickte und bemühte sich erneut um Geduld.

»Es lief in letzter Zeit sehr schlecht zwischen uns, das ist mir durchaus bewusst.« Sein Griff wurde fester. Er wartete, bis sie ihn wieder ansah. »Aber denkst du nicht, dass es sich lohnt, zu kämpfen?«

»Bastien, nein.« Aurélie schnappte nach Luft, schüttelte den Kopf und entzog ihm eilig ihre Hand. »Ich bin nicht …«, setzte sie an, als Charlènes Handy in ihrer Tasche zu klingeln begann.

»Mist«, entfuhr es ihr ungehalten.

»Bitte geh nicht ran«, bat Bastien mit leiser Stimme. »Nicht jetzt.«

Doch Aurélie kramte bereits in der Tasche nach dem Telefon. »Es könnte wichtig sein«, gab sie hektisch zurück. Vielleicht meldete sich Charlène endlich.

»Bitte, Charlène. Nicht heute Abend.«

Sein Tonfall wurde eindringlicher, Aurélie erkannte Bastiens Verzweiflung darin. Er kämpfte mit aller Entschlossenheit um seine Ehe. Wie gern hätte sie ihm einige tröstende Worte gesagt! Ihm erklärt, dass alles gut würde. Vielleicht hätte das ganze Theater ja gleich ein Ende. Vielleicht konnten Charlène und sie endlich die Rollen zurücktauschen und diesem irrsinnigen Albtraum ein Ende bereiten.

»Es tut mir leid, aber ...« Sie sah aufs Display, es war nicht ihre Nummer. Trotzdem nahm sie das Gespräch an, vielleicht rief Charlène von einem anderen Anschluss an. »Ja?«

»Madame Richaud?«, ertönte eine ihr unbekannte Männerstimme am anderen Ende.

»Nein ...«, rutschte es ihr heraus. »Äh, ja, die bin ich.«

»Madame Richaud, hier spricht Capitaine Foummant von der Police Nationale Narbonne. Wir müssten dringend mit Ihnen sprechen. Wir stehen vor Ihrem Haus in Gruissan. Wo befinden Sie sich im Moment?«

Entsetzt fasste sich Aurélie an den Hals. »Ich bin ... am Hafen. Mit ... meinem Mann.« Die Worte blieben ihr fast in der Kehle stecken. »Um was geht es denn?«

»Das würden wir gern persönlich mit Ihnen besprechen, Madame. Wäre es möglich, dass Sie direkt nach Hause kämen?«

Aurélie erwiderte Bastiens fragenden Blick, zuckte mit den Achseln und versuchte, sich zu konzentrieren. Was wollte die Polizei von ihr? »Ja«, erwiderte sie wie ferngesteuert. »Ja, natürlich, wir kommen sofort. Wir machen uns gleich auf den Weg.«

Bei ihren Worten runzelte Bastien die Stirn.

Aurélie meinte fast, keine Luft mehr zu bekommen. Der Polizist verabschiedete sich von ihr und beendete das Gespräch.

Orientierungslos ließ Aurélie die Hand sinken und starrte ins Leere.

»Was ist passiert, Charlène? Wer war da gerade am Telefon?«

12

Als Aurélie und Bastien an der Richaud-Villa ankamen, parkte bereits ein Wagen der Police Nationale vor der Einfahrt. Zwei Polizisten stiegen aus: ein älterer, stämmiger, grauhaariger Beamter, wahrscheinlich Capitaine Foummant, der Aurélie vor wenigen Minuten angerufen hatte, und eine jüngere Frau mit dunklem Haar, das zu einem langen, dicken Zopf geflochten war.

»Madame Richaud?« Der Beamte blickte von Aurélie zu Bastien, bevor er wieder Aurélie fixierte.

Aurélie nickte. »Charlène Richaud«, erklärte sie leise und reichte den Polizisten die Hand.

Auch Bastien stellte sich vor und tat es Aurélie gleich. »Dürften wir endlich erfahren, um was es eigentlich geht?«

»Könnten wir bitte im Haus sprechen?« Foummant zeigte zur Eingangstür.

Bastien holte den Schlüssel hervor und öffnete seufzend die Tür. »Bitte sehr.«

Während Aurélie ihre Pumps von den Füßen streifte, führte ihr Schwager die beiden Beamten ins Wohnzimmer und bot ihnen Platz an. Doch die beiden blieben mitten im Raum stehen.

Als Aurélie zu ihnen stieß, wandte sich Capitaine Foummant ihr mit ernstem Gesicht zu. »Madame Richaud, wir haben leider eine traurige Nachricht zu überbringen. Ihre Schwester Aurélie wurde tot in einem Hotelzimmer in Narbonne aufgefunden.«

Aurélie wurde schwarz vor Augen. Schwindel ergriff sie, sie taumelte und ließ sich fassungslos auf die Couch sinken. Was sagte der Beamte da? Das konnte doch nicht sein! Nicht Charlène!

»Nein, das ist nicht möglich«, stammelte sie hilflos, während sie hektisch zwischen den beiden Beamten und Bastien hin- und hersah. Ohne Unterlass schüttelte sie den Kopf.

»Sind Sie sicher?«, hakte Bastien nach und setzte sich neben Aurélie. Behutsam legte er einen Arm um ihre Schulter und zog sie enger an sich.

Der Beamte schnaufte. »Wir haben ihren Ausweis und ihr Handy sichergestellt. Außerdem stand Madame Garniers Wagen vor dem Hotel. Und ...« Er deutete vorsichtig auf Aurélie. »Wir wussten nicht, dass Sie Zwillingsschwestern sind, aber die Identität ist spätestens hiermit eindeutig geklärt.« Er wechselte einen entschuldigenden Blick mit seiner Kollegin.

Bastien sah zu Aurélie. »Ich bin für dich da, egal, was passiert.« Er hauchte ihr einen Kuss auf die Wange. »Es tut mir so leid.«

Aurélie rang weiter um Fassung, sie konnte kaum noch einen klaren Gedanken fassen. Die Worte drangen wie durch eine dichte Nebelwand an sie heran. Charlène war tot. Das konnte nicht sein. Sie hatte doch nur einen Interviewtermin gehabt. Auch die Polizei schien den Schwindel nicht zu erkennen. Sie musste dringend klarstellen, wer sie wirklich war. »Ich ...«, setzte sie unsicher an. Würde Bastien ihr vor den Beamten eine Szene machen? Immerhin war seine Frau gestorben. Und sie hätte schon gestern Abend veranlassen können, dass er sich mit Charlène in Verbindung setzt. Stattdessen hatte sie ihm dieses Theater vorgespielt und ihn einen ganzen Tag an der Nase herumgeführt.

»Leider können wir zum jetzigen Zeitpunkt ein Fremdverschulden nicht ausschließen«, merkte in diesem Moment die jüngere Polizistin, die sich als Commandant David vorgestellt hatte, an.

Aurélie sah auf. »Was wollen Sie damit andeuten?«

»Was ist überhaupt passiert?«, ergänzte Bastien.

Foummant schien zu zögern. »Nach unserem jetzigen Kenntnisstand gehen wir davon aus, dass sich Ihre Schwester mit einem Mann in dem Hotel verabredet hatte, die Situation auf irgendeine Weise eskalierte und Ihre Schwester gestürzt ist.« Er machte eine Pause. »Oder gestoßen wurde. Sie ist mit dem Hinterkopf auf die Kante einer Kommode gefallen. Dem ersten Anschein nach war diese Verletzung tödlich.«

Foummants Worte hingen bleischwer im Raum. Niemand sagte etwas. In Aurélies Kopf jagte eine Frage die nächste. Ihre Schwester war tot. Was wie ein harmloser Scherz begonnen hatte, war zu einer tödlichen Falle geworden. Irgendetwas im Bericht der Polizisten hörte sich falsch an. Doch sie kam nicht darauf, was es war.

»Chérie, ich bin da. Hörst du?« Bastien nahm seinen Arm von ihren Schultern und umfasste ihre Finger.

»Was ist geschehen?« Aurélie hörte selbst, wie hohl ihre Stimme klang. »Mit wem hat … meine Schwester sich getroffen?«

»Das wissen wir noch nicht«, gab Foummant zurück. »Aber wir sind dabei, alle Spuren auszuwerten, und werden ganz sicher herausfinden, was genau zu Aurélies Tod geführt hat.«

Sie zuckte zusammen, als sie ihren eigenen Namen hörte. Dann fiel ihr ein, was nicht stimmig war. »Aurélie«, murmelte sie nachdenklich. »Auf welchen Namen hat … meine Schwester das Zimmer gebucht?«

Foummant runzelte die Stirn und sah zu seiner Kollegin. »Ich verstehe die Frage nicht ganz …«

Wenn die Beamten davon ausgingen, dass Charlène Aurélie war, konnte sie nicht unter ihrem richtigen Namen im Hotel eingecheckt haben. Hatte sie doch eine heimliche Affäre vertuschen wollen? Aurélie konnte sich keinen Reim auf die Situation machen.

»Auf welchen Namen hat sie das Zimmer gebucht?«, fragte sie nun lauter und sah die Polizisten an.

»Auf ihren eigenen, Madame«, erwiderte Commandant David ruhig.

Aurélie wurde schwindlig. Charlène hatte den Raum auf ihren, Aurélies Namen gebucht. Warum? Das machte überhaupt keinen Sinn. Bei einer Affäre, von der Bastien nichts wissen durfte, hätte sie doch sicher irgendeinen erfundenen Namen benutzt. Warum Aurélies? Weil sie an der Rezeption einen Ausweis vorlegen musste? Und wenn es doch um ein Interview gegangen war, warum hatte sie das überhaupt in einem Hotelzimmer führen wollen? Hatte sie sich bisher nicht immer in Cafés oder Restaurants mit ihren Informanten getroffen? Aurélie fand einfach keine Antworten auf all ihre offenen Fragen. Wie sollte sie weiter vorgehen? Ihre Schwester war möglicherweise in der Annahme ermordet worden, es handele sich um Aurélie. War es daher wahrscheinlich, dass für sie weiter Gefahr drohte, wenn sie nun offenbarte, wer sie in Wirklichkeit war? Dass der Mörder es eventuell tatsächlich auf sie, Aurélie abgesehen hatte?

»Madame?«

Aurélie blickte wieder auf. »Ja?«

»Wir möchten von Ihnen wissen, wann Sie das letzte Mal Kontakt zu Aurélie hatten«, wiederholte David ihre Frage.

»Zu Aurélie?«, wiederholte Aurélie noch immer fassungslos.

»Gestern. Wir waren zusammen Kaffee trinken.« Tränen traten ihr beim Gedanken an ihr letztes Treffen in die Augen.

»Und wo waren Sie gestern Abend?« Foummant verlagerte sein Gewicht von einem auf den anderen Fuß.

»Zu Hause«, erklärte Bastien bestimmt. »Wir waren zusammen zu Hause.«

Aurélie unterdrückte ihre Überraschung. Bastien war fast zwei Stunden lang außer Haus gewesen. Warum log er nun bei einem derart unwichtigen Aspekt? Er war joggen gewesen, mit Sicherheit vermutete die Polizei nicht, dass er hinter dem Tod seiner Schwägerin steckte. Doch es war nicht Aurélie, die tot war. Charlène war gestorben. Und ihre Ehe mit Bastien schien mehr als nur zerrüttet gewesen zu sein. Hatte er vielleicht von ihrer Affäre erfahren und ...

Aurélie schalt sich für den absurden Gedanken. Dazu hätte er wissen müssen, dass Aurélie nicht Charlène war. Und dazu hätte er ebenso wissen müssen, dass Charlène sich unter Aurélies Namen in einem Hotelzimmer mit ihrem Liebhaber verabredet hatte. Außerdem müsste er in den letzten vierundzwanzig Stunden über enorme Schauspielkünste verfügt haben. Nein, Bastien hatte nichts mit Charlènes Tod zu tun. Doch warum belog er die Polizei? Aurélies Kopf dröhnte. Sie wusste wieder nicht, was sie tun sollte. Wenn sie jetzt nicht die Wahrheit sagte, musste sie ihre Rolle auf unbestimmte Zeit fortführen.

Doch warum sollte sie das tun? Um die Wahrheit herauszufinden, flüsterte eine leise Stimme in ihrem Hinterkopf. Um Antworten auf all die offenen Fragen zu finden. Was hatte Charlène in diesem Hotelzimmer gemacht? Warum hatte sie das Zimmer auf Aurélies Namen gebucht? Und warum belog ihr Schwager die Polizei, wenn es um ihre Alibis ging? Wenn sie jetzt ihre wahre Identität offenbarte, würde sie als Lügnerin dastehen, die einen ganzen Tag hatte verstreichen lassen, bevor sie etwas wegen Charlènes Verschwinden unternahm. Die Polizei würde sich fragen, was zwischen den Schwestern nicht stimmte, warum Aurélie ihrem Schwager vorspielte, seine Frau zu sein. Sie würde Fragen stellen, deren Antworten Aurélie lieber für sich behalten wollte. Und sie würde vor allem Aurélie ins Visier ihrer Untersuchungen nehmen, nachdem sie fast vierundzwanzig Stunden lang in die Rolle ihrer Schwester geschlüpft war und ihr komplettes Umfeld diesbezüglich belogen hatte. Nein, sie hatte gar keine andere Wahl, als ihre Rolle weiterzuspielen. Nur so konnte sie herausfinden, was seit ihrem Rollentausch geschehen war. Als Charlène konnte sie unbeobachtet weitere Nachforschungen anstellen. Möglicherweise hatte sie auf diese Weise sogar die Möglichkeit, den Tod ihrer Schwester aufzuklären.

»Haben Sie noch Fragen, Madame?«, drang Davids Stimme wieder in ihr Bewusstsein. »Oder möchten Sie noch etwas sagen?«

»Sie wirken sehr nachdenklich«, merkte Foummant an.

»Meine Frau hat soeben erfahren, dass ihre Schwester verstorben ist und womöglich ermordet wurde. Ein wenig Nachdenklichkeit werden Sie ihr in dieser Situation wohl zugestehen«, antwortete Bastien an ihrer Stelle. »Und jetzt würde ich Sie bitten, uns allein zu lassen. Sie sehen ja, wie es Charlène geht.«

Die Beamten verabschiedeten sich von Aurélie. Während Bastien die beiden zur Tür führte, blieb sie nur reglos auf der Couch sitzen. Sie musste sich jetzt ganz genau überlegen, wie sie weiter vorgehen sollte. Ihre Schwester war tot, und Aurélie hatte keine Ahnung, warum.

13

Nachdem Bastien die Haustür hinter den beiden Beamten geschlossen hatte, durchquerte er langsam den Flur und blieb kurz vor dem Wohnzimmer stehen, um sich innerlich zu sammeln. Durch die Türöffnung betrachtete er Charlène, die noch immer zusammengesunken auf der Couch saß, den Kopf in ihren Händen verborgen, und leise vor sich hin schluchzte. Seine Schwägerin war tot. Vielleicht sogar ermordet worden. Bastien konnte es kaum glauben. Waren sie momentan vom Pech verfolgt?

Er musste an seine erste Begegnung mit Aurélie denken, dieser zerbrechlich erscheinenden Frau, die immer ein wenig entrückt und gedankenversunken wirkte. Deren Nachdenklichkeit und Tiefgründigkeit ihn zu Beginn so fasziniert und gefesselt hatte. Sie waren öfter miteinander ausgegangen. Ihre Treffen waren besonders gewesen, mit ihr hatte er über Themen gesprochen, an die er sich noch mit keiner anderen Frau herangetraut hatte. Ja, Aurélie war ein ganz besonderer Mensch gewesen, in mehrfacher Hinsicht.

Anfangs hatte er tatsächlich gedacht, er habe seine Seelenverwandte getroffen. Was ein Humbug, ermahnte er sich nun. Alles, was zwischen ihnen möglicherweise hätte sein können, hatte sich von einer auf die andere Sekunde in Luft aufgelöst, als er erfahren hatte, dass sie sich hinter seinem Rücken mit einem anderen traf. So tief konnte die Seelenverwandtschaft zwischen ihnen also nicht gewesen sein. Doch man sollte nicht schlecht über Tote denken. Wie anders war dagegen ihre Schwester! Charlènes Lebendigkeit, ihre Begeisterungsfähigkeit und ihre unerschöpfliche Energie hatten ihn schon bei ihrem ersten Treffen in den Bann gezogen. Die äußerliche Ähnlichkeit der Schwestern täuschte komplett über die völlig unterschiedlichen Wesen der beiden hinweg. Selten hatte er Geschwister erlebt, die so gegensätzlich waren.

Er sah zu seiner Frau, die noch immer schluchzte. Wie musste sie sich nach dieser Schreckensnachricht fühlen? Immer wieder hatte sie ihm erzählt, wie sehr sie sich über Aurélies Oberflächlichkeit und Ichbezogenheit ärgerte. In den letzten Monaten hatte sie kaum noch ein freundliches Wort über ihre Schwester verloren. Es hatte ihn erstaunt, als sie den beiden Polizisten von ihrem gestrigen Treffen berichtet hatte. Charlène hatte Bastien gegenüber wiederholt bekräftigt, dass sie den Kontakt zu ihrer Schwester auf ein absolutes Minimum reduzieren wolle. Hatten sich die beiden gestern möglicherweise endlich ausgesprochen und ausgesöhnt? Er hoffte es für

Charlène, wollte sie aber nicht sofort mit seiner Neugier konfrontieren. Nichts konnte belastender sein als der Gedanke, dass man einem Menschen, der einem nahestand, nicht mehr sagen konnte, was er einem wirklich bedeutet hatte. Und Bastien war davon überzeugt, dass Charlène tief in ihrem Inneren ihre Schwester geliebt hatte. Egal, welche Probleme die beiden miteinander hatten, sie waren Schwestern gewesen. Zwillingsschwestern.

Er seufzte stumm und trat ins Wohnzimmer.

Charlène blickte aus tränenblinden Augen zu ihm auf. In diesem Moment wirkte sie vielleicht so verletzlich, wie er sie noch nie zuvor erlebt hatte. Ihre Lippen zitterten, ihre Augen glichen zwei tiefen, dunkel schimmernden Seen.

»Es tut mir so leid.« Er setzte sich wieder neben sie und zog sie an sich. »Ich weiß gar nicht, was ich sagen soll.«

»Ich kann es nicht fassen«, flüsterte sie an seiner Brust. »Es ist … Sie ist tot.«

Er nickte und strich ihr übers Haar. »Die Polizei will noch mal mit dir reden. Ich habe den Beamten beim Abschied gesagt, dass Aurélie in einer Beziehung war.« Er sah zu Charlène hinab. »Das war sie doch, oder?«

Seine Frau nickte. »Sie war … noch mit Jules zusammen.«

»Vielleicht sind sie in Streit geraten und …«, versuchte er sich an einer Erklärung.

Charlène schüttelte heftig den Kopf. »Nein«, widersprach sie mit fester Stimme. »Er hat sie nicht umgebracht.«

Irritiert schob Bastien sie ein Stück von sich weg, um sie besser ansehen zu können. »Woher willst du das wissen? Ist es bei Mordfällen nicht üblich, dass erst einmal der Lebensgefährte ins Visier genommen wird?«

Wieder schüttelte sie den Kopf und senkte den Blick. »Er war es nicht.«

Fast hätte Bastien angesichts ihrer Bestimmtheit aufgelacht. Doch eine solche Reaktion erschien ihm in dieser Situation völlig unangebracht. »Warst nicht du es, die immer wieder erklärt hat, dass diese Beziehung eine Farce ist? Dass deine Schwester diesen Jules nicht liebt? Dass sie in Wahrheit gar keine Beziehung will?« Er runzelte die Stirn.

Charlène schluckte. »Ich ... Keine Ahnung. Aber ich bin mir sicher, dass Jules nichts mit ... dem Tod meiner Schwester zu tun hat.«

»Wie du meinst, Madame le Commissaire.« Er legte eine Hand an ihre Wange und intensivierte seinen Blick. »Ich hätte mir so sehr gewünscht, dass dieser Abend einen anderen Ausklang findet.«

Sie nickte und wich seinem Blick aus. »Ich auch«, stimmte sie mit erstickter Stimme zu.

»Was ich vorhin gesagt habe, habe ich ernst gemeint«, fuhr er fort, während er einen Daumen unter ihr Kinn legte und sie zwang, ihn wieder anzusehen. »Ich liebe dich noch immer, Charlène. Vielleicht können wir trotz dieser Tragödie die Probleme der letzten Monate vergessen und uns ganz auf uns konzentrieren. Ich weiß, dass es viel verlangt ist in dieser Situation. Aber ich ...« Er machte eine Pause. »Erinnerst du dich an den Abend im Februar?«

Sie nickte.

»Ich weiß, dass du nicht darüber reden willst. Jedes Mal, wenn ich das Thema anschneide, bist du in den letzten Monaten wütend geworden.« Er schüttelte bedauernd den Kopf. »Und ich weiß nicht, warum. Wir waren uns so nah. Es war ... so unglaublich besonders.«

»Ich erinnere mich«, erwiderte Charlène kaum hörbar.

»Vielleicht schaffen wir es, daran anzuknüpfen. Da ist doch noch etwas zwischen dir und mir.«

Wieder nickte sie, als erneut Tränen in ihren Augen sichtbar wurden.

Bastien beugte sich leicht vor und strich mit seinen Lippen über ihr Gesicht. »Lass es raus, chérie. Trotz aller Differenzen war sie deine Schwester.«

Charlène schluchzte laut auf.

Er umfasste ihre Schultern fester und zog sie dichter an sich. Während sie weinte, redete er leise auf sie ein. Als sie sich nach einer gefühlten Ewigkeit etwas beruhigte, küsste er ihre Wangen, ihre Nasenspitze, ihre Mundwinkel. Zuerst hatte er den Eindruck, dass sie sich ihm entwand, doch als er seine Lippen auf ihre drückte, schlang sie einen Arm um seinen Nacken und schmiegte sich enger an ihn. Sein Körper reagierte sofort, sein Atem ging schwerer. Ihr Geschmack und ihr Duft lösten in ihm eine Welle der Zärtlichkeit aus. Schon lange hatte sie ihn nicht mehr in dieser Intensität geküsst. Er kostete ihre Nähe aus, die Wärme ihres Körpers. War es unangebracht? Gerade hatten sie erfahren, dass ihre Schwester gestorben war. Doch er sehnte sich so sehr nach mehr, wollte sie endlich wieder einmal ganz spüren, wollte ihr mit jeder Faser seines Körpers zeigen, wie sehr er sie liebte und begehrte. Er schob seine Hände unter ihr Kleid und genoss das seidige Gefühl ihrer Haut unter seinen Fingern.

Charlène seufzte leise auf. Auch sie schien ausgehungert zu sein.

Sein Unterleib zog sich zusammen, vielleicht wurde doch noch alles gut zwischen ihnen. Die Anziehung war zweifelsfrei noch immer vorhanden, vielleicht sogar stärker denn je.

Als Charlène sich abrupt aus seinem Griff befreite, brauchte er einen Moment, um wieder zu klaren Sinnen zu kommen.

»Was ist?«

Sie fuhr sich übers Gesicht. »Das geht nicht«, stieß sie mit belegter Stimme hervor. »Nicht, nachdem …« Sie begann erneut zu weinen.

Er umfasste ihre Schultern. »Es ist gut, Charlène.« Er versuchte seine Aufgewühltheit zu verbergen. »Alles wird gut, chérie.«

Sie erhob sich schniefend und blickte voller Trauer auf ihn herab.

»Nichts wird gut, Bastien. Gar nichts.« Ihre Miene wirkte so leer und mutlos, wie er sie noch nie zuvor gesehen hatte. »Nie wieder wird es gut.«

14

Aurélie blinzelte in die frühe Morgensonne. Die Jalousien teilten das helle Licht in gleichmäßige überlange Streifen. Als ihr Blick auf den ungewohnten Nachttisch fiel, zuckte sie zusammen. Schlagartig wurde sie von der Situation, in die sie sich hineinmanövriert hatte, erfasst. Sie war in einem Albtraum gefangen, aus dem es kein Entrinnen gab.

Charlène war tot. Der Schmerz über ihren Verlust rollte über Aurélie hinweg wie eine vom Wind aufgepeitschte Welle. Ihre Schwester lebte nicht mehr. Das durfte einfach nicht sein. War nicht vor zwei Tagen noch alles in Ordnung gewesen? Sie hatten Kaffee getrunken und geredet. Charlène hatte sich über Jules ausgelassen und Aurélie gedrängt, endlich einen klaren Schnitt zu machen.

Die Trauer umwickelte sie erneut wie eine dicke Decke. Aurélies Brustkorb wurde eng, sie meinte, keine Luft mehr zu bekommen. Ihre Augen begannen zu brennen. Wie hatte die Situation nur derart außer Kontrolle geraten können? Und was war mit ihrer Schwester geschehen? Mit wem hatte sie sich getroffen?

Als sie sich umdrehte und ihren Schwager ansah, der mit geschlossenen Augen neben ihr lag und noch friedlich schlief, konnte sie ein Schluchzen nicht mehr länger unterdrücken. Die Verzweiflung war übermächtig, tiefe Hilflosigkeit schnürte Aurélie die Kehle zu.

»Chérie«, brummte Bastien verschlafen und streckte seinen Arm nach ihr aus.

Obwohl sie wusste, dass es ein Fehler war, rückte sie dichter an ihn heran und schmiegte den Kopf an seine Brust. Sie konnte nicht mehr, hatte keine Kraft mehr, war völlig erschöpft. Seine warmen Hände auf ihrem Rücken beruhigten sie ein wenig, obwohl ihr bewusst war, dass seine Liebkosungen nicht ihr galten. Was sollte sie nur tun? War es falsch gewesen, den Beamten gestern nicht die Wahrheit zu gestehen? Doch sie war nicht die Einzige gewesen, die gelogen hatte, fiel ihr siedend heiß ein. Auch Bastien schien etwas zu verbergen. Hatte er womöglich wirklich etwas mit Charlènes Tod zu tun? Falls dem so wäre, würde er ihr jetzt gerade auf die gleiche Weise etwas vormachen wie sie ihm. Aurélie wischte sich die Tränen aus dem Gesicht und rückte wieder ein Stück von ihm ab. Seine Nähe verunsicherte sie, sie musste jedoch dringend einen klaren Kopf bewahren.

»Besser?«, flüsterte er.

Sie schüttelte nur stumm den Kopf, während sie ihn betrachtete. Das zerzauste blonde Haar stand ihm vom Kopf ab. Die blauen Augen schimmerten müde. Am liebsten hätte sie ihre Finger über sein Gesicht wandern lassen, hätte ihre Hand auf seine muskulöse Brust gelegt, hätte …

Charlène war tot, rief sie sich umgehend ins Gedächtnis. Und Bastien war ihr Mann, nicht Aurélies.

»Aurélie war ein ganz besonderer Mensch«, sagte Bastien in diesem Moment und hob eine Hand. »Ich weiß, dass ich das nicht sagen sollte, da du keine allzu hohe Meinung von ihr hast, aber …« Er atmete tief aus. »Sie war eine Gute.«

»Wie meinst du das?«

Aurélie versuchte, nicht allzu überrascht zu klingen. Schon gestern hatte er Bemerkungen gemacht, die sie nicht hatte einordnen können. Hatte er nicht von Differenzen oder Schwierigkeiten zwischen Charlène und ihr gesprochen? Aurélie hatte keine Ahnung, was er damit meinte. Doch gestern hatte sie nach dem Schock über Charlènes Tod keine Möglichkeit mehr gehabt, mit ihm darüber zu sprechen.

»Ich verstehe nicht«, gab er irritiert zurück und strich sich eine Strähne aus der Stirn. Dann legte er seinen Ellbogen auf dem Kissen ab und bettete den Kopf darauf.

»Wie kommst du darauf, dass …« Aurélie schluckte. »… dass ich keine allzu gute Meinung von … meiner Schwester hatte?« Die Worte kamen ihr kaum über die Lippen. Wollte sie überhaupt eine ehrliche Antwort auf ihre Frage bekommen?

Bastien schüttelte den Kopf. »Na, du redest doch ständig davon, wie sprunghaft Aurélie sei, dass sie Jules gegenüber nicht aufrichtig wäre und wie verletzend sie sich dir gegenüber immer wieder verhält … verhielt«, verbesserte er sich, während seine Mundwinkel bedauernd zuckten.

Aurélie konnte kaum glauben, was sie da hörte. Hatte Charlène tatsächlich eine derart schlechte Meinung von ihr gehabt? Wieso? Warum dachte sie, Aurélie sei sprunghaft? Und wann hatte sie sich Charlène gegenüber verletzend verhalten? Aurélie konnte sich an keine einzige Meinungsverschiedenheit in den letzten Monaten erinnern. Gut, diese Vertrautheit, die zwischen ihn geherrscht hatte, als sie noch Kinder waren, war lange verflogen. Charlène hätte niemals mit Aurélie über ihre Eheprobleme oder sonstige Schwierigkeiten gesprochen. Aber mittlerweile waren sie erwachsen. Der Unfalltod ihrer Eltern vor knapp zehn Jahren war an ihnen beiden nicht spurlos vorübergegangen. Seitdem hatte ihre Beziehung einen Knacks bekommen. Die Nähe zwischen ihnen war nicht mehr so intensiv gewesen wie in der Vergangenheit. Dass Charlène Aurélie vor Bastien als verletzend und sprunghaft dargestellt hatte, schmerzte sie jedoch in ihrem Inneren. Aber sie glaubte ihm. Warum sollte er ihr diesbezüglich die Unwahrheit sagen?

»Was ist?« Er legte seine Hand auf ihre Wange und fixierte ihren Blick.

Wieder füllten sich ihre Augen mit Tränen. »Nichts«, antwortete sie leise. »Gar nichts.« Sie schluckte. »Außer dass ... meine Schwester tot ist und ...«

»Sie hat dir sehr viel bedeutet«, erklärte Bastien mitfühlend. »Auch wenn ihr Probleme hattet, Aurélie war deine Schwester. Und ich bin mir sicher, dass sie dich ebenfalls sehr geliebt hat, auch wenn du das immer wieder bezweifelst.«

Solche Gedanken hatte Charlène gehegt? Aurélie konnte ihre Fassungslosigkeit über das Gehörte kaum verbergen. Warum hatte ihre Schwester nie mit ihr über ihre Gefühle gesprochen? Wie konnte es sein, dass Charlène ihre Beziehung aus einem komplett anderen Blickwinkel gesehen hatte? Aurélie hatte ihr doch nie etwas getan. Wieder überkam sie Verzweiflung. Vielleicht sollte sie die Scharade jetzt und hier beenden. Es war noch nicht zu spät, um die Wahrheit aufzudecken. Sicher würden die Beamten Aurélies Beweggründe verstehen. Und auch Bastien würde ihr irgendwann vergeben.

»Was denkst du, wer Aurélie so ... etwas angetan haben könnte?« Bastiens Tonfall klang vorsichtig.

Aurélie presste die Lippen aufeinander und rollte sich auf den Rücken.

»Ich wollte dich nicht ...« Er schlang seinen Arm über ihren

Oberkörper. »Es tut mir leid. Ich wollte dich nicht erneut aufwühlen.«

Sie sah zur Decke und versuchte, seine Finger auf dem dünnen Stoff des Nachthemds zu ignorieren. »Ich weiß nicht, wer dahinterstecken könnte«, antwortete sie nach einigen Sekunden.

Charlène hatte das Hotelzimmer unter Aurélies Namen angemietet. Sie hatte Aurélies Papiere dabeigehabt. Wer auch immer hinter dem Mord steckte, wenn es denn wirklich einer war, der musste in jenem Moment davon ausgegangen sein, Aurélie vor sich zu haben und nicht Charlène. Aurélie verstand einfach nicht, was ihre Schwester mit dem Rollentausch bezweckt hatte. Vielleicht sollte sie sich näher mit Charlènes Projekten beschäftigen, für die sie gerade recherchiert hatte. Möglicherweise entdeckte sie dabei einen Hinweis darauf, was tatsächlich in dem Hotelzimmer passiert war.

»Charlène?«, brachte sich Bastien wieder in Erinnerung, da Aurélie auf seine Worte nicht reagiert hatte.

»Ja?«

»Ich bin für dich da«, erklärte er leise neben ihr. »Wenn du reden möchtest, bin ich jederzeit für dich da.«

Sie drehte den Kopf und sah ihm fest ins Gesicht. Die Wärme und das Mitgefühl, das sie in seinem Blick erkannte, trieben ihr erneut Tränen in die Augen. Wie gern würde sie ihm die Wahrheit sagen! Sich fallen lassen und ihm all ihre Zweifel und Sorgen beichten. Bastien könnte ihr den Halt geben, den sie so dringend benötigte. Er könnte ihr helfen, könnte sie unterstützen. Nie war ihr bewusster gewesen als gerade jetzt in diesem Augenblick, dass dieser Mann absolut tabu für sie war. Nicht nur heute und nächste Woche. Nein, Bastien war bis zu ihrem Lebensende unantastbar. Er war der Mann ihrer Schwester, der Witwer ihrer Schwester, verbesserte sie sich. Sie hatte schon einmal einen großen Fehler begangen, den sie niemals wiederholen durfte.

»Danke«, presste sie traurig hervor, schob seine Hand von ihrem Körper und schlug die Decke zurück.

15

Nachdem Aurélie frisch geduscht war und das bequemste Kleid von Charlène angezogen hatte, das sie in deren Schrank hatte finden können, ein hellblaues Hemdkleid, das bis kurz über die Knie reichte, betrat sie die großzügige Küche und zog sämtliche Schubladen auf, bevor sie die Schranktüren öffnete. Während der Kaffee durch die Maschine lief und von oben Wasserrauschen erklang, versuchte sie fieberhaft, sich einzuprägen, wo welches Geschirr lag. Dann deckte sie den Tisch.

Von Charlène wusste Aurélie, dass ihre Schwester und Bastien jeden Morgen von einem ansässigen Bäcker beliefert wurden. Sie verließ die Küche und öffnete die Haustür. Wie erwartet lag eine weiße Papiertüte auf der Fußmatte. Ein verführerischer Duft stieg daraus auf. Aurélie öffnete sie und zählte ein Baguette, zwei Croissants und zwei Madeleines. Als sie in die Küche zurückkehrte, war der Kaffee vollständig durchgelaufen. Sie schaltete die Maschine aus und starrte aus dem Fenster. Je länger sie darüber nachdachte, desto absurder kam ihr die ganze Situation vor. Voller Trauer strich sie über den Stoff des Kleids. Wann hatte ihre Schwester es wohl zum letzten Mal getragen? Sie hob den Rock an und roch daran. Doch da war kein Hauch von Charlène, Aurélie sog lediglich den Lavendelduft des Waschmittels ein und stützte sich auf der Arbeitsplatte ab. Zum tausendsten Mal fragte sie sich, ob sie einen Fehler machte.

»Bonjour.« Zwei kräftige Arme umschlangen von hinten ihre Taille. »Wie geht es dir nach der Dusche?«

Aurélie ließ den Kopf hängen. »Nicht gut«, gab sie leise zurück und befreite sich eilig aus Bastiens Umarmung. Seine Berührungen konnten sich falscher nicht anfühlen.

»Wollen wir frühstücken?« Wenn er sich über ihr Verhalten wunderte, so ließ er sich zumindest nichts anmerken.

Aurélie nickte und setzte sich.

»Neue Gewohnheiten?« Er lächelte schwach.

Sie runzelte die Stirn. »Was meinst du?«

»Du sitzt auf meinem«, er machte mit seinen Fingern Anführungszeichen in die Luft, »Platz.« Dann winkte er ab.

Aurélie überlief es eiskalt. Verdammt!

»Kein Problem. Vielleicht ist es tatsächlich Zeit, mal die Perspektive zu wechseln.« Er schob sich den Stuhl an dem zweiten Platz zurück, den Aurélie gegenüber von ihr gedeckt hatte.

»Es tut mir leid«, erwiderte sie mit belegter Stimme. »Ich ... bin total durch den Wind.«

Bastien schüttelte den Kopf. »Kein Wunder.«

»Ich weiß einfach nicht ...«, setzte sie an und brach sich ein Stück Baguette ab. »Wer könnte ein Interesse an ... Aurélies Tod gehabt haben?« Jedes einzelne Wort, das sie von sich gab, fühlte sich falsch und verlogen an.

»Ich habe keine Ahnung«, sagte Bastien und nippte an seinem Kaffee. »Schließlich hatte sie keine Feinde. Sie war Lehrerin, mein Gott. Ein Schüler, der sich über schlechte Noten geärgert hat?«

Überrascht blickte Aurélie auf. Sofort durchforstete sie in Gedanken ihre Schülerschaft, doch Kunst war kein Fach, in dem es von schlechten Noten wimmelte.

»Oder Eltern, die ...«, er malte mit seiner linken Hand einen Kreis neben seiner Schläfe, »... warum auch immer, durchgedreht sind?«

Nein, mit der Schule hatte Charlènes Tod nichts zu tun. Auch wenn sie unter Aurélies Namen eingecheckt hatte, jegliche Beschwerden von Eltern oder Schülern wären doch niemals zu Charlène durchgedrungen. Sie wären direkt bei Aurélie gelandet. Wenn sie es von dieser Seite her betrachtete, erschien es wahrscheinlicher, dass Charlène um ihrer selbst willen umgebracht worden war. Dass es sich nicht um eine Verwechslung handelte. Doch woher wusste der Mörder, dass er Charlène und nicht Aurélie vor sich hatte? Das Zimmer war unter Aurélies Namen bestellt worden, und ihre Schwester hatte Aurélies Papiere bei sich. Keiner konnte sie auseinanderhalten. Nicht einmal Bastien, dachte sie bitter.

»Was meinst du?« Ihr Schwager sah sie fragend an.

Aurélie schüttelte nachdrücklich den Kopf. »Ich glaube nicht, dass es mit ihrem Job zu tun hatte.«

Er hob die Brauen. »Nicht ihr Job, nicht ihr Freund. Allzu viele Möglichkeiten bleiben dann nicht mehr.«

»Vielleicht ein Fremder? Zufall?«, mutmaßte Aurélie halbherzig, obwohl ihr klar war, dass das wenig wahrscheinlich erschien.

Es klingelte.

»So früh?« Bastien erhob sich genervt und verließ die Küche.

Aurélie ließ ihre Hand sinken. Ihr Magen rebellierte. Jeder Bissen blieb ihr fast im Hals stecken. Sie konnte nichts essen.

»Bonjour, Madame Richaud.« Capitaine Foummant erschien im Türrahmen.

Aurélie fluchte stumm. »Bonjour.«

»Es tut mir leid, dass ich Sie beim Frühstück störe, aber ich habe noch ein paar Fragen.«

»Setzen Sie sich doch«, forderte Bastien ihn auf, als er die Küche hinter ihm betrat. »Möchten Sie auch einen Kaffee?«

»Danke, sehr gern.« Der Polizeibeamte rückte sich den Stuhl zwischen Aurélie und Bastien zurecht. »Wir wissen mittlerweile, dass Ihre Schwester gegen zwanzig Uhr an besagtem Abend starb.«

Aurélie schloss die Augen. Sie war um sieben Uhr hier angekommen, und Charlène war eine Viertelstunde später aufgebrochen. Bis Narbonne brauchte sie eine knappe halbe Stunde. Das würde bedeuten, dass sie, falls sie sich tatsächlich dort mit jemandem getroffen hatte, bereits kurz danach gestorben war.

»Plus minus«, fuhr Foummant fort. »Und sie war davor, gegen sieben, noch bei Ihnen. Das haben die Handybewegungen gezeigt.« Sein Blick wurde eindringlicher. Er hatte keine Frage gestellt.

Aurélie zuckte innerlich zusammen. Die Schlinge zog sich enger zu. Sie nickte und fuhr sich über die Augen.

»Sie war hier?« Bastien sah sie mit überraschter Miene an. »Das hast du mir gar nicht erzählt.«

Aurélie bemühte sich, ruhig zu atmen. »Sie war nur ganz kurz da. Sie wollte ... Wir hatten uns am Vormittag auf einen Kaffee getroffen.«

»Das sagten Sie bereits«, warf Foummant ein.

Aurélie überlegte. »Sie wollte ... es gab Probleme mit ihrem

Freund. Jules. Wir hatten morgens schon darüber gesprochen. Und am Abend kam sie noch mal kurz vorbei, weil sie ... unsicher war, was sie tun sollte.« Verflucht, wirkte das glaubwürdig? Aurélie ritt sich immer weiter in dieses Schlamassel hinein.

»Diesen Jules sollten Sie sich mal genauer anschauen«, sprang Bastien ihr, an den Beamten gewandt, bei. »Diese Beziehung war nicht ... ohne Probleme.«

»Er hat nichts damit zu tun«, wiederholte Aurélie abwesend.

»Woher wollen Sie das wissen, Madame?« Foummants Blick wurde skeptisch.

Sie zuckte mit den Achseln. »Er wirkt nicht wie jemand, der seine ... Freundin umbringt.«

Foummant verzog das Gesicht. »Glauben Sie mir eins, Madame: Wenn Sie wüssten, wie mancher Mörder auf sein Umfeld wirkt ...« Er ließ den Satz unbeendet. »Wir werden auf jeden Fall mit ihm sprechen.« Er beugte sich vor. »Als Aurélie hier war: Hat sie Ihnen nicht gesagt, was sie an jenem Abend noch vorhatte?«

Aurélie wich seinem Blick aus. »Nein.« Sie kratzte sich am Kinn. »Sie ... ich dachte, sie fährt direkt nach Hause. Ich habe sie noch gefragt, ob sie nicht ein wenig bleiben möchte. Doch sie wollte nicht. Meinte, sie hätte noch ... einige Klausuren zu korrigieren.«

Sie sah wieder auf und nickte. Eine Lüge führte zur nächsten. Wo sollte das nur enden? Musste sie die Beamten nicht endlich auf die richtige Spur bringen? Dass sie nicht nach Aurélies, sondern nach Charlènes Mörder suchen mussten? Aurélie schwirrte allmählich der Kopf.

»Wann haben Sie Ihre Schwägerin das letzte Mal gesehen?«, wandte Foummant sich jetzt an Bastien.

Aurélie atmete auf.

Bastien schien nachzudenken. »Keine Ahnung. Das ist schon ... Wochen her. Charlène?«

Aurélie schnaufte. »Ich weiß es auch nicht. Wahrscheinlich, als sie das letzte Mal bei uns zum Essen eingeladen war, oder? Allein hast du sie ja nicht getroffen. Das muss schon ein Weilchen her sein. Wir haben Juni ...« Sie tat so, als überlegte sie. »Irgendwann im April?«

Dann nickte sie. »Ja, ich glaube, das könnte hinkommen.« Langsam gewann sie wieder an Selbstsicherheit.

Foummant kritzelte etwas in sein Notizbuch. »Ich denke, das war erst mal alles für den Moment. Sollten wir weitere Fragen haben, melden wir uns wieder.« Er sah von Aurélie zu Bastien. »Wann genau waren Sie am Tatabend zu Hause?« Er fixierte ihn mit seinem stechenden Blick, als er sich erhob.

Bastien ließ seine Augen durch die Küche wandern. »Gegen acht. Glaube ich.«

Aurélie nickte. »Ja, du warst um acht daheim.« Und bist dann aber noch mal weggegangen. Doch diese Tatsache behielt sie für sich.

16

»Soll ich nicht doch besser hierbleiben?« Bastien stellte dieselbe Frage zum mindestens zehnten Mal, seit Capitaine Foummant gegangen war.

Aurélie seufzte. »Sagtest du vorhin nicht noch, dass du einen wichtigen Termin mit einem Bauherrn hast?«

Bastien legte den Kopf schief und musterte ihr Gesicht. »Nichts ist wichtiger, als meiner Frau in dieser schweren Stunde beizustehen.«

Die Härchen auf ihren Armen stellten sich bei seinen Worten auf. Sie durfte jetzt auf keinen Fall die Fassung verlieren. Bestimmt schüttelte sie den Kopf. »Geh bitte ins Büro! Ich komme irgendwie zurecht. Ich ... weiß noch nicht, ob ich in die Redaktion fahre, aber ... ich denke, es tut mir gut, wenn ich ein wenig Ruhe für mich habe.«

Bastien schlang seinen Arm um ihre Taille und zog sie an sich. »Wenn du mich brauchst, komme ich sofort, Charlène. Hast du verstanden? Ruf mich bitte an, wenn du merkst, dass es nicht geht.«

Sie nickte und löste seine Hand von ihrem Rücken. »Mache ich.«

Ihre Reaktion schien ihn zu irritieren, doch er bemühte sich, sich nichts anmerken zu lassen. Lediglich das Zucken seines rechten Auges signalisierte Aurélie seine Verwunderung.

»Gut. Dann hole ich meine Tasche und fahre ins Büro.« Er wollte ihr einen Kuss auf die Lippen hauchen, doch Aurélie drehte abrupt den Kopf, sodass seine Lippen nur ihre Wange streiften. »Dann nicht«, murmelte er hörbar enttäuscht und verließ die Küche.

Als zwei Minuten später die Haustür ins Schloss fiel, atmete Aurélie erleichtert aus. Sie erhob sich und begann, das Geschirr abzuräumen. Während sie vor sich hin werkelte, überschlugen sich ihre Gedanken. Wie sollte sie weiter vorgehen? Auf keinen Fall durfte sie zu offensichtlich agieren. Das Bedrückende an der Situation war, dass sie absolut niemanden einweihen konnte. Normalerweise wäre ihr zuerst Charlène als Vertraute eingefallen, als Zweites Carole, Aurélies Freundin. Charlène fiel aus bekanntem Grund aus, Carole wurde wahrscheinlich heute im Laufe des Tages darüber informiert, dass Aurélie nicht mehr lebte.

Aurélie seufzte tief. Wie sollte sie bloß je wieder aus diesem Dilemma hinausfinden? Wenn sie nur wüsste, ob der Mord Charlène oder ihr gegolten hatte. Damit wäre sie schon mal ein gutes Stück weiter in ihren Überlegungen.

Sie verließ die Küche und betrat das weitflächige Wohnzimmer. Nacheinander zog sie sämtliche Schubladen und Türen der Kommoden auf und inspizierte deren Inhalt. Ein Barfach mit unzähligen alkoholischen Getränken, eine ansehnliche Sammlung DVDs und Blu-Rays neben einem Stapel CDs, Champagner- und Weingläser für besondere Gelegenheiten, ein Flaschenkühler, drei noch eingepackte Puzzles mit jeweils viertausend Teilen. In dem Zeitungsständer neben dem Tisch lagen vier Frauenzeitschriften und eine Tageszeitung von letzter Woche. Nichts von Bedeutung. Nichts, was ihr einen Hinweis darauf liefern könnte, warum Charlène sterben musste. Frustriert ließ Aurélie sich auf die Couch sinken. Noch immer konnte sie kaum fassen, dass ihre Schwester nicht mehr lebte. Foummant hatte sie gebeten, morgen Vormittag zur Rechtsmedizin zu kommen, um Charlène abschließend zu identifizieren. »Offiziell«, hatte er es genannt. Angesichts der optischen Ähnlichkeit war eine Verwechslung zwar zu hundert Prozent ausgeschlossen, doch er benötigte Aurélies Unterschrift. Sie schloss die Augen. Wie lange würde es dauern, bis sie ihre Schwester beerdigen konnte?

Auf keinen Fall konnte sie sie als Aurélie begraben lassen. Vorher musste sie mit der Wahrheit herausrücken. Ihr war klar, dass sie durch die Täuschung in die größten Schwierigkeiten kam. Doch was war die Alternative? Wenn sie zu früh ihre wahre Identität enthüllte, würde niemand sicher wissen, welche verhängnisvollen Umstände zu Charlènes Tod geführt hatten, da sie zu besagtem Zeitpunkt mit Aurélies Identität unterwegs war. Wie sollte die Polizei abschätzen können, wem der Mord eigentlich gegolten hatte, sollte es sich tatsächlich um einen solchen handeln? Nein, Aurélie blieb nichts anderes übrig, als ihre Rolle fürs Erste weiterzuspielen und zu hoffen, dass sie die wirre Situation bis zu Charlènes Beerdigung aufklären konnte. Sie musste schnellstmöglich den Mörder ihrer Schwester finden.

Entschlossen erhob sie sich wieder und stieg die Stufen ins Obergeschoss hinauf. Da sie allein war, konnte sie problemlos Charlènes Garderobe näher in Augenschein nehmen. Sie betrat den begehbaren Kleiderschrank und fuhr mit ihren Händen über den Stoff jedes Kleides und jedes Hosenanzugs. Doch da war nichts. Nicht ein Zettel in einer der Taschen, die Klamotten wirkten wie frisch aus der Reinigung. Aurélie entdeckte weder Knitterfalten noch Fussel an der Kleidung. Einige Stücke schienen noch nie getragen worden zu sein. Hier kam sie nicht weiter. Sie sah sich um, und erneut blieb ihr Blick an dem überdimensionierten Bild von Charlène und Bastien hängen. Die beiden waren zweifellos ein bildhübsches Paar gewesen. Warum hatte es mit ihnen bloß nicht funktioniert? Dass Bastien zuerst mit Aurélie ausgegangen war, war sicher kein entscheidender Faktor gewesen. Es hatte zwar mehrere Verabredungen gegeben, die Aurélie als durchaus intensiv und vertraut in Erinnerung hatte, doch letztlich hatte sich Bastien ohne nähere Erklärung für ihre Schwester entschieden, und er und Aurélie waren nie zusammen im

Bett gelandet bis auf … Hastig schob sie die mehr als schmerzhafte Erinnerung beiseite.

Kurz öffnete sie die Schubladen der Kommoden im Schlafzimmer und ließ auch hier ihren Blick über die Socken, Unter- und Nachtwäsche schweifen, doch wieder entdeckte sie keinerlei Auffälligkeiten. Sie verließ den Raum und betrat Charlènes Büro. Vielleicht sollte sie bei Gelegenheit noch etwas intensiver die vorhandenen Unterlagen in Augenschein nehmen. Jetzt hatte sie dafür keinen Nerv.

Stattdessen überlegte sie, ob sie Jules kontaktieren sollte. Als Charlène. Seine Reaktion würde ihr mit Sicherheit auf Anhieb verraten, ob er etwas mit dem Tod ihrer Schwester, die sich als Aurélie ausgegeben hatte, zu tun hatte. Was für ein absurder Gedanke, schimpfte sie sich sofort. Als ob ihr Freund ein Motiv hätte, sie umzubringen. Sie empfand zwar nicht das für ihn, was er sich sicherlich erhoffte, doch Aurélie war sich nicht einmal sicher, ob er überhaupt ahnte, dass sie sich von ihm trennen wollte. Hatte trennen wollen, oder? Nein, irgendwann würde sie auf jeden Fall mit der Wahrheit herausrücken müssen.

Aurélie verließ Charlènes Büro wieder und stieg ins Untergeschoss hinab. Charlènes Handy lag noch immer in der Küche auf der Arbeitsplatte. Sollte sie ihn wirklich anrufen? Würde sie es schaffen, ihm vorzuspielen, dass sie ihre Schwester wäre? Doch irgendwo musste sie beginnen. Die Zeit rannte ihr davon. Wenn sie merkte, dass das Gespräch aus dem Ruder lief, würde sie sich unter irgendeinem Vorwand rasch verabschieden, bevor ihre Lüge aufflog. Entschlossen tippte sie Jules' Nummer in das Telefon und lauschte dem Tuten.

17

Nachdem sie Jules telefonisch erreicht und sich mit ihm verabredet sowie Sophie darüber informiert hatte, dass sie aus privaten Gründen erst später in die Redaktion käme, machte Aurélie sich auf den Weg nach Narbonne. Nach wie vor fühlte es sich falsch an, dass sie sich in Charlènes aufgemotzten Audi setzte, anstatt ihren eigenen kleinen Peugeot zu nehmen. Doch sie hatte sich entschieden und musste diese Rolle nun mit aller Konsequenz durchziehen. Das Benutzen eines fremden Wagens war momentan noch ihr kleinstes Problem, schätzte sie. Sie war Charlènes Kollegin gegenüber nur vage geblieben, da sie die Reaktion auf die Todesnachricht von Angesicht zu Angesicht sehen wollte. Auch wenn sie sich kaum vorstellen konnte, dass jemand aus dem Verlag hinter Charlènes Ermordung steckte, musste sie auf der Hut sein und genau abwägen, was sie wem gegenüber sagte.

Jules hatte bereits von Aurélies Tod gewusst, die Polizei hatte ihn kontaktiert und um eins um ein Treffen gebeten. Aurélie graute es regelrecht davor, ihm nun gegenüberzutreten und diese Scharade fortzuführen. Sie fand auf Anhieb einen Parkplatz in der Nähe ihrer Schule und stellte den Wagen ab. Sie hatten sich am Canal de la Robine verabredet.

Als Aurélie am vereinbarten Treffpunkt ankam, erkannte sie Jules schon von Weitem. Er hatte die Hände tief in den Hosentaschen vergraben, die Schultern heruntergezogen, den Kopf gesenkt. Er bot ein regelrechtes Bild des Elends, und Aurélie überkam erneut ein schlechtes Gewissen. Sie streckte ihren Rücken durch und eilte auf ihn zu.

»Jules.«

Als er in ihre Richtung blickte, verzog sich sein Gesicht zu einer schmerzhaften Miene. »Charlène, bonjour.«

Sie umarmten sich und hielten sich einen Moment länger als nötig.

»Was ist passiert?« Sein Blick wirkte fahrig, verzweifelt. »Wie hat das bloß geschehen können?«

Aurélie atmete tief durch. »Ich habe keine Ahnung.« Trauer breitete sich erneut in ihrem Inneren aus. »Ich ... kann es selbst immer noch nicht glauben, dass sie ...« Ihre Stimme versagte.

»Wollen wir ein Stück gehen?« Er deutete den Kanal entlang.

Aurélie nickte. »Wann hast du ...« Sie schluckte. »Wann hast du das letzte Mal mit meiner Schwester gesprochen?«

»Am Tag, als sie …« Er seufzte. »An ihrem Todestag. Ich habe sie angerufen und gefragt, ob ich bei ihr vorbeikommen kann.« Jules schüttelte den Kopf. »Aber sie …« Er blieb stehen und sah Aurélie fest in die Augen. »Sie wollte es nicht. Sie sagte, sie müsse noch Arbeiten korrigieren.« Er senkte den Kopf.

Erschüttert erkannte Aurélie, dass ihm Tränen über die Wangen liefen.

»Es lief nicht gut zwischen uns«, fuhr er leise fort. »Ich …« Er schnaufte. »Ich habe sie wirklich geliebt, aber Aurélie …«

»Was meinst du?«, hakte sie behutsam nach.

»Ich glaube, sie wollte unsere Beziehung beenden. Jedes Mal, wenn wir uns getroffen haben, hat sie … Sie war nicht anwesend. Ihre Gedanken waren nicht bei mir.«

Aurélie schnürten seine Worte die Kehle zu. Er hatte es gewusst. Obwohl sie versucht hatte, sich nichts anmerken zu lassen, hatte Jules sie durchschaut. Warum hatte sie nicht schon längst die Reißleine gezogen? Dass sie ihn nicht liebte, zumindest nicht so, wie er sich das gewünscht hätte, war ihr nicht erst seit gestern klar. Viel zu lange hatte sie ihn hingehalten und ihm falsche Hoffnungen gemacht. Sie wusste nichts zu erwidern und brachte nur ein schwaches »Das tut mir leid« hervor.

»Muss es nicht«, erklärte er mit belegter Stimme und schniefte. »Mir war schon länger bewusst, dass ich sie verlieren würde.« Er lachte bitter auf. »Verlieren! Wie kann ich etwas verlieren, was nie wirklich mir gehört hat? Sie hat mir nie ihr Herz geschenkt. Ich denke, sie wollte es und hat selbst gehofft, dass es anders werden könnte, doch …« Er blickte in den Himmel. »Aurélie konnte mich nicht lieben.«

Er sprach die bittere Wahrheit ohne Pathos aus. Es war eher eine Feststellung als ein Vorwurf.

Wie hatte sie ihn nur so lange hinhalten können? Jules war ein wundervoller Mann, einfühlsam, charmant, witzig, zuvorkommend. Doch er hatte recht. Aurélie hatte ihn nicht lieben können, sosehr sie sich das auch gewünscht hatte. Bis zuletzt hatte sie gehofft, dass die großen Gefühle sie noch finden würden. Dass sie eines Morgens aufwachen und erkennen würde, welch Juwel sie an ihrer Seite hatte.

»Es tut mir leid«, entschuldigte sich Jules in diesem Moment. »Ich jammere dir die Ohren voll, und … du hast deine Schwester verloren.«

»Du jammerst mir nicht die Ohren voll«, gab Aurélie zurück. »Es ist in Ordnung. Und es tut mir leid, dass du den Eindruck hattest, dass sie … dass eure Beziehung unter keinem guten Stern stand.«

Er lächelte. »Das hast du aber schön formuliert.«

»Sie meinte es sicher nicht böse.« Aurélie starrte auf das Wasser des Kanals, auf dem sich die Sonnenstrahlen brachen.

Er nickte. »Nein, das meinte sie sicher nicht. Sie schaffte es wohl einfach nicht, sich von … keine Ahnung. Ich habe immer das Gefühl gehabt, dass es da noch jemand anderes gibt. Ich weiß nicht, wie ich es ausdrücken soll. Dass ihr Herz möglicherweise nicht frei ist. Dass es nicht an mir lag.« Er seufzte. »Vielleicht rede ich es mir auch nur schön. Was gäbe ich dafür, noch einmal mit ihr sprechen zu können! Die Situation zwischen uns abschließend zu klären. Sie zu fragen, was sie wirklich für mich empfunden hat.«

Aurélie legte eine Hand auf seinen rechten Unterarm. »Sie mochte dich sehr, Jules. Da bin ich mir ganz sicher. Und ich glaube nicht, dass sie dich wissentlich verletzen wollte.«

»Das denke ich auch nicht.« Er fuhr sich übers Gesicht. »Als die Polizei heute früh bei mir anrief … Ich konnte es nicht glauben. Was hat sie in diesem Hotelzimmer gemacht? Sich mit einem anderen getroffen? Warum?«

Aurélie zögerte. »Das weiß leider momentan niemand. Capitaine Foummant ist der leitende Ermittler. Er war heute früh noch mal bei uns, und ich hatte nicht den Eindruck, dass sie schon weitergekommen wären mit ihren Befragungen.«

»Mich hat eine Frau angerufen. David oder so«, erwiderte Jules mit gerunzelter Stirn.

»Das ist seine Partnerin«, erklärte Aurélie. »Sie war gestern dabei, als er uns …« Sie konnte die Worte nicht mehr aussprechen.

»Wie geht es dir?« Jules musterte ihr Gesicht.

Aurélie zuckte mit den Achseln. »Wie soll es mir gehen? Ähnlich wie dir, schätze ich. Ich kann es immer noch nicht fassen, dass sie nie wieder zurückkommt.«

»Es ist schwer zu begreifen«, pflichtete er ihr bei. »Hast du sie … Musst du …« Er schloss die Augen.

»Morgen«, antwortete sie. »Ich soll morgen in die Rechtsmedizin kommen.«

»Ich denke, ein Irrtum ist ausgeschlossen«, folgerte er leise.

»Sie hatte ihre Papiere bei sich. Und das Zimmer war auf ihren Namen reserviert.«

Jules sah sie wieder an. »Ich weiß, dass du ihre Schwester bist und sie dir selbstverständlich näher steht als ich, aber Charlène, ich bitte dich, sag mir die Wahrheit: Hatte sie einen anderen? Die Polizei wird mir mit Sicherheit nichts sagen, aber ich … brauche Gewissheit. Für mich.«

Aurélie zwang sich, seinem Blick nicht auszuweichen. »Ich weiß nichts von einem anderen Mann«, sagte sie ehrlich. »Und ich kann mir nicht vorstellen, dass sie dich hintergangen hätte. Das sieht ihr nicht ähnlich. Sie war … ehrlich. Loyal. Sie hätte dich nicht betrogen.«

Seine Schultern sackten erneut ab. Er nickte. »Nein, verlogen oder hinterhältig war sie nicht. Aurélie war … ein ganz besonderer Mensch. Ich hätte alles dafür getan, um sie glücklich zu machen. Doch manchmal ist …« Er unterdrückte ein Schluchzen. »… manchmal ist Liebe einfach nicht genug.«

Die Enttäuschung und Hoffnungslosigkeit in seiner Stimme verschlugen Aurélie fast den Atem. Sie hatte diesen Mann zutiefst verletzt. Wie hatte sie nicht merken können, dass er längst erkannt hatte, was zwischen ihnen im Argen lag? Sie fühlte sich beschämt. Es war absolut nicht ihre Art, andere Menschen derart zu täuschen.

Doch was machte sie genau in diesem Augenblick? Mit nur einem Satz könnte sie Jules seine Hilflosigkeit und seine Unsicherheit nehmen. Sollte sie ihren Entschluss nicht doch noch einmal überdenken? Wie viel Leid würde sie durch ihr Rollenspiel noch verursachen? Jules trauerte um eine Frau, die noch lebte. Bastien hingegen konnte nicht um seine tote Frau trauern, da er dachte, sie wäre noch am Leben. Hatte Aurélie den Bogen nicht schon zu lange zu weit überspannt? Nein, rief sie sich sofort wieder Bastiens Lüge, sein falsches Alibi ins Gedächtnis. Sie musste jetzt durchhalten, durfte auf keinen Fall einknicken. Was auch immer geschah, Aurélie hatte eine Aufgabe. Und diese musste sie erst bewältigen. Bevor Charlènes Mörder nicht gefasst war, konnte sie nicht in ihr eigenes Leben zurückkehren.

18

Aurélies Herz pochte wild, als sie das Verlagsgebäude betrat. Mutete sie sich nicht zu viel zu? Sie war keine Schauspielerin. Früher oder später würde sie mit Sicherheit auffliegen. Dann hoffentlich später, führte sie ihre Gedanken fort. Erst einmal musste sie jetzt die Lage bei Charlènes Arbeitskollegen sondieren. Wer war ihr wohlgesonnen, wer verhielt sich Aurélie gegenüber eher reserviert? Außer dass Sophie mit ihrer Schwester befreundet gewesen war, wusste Aurélie nicht viel von dem Mikrokosmos Verlag und den Kollegen.

Sie durchquerte das Foyer und stieg in den Fahrstuhl. Wieder musste sie an Jules' Reaktion denken. Er liebte Aurélie aufrichtig. Warum konnte sie seine Liebe nur nicht erwidern? Alles könnte so einfach sein. Stattdessen trauerte sie seit Jahren einem Mann hinterher, den sie niemals haben konnte, der sie nicht wollte, als er die Chance dazu hatte, und mit dem sie zu allem Elend momentan trotzdem das Bett teilen musste. Was stimmte nicht mit ihr?

Sie stieg aus dem Lift und betrat das Großraumbüro. Sophie saß an ihrem Schreibtisch und blickte auf, als sie Aurélie entdeckte.

»Charlène, da bist du ja. Alles okay?« Ihr Blick wurde mitfühlend.

Aurélie setzte sich auf Charlènes Stuhl und schüttelte den Kopf. Mit erstickter Stimme erwiderte sie: »Meine Schwester ist tot.«

Sophies Augen weiteten sich. »Was?«

Aurélie nickte. »Sie ist … wahrscheinlich ermordet worden.«

Sophie rollte mit ihrem Stuhl zu ihr herüber und nahm ihre Hände in ihre. »Ich … weiß nicht, was ich sagen soll. Warum hast du denn am Telefon nichts erwähnt?«

»Ich wollte nicht …« Aurélie atmete langsam aus. »Keine Ahnung. Ich … bin total durcheinander.«

»Süße, das tut mir so leid.« Charlènes Kollegin schlang ihre Arme um Aurélie und drückte sie an sich.

»Ist was passiert?« Ein junger Mann tauchte hinter Sophie auf und sah von Aurélie zu ihr.

Diese winkte ab. »Lass gut sein, Luc. Später.«

Er hob die Brauen, erwiderte aber nichts und ließ sie wieder allein.

Aurélie begann zu schluchzen. Die Anspannung, die sich während der letzten Stunden in ihr angesammelt hatte, benötigte ein Ventil, bevor Aurélie vor Kummer zusammenbrach. Sie legte den Kopf an Sophies Schulter und weinte.

Charlènes Freundin streichelte ihr sanft über den Rücken und redete leise auf sie ein.

Als Aurélie sich nach einer gefühlten Ewigkeit wieder von ihr löste, schniefte sie und wischte sich über die verquollenen Augen. »Ich kann es selbst noch nicht fassen«, gab sie zu.

»Willst du erzählen, was passiert ist?« Sophie rollte ein Stück zurück und holte eine Packung Taschentücher aus ihrer Tasche.

Während Aurélie eins davon entgegennahm und sich die Nase putzte, wartete Sophie geduldig.

»Ich weiß nicht. Niemand weiß etwas. Sie … sie war in diesem Hotelzimmer und …« Wieder bahnte sich die Verzweiflung ihren Weg. Aurélie blinzelte hektisch und sah zur Decke. Sie bemühte sich um Ruhe und begann schließlich, Sophie zu erzählen, was sie bisher wusste. Dabei achtete sie genau auf deren Reaktion. Doch Aurélie hatte nicht den Eindruck, als wüsste Sophie mehr, als sie vorgab.

»Das ist schrecklich, Charlène.« Sophie nahm Aurélies rechte Hand und drückte sie. »Ich hoffe, dass die Polizei bald herausfindet, was da geschehen ist. Ein Mord …« Das Entsetzen stand ihr ins

Gesicht geschrieben. »Ich weiß, dass du und deine Schwester, dass ihr nicht allzu gut miteinander auskamt, aber ...«

Wieder horchte Aurélie auf. Erst Bastien, und nun äußerte sich auch Sophie ähnlich. Was hatte Charlène nur ihrem Umfeld über Aurélie erzählt? Sie war sich nach wie vor keiner Probleme zwischen ihnen bewusst. Charlène hatte nie auch nur ansatzweise verlauten lassen, dass ihrer Ansicht nach etwas zwischen ihnen stand. Aurélies Verwirrung wuchs. Doch natürlich konnte sie kaum nachfragen, was Sophie mit ihrer Bemerkung meinte. Sie konzentrierte sich wieder auf ihr eigentliches Anliegen.

»Sie war meine Schwester«, blieb sie vage.

Sophie nickte. »Das meine ich. Unabhängig davon, ob sie noch immer auf Bastien stand oder nicht, ihr wart Zwillingsschwestern. Und dass sie jetzt tot ist ...« Sie schüttelte bedauernd den Kopf. »Es tut mir so unendlich leid.«

»Danke«, hauchte Aurélie, während ihr fast das Herz stockte.

Charlène hatte angenommen, dass Aurélie noch immer Bastien hinterhertrauerte? Und hatte darüber sogar mit ihrer Freundin gesprochen? Das durfte ja wohl nicht wahr sein. Wie kam ihre Schwester auf diese absurde Annahme? Aurélie kniff die Lippen zusammen. Wut stieg in ihr auf. Hatte Charlène etwa auch Bastien von ihrer Vermutung erzählt? Wenn sie sich ihre letzten Begegnungen als Aurélie mit ihm ins Gedächtnis rief, konnte sie keinerlei Unterschied in seinem Verhalten ihr gegenüber feststellen. Er hatte sie stets freundlich und zuvorkommend behandelt, eben wie die Schwester seiner Frau. Nein, ihm hatte Charlène sicher nichts von seiner angeblichen heimlichen Verehrerin gesagt. Trotzdem überkam sie ein Hauch von Scham, weil Charlène sie ganz offensichtlich durchschaut hatte.

»Wenn ich dir irgendwie helfen, dich unterstützen kann, sag es bitte einfach, okay?« Sophie lächelte schwach.

»Danke«, wiederholte Aurélie leise. »Ich weiß momentan noch gar nicht, wo mir der Kopf steht. Was da auf mich zukommt. Die Beerdigung ...« Wieder begannen ihre Augen zu brennen. »Es ist ein Albtraum.«

»Was ist ein Albtraum?«

Als Aurélie sich umdrehte, stand Charles hinter ihr.

»Was ist geschehen?«, wollte er wissen, als er ihr verweintes Gesicht erblickte.

»Meine Schwester ist …« Aurélies Stimme brach.

»Aurélie ist tot«, sprang Sophie ihr bei.

»Wie bitte?« Charlènes Chef legte seine Stirn in Falten.

Aurélie nickte. »Ja, sie ist wahrscheinlich ermordet worden.«

»Ermordet?« Er wurde lauter. Als er bemerkte, dass mehrere Mitarbeiter irritiert zu ihnen herübersahen, hob er beschwichtigend die Hände. »Hier gibt es nichts zu sehen. Macht einfach weiter. Komm bitte in mein Büro, Charlène.«

Aurélie nickte, als das Handy in ihrer Tasche zu klingeln begann. Nun hegte sie nicht mehr die Hoffnung, es könnte ihre Schwester sein, doch möglicherweise hatte die Polizei noch weitere Fragen. Sie verzog entschuldigend das Gesicht.

»Da muss ich kurz rangehen, dann …«

Charles nickte. »Klar, komm, sobald du fertig bist.«

Er verschwand wieder in Richtung seines Büros, und auch Sophie rollte zu ihrem Platz zurück, damit Aurélie ungestört telefonieren konnte.

Es war nicht die Polizei, sondern Bastien. »Wie geht es dir?«

Aurélie schloss die Augen. »Es geht. Ich habe mich mit … Jules getroffen.«

»Wieso das denn?« Bastien klang verwundert.

»Ich dachte … ich wollte mit ihm sprechen.« Aurélie fasste sich an die Nasenwurzel.

»Gut, meinetwegen. Wie hat er die Nachricht aufgenommen?«

»Er wusste es schon. Die Polizei will ihn später ebenfalls befragen.«

»Die lassen ja keinen Stein auf dem anderen«, erwiderte Bastien.

»Ich denke, es ist normal, dass sie erst mal im Umfeld herumfragen«, mutmaßte Aurélie.

»Wahrscheinlich hast du recht. Bist du jetzt wieder daheim?«

»Ich bin in der Redaktion«, entgegnete sie leise.

»Wie bitte?« Für einige Sekunden herrschte Stille am anderen

Ende. »Charlène, ich weiß, dass Aurélie und du ... dass ihr eure Probleme hattet, aber findest du es nicht etwas pietätlos, einen Tag nachdem du erfahren hast, dass sie tot ist, wieder zur Arbeit zu gehen? Das kann nicht dein Ernst sein.« Sein Ton war schärfer geworden.

Aurélie schluckte.

»Ich verstehe dich einfach nicht mehr«, fuhr er hörbar enttäuscht fort. »Aurélie ist tot, ist dir das eigentlich klar? Und du machst weiter, als sei nichts geschehen.«

»Es ist nicht so, wie du denkst«, entgegnete sie mit heiserer Stimme.

»Ach ja?« Er lachte auf, doch es klang bitter. »Woher willst du denn wissen, was ich denke? Das interessiert dich doch eh schon lange nicht mehr.«

Aurélie wusste nichts zu erwidern. Hatte es zwischen Charlène und Bastien derart schlecht gestanden, dass schon der kleinste Anlass die Stimmung zwischen ihnen zur Explosion bringen konnte? »Es tut mir leid.« Etwas anderes wusste sie nicht zu sagen.

»Mir auch, Charlène. Mir auch.« Er verabschiedete sich kühl und legte dann auf.

»Alles in Ordnung?« Sophie sah zu ihr herüber.

Aurélie zuckte mit den Achseln, erwiderte jedoch nichts. Sie erhob sich und machte sich auf den Weg zu Charles' Büro.

19

»Dann wollen wir mal«, brummte Jean und zog sich die weißen Handschuhe über.

Loulou trat vor ihm in den Flur von Aurélie Garniers Wohnung und sah sich aufmerksam um. Eine blaue Jeansjacke und ein beigefarbener Blazer hingen an der Garderobe. Darunter standen ein Paar weiße Sandalen. Jean öffnete den Schrank daneben, in dem sich weitere Schuhe befanden. Auf einer kleinen Kommode stand ein Porzellanschälchen mit einer abgebrannten Kerze. Die Wohnung machte auf den ersten Blick einen gepflegten Eindruck.

»Du das Wohnzimmer, ich die Küche?« Er sah seine Mitarbeiterin fragend an.

Loulou verzog ihre Lippen. »Warum nicht?« Sie steuerte auf den Wohnraum zu.

Jean wandte sich nach links und betrat die kleine Küche. Helle Holzmöbel bedeckten die komplette rechte Wand. Gegenüber befand sich ein riesiger amerikanischer Kühlschrank. Einer, mit dem man Eiswürfel herstellen konnte. Jean träumte seit Jahren von einem solchen Monstrum, doch seine Frau betonte immer wieder, dass sie keinen Platz für diesen neumodischen Schnickschnack hätten. Seufzend öffnete er Garniers Exemplar und ließ seinen Blick über den Inhalt wandern. Auf der mittleren Etage befanden sich geschätzt fünfzehn Joghurts in unterschiedlichen Sorten. Auf dem Regal darüber stand eine Plastikbox mit Schnittkäse. Im untersten Fach lagen ein halber Salat, eine Salatgurke, ein Bund Radieschen, drei Tomaten und eine Zwiebel. Darüber war das Obstfach. Jean entdeckte eine Ananas, eine Melone und eine Schale mit Kirschen. In der Tür stand eine angebrochene Flasche Milch neben einer geschlossenen Tüte Apfelsaft und einer Flasche Wasser. Nichts Auffälliges, der Kühlschrank hätte jedem gehören können. Jean schloss die Tür wieder und öffnete die Schubladen der Küchenschränke. Das Geschirr sowie Töpfe und Pfannen befanden sich wohlgeordnet an ihren Plätzen. Aurélie Garnier schien eine strukturierte Frau gewesen zu sein, die ihre Wohnung gepflegt hatte.

»Jean, kommst du mal bitte?«

Er verließ die Küche und trat zu Loulou ins Wohnzimmer. »Was gibt es?«

»Ihr Laptop.« Seine Mitarbeiterin zeigte auf den Schreibtisch, der sich in der linken hinteren Ecke befand. »Sie war Lehrerin. Dies scheint wohl ihr Arbeitsplatz gewesen zu sein.«

Er nickte. »Den lassen wir auf jeden Fall näher untersuchen. Vielleicht finden wir einen Hinweis, mit wem sie noch so verkehrte.«

Vor einer Stunde hatten sie sich mit Garniers Lebensgefährten Jules Dupois getroffen. Der Mann war völlig neben der Spur gewesen und während ihres Gesprächs immer wieder in Tränen ausgebrochen. Weder Jean noch Loulou verdächtigten ihn, etwas mit dem Tod seiner Freundin zu tun zu haben. Von einem anderen Mann oder anderen Verabredungen hatte er nichts gewusst. Fakt war jedoch, dass die Spurensicherung weitere DNA in dem Hotelzimmer sichergestellt hatte. Es war zwar nicht zu hundert Prozent auszuschließen, dass sich diese schon in dem Raum befunden hatte, bevor Aurélie Garnier ihn betreten hatte. Doch das Szenario, dass sie nur für sich allein ein Hotelzimmer angemietet hatte, um dann ebenfalls allein so unglücklich zu stürzen, dass sie mit einer solchen Wucht mit dem Hinterkopf gegen die Kante einer Kommode stürzte, dass sie daran starb, erschien ihnen immer unwahrscheinlicher. Wesentlich plausibler war die Annahme, dass die Tote sich in dem Hotel mit jemandem verabredet hatte, die Situation zwischen ihnen eskalierte, Garnier gestoßen wurde und sich dabei die tödliche Verletzung zuzog. Auch Jeans Vorgesetzter war der Ansicht, dass es sich hier mindestens um Totschlag, wenn nicht gar um Mord handelte. Dass der Täter sich unerkannt vom Tatort entfernt hatte, verbesserte die Lage nicht, im Gegenteil. Leider hatte die gefundene DNA keinen Treffer in ihrer Datenbank ergeben. Sobald sie jedoch einen Verdächtigen hätten, konnte ein entsprechender Abgleich den entscheidenden Beweis bringen. Natürlich nur, falls die DNA überhaupt vom Täter stammte.

»Sieht alles sehr normal aus«, merkte Loulou in diesem Moment an.

Während Jean sich im Wohnzimmer umsah, konnte er seiner Mitarbeiterin nur zustimmen. Ein hellgrünes Ecksofa befand sich gegenüber von einem Flachbildfernseher. An der Wand hingen mehrere Fotos. Er näherte sich den Bildern und kniff die Augen zusammen. Einige zeigten die Zwillingsschwestern in unterschiedlichem Alter, mit etwa fünf oder sechs Jahren am Strand, als Jugendliche vor einer riesigen Palme, als junge Frauen mit Cocktailgläsern in den Händen. Auf einem anderen Foto war ein Ehepaar in den Dreißigern zu sehen. Aufgrund der aus der Mode gekommenen Kleidung nahm

Jean an, dass die Aufnahme schon etwas älter war. Er vermutete, dass es sich um die verstorbenen Eltern der Zwillinge handelte.

Während er sich weiter im Zimmer umsah, verschwand Loulou durch eine schmale Tür in einen Nebenraum.

»Wow!«

Er folgte ihr und zog erstaunt die Brauen hoch. Das Zimmer diente ganz offensichtlich als Atelier. An den Wänden lehnten Dutzende Leinwände in unterschiedlichen Größen. Einige waren unbemalt, andere bereits angefangen, und ein paar Bilder schienen komplett fertig zu sein.

»Eine Künstlerin«, bemerkte Jean anerkennend.

»Eindeutig mit Talent«, ergänzte Loulou und wies auf ein Gemälde mit einer Gruppe Flamingos in flachem Wasser. »Sieh dir mal das fein ausgearbeitete Gefieder und die filigranen Beine an.«

Er nickte. »Sieht toll aus.«

»Aber das passt«, fuhr Loulou fort. »Immerhin hat sie Kunst unterrichtet.«

»Eine Malerin und Kunstlehrerin.« Jean schüttelte den Kopf. »Die Wohnung bietet keinerlei Hinweis auf irgendein dubioses Doppelleben. Wer könnte ein Interesse daran haben, diese Frau umzubringen?«

»Vielleicht war es eine Tat im Affekt«, mutmaßte Loulou, während sie eine andere Leinwand anhob, auf der bisher nur Bleistiftstriche zu erkennen waren, die auf ein Porträt hindeuteten. »Ein verschmähter Liebhaber, eine neue Bekanntschaft. Was weiß ich.«

Jean zog sein Telefon aus der Tasche und wählte die Nummer von Garniers Schwester.

»Ja?«

»Madame Richaud, ich befinde mich gerade in der Wohnung Ihrer Schwester.« Er vernahm ein angespanntes Schnaufen am anderen Ende. »Ihre Schwester war Künstlerin?«

»Ja, sie … hat nebenher gemalt. Vor allem in Öl.«

»Hat sie vielleicht jemals über Geschäftspartner in Bezug auf ihre Malerei gesprochen, mit denen es in letzter Zeit Ärger gab?«

Wieder Stille.

»Nein«, erwiderte Charlène Richaud schließlich zögerlich. »Sie hat wohl gerade verschiedene Aufträge bearbeitet, aber da gab es keine Probleme.«

Der Ton von Richaud kam ihm eine Spur zu selbstsicher vor. »Das heißt, es gab niemanden, der Ihre Schwester vielleicht nicht bezahlen wollte? Oder der vielleicht nicht zufrieden war mit dem fertigen Werk?«

»Nein, das gab es nicht«, gab die Schwester des Opfers fast schnippisch zurück. »Aurélie hatte ausnahmslos zufriedene Kunden.«

Mit hochgezogenen Brauen wechselte er einen Blick mit Loulou, die ihn fragend ansah und die Hände hob.

»Ihnen ist also nach wie vor niemand eingefallen, der wütend auf Aurélie gewesen sein könnte?«

Wieder das empörte Schnaufen. »Nein, niemand. Aurélie kam mit jedem gut klar.«

Jean verdrehte die Augen. »Okay. Danke, Madame. Wir haben übrigens den Laptop Ihrer Schwester gefunden. Wenn wir Glück haben, finden wir darauf etwas, das uns weiterhilft.«

Erneut herrschte einige Sekunden lang Stille. »Was sollten Sie darauf finden?« Charlène Richaud klang gereizt, ganz anders als beim letzten Mal, da sie miteinander gesprochen hatten.

Jeans Misstrauen wuchs. »Sie möchten doch sicher auch, dass wir denjenigen finden, der für den Tod Ihrer Schwester verantwortlich ist.« »Oder nicht?«, verkniff er sich gerade noch.

»Natürlich«, entgegnete sie leise. »Natürlich möchte ich, dass Sie ... Aurélies Mörder finden.«

»Wir sind dran«, gab Jean zurück und verabschiedete sich.

»Was war das denn?« Loulou sah ihn skeptisch an.

Er seufzte. »Irgendetwas stimmt da nicht.«

»Was meinst du?«

Er zuckte mit den Achseln. »Ich weiß nicht genau. Aber Madame Richaud war gerade extrem genervt.«

Loulou verzog das Gesicht. »Ihre Schwester wurde ermordet. Ich glaube, das solltest du nicht überbewerten.«

Er schüttelte den Kopf. »Mache ich nicht, aber irgendetwas an ihrem Tonfall …« Er kratzte sich am Kinn. »… gefiel mir nicht. Ich denke, wir sollten Madame Richaud nicht aus den Augen lassen. Vielleicht weiß sie doch mehr, als sie sagt.«

20

Als Aurélie am späten Nachmittag in die Richaud-Villa zurückkehrte, fühlte sie sich ausgelaugt und erschöpft. Charlènes Vorgesetzter hatte ihr mehrfach angeboten, dass sie nach Hause gehen und sich einige Tage freinehmen könnte, um den tragischen Verlust und die Trauer zu verarbeiten. Aurélie hatte jedoch abgelehnt, da ihr buchstäblich die Zeit davonlief. Sie hatte nach wie vor keine Ahnung, wann Charlènes Leichnam freigegeben wurde und sie sich um die Beerdigung kümmern musste.

Was für ein Albtraum! Sie stieg aus dem Wagen ihrer Schwester und hastete die Stufen hinauf. Mit zitternden Fingern versuchte sie, die Tür aufzuschließen. Nachdem sie den Eingangsbereich betreten hatte, entfuhr ihr ein tiefes Seufzen. Zum Glück war Bastien noch nicht da, sonst hätte sie ihre Rolle nahtlos weiterführen müssen. Und Aurélie wusste nicht, wie viel Kraft sie heute noch aufbringen konnte. Am besten ging sie ihm einfach aus dem Weg. Das war für sie am sichersten und würde zumindest keinerlei neues Konfliktpotenzial bieten.

Müde erklomm sie die Treppe ins Obergeschoss und machte sich erneut auf die Suche nach bequemerer Kleidung. Doch da sie heute früh schon alles bis ins Detail inspiziert hatte, hegte sie wenig Hoffnung. Sie entledigte sich ihres Kleids und duschte kurz. Dann zog sie eine weiße Hemdbluse über den BH und legte sich aufs Bett. Sie wollte sich nur einen kurzen Moment ausruhen, bevor sie über ihre weiteren Schritte nachdachte.

Als sie die Augen wieder aufschlug, erkannte sie erschrocken, dass sie zwei Stunden geschlafen hatte. Sie setzte sich auf und lauschte.

»Bastien?« Ihr Herz klopfte schneller, als sie seinen Namen aussprach. Keine Antwort. Er schien noch nicht zu Hause zu sein. Sie ließ sich wieder auf die Matratze sinken und betrachtete nachdenklich Charlènes Nachttisch. Simona schien über die Oberfläche gewischt zu haben, kein Staubkorn befand sich auf der Platte.

Mit der Handinnenfläche fuhr Aurélie sachte über das Holz. Einem inneren Impuls folgend zog sie die obere Schublade auf und blickte hinein. Neben einer Packung Ohrstöpsel lagen zwei Tampons und eine angebrochene Tube Handcreme. Darunter steckte ein abgerissenes Stück Papier. Neugierig fischte Aurélie es heraus. »Danke für den wundervollen Abend«, las sie stumm.

Sie kannte die Handschrift ihres Schwagers nicht, ging aber davon aus, dass er den Zettel geschrieben hatte. Als sie das zerknitterte Papier umdrehte, konnte sie Teile der Adresse des Narbonner Büros von ihm und seinem Vater entziffern. Wahrscheinlich die Ecke eines Briefbogens. Sorgfältig schob sie das Papier wieder unter die Handcreme, während ihr bewusst wurde, dass Charlène niemals wieder diese Schublade öffnen würde. Tränen traten Aurélie in die Augen. Sie schob die Lade zu und öffnete die darunterliegende. Eine Zeitung mit einem Datum aus dem Februar lag darin. Irritiert nahm Aurélie sie hoch und entdeckte ein schwarzes Notizbuch darunter. Sie holte das Büchlein hervor und schlug es auf. Mehr als die Hälfte der Seiten war dicht beschrieben. Aurélie erkannte Charlènes Handschrift. Hatte sie sich darin Notizen zu ihren Recherchen gemacht?

Aurélie blätterte durch die Seiten und überflog die Zeilen. Mehrmals blieb sie bei ihrem eigenen Namen hängen. Was war denn das? Eine Art Tagebuch? Aurélie wischte sich die Tränen von den Wangen und setzte sich auf. Sie griff nach dem Kopfkissen und schob es sich in den Rücken. Mit übereinandergelegten Beinen schlug sie das Buch erneut auf und begann zu lesen.

Ich glaube, wir waren acht oder neun Jahre alt. Ganz genau weiß ich es nicht mehr. Aurélie hatte eine Stunde früher aus als ich und war schon zu Hause, als ich heimkam. Während

*ich klingelte, hörte ich aus dem Inneren schon ihre hämische Lache. Ich kann mich noch ganz genau daran erinnern, wie es mir in dem Moment ging. Ich wusste, dass es Maman überhaupt nicht interessieren würde, wie mein Zeugnis aussah. Das ganze Jahr hatte ich darauf hin gefiebert und mich auf meine guten Noten gefreut. Ich wollte doch nur, dass sie stolz auf mich waren. Papa war um die Mittagszeit noch auf der Arbeit. Er würde erst später kommen. Vielleicht schaffte ich es diesmal sogar, ihm mein Zeugnis vor Aurélie zu zeigen.
Als Maman endlich die Tür öffnete, war meine Laune bereits auf einen Tiefpunkt gesunken.
»Da bist du ja«, begrüßte sie mich lachend. Ob Aurélie sich über mich lustig gemacht hatte? Na warte, dachte ich erbost.
»Warum dauert das so lang?«, fauchte ich sie an.
Maman zog tadelnd die Brauen hoch. »Immer mit der Ruhe, Charlène. Ich bin gerade am Kochen und habe mir das Zeugnis deiner Schwester angesehen.«
»Ja, klar«, murmelte ich missmutig, verkniff mir aber jeglichen weiteren Kommentar.
»Komm mit. Ich bin auch schon sehr gespannt auf deine Noten.« Sie nahm mir die Schultasche ab und schob mich Richtung Küche.
»Salut.« Aurélie strahlte über das ganze Gesicht.
Ich zwang mich, ihre Begrüßung zu erwidern.
»Aurélie hat überall Bestnoten«, verkündete Maman voller Stolz und sah mich abwartend an.
Ich holte das Zeugnis aus der Tasche, die Maman auf einen der Stühle gestellt hatte, und reichte es ihr.
Während sie es aufschlug und las, blieb ich unschlüssig neben der Arbeitsplatte stehen und starrte auf den Boden.
»Toll«, erklärte sie schließlich mit wenig Begeisterung in der Stimme. Mir war klar, dass Aurélies Zeugnis um Längen besser war als meins, aber sie hätte doch zumindest so tun können, als freue sie sich und als ob sie auch auf mich ein wenig stolz sei. In meiner Kehle bildete sich ein dicker Kloß.*

»Zeig mal«, forderte Aurélie mich auf, doch ich schüttelte nur den Kopf und nahm das Zeugnis wieder an mich.
Maman schob mir Aurélies hin. »Sieh mal. Deine Schwester ist eine richtige Überfliegerin.« Sie lachte und sah uns abwechselnd an. »Ich bin sehr stolz auf euch. Papa wird heute Abend ebenfalls staunen, wie klug seine beiden Töchter sind.«
Ich hörte am Tonfall ihrer Stimme, dass sie eigentlich nur zu Aurélie redete. Wenn sie mit ihr sprach, änderte sich ihre Tonlage minimal. Seit mir das zum ersten Mal aufgefallen war, konnte ich es nicht mehr überhören.
»Magst du meins nicht ansehen?« Aurélie setzte ihr Klein-Mädchen-Lächeln auf und legte den Kopf schief.
Lustlos schlug ich das Heft auf und überflog die Noten, ohne sie wirklich wahrzunehmen. »Schön.«
»Magst du mir deins nicht vielleicht doch zeigen?«, versuchte Aurélie es ein weiteres Mal.
Warum hörte sie nicht einfach auf? Ich schüttelte den Kopf. So etwas Penetrantes. Wollte sie sich angesichts meiner schlechteren Noten vor Maman noch mehr in Szene setzen? Wie ich dieses widerwärtige Verhalten hasste!
Als Papa abends nach Hause kam, musste ich das ganze Theater ein weiteres Mal durchstehen. Wieder fühlte ich mich klein und unbedeutend neben der strahlenden Aurélie, der ja doch immer alles besser gelang.

Aurélie fühlte sich wie vor den Kopf gestoßen, als sie das Notizbuch sinken ließ. Was war denn in Charlène gefahren? Woher kam diese unbändige Gehässigkeit, diese unerklärliche Wut auf Aurélie? Sie konnte sich überhaupt nicht an die beschriebene Situation erinnern, war sich aber sicher, dass weder ihre Eltern noch Aurélie je irgendetwas zu Charlène gesagt hätten, was diese als demütigend oder herabwürdigend hätte verstehen können.

Ja, es stimmte. Aurélie hatte immer etwas bessere Noten als Charlène gehabt. Doch der Grund lag Aurélies Ansicht zufolge einzig in der mangelnden Disziplin Charlènes. Sie hatte immer nur das Nötigste getan, hatte nicht den Ehrgeiz entwickelt wie Aurélie, die sich immer vorbereitet und konsequent auf gute Noten gelernt hatte. Wieso schrieb Charlène überhaupt derart lang zurückliegende negative Ereignisse nieder? Ihre Eltern hatten sich stets bemüht, ihnen eine behütete Kindheit zu bieten. Maman war immer für sie da gewesen, wenn es Probleme in der Schule oder mit Freundinnen gab. Wie kam Charlène nur dazu, auf eine solch garstige Art über ihre Familie zu schreiben? Als ob Aurélie und ihre Eltern sich gegen Charlène verschworen hätten.

Aurélie starrte zum Fenster und verstand die Welt nicht mehr. Auch Bastien und Sophie hatten in den letzten Tagen Bemerkungen gemacht, die Aurélie in keiner Weise nachvollziehen konnte. Was war mit Charlène los gewesen? Wenn sie sich getroffen hatten, hatte Aurélie nie den Eindruck gehabt, dass ihre Schwester in irgendeiner Weise Probleme mit ihr hatte. Wie war das möglich?

Als sie das Buch wieder aufschlagen wollte, um weiterzulesen, wurde unten die Haustür ausgeschlossen. Aurélie sah auf das Notizbuch. Ob Bastien von den Aufzeichnungen seiner Frau wusste? Hastig legte sie das Notizbuch in die Schublade zurück und bedeckte es mit der alten Zeitung.

»Charlène?«

Aurélie rutschte vom Bett und verließ das Schlafzimmer. »Ich bin hier oben.«

21

Als Bastien aus der Dusche trat, herrschte eine angespannte Stille im Haus. Er hatte Charlène sofort angesehen, dass etwas nicht stimmte, doch sie hatte seine Nachfragen nur mit halbherzigem Leugnen abgewimmelt.

Er zog ein T-Shirt an, streifte sich eine Shorts über und kehrte ins Erdgeschoss zurück.

Charlène saß am Esszimmertisch, den Kopf in ihren Händen verborgen.

Er näherte sich ihr und zog sich einen Stuhl zurecht. »Was ist los?«

Als sie ihn ansah, glänzten ihre Augen verdächtig. Bastien konnte den Schmerz und die Trauer erkennen, ihre tiefe Verunsicherung und ihre Verletzlichkeit. Wann hatte er seine Frau das letzte Mal derart hilflos gesehen? Er streckte seinen Arm aus und wollte nach ihrer Hand fassen, doch Charlène entzog sich ihm.

»Warum warst du heute in der Redaktion?« Obwohl er nur allzu deutlich wusste, dass der Zeitpunkt denkbar ungünstig war, um ihr Vorwürfe zu machen, konnte er sich doch nicht zurückhalten. »Deine Schwester ist gestorben. Sieh dich an. Du bist völlig durch den Wind! Warum musst du deine Arbeit immer über alles andere stellen?«

»Ich ...«, begann sie zu stammeln. »Ich habe Aufträge zu erledigen.«

An ihrem Tonfall erkannte er, dass sie sich mit ihren Gedanken ganz woanders befand.

»Aufträge?« Er konnte es nicht fassen. Was war mit Charlène passiert? Stellte die vorgeschobene Arbeit für sie eine Art Schutzpanzer dar, um sich nicht mit den tragischen Ereignissen des gestrigen Tages auseinandersetzen zu müssen? Oder löste Aurélies Tod tatsächlich kaum tiefergehende Gefühle in ihr aus? »Charlène, du musst morgen in die Rechtsmedizin und wirst dort deine Schwester zum letzten Mal sehen. Du musst dich für immer von ihr verabschieden. Denkst du nicht, dass du ein paar Tage Urlaub nehmen solltest, um diesen furchtbaren Verlust zumindest ansatzweise zu verarbeiten? Du kannst doch nicht einfach weitermachen, als sei nichts geschehen.«

Sie schluckte, erwiderte jedoch nichts.

Bastien verstand sie nicht mehr. Er musste an ihre Anfangszeit denken, an Charlènes Leidenschaft, ihre Lebendigkeit. Im selben Moment wusste er, dass er einem Trugbild aufsaß. Wenn er ehrlich war, musste er zugeben, dass sich ihre Beziehung schon sehr bald nach ihrem Beginn nicht mehr so rosig angefühlt hatte, wie er es sich erhofft hatte. Warum hatten sie es bloß nicht geschafft?

Er konnte es an keinem konkreten Ereignis oder Zeitpunkt festmachen. Nein, es war eher ein schleichender Prozess gewesen. Langsam, aber sehr zerstörerisch. Sie fanden keinen gemeinsamen Nenner mehr. Egal, um welche Themen es ging, sie waren grundsätzlich unterschiedlicher Auffassung. Durch diese ständigen Diskussionen und Reibereien war die Atmosphäre zwischen ihnen mehr und mehr abgekühlt. Es hatte sich eine Distanz eingestellt, die mittlerweile unüberbrückbar erschien.

Auch jetzt hatte er den Eindruck, als ob Charlène ihn gar nicht wirklich wahrnahm. Der Zauber zwischen ihnen war lange verflogen. Bastien war sich nicht einmal mehr sicher, ob er jemals wirklich existiert hatte oder ob er sich vielleicht nur etwas eingebildet oder gewünscht hatte, was gar nicht vorhanden gewesen war.

Als er Charlène um ihre Hand gebeten hatte, war er so überzeugt gewesen. Genauso wie sie auch. Zumindest hatte er das angenommen. Sie hatten so viel Spaß zusammen, hatten große Pläne geschmiedet, hatten dieses Haus gemeinsam geplant. Doch die Ernüchterung hatte nicht lange auf sich warten lassen.

»Was ist los, Charlène?«, wiederholte er seine Frage und kam sich vor wie ein Papagei, der nur immer die gleichen Worte wiederholen konnte.

»Nichts«, fauchte sie zurück. »Außer das mein Leben völlig aus den Fugen geraten ist. Dass … nichts mehr je sein wird, wie es war.«

Zum ersten Mal seit Langem hatte er das Gefühl, dass sie vorbehaltlos ehrlich zu ihm war.

»Meinst du damit auch uns?« Bastien kam sich sofort egoistisch vor, nachdem er die Frage gestellt hatte. Doch er wusste einfach nicht mehr weiter. Zu lange schon lebten sie aneinander vorbei, machten sich gegenseitig das Leben schwer, nahmen sich nicht mehr wirklich wahr. »Ich muss es wissen, Charlène. Ich kann so nicht mehr weitermachen.«

Sie sah ihn an und fasste sich an die Nasenwurzel. »Müssen wir das jetzt besprechen?«

Er lachte auf. »Nein, wir können uns auch weiterhin etwas vormachen und es in fünf Jahren nochmals auf die Tagesordnung setzen.« Sofort bereute er seinen sarkastischen Unterton.

Charlènes Schultern sackten ab.

»Es tut mir leid«, ruderte er umgehend zurück. »Ich weiß ja, dass es gerade nicht leicht für dich ist. Es ist nur … Ich fühle mich so verdammt hilflos. Ich möchte, dass es wieder so wird, wie es am Anfang zwischen uns war. Kannst du das verstehen?«

Sie nickte langsam.

Erneut griff er nach ihrer Hand, und diesmal zog sie sie nicht vor ihm zurück. »Ich liebe dich, Charlène. Und ich möchte dich nicht verlieren.«

Ihre Mundwinkel zuckten leicht.

Er legte seine freie Hand an ihre Wange und strich über ihre zarte Haut. »Ich will, dass wir es schaffen«, flüsterte er und genoss die Berührung. Genoss, dass sie sich nicht sofort wieder vor ihm verschloss.

Als sie die Lider herabsenkte, beugte er sich zu ihr hinüber und küsste sie sanft. Sie hatte ihm so sehr gefehlt. Er sehnte sich nach ihrer Wärme, nach ihrer Nähe, ihrem Körper. Da sie seinen Kuss erwiderte, wurde er mutiger, obwohl ihm klar war, dass Charlène momentan ganz andere Dinge im Kopf hatte. Doch er war auch nur ein Mann, ein Mensch mit Bedürfnissen. Und er hatte sie schon viel zu lange nicht mehr gespürt.

Die Magie war mit einem Schlag zurück. Die Spannung zwischen ihnen fühlte sich unfassbar prickelnd und aufregend an. Vielleicht konnte doch noch alles gut werden. Er erhob sich von seinem Stuhl und zog Charlène mit sich.

»Du riechst fantastisch«, raunte er an ihrem Ohr, während er sie dichter an sich presste. Lustvoll ließ er seine Hände über ihren Rücken und ihren Po gleiten. Ja, er wollte sie. Jetzt und hier. Als er sich an ihrer Hemdbluse zu schaffen machte, stieß sie ihn abrupt zurück. Aus verschleierten Augen sah sie ihn erschrocken an.

»Was ist?«

Sie schüttelte den Kopf, während sie eine Hand auf ihre Lippen legte. »Es geht nicht«, sagte sie mit belegter Stimme.

»Warum nicht?«

Er musterte ihr erhitztes Gesicht. Sie schien ähnlich aufgewühlt zu sein wie er. Die ungewohnte Heftigkeit seiner Gefühle überrumpelte ihn völlig. Warum gab sie ihnen keine Chance?

»Weil ... ich kann das nicht. Meine Schwester ist tot.«

Sie log. Er konnte ihr ansehen, dass sie es genauso gewollt hatte wie er. Doch wieder hatte sie ihn in letzter Minute von sich gestoßen. Wut stieg in ihm auf.

»Das heißt, unser Liebesleben bleibt nun für alle Zeit begraben, ja? Nur damit ich es richtig verstehe. Die Nähe hätte uns verdammt gutgetan. Vielleicht hätten wir es tatsächlich geschafft, mal für eine kurze Zeit richtig abzuschalten.« Er kniff die Augen zusammen. »Du wolltest es auch, Charlène, und versuch nicht, mir etwas anderes zu erzählen. Ich verstehe einfach nicht, warum du mich immer wieder abwimmelst.«

Einige Sekunden lang herrschte eisige Stille zwischen ihnen. Keiner sagte etwas, sie sahen sich nur an, und Bastien überkam das ungute Gefühl, dass er die Frau vor sich überhaupt nicht mehr kannte.

»Ich kann so nicht mehr weitermachen«, presste er voller Enttäuschung hervor.

Er benötigte jetzt dringend einen Whisky. Da Charlène nichts erwiderte, drehte er sich schließlich ohne ein weiteres Wort um und stürmte in sein Arbeitszimmer.

22

Aurélie fuhr sich erneut über die Lippen, die eben noch Bastiens berührt hatten. Das hatte sie wieder toll hinbekommen! Wie sollte sie sich um die Unklarheiten bei dem Mord an Charlène kümmern, wenn die bloße Anwesenheit ihres Schwagers sie immer wieder aufs Neue in Gefühlswirrungen stürzte, derer sie kaum noch Herr wurde. Und was dachte Bastien?

Sie hatte keine Wahl, sie musste ihn sich dringend vom Leib halten. Wenn sie vorhin nicht die Notbremse gezogen hätte, hätte der Abend in einer echten Katastrophe geendet. Keine Katastrophe im wörtlichen Sinne, aber eine emotionale Katastrophe. Noch immer schwirrte ihr der Abend von damals im Kopf herum. Selbst Monate später war es ihr nicht gelungen, diese Stunden voller Lügen und Verrat, aber auch voller Intensität und Hingebung aus ihrer Erinnerung zu löschen. Sie musste sich von Bastien fernhalten. Eine andere Alternative gab es in dieser Situation für sie nicht. Noch immer kapierte sie nicht, was zwischen ihrem Schwager und ihrer Schwester schiefgelaufen war. Wenn sie die beiden gemeinsam erlebt hatte, war ihr nie auch nur ansatzweise aufgefallen, dass sie Probleme miteinander hatten.

Sie ließ sich die letzten Treffen durch den Kopf gehen, dachte an die ausgelassene Stimmung bei den Essenseinladungen. Aurélie hatte immer den Eindruck gehabt, dass Bastien seiner Frau jeden Wunsch von den Augen ablas. Und dass Charlène ihn aus tiefstem Herzen liebte. Zumindest hatte sie das Aurélie gegenüber nicht nur einmal behauptet. Hatte sie sie belogen? Und was sollte Aurélie von diesem Notizbuch halten? Die Worte waren durch und durch von Ablehnung, Negativität und Hass gefärbt.

Aurélie kam eine Idee. Hatte sie den Text möglicherweise in einem völlig falschen Zusammenhang gesehen? Gehörte der Inhalt des Notizbuchs eventuell zu einem neuen Projekt für die Zeitung? Vielleicht waren die Worte ironisch oder sarkastisch gemeint. Aurélie konnte nicht ausschließen, dass das Ganze gar nicht unter der Prämisse geschrieben worden war, die Realität abzubilden. War es möglicherweise gar nicht ernst gemeint gewesen?

Die Gedanken überschlugen sich in Aurélies Kopf. Sie musste dringend weiterlesen, um herauszufinden, was es mit dem merkwürdigen Inhalt des Büchleins auf sich hatte. Vielleicht sollte sie sich noch mal ausgiebiger mit Sophie unterhalten. Charlènes Freundin konnte ihr möglicherweise weiterhelfen, auch wenn Aurélie höllisch aufpassen musste, dass sie sich nicht durch eine unbedachte Bemerkung verriet. Wenn sie doch nur jemanden hätte, mit dem sie ihre Überlegungen und Theorien besprechen könnte! Doch da war keiner. Außer ihr selbst wusste niemand, dass Charlène ermordet worden war.

Aurélie versuchte, ihre Sorgen zu verdrängen. Sie legte den Kopf gegen die Lehne des Liegestuhls und versuchte sich ganz auf das Farbspiel am Himmel über ihr einzulassen. Der Horizont leuchtete in unzähligen Orange-, Rot- und Lilatönen. Dünne Schleierwolken zogen langsam über das ansehnliche Spektakel und sprenkelten das Firmament in Grau. Beeindruckt verfolgte sie, wie sich die Umgebung nach und nach immer dunkler färbte. Sie lauschte dem Geschrei der Möwen, die über dem menschenleeren Strand kreisten.

Charlène hatte im Paradies gelebt. Doch wie es momentan aussah, hatten sich ihre Träume nicht ansatzweise erfüllt.

Wieder musste Aurélie an den Mann in der Villa denken. War Bastien möglicherweise der Richtige, um ihn in ihr Geheimnis einzuweihen? Nein, verwarf sie den Gedanken sofort wieder. Ihr Schwager würde ausrasten, wenn er die Wahrheit erführe. Die Trauer um seine Frau würde ihn völlig aus der Bahn werfen, obwohl seine Ehe offenbar kurz vor dem Aus gestanden hatte. Immer wieder versuchte er schließlich, sich seiner vermeintlichen Gattin zu nähern. Noch schien er die Beziehung nicht endgültig aufgegeben zu haben.

Aurélie fasste einen Entschluss und angelte Charlènes Handy aus der Tasche der Hemdbluse. Wieder musste sie daran denken, wie Bastiens Hände unter den Stoff gewandert waren. Ihr Unterleib begann zu kribbeln. »Merde«, entfuhr es ihr voller Wut. Warum schaffte sie es bloß nicht, sich Bastiens Anziehung zu widersetzen? Grimmig scrollte sie durch das Telefonbuch, bis sie Sophies Nummer fand. Bevor sie noch weiter darüber nachdenken konnte, tippte sie auf den Namen.

»Charlène, Süße«, meldete sich Sophie keine zehn Sekunden später. »Was gibt es?«

Aurélie schloss seufzend die Augen. »Ich bin gerade frustriert.«

Sophie schwieg einen Moment. »Charlène, das ist doch kein Wunder. Deine Schwester ist tot.«

Aurélie biss sich auf die Zunge. »Es ist nicht nur das.« Sie wollte auf keinen Fall herzlos klingen. Doch Charlènes Tod war nicht der Grund für ihren Anruf. »Es ist wegen Bastien.«

Sophie stöhnte. »Was ist denn los?«

»Ich weiß es nicht«, erwiderte Aurélie ehrlich. »Ich habe keine Ahnung, was ich tun soll. Was ich selbst will«, setzte sie beherzt nach in der Hoffnung, Sophie endlich zum Reden zu bringen. »Ich bin total durcheinander.«

»Denkst du nicht, das hängt mit Aurélie zusammen?«, brachte Sophie in vorsichtigem Tonfall an. »Damit, was mit ihr geschehen ist?«

»Keine Ahnung. Es läuft einfach nicht mehr zwischen uns.«

»Liebst du ihn denn noch?«

Aurélie atmete tief durch. »Ich weiß es nicht.«

»Und darüber solltest du dir erst mal klar werden. Du kennst meine Meinung. Ich habe es dir ja schon öfter gesagt. Wenn du der Ansicht bist, dass ihr euch zu sehr voneinander entfremdet habt, solltest du ihm das ehrlich sagen. Du bist nicht glücklich, und Bastien ist es wahrscheinlich auch nicht. Wie lange geht dieses Hin und Her jetzt schon?«

Aurélie zuckte bei Sophies Worten zusammen. Sie hatte recht gehabt. Charlène und Bastien schienen gravierende Eheprobleme gehabt zu haben. Wie hatte sie nie etwas davon bemerken können?

»Charlène?«

Aurélie riss sich zusammen. »Ja, tut mir leid. Ich weiß nicht. Ich glaube, es gibt keinen konkreten Zeitpunkt. Es ist … einfach passiert.«

»Rede mit ihm«, wiederholte Sophie ihren Rat. »Und wenn ihr beide zu dem Schluss kommt, dass es keinen Sinn mehr hat, solltet ihr vielleicht die Konsequenzen ziehen.«

Aurélie schluckte. »Du meinst Scheidung?«

»Ich meine erst mal nur Trennung«, korrigierte Sophie sie. »Wenn ihr euch räumlich trennt, merkt ihr möglicherweise, was euch wirklich wichtig ist.«

»Es ist schwer«, wisperte Aurélie in die Dunkelheit.

»Natürlich ist es schwer«, bestätigte Charlènes Freundin. »Aber was wäre die Alternative? Weitermachen wie bisher? Du bist unzufrieden.«

Aurélie musste an Bastiens Worte denken. Er hatte sich ähnlich geäußert. »Danke.«

»Wofür?« Sophie klang verwundert.

»Dass du mir zugehört hast. Dass du mir deine Sicht auf die Dinge gesagt hast.«

Aurélie wusste nicht mehr, was sie noch denken sollte. Sie verabschiedete sich von Sophie mit dem Hinweis, dass sie morgen später käme, weil sie vorher noch einen Termin bei der Rechtsmedizin hatte. Dann erhob sie sich und verließ die Terrasse. Sie konnte das Unvermeidliche nicht länger aufschieben. Wenn sie die Nacht auf der Couch verbrächte, würde die Situation zwischen Bastien und ihr mit Sicherheit weiter eskalieren. Lautlos stieg sie die Treppe ins Obergeschoss hinauf und betrat das Schlafzimmer. Durch das Licht des Mondes konnte sie Bastiens Silhouette auf seiner Seite des Betts erkennen. Da sie sich vor ihm nicht ausziehen wollte, ließ sie die Hemdbluse an und legte sich leise auf Charlènes Platz.

Außer dem leisen Rauschen des Meeres war es still im Raum. Aurélie spürte, dass Bastien noch wach war. Kein Laut war von ihm zu hören. Doch sie wagte nicht, ihn anzusprechen, da sie fürchtete, dass die Lage erneut außer Kontrolle geraten könnte. Vorsichtig schob sie sich an den Rand der Matratze und blickte Richtung Fenster. Die schwachen Lichter am Pool erhellten die Gartenfläche. In ihrem Kopf herrschte heilloses Durcheinander. Was hatte sie getan? Während ihre Schwester in einem kalten Behälter irgendwo in den Tiefen der Rechtsmedizin lag, hatte Aurélie skrupellos ihre Position eingenommen. Sie hatte keine Ahnung, wie sie aus dieser Situation je wieder herauskommen sollte, ohne sich selbst verdächtig zu machen. Sie brauchte dringend Ergebnisse. Wenn sie der Polizei den Mörder ihrer Schwester präsentieren konnte, entlastete sie sich gleichzeitig selbst und konnte möglicherweise anstandslos in ihr altes Leben zurückkehren. An den Wirbel, den ihre Enthüllung verursachen würde, durfte sie allerdings nicht denken. Sie musste unbedingt ihr Ziel im Auge behalten, sonst würde sie in den kommenden Tagen ihre Rolle nicht weiterspielen können.

23

»Geht es dir besser?« Sophie musterte Aurélie mit mitleidiger Miene.

Aurélie musste an Bastiens anklagenden Gesichtsausdruck heute früh denken, an sein knappes »Bonjour« in der Küchentür, bevor er das Haus verlassen hatte. Seit sie ihn gestern auf die denkbar mieseste Art, die sie sich nur vorstellen konnte, abgewiesen hatte, hatte er keine drei Sätze mehr mit ihr gewechselt.

Um herauszufinden, wo Bastien am Tatabend gewesen war und warum er die Polizei belogen hatte, musste sich die Stimmung zwischen ihnen dringend aufbessern.

Charlènes wächsernes Gesicht in der Rechtsmedizin erschien vor ihrem geistigen Auge. Capitaine Foummant hatte sie eindringlich beobachtet, während sie sich stumm von ihrer Schwester verabschiedet hatte. Die Atmosphäre war unwirklich gewesen, gespenstisch und beängstigend. Die Polizei ging mittlerweile davon aus, dass Charlène sich mit hoher Sicherheit nicht allein in dem Hotelzimmer aufgehalten hatte, hatte der Beamte ihr mitgeteilt. Doch mit wem hatte sie sich getroffen? Nicht mit Bastien, oder?

»Charlène?«, brachte sich die Kollegin ihrer Schwester wieder in Erinnerung.

Aurélie schüttelte hastig ihre Sorgen und Überlegungen ab und konzentrierte sich auf die Gegenwart. »Ich war bei … Aurélie.«

»Du hast sie noch mal gesehen?« Sophie rollte näher und legte eine Hand auf Aurélies Unterarm. »Das alles tut mir so leid.«

Ursprünglich hatte Aurélie Bastien bitten wollen, sie zur Gerichtsmedizin zu begleiten. Sie hätte um seine Unterstützung und Hilfe in dieser schweren Stunde gebeten, sodass auch er seine Frau ein letztes Mal hätte sehen können, auch wenn ihm dies nicht bewusst gewesen wäre. Wegen ihres Streits hatte Aurélie es heute Morgen jedoch nicht übers Herz gebracht, ihn zu fragen. Sie beruhigte sich damit, dass er auch direkt vor der Beerdigung, wenn er dann endlich wusste, dass es Charlène und nicht Aurélie war, die nicht mehr lebte, noch Abschied nehmen konnte.

»Es war furchtbar«, gab Aurélie ehrlich zu.

Ihre Schwester leblos auf diesem Stahltisch liegen zu sehen und zu wissen, dass sie nie wieder auch nur ein Wort mit ihr wechseln, sie nie wieder in den Arm nehmen oder mit ihr lachen konnte, war einer der traurigsten und aufwühlendsten Momente in ihrem bisherigen Leben gewesen. Aurélie hatte das Gefühl, immer noch nicht wirklich realisiert zu haben, welche Tragödie sie da überrollt hatte. Ihre Schwester war ermordet worden!

»War Bastien dabei?«, fragte Sophie leise.

Aurélie schüttelte den Kopf. »Nein, ich … habe mich nicht getraut, ihn zu fragen.« Wie einfach und erleichternd war es doch, endlich einmal die Wahrheit sagen zu können.

»Er ist dein Mann.«

Aurélie nickte. »Wir haben gestern gestritten.«

Sophie zog die Brauen hoch. »Mal wieder … Hast du mich deshalb angerufen?«

»Ich weiß nicht«, gab Aurélie zu. »Ich musste einfach … mit jemandem reden. Ich wollte dich nicht behelligen, es tut mir leid.«

»Charlène«, setzte Sophie an. »Wir sind Freundinnen. Wenn du Rat benötigst, bin ich immer für dich da, das weißt du.«

»Danke«, hauchte Aurélie und atmete tief durch. »Ich denke, ich werde mich mal …« Sie zeigte auf den Computer.

Sophie verstand. »Ich habe heute auch Abgabetermin und muss mich sputen.« Sie lächelte schwach. »Schließlich wollen wir Charles nicht verärgern.«

Diesmal konnte Aurélie sich problemlos anmelden. Sie klickte erneut durch die Ordner, die Charlène angelegt hatte, und überlegte, welchem Thema sie sich zuerst widmen sollte. Da ihre Schwester zum Onlinedating die wenigsten Stichworte vermerkt hatte und zum Thema Weingut die meisten, öffnete sie den Ordner zum Weingut. Angespannt überflog sie Charlènes Notizen. Anscheinend hatte ihre

Schwester einen Hinweis darauf bekommen, dass der Eigentümer des Guts, ein gewisser Jérôme Stéphane, seine Erntehelfer nicht ordnungsgemäß abrechnete und bezahlte. In dem Ordner befanden sich die Aufzeichnungen zu einem Interview mit einer Madame Simone Moustier, der Assistentin des Chefs. Vielleicht sollte Aurélie sich ebenfalls mit der Dame treffen. Wenn Charlène tatsächlich einem Skandal um Steuerhinterziehung auf der Spur gewesen war, hatte sie sich im Zuge ihrer Recherchen sicherlich keine Freunde gemacht. War es möglich, dass sie ermordet worden war, um zu verhindern, dass sie einen Artikel zu dem Thema veröffentlichte? Aurélie wusste es nicht. Vielleicht las sie auch einfach zu viele Krimis.

Das andere größere Thema, an dem Charlène offensichtlich gearbeitet hatte, war der Hochwasserschutz an der Aude um Narbonne herum. Aurélie fand in dem entsprechenden Ordner Hinweise, dass der Verdacht im Raum stand, dass wichtige Entscheidungsträger in der Politik von Baufirmen Bestechungsgelder angenommen hatten, um diesen im Gegenzug Aufträge im Rahmen des Ausbaus des Überschwemmungsschutzes zuzuschustern. Auch hier hatte Charlène bereits diverse Informationen zusammengetragen, die ihre Vermutungen untermauern sollten. Im Zentrum ihres Interesses stand ein gewisser Luc Bellamort. Aurélie hatte den Namen nie zuvor gehört. Er schien für die Auftragsvergabe zuständig zu sein und hatte sich bisher geweigert, mit Charlène zu sprechen.

Wieder schweiften ihre Gedanken ab. War es tatsächlich möglich, dass ihre Schwester wegen ihres Jobs ermordet worden war? Und wäre nicht spätestens jetzt der Zeitpunkt gekommen, an dem Aurélie der Polizei die Wahrheit sagen musste? Möglicherweise stocherten die Beamten weiter im Dunkeln, da sie nach dem Mörder einer unbescholtenen Lehrerin suchten, die keinerlei Feinde hatte. Fast hätte Aurélie aufgelacht. So unbescholten, wie sie sich gerade hinstellte, war sie weiß Gott nicht. Seit Tagen führte sie ihr gesamtes Umfeld an der Nase herum. Und das auch noch sehr erfolgreich. Gehörte nicht auch eine gewisse kriminelle Energie dazu, derart unverfroren und nahtlos in die Rolle eines anderen Menschen zu schlüpfen? Nein, letztlich war es ihre Schwester gewesen, die ihr den ganzen Ärger eingebrockt hatte. Sie hatte Aurélie ja regelrecht dazu gedrängt, Bastien dieses Schmierentheater vorzuspielen. In jenem Moment hatte Aurélie schließlich nicht einmal ansatzweise erahnen können, in welches Schlamassel sie sich mit ihrer Einwilligung reiten würde.

Mitleid wallte in ihr auf. Bastien hatte es nicht verdient, derart hinterhältig belogen und verraten zu werden. Er hatte ein Recht darauf, endlich zu erfahren, dass seine Frau tot war. Aurélie fand zu keinem Schluss. Wenn sie ihm die Wahrheit offenbarte, würde er sie ohne Umschweife auffliegen lassen. Niemals würde er ihre Lügen unterstützen. Und doch ... Auch Bastien hatte nicht die Wahrheit gesagt. Vielleicht überschätzte sie seine Loyalität und Ehrlichkeit. Spielte etwa auch er mit falschen Karten?

24

»Wartest du schon lange?« Bastien setzte sich seinem Vater gegenüber.

Der winkte nur ab und zuckte mit den Schultern. »Der alte Coustier kam heute schneller zur Sache als gedacht.«

»Was wollte er denn?« Bastien kannte den langjährigen Kunden seines Vaters schon seit seiner Kindheit. Bertrand Coustier war ein wohlhabender Immobilieninvestor aus Pézenas, für den Philippe Richaud schon Dutzende Bauprojekte entworfen und betreut hatte.

»Er hat ein Grundstück in Aussicht. Unweit des Lac Salagou.«

Bastien verzog anerkennend seine Lippen.

»Und er hat mich gefragt, ob ich mir vorstellen könnte, eine Ferienanlage ganz im Sinne des nachhaltigen Tourismus zu planen.«

»Klingt interessant.« Bastien streckte seine Beine von sich. »Wie alt ist Coustier mittlerweile?«

Sein Vater lachte. »Im November wird er neunundachtzig.«

»Und er will einfach nicht aufhören.« Bastien schüttelte den Kopf.

Als die Bedienung kam, bestellte sein Vater eine Flasche Rotwein und Wasser. »Mit dem Essen warten wir noch, bis meine Frau kommt.«

Margaux Richaud hatte bis vor wenigen Jahren im Architekturbüro der Familie mitgearbeitet. An ihrem sechzigsten Geburtstag hatte sie sich allerdings entschlossen, ihrem Leben noch einmal eine neue Richtung zu geben, und half nun Flüchtlingsfamilien bei deren Eingliederung.

»Wo ist Maman?«

»Sie hatte noch einen Termin wegen der Einschulung von einigen Kindern, die Eltern sprechen wohl nur sehr bruchstückhaft Französisch. Margaux wusste nicht, wie lange es dauert.« Sein Vater lehnte sich zurück.

Bastien sah aufs Wasser. Sie befanden sich in einem kleinen Restaurant in Saint-Pierre-la-Mer. Nur wenige Tische waren um diese Uhrzeit besetzt. Seine Eltern hatten ihn um den Termin gebeten, um etwas Wichtiges mit ihm zu besprechen, doch Bastien wollte nicht vorpreschen und zügelte seine Ungeduld.

Sein Vater erhob sich. »Da ist sie ja.«

»Es tut mir leid.« Bastiens Mutter schlängelte sich durch die eng stehenden Tische hindurch. Sie hob die Hände. »Diese verdammte Bürokratie.« Sie verdrehte die Augen. »Es ist eine echte Katastrophe. Kein Wunder, dass viele Menschen mit den Vorschriften völlig überfordert sind. Ein Chaos ohne Ende.«

»Konntest du helfen, meine Liebe?« Philippe Richaud umarmte seine Frau und hauchte ihr einen Kuss auf die Lippen.

»Ja, wir haben alles geregelt. Die Kinder können regulär zur Schule gehen.«

Beim Anblick der liebevollen Begrüßung krampfte sich Bastiens Herz zusammen. Seine Eltern waren seit fast vierzig Jahren verheiratet und noch immer glücklich miteinander. Auf jeden Fall glücklicher als er und Charlène.

Seine Mutter wandte sich ihm zu und umarmte ihn. »Wie geht es dir, Junge?«

Er schnaufte. »Geht so.«

Nachdem sie sich wieder gesetzt hatten, brachte der Kellner die gewünschten Getränke und schenkte ihnen reihum ein.

»Wir nehmen dreimal das Tagesmenü«, erklärte Bastiens Vater, nachdem er erst seinen Sohn und dann seine Frau fragend angesehen hatte.

»Dreimal das gebratene Hühnchen mit Brokkoli und Duftreis«, wiederholte der junge Angestellte und blickte in die Runde.

Nachdem alle drei gehorsam genickt hatten, verschwand er wieder.

»Wie geht es Charlène? Gibt es Neuigkeiten?«, wandte sich Margaux Richaud erneut an Bastien. »Ich kann es immer noch nicht glauben, dass ...« Sie zog ein Taschentuch hervor und betupfte sich die Augen. »Es ist schrecklich. Unfassbar. So eine nette junge Frau. Einfach ermordet von irgendeinem Widerling.«

Bastien nickte. »Ja, es ist furchtbar.«

Wieder musste er an seine Schwägerin denken. An das, was zwischen ihnen hätte sein können. Es war müßig, der Vergangenheit nachzuhängen. Aurélie hatte sich gegen ihn entschieden, und er hatte sich wenig später für Charlène entschieden. Alles war so gekommen, wie es für sie das Beste gewesen war. Doch war es das wirklich?

Charlènes Zurückweisung gestern Abend drängte sich in seine Gedanken. Sie hatte es ebenso gewollt wie er, dessen war er sich nach wie vor sicher. Warum nur hatte sie ihn von sich gestoßen? Noch immer glaubte er nicht, dass der Tod Aurélies der wahre Grund für Charlènes Ablehnung war. Was war mit seiner Frau los? Seit Aurélies Tod schien sie wie verwandelt. Nicht unbedingt im positiven Sinne, nein, aber er konnte auch nicht leugnen, dass er ihre aggressive, oft gehässige und verletzende Art absolut nicht vermisste. Vielleicht hatte der Tod ihrer Schwester Charlène tatsächlich etwas zur Besinnung gebracht. Doch er zügelte seine Hoffnung. Noch wusste er nicht, wie es mit ihnen weitergehen konnte.

Als er den fragenden Blick seiner Mutter auf sich spürte, zog er die Brauen hoch.

»Ich habe dich gefragt, ob wir etwas für Charlène tun können.«

Er zuckte mit den Achseln. »Das ist nett, Maman, aber ich glaube nicht. Sie ist ...« Er seufzte.

»Was ist los?« Sein Vater musterte ihn skeptisch.

Seine Eltern waren nun wirklich nicht die richtigen Ansprechpartner, um über seine Eheprobleme zu sprechen. Doch Bastien schaffte es immer weniger, ihnen etwas vorzumachen. Ihnen vorzuspielen, dass er glücklich war.

»Ich weiß es nicht. Charlène ist … sie ist merkwürdig. Manchmal erkenne ich sie kaum wieder.«

»Bastien, sie hat gerade ihre Schwester verloren«, beschwor seine Mutter ihn. »Sie braucht jetzt deinen Trost. Du musst sie unterstützen und ihr Kraft geben.«

»Denkst du, das weiß ich nicht?« Er machte eine Pause. »Aber das ist es gar nicht. Es ist …« Er schob seinen Unterkiefer vor. »Ich weiß nicht, was los ist.«

»Habt ihr Probleme?« Sein Vater nahm einen Schluck von seinem Wein.

Bastien nickte. »Ja, ich glaube schon.«

»Wegen Aurélies Tod?« Seine Mutter beugte sich vor.

Er schüttelte den Kopf. »Nein, nicht deswegen. Es ist … Es läuft schon länger nicht mehr gut zwischen uns.«

Er bemerkte den besorgten Blick, den seine Eltern miteinander austauschten.

»Bastien, wir wollten eigentlich mit dir wegen der Firma reden und wegen … deines Erbes«, setzte sein Vater vorsichtig an.

Bastien schloss kurz die Augen. »Ihr seid doch noch gesund, warum wollt ihr …?«

»Bastien, bitte«, unterbrach ihn seine Mutter sanft. »Wir werden nicht jünger, und wir möchten, dass alles seinen geregelten Gang geht.« Sie sah zu ihrem Mann. »Es geht um steuerliche Aspekte. Und es geht darum, was du möchtest. Wegen Charlène und … wenn ihr mal Kinder habt.«

Bastien fuhr sich durchs Haar.

»Ich denke aber, wir sollten die Thematik besser verschieben«, merkte Philippe Richaud an. »Bastien hat momentan wirklich andere Probleme. Und recht hat er ja. Wir sind glücklicherweise noch fit, daher können wir damit auch noch ein paar Wochen warten.« Er lächelte aufmunternd in Bastiens Richtung. »Bis es dir besser geht. Und bis du wieder einen einigermaßen freien Kopf hast.«

»Entschuldige«, ergänzte seine Mutter. »Wir haben nicht nachgedacht. In dieser Situation sind andere Dinge natürlich wichtiger.«

Bastien schüttelte den Kopf. »Das ist es nicht. Zumindest nicht nur. Aber … ihr seid noch keine siebzig. Hat das nicht noch etwas Zeit?«

Seine Mutter hob ihre Hände. »Wir hätten es gern geregelt, Bastien. Wir sprechen darüber, leiten alles in die Wege, und damit hat es sich. Mehr ist es nicht.«

»Es fühlt sich … komisch an«, bekannte er ehrlich.

Margaux nickte lächelnd. »Ich weiß. Aber es ist besser, wenn wir jetzt darüber reden, solange es uns gut geht, als wenn du später mal Entscheidungen treffen musst, die dich möglicherweise in Gewissenskonflikte stürzen. Das möchten wir nämlich auf keinen Fall.«

Er presste seine Kiefer aufeinander. »Also gut. Aber Papa hat recht. Mir geht gerade so vieles durch den Kopf, das mich beschäftigt. Ich wäre euch dankbar, wenn wir diese Erbsachenbesprechung etwas schieben könnten.«

»Kein Problem.« Seine Mutter nickte ihm aufmunternd zu. »Vielleicht rufe ich Charlène später mal an. Sicher würde es ihr etwas helfen, wenn sie über ihren Kummer sprechen könnte.«

Bastien nickte erneut. Vielleicht hatte seine Mutter recht. Einen Versuch war es zumindest wert. Und wenn Charlène ihre Ruhe wollte, würde sie es Margaux sowieso ohne Umschweife sagen. Sie hatte noch nie Probleme damit gehabt, ihre Schwiegereltern vor den Kopf zu stoßen.

25

»Vielen Dank, dass Sie sich noch mal Zeit für mich genommen haben«, begann Aurélie beherzt, während sie sich die Aufzeichnungen zu Charlènes Interview mit Simone Moustier ins Gedächtnis rief.

Die Assistentin verzog missbilligend die Lippen. »Ich habe nicht viel Zeit, das hatte ich Ihnen ja bereits am Telefon gesagt.«

Aurélie hatte als Treffpunkt ein kleines Café an der Kathedrale Saint-Just-et-Saint-Pasteur vorgeschlagen, da sie aus Charlènes Notizen nicht hatte erkennen können, wo die beiden sich das erste Mal getroffen hatten.

Nachdem die Bedienung die bestellten Kaffees gebracht hatte, räusperte Aurélie sich angespannt. Sie hatte keine Ahnung, wie sie das Gespräch aufziehen sollte. Am Telefon hatte sie Simone Moustier erzählt, dass sie noch einige Fragen habe, doch da sie viel zu wenig mit den Recherchen ihrer Schwester vertraut war, hatte sie sich letztlich dazu entschieden, die Frau auch ohne weitere Vorbereitung zu treffen, um sich ein erstes Bild von ihr machen zu können. Vorrangig wollte sie ja eigentlich wissen, wie die Angestellte auf einen erneuten Anruf Charlènes reagieren würde. Wenn Moustier oder ihr Chef hinter Charlènes Tod steckten, müsste sie sich doch auf irgendeine Art merkwürdig verhalten, so hoffte Aurélie zumindest. Bis jetzt konnte sie jedoch nicht feststellen, ob die Assistentin sich über das Auftauchen Charlènes wunderte.

»Mein Chef war wenig angetan von unserem ersten Gespräch, als ich ihm davon erzählt habe.« Die junge Frau mit dem blonden, kurzen Haar verdrehte die Augen. »Ich treffe mich nur ein weiteres Mal mit Ihnen, weil Jérôme meinte, dass ich Sie eventuell davon überzeugen kann, sich auch noch mit Erntehelfern zu unterhalten, die keinen Anlass zur Beschwerde sehen.«

Erleichtert atmete Aurélie aus. Wie praktisch, dass ihr die Angestellte gleich zu Beginn ein Thema auf dem Silbertablett servierte. »Ich bin ganz Ohr.«

Moustier runzelte die Stirn. »Ich dachte, Sie hätten noch Fragen.«

Aurélie zuckte mit den Achseln. »Wenn Sie weitere Informationen für mich haben, teilen Sie mir diese gern mit.«

»Einfach so?« Die Angestellte nippte an ihrem Kaffee. »Beim letzten Mal klangen Sie aber ganz anders. Sie hatten mir erklärt, dass Sie kein Interesse an Schönfärberei hätten.« Sie runzelte die Stirn. »Woher der Sinneswandel?«

Aurélie nahm ebenfalls einen Schluck, um Zeit zu gewinnen. »Ich habe mir unser Gespräch noch mal in Ruhe durch den Kopf gehen lassen«, entgegnete sie und straffte ihre Schultern. Auch Simone Moustier bemerkte nicht, dass nicht Charlène vor ihr saß. Wie konnte es so einfach sein, die Leute zu täuschen? Weil sie nicht genau hinsahen, beantwortete sich Aurélie im nächsten Moment ihre Frage. Sie sahen nur, was sie sehen wollten.

Ihre Selbstsicherheit wuchs mit jeder Minute, in der sie sich weiter in Charlènes Leben einrichtete. »Und ich bin zu der Ansicht gekommen, dass meine bisherigen Recherchen zu einseitig waren«, log sie, ohne mit der Wimper zu zucken.

Moustiers Gesicht nahm einen verwunderten Ausdruck an. »Ich staune.«

Aurélie schenkte ihr ein gutmütiges Lächeln. »Warum? Weil auch wir Journalisten lernfähig sind?«

Die Angestellte hob die Brauen. »Bei unserem letzten Termin kamen Sie mir nicht besonders ... lernfähig vor.« Sie lachte.

»Die Frage ist doch: Warum haben mich einige Ihrer Erntehelfer überhaupt kontaktiert? Warum haben sich diese nicht gleich einen Anwalt genommen oder Ihren Chef angezeigt?«

Moustier fuhr mit dem rechten Zeigefinger über ihre Untertasse. »Sie wollten mir die Namen nicht verraten, daher kann ich nur spekulieren.« Sie schob ihr Kinn vor. »Es gibt immer mal wieder unzufriedene Arbeiter. Natürlich verdienen Erntehelfer keine Reichtümer, das können Sie sich wohl denken. Aber Jérôme ... Monsieur Stéphane behandelt seine Mitarbeiter meines Erachtens mehr als fair. Warum einige behaupten, sie bekämen nicht den Mindestlohn, und wir würden falsche Abrechnungen erstellen, kann ich Ihnen nicht sagen. Wie Sie wissen, arbeite ich seit drei Jahren auf dem Weingut. Was ich Ihnen aber bei unserem ersten Gespräch nicht erzählt habe ...« Sie unterbrach sich. »Ich sage Ihnen ganz ehrlich, dass Sie mir zuerst sehr unsympathisch waren.« Sie zog entschuldigend die Schultern hoch. »Aber ich scheine mich wohl getäuscht zu haben.«

»Danke«, gab Aurélie verlegen zurück.

»Ich habe vorher auf zwei anderen Weingütern gearbeitet. Die

Namen möchte ich hier nicht nennen, wobei ich davon ausgehe, dass Sie sie auch ohne meine Hilfe herausfinden, wenn Sie das wirklich möchten. Auf jeden Fall gab es dort tatsächlich einige Aspekte, die eine nähere Betrachtung verdient gehabt hätten.« Sie nickte. »Ich möchte mich nicht zu sehr aus dem Fenster lehnen, da ich keine Probleme bekommen möchte. Aber ich weiß aus eigener Erfahrung, dass es dort teilweise sehr lax im Hinblick auf Arbeitsschutzbestimmungen zuging.« Sie hob die Hände. »Von mir haben Sie das aber nicht. Bitte.« Ihre Augen nahmen einen flehenden Ausdruck an.

Aurélie überlegte. Moustier zeigte keinerlei Anzeichen, dass sie sich über das Treffen wunderte. Im Gegenteil. Sie wirkte souverän und entspannt.

»Ich werde Sie nirgends zitieren, Madame Moustier«, versprach Aurélie. »Manchmal muss man einsehen, dass ein Thema möglicherweise gar keines ist. Wenn sich Ihre Aussagen als wahr herausstellen, wird es keinen Artikel über Ihren Arbeitgeber geben.«

Moustier beugte sich vor. »Ist das Ihr Ernst?«

Wieder nickte Aurélie. »Natürlich. Ich unterhalte mich gern noch mit einigen anderen Mitarbeitern, und wenn die Vorwürfe meiner Quelle letztlich haltlos sind, hat sich der Artikel erledigt. Lügen veröffentliche ich nicht.«

»Einfach so?« Moustier schien es nicht glauben zu können.

»Einfach so«, wiederholte Aurélie lächelnd.

»Das hätte ich nicht erwartet. Sie wirkten beim letzten Mal so ... unnahbar und unzugänglich.« Die Angestellte schüttelte den Kopf. »Wenn ich Jérôme davon erzähle, wird er sehr erfreut sein. Und ich gebe Ihnen gern einige Namen unserer Angestellten, dann können Sie sich auch die andere Seite anhören.«

»Danke, das ist sehr nett von Ihnen.«

Nachdem Simone Moustier sich mit dem Hinweis auf eine wichtige Besprechung verabschiedet hatte, blieb Aurélie noch eine Weile allein sitzen und trank ihren Kaffee leer. Bevor sie bezahlen konnte, klingelte Charlènes Telefon. Der Name »Margaux« tauchte auf dem Display auf. Bastiens Mutter. Aurélies Puls beschleunigte sich.

»Ja?«

»Charlène, hier ist Margaux. Es tut mir unendlich leid, was mit deiner Schwester passiert ist.«

Aurélie schluckte. »Danke.«

»Wollen wir uns später treffen und ein wenig reden? Ich möchte dir helfen und dich unterstützen. Was auch immer du brauchst, sag es mir einfach.«

Tränen traten Aurélie in die Augen. Sie blinzelte. »Das ist … sehr nett von dir.«

Sie war Bastiens Eltern in der Vergangenheit bei diversen Geburtstagen begegnet. Mit Margaux hatte sie sich auf einer der Feiern lange über ihre Malerei unterhalten. Bastiens Mutter schien damals sehr interessiert an Aurélies Kunst. Sie war eine sympathische Frau. Wieder überkam Aurélie ein schlechtes Gewissen, dass sie diese Menschen aufs Gemeinste anlügen musste.

»Was meinst du? Darf ich dich auf ein Stück Kuchen einladen?«

Wie sollte Aurélie Bastiens Mutter nur abwimmeln, ohne sie zu sehr vor den Kopf zu stoßen? Sie überlegte fieberhaft, doch es fiel ihr keine glaubhafte Ausrede ein.

»Ja, natürlich«, erwiderte sie schließlich und verfluchte sich im gleichen Moment, dass sie erneut riskierte aufzufliegen. Andererseits konnte sie bei Margaux vielleicht vorsichtig vorfühlen, wie es um die Ehe ihrer Schwester bestellt gewesen war. Angesichts der Probleme, die Charlène und Bastien miteinander gehabt hatten, konnte Aurélie sich kaum vorstellen, dass seine Eltern nichts davon mitbekommen hatten. Möglicherweise war das Treffen sogar eine Chance, mehr über Charlènes Gedankenwelt zu erfahren, die Aurélie so offensichtlich verborgen geblieben war.

26

»Hatte Aurélie Garnier vielleicht Probleme mit jemandem aus der Lehrerschaft?« Jean betrachtete die Rektorin, die sich immer wieder fahrig durch das graue Haar strich.

»Aurélie ... Madame Garnier war eine sehr geschätzte Kollegin und Mitarbeiterin.« Marine Chantelier schüttelte den Kopf. »Ich kann es noch immer nicht glauben. Ich hatte mich natürlich gewundert, als Aurélie unentschuldigt ihrem Unterricht ferngeblieben ist, weil sie für gewöhnlich immer sehr zuverlässig ist, aber ich hätte doch niemals gedacht, dass ...« Ihre Stimme brach. »Sie war ein sehr besonderer Mensch. Stets hilfsbereit, wenn mal wieder Not am Mann war.« Die Rektorin verzog den Mund. »Und leider haben wir sehr oft einen Mangel zu verwalten. Ich kann Ihnen gar nicht sagen, wie ...« Sie winkte ab. »Lassen wir das.« Ihr Blick schweifte von Jean und Loulou zum Fenster. »Sie denken doch etwa nicht, dass einer der Kollegen verdächtig sein könnte?«

»Wir sind hier, um uns ein Bild vom Umfeld der Verstorbenen zu machen«, erklärte Jean geduldig. »Momentan sind wir weit davon entfernt, Verdächtigungen auszusprechen. Wir überprüfen lediglich die persönlichen Verhältnisse von Madame Garnier.«

»Sie arbeitete auch als Künstlerin«, ergänzte Madame Chantelier voller Wehmut. »Aurélie bekam viele Auftragsarbeiten.«

»War sie mit einem Ihrer Mitarbeiter näher bekannt?«, hakte Loulou ein.

Die Rektorin nickte. »Sie war mit Carole Dumiers befreundet. Die beiden verstanden sich von Beginn an, seit Aurélie hier angefangen hat, gut.« Sie tippte auf ihrer Tastatur herum. »Madame Dumiers hat in zehn Minuten eine Freistunde. Wenn Sie möchten, sage ich ihr Bescheid. Dann können Sie sich mit ihr unterhalten.«

Jean nickte. »Ja, danke. Das wäre sehr hilfreich.«

Eine knappe Viertelstunde später saßen Jean und Loulou mit Garniers Kollegin und Freundin in einem der Klassenzimmer.

Die Lehrerin schien Jeans Blick auf ihren Bauch bemerkt zu haben und nickte. »Ich bin im fünften Monat«, erklärte sie und fuhr sachte über die kleine Wölbung, die sich schwach unter ihrer hellgelben Bluse abzeichnete.

Jean fühlte sich ertappt. »Pardon, ich wollte nicht ...«

Madame Dumiers wedelte mit einer Hand. »Kein Problem.«

»Ich habe selbst vier Kinder«, sah sich Jean gezwungen zu erklären. »Mittlerweile sind alle erwachsen, aber irgendwie kommt man aus der Elternrolle nie mehr heraus.« Er bemühte sich um ein Lächeln.

»Es wird unser Erstes«, entgegnete die Lehrerin. »Wir freuen uns schon sehr.«

»Ich wünsche Ihnen alles Gute«, mischte sich Loulou ins Gespräch.

»Danke.« Carole Dumiers sah zwischen den Beamten hin und her. »Konnten Sie schon herausfinden, was mit …« Sie blinzelte. »… was mit Aurélie geschehen ist? Ich kann es nicht fassen. Sie … Am Tag ihres Todes habe ich vormittags noch mit ihr gesprochen.«

Jean horchte auf. »Ging es um etwas Bestimmtes?«

Die Lehrerin zuckte mit den Schultern. »Nein, eigentlich nicht. Wir sprachen kurz über … Jules.«

»Aurélie Garniers Lebensgefährten«, warf Loulou ein.

Dumiers nickte. »Mehr oder weniger, ja.«

Jean runzelte bei ihrer Bemerkung die Stirn. »Wie meinen Sie das? Mehr oder weniger?«

Garniers Kollegin presste die Lippen aufeinander. »Na ja, Aurélie war nicht besonders glücklich mit der Beziehung.«

»Sie wollte sich trennen?«, fragte Loulou nach.

Carole Dumiers wiegte ihren Kopf hin und her. »Zumindest dachte sie darüber nach.«

»Wusste ihr Freund von ihren Absichten?« Jean beugte sich vor.

Sie zögerte. »Das kann ich Ihnen nicht genau sagen. Ich kannte ihn nicht allzu gut. Aber Aurélie hat immer wieder erwähnt, dass sie für Jules und sich keine gemeinsame Zukunft sieht. Ich glaube, sie hat Angst vor dem letzten Schritt gehabt, es ihm zu sagen.«

»Wieso das?« Auch Loulou wirkte von Dumiers' Aussage überrascht.

Wieder schien Carole Dumiers innerlich mit sich zu ringen.

»Madame, Aurélie Garnier wurde ermordet. Sie möchten doch sicher auch, dass wir denjenigen, der für ihren Tod verantwortlich ist, schnellstmöglich finden. Dafür ist es aber unabdingbar, dass Sie uns alles sagen, was Sie wissen«, redete Jean ihr ins Gewissen. »Sie ist tot.«

»Es fühlt sich ... ungut an, wenn ich Ihnen ...«

»Madame, Carole«, setzte Loulou mit sanfter Stimme an. »Wir müssen wissen, was Ihre Freundin bewegt hat. Ob sie Probleme hatte, Ärger mit irgendjemandem ...«

»Sie denken doch nicht, dass Jules ...« Dumiers schluckte. »... dass er etwas mit Aurélies Tod zu tun hat.«

»Wir denken erst mal gar nichts«, erwiderte Jean. »Wir versuchen lediglich herauszufinden, was für ein Mensch Aurélie Garnier war und wer in ihrem Umfeld ein Motiv gehabt haben könnte.«

Carole Dumiers nickte, schien aber noch immer wenig überzeugt.

»Bitte, Madame.« Loulou streckte ihre Hand über den Tisch und berührte die Lehrerin vorsichtig am Oberarm. »Sagen Sie uns, was Sie wissen.«

Carole Dumiers kaute sekundenlang auf ihrer Unterlippe, bevor sie entschlossen nickte. »Was ich Ihnen jetzt sage, ist nur meine persönliche Meinung.« Sie sah erst Jean abwartend an, bevor sie ihre Augen auf Loulou richtete. »Ich glaube, dass Aurélie noch immer Bastien geliebt hat.«

Irritiert wechselte Jean einen Blick mit Loulou. »Bastien? Sie meinen Bastien Richaud?«

Die Lehrerin nickte. »Ja, ihren Schwager.«

»Ich fürchte, ich verstehe nicht ganz ...«, erklärte er verwundert. »Hat Charlène nichts erwähnt?«

»Die Schwester? Nein, was soll sie denn erwähnt haben?« Loulou klang genauso verwirrt, wie Jean sich fühlte.

»Bastien, also Aurélies Schwager, war zuerst mit Aurélie zusammen«, begann die Lehrerin zaghaft. »Also, ich glaube, sie waren nicht so richtig zusammen, aber ... irgendwie hatte sich da wohl etwas angebahnt zwischen den beiden. Aurélie hat mir nie so richtig erzählt, was dann eigentlich zwischen ihnen schiefgelaufen war. Jedenfalls wurde aus ihr und Bastien kein Paar. Stattdessen hat er sich für Charlène entschieden und sie dann ja auch geheiratet.«

Jean dachte an die merkwürdige Stimmung zwischen der Schwester der Toten und deren Mann, als er sie beim Frühstück überfallen hatte. »Und Sie vermuten, dass Aurélie noch immer Gefühle für ihren Schwager hatte.«

Carole Dumiers atmete tief aus. »Ich fürchte, ja. Und ich glaube, das ist auch der eigentliche Grund, warum Aurélie sich seit Jahren auf keine richtige Beziehung mit einem anderen Mann eingelassen hat.«

»Weil sie immer noch ihren Schwager liebt«, murmelte Loulou nachdenklich.

Carole Dumiers nickte.

»Was ist mit dem Schwager?«, warf Jean die Frage in den Raum, die für den Fall noch relevant werden könnte. »Denken Sie, auch er empfand noch etwas für Aurélie?«

Die Lehrerin schüttelte den Kopf. »Ich glaube nicht. Zumindest hat Aurélie nie auch nur eine Bemerkung in dieser Richtung gemacht. Ich denke auch nicht, dass ihr selbst überhaupt bewusst war, warum es ihr kein Mann recht machen konnte. Es war diese Art, wie sie von Bastien sprach. Ich bin mir ziemlich sicher, dass da noch etwas war. Zumindest von ihrer Seite aus.«

»Eine Affäre hatten die beiden aber nicht?«, warf Loulou ein neues Motiv auf.

Wenn Charlène ebenfalls etwas von den Gefühlen ihrer Schwester für ihren eigenen Ehemann geahnt hatte, hätten sie ein erstes triftiges Motiv.

»Nein, das hätte Aurélie niemals getan«, erklärte Carole Dumiers mit Nachdruck. »So war sie nicht. Sie hätte ihrer Schwester niemals wehtun können. Das Verhältnis zwischen den beiden war sehr eng.«

»Und Bastien?« Jean beobachtete Dumiers' Reaktion.

»Ich kenne ihn nicht«, antwortete sie zögernd. »Daher kann ich dazu nichts sagen, aber Aurélie … niemals.«

Nachdem sie sich bei Garniers Kollegin für deren Gesprächsbereitschaft bedankt hatten, verließen Jean und Loulou das Schulgebäude.

»Wir sollten dringend noch mal die Schwester und den Schwager näher ins Visier nehmen«, merkte Jean grimmig an. »Eine Dreiecksgeschichte zwischen Geschwistern klingt nach einem sehr schwerwiegenden Motiv. Und das Ehepaar hat sich lediglich gegenseitig ein Alibi gegeben, was nach der Aussage von Madame Dumiers nicht mehr allzu gehaltvoll erscheint, oder?«

Loulou nickte. »Es hat tatsächlich den Anschein, dass wir die beiden nochmals intensiver befragen sollten. Insbesondere zu dem Verhältnis zwischen den Schwestern und der Beziehung zwischen dem Opfer und ihrem Schwager.«

27

Aurélie schwirrte der Kopf. Ein unangenehmer Schmerz bahnte sich seinen Weg und drohte übermächtig zu werden. Wie liebevoll und aufmerksam Margaux Richaud sie bei ihrem Treffen behandelt hatte! Aurélies schlechtes Gewissen war von Minute zu Minute gewachsen, während ihr Bastiens Mutter Trost zugesprochen hatte. Wie viele Menschen sollten noch unter ihrer Scharade leiden? Wie würden sie reagieren, wenn Aurélie offenbarte, dass sie nicht Charlène war? Mit jedem weiteren Tag, jeder weiteren Begegnung kam ihr ihr Vorhaben absurder vor. Dachte sie tatsächlich, sie sei schlauer als die Polizei? Wären die Chancen, Charlènes Mörder zu fassen, nicht wesentlich höher, wenn die Beamten die wahre Identität des Opfers kennen würden? Ihre Schwester war tot, und Aurélie hatte nichts Besseres zu tun, als die halbe Welt an der Nase herumzuführen. Wie war sie nur auf diese irrsinnige Idee gekommen?

Sie musste dem Ganzen endlich ein Ende bereiten. Die liebenswürdige Art von Bastiens Mutter hatte ihr ein weiteres Mal vor Augen geführt, dass sie durch ihr Theater absolut nichts gewinnen konnte. Aurélie wollte endlich ihr Leben zurück, sie wollte wieder an ihre Schule, wollte ihre Schüler und ihre Kollegen sehen, wollte in ihre Wohnung zurückkehren. Sie konnte schließlich nicht ewig in eine Rolle schlüpfen, die sie mehr und mehr zu überfordern drohte. Während sie zu ihrem Wagen zurückkehrte, entschied sie, endlich reinen Tisch zu machen. Zuerst würde sie Bastien einweihen. Obwohl ihr durchaus bewusst war, dass er wenig erfreut reagieren würde, hoffte sie, dass er sie auf irgendeine Art doch verstehen würde. Zumindest den Grund, warum sie nicht gleich bei der ersten Begegnung mit der Polizei die Wahrheit gesagt hatte. Im gleichen Zuge würde sie ihn auch fragen, warum er bezüglich seines Alibis gelogen hatte.

Als sie an Charlènes Auto ankam, begann ihr Handy zu klingeln. Auf dem Display erkannte sie die Nummer der Polizei.

»Bonjour, Madame Richaud, hier spricht Capitaine Foummant. Bei unseren Ermittlungen haben sich noch einige Fragen ergeben, die wir gern zeitnah mit Ihnen klären würden.«

Aurélie zuckte zusammen. Hatten sie herausgefunden, wer sie war? Sie hatte doch zuerst mit Bastien reden wollen. Doch der Anruf des Polizisten ließ ihr keine Wahl.

»Möchten Sie bei uns zu Hause vorbeischauen?« Nervös fuhr sie sich mit der Zunge über die trockenen Lippen.

»Nein, Madame. Ich muss Sie leider bitten, zu uns aufs Revier zu kommen.«

Ihr Puls beschleunigte sich. Sie wussten es! Aurélie musste schnellstens mit der Wahrheit herausrücken, wenn sie sich nicht noch mehr Ärger einhandeln und den bereits angerichteten Schaden begrenzen wollte. Wenn das überhaupt möglich war. Sie hatte keine Ahnung, welche Konsequenzen ihr Identitätsbetrug nach sich ziehen konnte. Vielleicht sollte sie sich einen Anwalt nehmen. Nur für alle Fälle. Sie schluckte.

»Gut, ich bin sowieso gerade in Narbonne. Geht es jetzt sofort?«

»Sehr gut.«

Sie schloss die Augen. »Ich bin in zehn Minuten bei Ihnen. Es trifft sich gut, da ich Ihnen auch etwas mitzuteilen habe.«

Am anderen Ende herrschte wenige Sekunden Schweigen. »Alles klar, dann sprechen wir gleich, wenn Sie da sind.«

Mit zitternden Fingern schloss Aurélie die Wagentür auf und ließ sich auf den Fahrersitz sinken. Sie umklammerte das Lenkrad, um ihre Hände zu beruhigen. Ihr Herz pochte wild. Ihr Lügengebilde stand kurz davor, aufzufliegen. Bastien, Charlènes Kollegen, ihr Chef, ihre Schwiegereltern, die Polizei. Alle hatte sie belogen. Und wenn sie ehrlich war, war es ihr nicht einmal besonders schwergefallen. Sie atmete einige Male tief durch und startete dann den Motor.

Nur acht Minuten später bog sie auf den Parkplatz der Police Nationale ein. Ihre Handinnenflächen waren schweißnass, ihr Haar klebte feucht an ihren Schläfen. Sie blickte in den Rückspiegel und fuhr sachte über ihre geröteten Wangen. Die Aufregung war ihr auf fünfhundert Meter Entfernung anzusehen. Wie sollte sie beginnen? Abwarten, was Foummant ihr zu sagen hatte, oder gleich direkt mit der Tür ins Haus fallen, bevor die Beamten ihre Anschuldigungen vorbringen konnten? Aurélie fasste nach Charlènes Handtasche und stieg aus. Schweren Schrittes erklomm sie die Treppen vor dem Eingang und stieß die Glastür des Reviers auf. Mit bebender Stimme fragte sie am Empfang nach Capitaine Foummant.

»Madame Richaud, das ging ja schnell.« Keine zwei Minuten nach ihrem Eintreffen tauchte der Ermittlungsleiter hinter dem Empfang auf und umrundete den Tresen.

Warum sprach er sie weiter mit Charlènes Nachnamen an? Wollte er sie etwa auf die Probe stellen? Aurélie umklammerte den Riemen der Tasche fester und erwiderte kraftlos seine Begrüßung. Dann folgte sie ihm in einen kleinen fensterlosen Besprechungsraum, in dem sich nur ein Tisch und vier Stühle befanden. Seine Partnerin war nirgends zu sehen.

»Bitte, setzen Sie sich doch.« Er zeigte auf einen der Stühle und nahm auf der anderen Seite des Tisches Platz. Da er ihren ängstlichen Blick zu bemerken schien, fuhr er fort: »Keine Sorge, es ist nur eine Befragung.«

Aurélie riss sich zusammen und setzte sich. »Um was geht es denn?« Sie räusperte sich, da ihre Stimme belegt klang.

»Wir haben mit einigen Personen aus dem Umfeld Ihrer Schwester gesprochen«, setzte Foummant an und klopfte auf die zugeschlagene Akte vor ihm.

Aurélie schwieg, während sie fieberhaft überlegte, mit wem sie wohl geredet hatten. Jules? Ihren Kollegen? Ihren Nachbarn? Doch sie wagte nicht nachzufragen.

»Es geht um das Verhältnis Ihrer Schwester zu Ihrem Mann.«

Aurélie zuckte innerlich zusammen. Damit hatte sie überhaupt nicht gerechnet. Was wollte der Polizeibeamte andeuten?

»Ist es richtig, dass Ihre Schwester vor Ihnen mit Ihrem Mann eine ... Beziehung unterhielt?«

Bedeutete die Pause in seiner Frage, dass er keine Gewissheit darüber hatte, was zwischen ihr und Bastien gewesen war? Eigentlich hatte sie ihm ihre Identität enthüllen wollen. Da das Gespräch nun aber in eine Richtung steuerte, die Aurélie ganz und gar nicht behagte, entschied sie, erst mal abzuwarten und zu hören, was genau Foummant vermutete.

Sie nickte. »Ja, das stimmt.«

Er bewegte seinen Kopf auf und ab. »Und?«, wollte er wissen, als Aurélie nichts weiter sagte.

»Was wollen Sie hören?« Aurélie klang barscher, als sie beabsichtigt hatte.

»Madame, wir möchten herausfinden, wer einen Grund hatte, Ihre Schwester umzubringen. Warum haben Sie uns nicht gesagt, dass Aurélie und Ihr Mann zusammen waren?«

Sie zuckte mit den Achseln. »Weil es nicht wichtig ist.«

»Nicht wichtig?« Er hob die Brauen. »Die Beurteilung, ob etwas für unsere Ermittlung relevant ist oder nicht, überlassen Sie bitte uns.«

Sie seufzte leise.

»Es ist nicht allzu alltäglich, dass zwei Schwestern denselben ... Partner hatten, nicht wahr?«

Aurélie rang um Fassung. Die Befragung bewegte sich in eine komplett falsche Richtung. Wie sollte sie ihm unter diesen Umständen erklären, wer sie wirklich war? Sie versuchte sich auf seine Worte zu konzentrieren.

»Meine Schwester und Bastien ...« Ihre Stimme brach. »Das war nichts. Also nichts Richtiges.«

Er lächelte nachsichtig. »Nichts Richtiges? Haben Ihre Schwester und Ihr Mann Ihnen das so gesagt? Oder ist das Ihre eigene Einschätzung?«

Aurélie begann zu zittern. Sie verschränkte die Finger ineinander, bemühte sich um Ruhe und Gleichgültigkeit. Wer hatte der Polizei nur davon erzählt? »Ich weiß es«, erklärte sie mit fester Stimme. »Sowohl Aurélie als auch mein Mann haben damals erklärt, dass sie nicht ... wirklich zusammen gewesen waren.«

Foummant nickte bedächtig. »Hatten Sie das Gefühl, dass Ihre Schwester noch ... Gefühle für Ihren Mann hegte?«

»Nein«, blaffte Aurélie und merkte selbst, dass sie viel zu emotional reagierte. Sie zählte stumm bis zehn und rang um Fassung. »Nein«, wiederholte sie mit monotoner Stimme. »Aurélie war mit Jules zusammen, und ... zwischen ihr und meinem Mann war absolut nichts mehr.«

»Hatten Sie keine Angst, dass ... da möglicherweise wieder etwas sein könnte?«

Er ließ nicht locker. Am liebsten hätte Aurélie ihm ins Gesicht gebrüllt, dass er seine Unterstellungen unterlassen solle. Doch sie musste sich beherrschen, durfte auf keinen Fall zu selbstsicher sein. Sie schüttelte den Kopf.

»Nein.«

»Einfach nein?« Wieder lächelte er hintergründig.

»Einfach nein. Mein Mann und ich sind ... glücklich.«

Er schlug die Akte auf und blätterte durch ein paar Seiten.

Ungeduldig knetete Aurélie ihre Finger.

»Sie waren mit Ihrem Mann den ganzen Abend, als Ihre Schwester ermordet wurde, zu Hause?«, fragte er wie beiläufig.

Aurélie nickte. »Ja, das hatten wir Ihnen schon gesagt.«

»Ich weiß, ich weiß«, bestätigte er hastig. »Manchmal vergisst man gewisse ... Dinge, wenn man unter großem Stress steht. Wie etwa die Tatsache, dass Ihr Mann und die Tote sich einmal sehr nahestanden.«

»So war es nicht«, versuchte Aurélie erneut abzuwiegeln.

»Uns wurde etwas anderes erzählt. Möglicherweise empfand Ihre

Schwester noch wesentlich mehr für Ihren Mann, als Sie ahnten oder glauben wollten.«

Aurélies Herz begann erneut zu rasen. Was wollte der Polizist andeuten? Dass sie ihre eigene Schwester umgebracht hatte? Aus Eifersucht? War jetzt der richtige Zeitpunkt gekommen, um die Wahrheit zu enthüllen? Ihre Gedanken überschlugen sich, sie wusste nicht mehr, was richtig und was falsch war. Der Rollentausch würde ihr mit Sicherheit keine Pluspunkte bei den Polizisten einbringen. Da sie nun ahnten, dass Aurélie nie ganz mit Bastien abgeschlossen hatte, würde sie diese Tatsache noch mehr belasten, wenn sie genau jetzt ihre wahre Identität zugäbe.

Was sollte sie nur tun? Sie war fest entschlossen gewesen, in ihr altes Leben zurückzukehren. Diese albernen Unterstellungen, die nun im Raum standen, erschwerten ein Geständnis zunehmend.

»Sie hatten am Telefon angedeutet, dass Sie uns ebenfalls etwas mitzuteilen hätten, Madame«, durchdrang Foummants Stimme ihre wilden Überlegungen.

Aurélie riss sich zusammen und zwang sich zu einem Lächeln. »Ja.« Sie hielt inne. »Ja, ich wollte Sie nochmals nachdrücklich darum bitten, den Mord an meiner Schwester aufzuklären. Sie war ein … wundervoller Mensch, und es darf nicht sein, dass ihr Mörder ungeschoren davonkommt.«

Der Blick des Capitaine wurde skeptisch. »Das wird er nicht. Sie können sich sicher sein, dass wir denjenigen finden werden, der Ihre Schwester umgebracht hat.« Er machte eine Pause. »Denjenigen oder diejenige«, setzte er nach, während sein Gesicht einen ernsten Ausdruck annahm.

28

Aurélie wusste nicht mehr, was sie denken sollte. Die Befragung durch Capitaine Foummant hatte sie aus der Bahn geworfen. Sie spürte, dass sie sich mit ihren Lügen immer weiter in die Bredouille brachte. Wie sollte sie jemals wieder aus diesem Netz von Lügen und Halbwahrheiten herausfinden? Wer hatte den Beamten von Aurélie und Bastien erzählt? Außer Carole wusste niemand von ihrer Vorgeschichte. Doch warum sollte ihre Freundin behaupten, Aurélie hege noch Gefühle für Bastien, die weit über ihr momentanes Verwandtschaftsverhältnis hinausgingen? Ihr gegenüber hatte Carole nie auch nur eine Andeutung gemacht, dass sie sie durchschaut hätte. Durchschaut, wiederholte Aurélie besorgt. Wie lange wollte sie sich weiter selbst belügen? Dass Bastiens bloße Gegenwart Gefühle in ihr auslöste, die völlig unangemessen und fehl am Platz waren, hatte sie, wenn sie ehrlich war, doch schon länger gewusst.

Wer auch immer Foummant die Sache mit Bastien und ihr gesteckt hatte, er hatte zumindest recht. Aurélie war in all den Jahren nie wirklich über Bastien hinweggekommen. Sie hatte ihrer Schwester ihr Glück nie geneidet, im Gegenteil. Doch tief in ihrem Herzen hatte sie immer gewusst, dass kein Mann je an Bastien herankäme, solange sie nicht endlich und endgültig mit ihm abschloss.

Ihre derzeitige Situation half Aurélie in dieser Hinsicht natürlich überhaupt nicht. Die ständige Auseinandersetzung mit dem Mann, der sie nach wie vor anzog wie ein Magnet den anderen, wühlte die fieberhaft verdrängten Gefühle immer wieder aufs Neue auf.

Als sie vor die Richaud-Villa fuhr und Bastiens Wagen entdeckte, stieß sie einen frustrierten Seufzer aus. Wenn man vom Teufel sprach … Warum war er um diese Uhrzeit überhaupt schon zu Hause? Aurélie hatte auf ein paar Stunden Auszeit von ihrer Rolle gehofft.

Sie stieg aus und steuerte auf die Haustür zu. Als sie im Foyer ihre Schuhe von den Füßen streifte, trat Bastien schon aus dem Wohnzimmer. »Bonjour, Charlène. Wie geht es dir?«

Aurélie straffte ihre Schultern und schenkte ihm ein Lächeln. »Wie sagt man so schön? Den Umständen entsprechend.«

Bastien bedeutete ihr mit seinem Zeigefinger, zu ihr zu kommen.

Aurélie wappnete sich innerlich gegen seine Berührung. Sanft hauchte er ihr einen Kuss auf die Lippen. Vergeblich versuchte sie, seinen Geruch auszublenden. Sie musste unbedingt die Distanz wahren, auf keinen Fall durfte sie sich nochmals in eine Situation wie gestern Abend bringen. Nur noch ein paar Tage, beruhigte sie sich stumm. Dann hatte dieses Theater ein Ende, und sie musste Bastien im besten Fall nie wiedersehen.

»Was ist?«, fragte er leise, da er ihre Anspannung zu spüren schien. Er nahm ihre Hand und führte Aurélie in die Küche. »Magst du etwas trinken?«

Sie schüttelte den Kopf.

»Was ist passiert?«

Sie zögerte. Früher oder später würde er sowieso vom Verdacht der Polizei erfahren, doch sie war sich nicht sicher, ob sie seine Reaktion ertragen konnte, wenn sie ihm von ihrem Gespräch mit Foummant und dessen Vermutung erzählte.

»Charlène?« Er setzte sich neben sie auf einen der Barhocker und drehte sich zu ihr.

»Ich war bei der Polizei.«

Er nickte. »Mich haben sie auch angerufen. Sie wollen morgen noch mal mit mir reden.«

Aurélie wandte sich ihm zu und musterte sein Gesicht. Die ausdrucksstarken Augen, das markante Kinn, diese unsagbar sinnlichen Lippen. »Der Capitaine denkt ...« Sie atmete aus. »Er vermutet, dass Aurélie und du ... dass meine Schwester noch immer etwas für dich empfunden hat.« Jetzt war es heraus.

Bastien runzelte die Stirn. »Wie bitte?«

Sie nickte erneut. »Ja, irgendjemand muss der Polizei gegenüber etwas in der Richtung gesagt haben.«

»Ich verstehe nicht ganz«, entgegnete er hörbar verwundert. »Wie kommt er auf den Schwachsinn?«

Aurélies Inneres zog sich zusammen. »Wie gesagt, irgendjemand muss ihm einen Hinweis gegeben haben.«

Bastien lachte auf, es klang bitter. »Einen Hinweis.« Er schüttelte den Kopf. »Aurélie und ich ... das ist so lange her. Hast du ihm denn nicht gesagt, dass sie sich schon damals gegen mich entschieden hatte?«

Aurélie zuckte zusammen. Was sagte er da? Wie kam er darauf, dass sie sich gegen ihn entschieden hatte? Er war es doch gewesen, der Charlène ihr vorgezogen hatte. Obwohl sie völlig überrascht war, durfte sie sich ihre Verwirrung auf keinen Fall anmerken lassen.

»Hat es dir die Sprache verschlagen?« Er grinste schwach.

»Nein«, antwortete sie irritiert. »Nein, natürlich nicht. Ich weiß auch nicht, warum ...«

In ihrem Kopf herrschte ein heilloses Durcheinander. Was sollte sie sagen?

»Wenn ich morgen mit dem Capitaine spreche, werde ich die Sache richtigstellen«, sagte Bastien, während sein Blick intensiver wurde. »Ich werde ihnen erklären, dass ihre Vermutung völlig aus der Luft gegriffen ist und dass Aurélie schon damals kein Interesse an mir hatte. Warum sollte sie nach all den Jahren plötzlich etwas für mich empfunden haben, was schon damals nicht vorhanden war?« Er hob die Brauen. »Und warum konzentrieren sie sich nicht endlich auf die Suche nach dem Täter, anstatt in diesen alten Geschichten herumzustochern?«

Aurélies wusste vor lauter Ratlosigkeit nichts zu erwidern. Von was redete er nur? Sie konnte sich absolut keinen Reim auf seine Worte machen. Doch da sie keinen Verdacht erwecken wollte, verkniff sie sich jegliche Nachfrage. Irgendetwas stimmte jedoch nicht.

»Ich glaube, sie vermuten, dass ich ... Aurélie aus Eifersucht getötet haben könnte«, presste sie hervor.

Seine Augen weiteten sich. »Das ist doch nicht dein Ernst! Warum sollten sie das denken?«

»Wie gesagt, irgendjemand muss ihnen einen Hinweis gegeben haben.« Aurélie fühlte sich immer unwohler in ihrer Haut. Wenn sie doch nur offen mit ihm reden könnte! Sicherlich würden sich dadurch einige Missverständnisse aufklären lassen.

»Wer sollte so einen Quatsch erzählen?« Er verdrehte die Augen. »Wobei ...« Sein Blick schweifte durch den Raum. »Ein besseres Motiv als Eifersucht gibt es wohl kaum.«

Aurélie sah ihn empört an. »Du denkst doch nicht wirklich ...«

Bastien hob seine Hände. »Nein, natürlich nicht. Aber wer auch immer der Polizei erzählt hat, du hättest einen Grund, Aurélie zu töten …« Seine Mundwinkel zuckten. »Der hat möglicherweise selbst etwas zu verbergen. Vielleicht war das Ganze ein Ablenkungsmanöver.«

»Du denkst, Aurélies Mörder will die Polizei auf eine falsche Spur locken?« Aurélie konnte es kaum glauben. Sie war davon ausgegangen, dass Carole Capitaine Foummant von Aurélies angeblichen Gefühlen für Bastien berichtet hatte. Doch Carole steckte niemals hinter Charlènes Tod. Die ganze Sache wurde immer verworrener. Motive wurden aufgeworfen, die gar keine waren, da das Opfer nicht diejenige war, für die man es hielt. Der Kopfschmerz von vorhin kehrte zurück. Aurélie fasste sich an die Schläfe.

»Geht es dir nicht gut?«, fragte Bastien mit sanfter Stimme.

Sie erwiderte seinen Blick, dachte an seine Lüge der Polizei gegenüber, an seine Worte von eben, die absolut keinen Sinn ergaben. Welches Spiel spielte Bastien? Hatte er sie womöglich doch durchschaut und wollte sie nur provozieren? Wartete er möglicherweise auf einen Fehler ihrerseits? Ihr wurde schwindelig. Verlor sie langsam den Überblick über die vertrackte Situation?

War Charlène als Charlène oder als Aurélie ermordet worden? Diese Frage stand nach wie vor unbeantwortet im Raum. Sobald Aurélie eine Antwort darauf wusste, würde sie den Täter finden. Da war sie sich sicher. Der merkwürdige Eintrag in Charlènes Notizbuch fiel ihr ein. Auch dieser passte überhaupt nicht ins Bild. Aurélie brauchte dringend mehr Informationen, um das Ganze besser beurteilen zu können. Zu viele unbekannte Aspekte erschwerten ihr eine klare Sicht auf alles. Bemerkungen, die sie nicht einordnen konnte, Hinweise, die sie nicht zu deuten wusste.

»Nein, es geht mir nicht gut«, erwiderte sie ruhig. »Meine Schwester ist tot, und ich habe das Gefühl, dass die Polizei nach wie vor im Dunkeln tappt, was in diesem Hotelzimmer geschehen ist.«

Bastien fasste nach ihrer Hand. »Ich rede mit den Beamten und werde ihnen nochmals sagen, dass sie sich im Hinblick auf Aurélie und mich irren. Dass sie ein sehr liebenswürdiger und besonderer

Mensch gewesen ist, aber keinerlei Interesse an mir hatte.« Er grinste schief. »Zu unserem Glück.«

29

Der Abend war mal wieder eine absolute Katastrophe. Obwohl ich ja vorher schon wusste, was mich erwarten würde, habe ich mich erneut von Bastien überreden lassen, Aurélie und Jules zum Essen einzuladen. Und was habe ich nun davon? Meine Schwester wirft sich ganz unverhohlen meinem Mann an den Hals, der noch nicht einmal zu merken scheint, welch mieses Spiel sie da spielt. Und Jules? Dieser Trottel lässt sich vor seinen Augen Hörner von Aurélie aufsetzen. Was für ein Weichei!
Ich frage mich ernsthaft, wie lange ich dieses Theater noch mitmachen soll. Wenn es nur diesen unglücklichen Ehevertrag nicht gäbe ... Wie anders würde mein Leben ohne Bastien aussehen! Dieser Langweiler. Heute Nachmittag hat er mir wieder stundenlang von seinem neuesten Projekt erzählt. Er scheint überhaupt nicht zu merken, dass mich seine architektonischen Meisterleistungen nicht die Bohne interessieren. Mauern und Gewerke ... Meine Güte! Gibt es etwas Unspektakuläreres?
Mittlerweile ist mir klar, dass ich damals einen großen Fehler gemacht habe. Ich könnte losbrüllen, so eingeengt und unfrei fühle ich mich gerade. Warum habe ich mich auf diesen Idioten nur eingelassen? Ich hätte jeden haben können. Jeden! Zumindest hätte ich ihn doch nicht gleich heiraten müssen. In der Hinsicht ist mein Plan nicht aufgegangen, das muss ich mir mittlerweile offen eingestehen. Ich habe meine Leidensfähigkeit für den guten Zweck vollkommen überschätzt. Am liebsten würde ich lieber heute als morgen meine Koffer packen und abhauen. Andererseits liebe ich diese Villa. Und

ich habe es mir mehr als hart verdient, endlich das Leben zu führen, das mir gebührt.
Aber zurück zu diesem furchtbaren Abend. Bastien hat wieder einmal seine abgenutzten und unlustigen Witze angebracht, und Aurélie, das einfältige Huhn, hat ununterbrochen über seine Bemerkungen gelacht. Wie kann man sich nur derart offensichtlich anbiedern? Mir ist natürlich bewusst, dass sie noch nie kapiert hat, wie lächerlich und armselig ihr Verhalten bei anderen Menschen ankommt, aber dass sie vor ihrem Freund, wenn man ihn denn überhaupt so nennen kann, dermaßen unverfroren mit Bastien flirtet ... Mir ist durchaus klar, dass sie mich mit ihren Provokationen nur auf die Palme bringen will. Offensichtlich kann sie sich nicht einmal annähernd vorstellen, dass man als Frau einen Mann wie Bastien kaum wirklich ernst nehmen kann. Wenn ich nur an den treudoofen Blick aus seinen wässrigen Augen denke ... Da kommt mir die Galle hoch. Nein, ich habe wirklich absolut keine Ahnung, wie lange ich dieses Leben noch aushalte. Ich muss dringend einen Anwalt konsultieren und abklären, wie ich aus diesem verfluchten Ehevertrag herauskomme. Die Villa lasse ich mir nicht nehmen, niemals. Dieses Haus ist mein ganzer Stolz. Vielleicht würde er sie mir sogar überlassen, wenn ich im Gegenzug auf Unterhaltszahlungen, Abfindungen und was weiß ich, was mir zustehen würde, verzichte. Wenn der Vertrag jedoch in seiner aktuellen Fassung gültig ist, steht mir nichts zu. Null, nada. Keine Villa, kein Geld, nur ein kleiner monatlicher Betrag, von dem ich niemals leben kann. Bastien hat mich über den Tisch gezogen, das ist mir in den letzten Jahren klar geworden. Er wollte eine tolle Frau, war aber nicht bereit, auch nur das kleinste Risiko einzugehen. Margaux, diese trantütige Kuh, hatte damals darauf bestanden, dass er diesen elenden Vertrag abschließen soll. Ein Schwiegerdrachen, wie er schrecklicher nicht sein könnte. Hat in ihrer Midlife-Crisis ihr angebliches Herz für Flüchtlinge entdeckt und ist auf die Seite

der Gutmenschen gewechselt. Als wenn es keine anderen Probleme gäbe ...
Nein, dieses Leben kann ich nicht mehr lange ertragen. Ich fühle mich fast wie tot. Mein Plan war von Anfang an eine Schnapsidee, so selbstkritisch muss ich mich der Situation stellen. Und Aurélie hat bis heute nicht aufgegeben. Aber auch ich werde nicht klein beigeben. Auf keinen Fall lasse ich ihr dieses schamlose Verhalten durchgehen. Bastien ist mein Mann! Meine Beweggründe für diese Ehe sind in dieser Hinsicht völlig irrelevant. Bastien hat für sie tabu zu sein, doch das scheint sie überhaupt nicht zu interessieren. Und anstatt dass Jules, dieser Schlappschwanz, mal mit der Faust auf den Tisch haut und seiner Freundin klarmacht, dass ihn ihr unverschämtes Verhalten stört, tut er so, als bemerke er nicht, was sich vor seiner Nase abspielt.
Ah, ich könnte aus der Haut fahren! Ich bin so wütend, so enttäuscht. Aber ich wäre nicht ich, wenn ich mich von einem kleinen Tiefpunkt herunterziehen ließe. Nein, ich muss das Ganze als Herausforderung sehen. Offensichtlich habe ich die Dreistigkeit meiner Schwester unterschätzt. Doch wenn sie stärkere Geschütze auffährt, kann ich das auch. Noch sind wir beide nicht am Ende, meine Liebe.

Geschockt ließ Aurélie das Notizbuch sinken. Bastien hatte sich vor einer halben Stunde in sein Büro zurückgezogen, weil er noch ein wichtiges Telefonat mit einem zukünftigen Geschäftskunden führen musste. Da Aurélie heute nichts Brauchbares erfahren hatte bei ihren Nachforschungen, hatte sie sich dazu entschieden, einen weiteren Blick in Charlènes Tagebuch zu werfen. Die Worte, die nun vor ihren Augen flimmerten, begannen, Funken zu sprühen und sich tief in ihre Seele einzubrennen.

Aurélie vermutete keine Sekunde mehr, dass es sich bei den Eintragungen um ein Projekt oder die Vorstufe für einen neuen Artikel handelte. Zu lebendig erschienen ihr Charlènes Beschreibungen. Zu intensiv konnte sie den Hass und den Zorn ihrer Schwester aus den

Zeilen herauslesen. Sie verstand die Welt nicht mehr. Was war mit Charlène los gewesen? Warum hatte sie derart gehässig über Aurélie hergezogen? Und wie konnte sie ihren eigenen Mann als Langweiler bezeichnen? Aurélie rief sich die letzten Treffen mit Charlène in Erinnerung. Sie hatte nie auch nur die kleinste Andeutung gemacht, dass sie in ihrer Ehe unglücklich sei.

»Was machst du?«

Aurélie schrak zusammen. Sie hatte nicht gehört, wie Bastien die Treppe hinaufgekommen war. Unauffällig legte sie das Buch neben das Bett. »Ich denke nach.«

»Du weinst«, stellte Bastien leise fest, während er sich neben sie aufs Bett sinken ließ. Vorsichtig wischte er mit seinem Daumen über ihre Wangen.

Aurélie legte das Buch lautlos auf dem Boden ab und drehte ihren Kopf zur Seite. Sie hatte gar nicht gemerkt, dass ihr Tränen übers Gesicht rannen.

»Es tut mir leid.«

Erneut meldete sich ihr schlechtes Gewissen. Sie rollte sich auf die Seite und musterte Bastiens Gesicht. Warum war Charlène in ihrer Beziehung so unglücklich gewesen? Aurélie konnte sich keinen besseren Mann als Bastien vorstellen. Er war sanft, charmant, witzig, attraktiv, intelligent. Nein, sie verstand ihre Schwester überhaupt nicht mehr. Ob Bastien wusste, dass Charlène Tagebuch geschrieben hatte?

»Worüber denkst du nach?« Er strich ihr übers Kinn.

Aurélies Haut begann zu kribbeln. Sie durfte ihrer Sehnsucht jedoch auf keinen Fall nachgeben.

Sie schluckte. »Was war mit Aurélie und dir?«

Obwohl sie die Frage gar nicht hatte stellen wollen, hatte ihre Neugier die Oberhand gewonnen.

Verdutzt wich er leicht zurück. »Was meinst du?«

»Erzähl mir, was dich an ihr fasziniert hat. Damals.« Sie wusste, dass sie sich auf sehr dünnem Eis bewegte.

Er zog die Brauen hoch. »Ich weiß nicht, was du von mir hören möchtest.«

»Die Wahrheit«, gab sie zurück.

Er schnaufte und rollte sich auf den Rücken. Während er an die Decke starrte, begann er zu reden. »Aurélie ist ... war eine Frau, die dir als Mann das Gefühl gab, der absolut Einzige zu sein. Wenn wir uns getroffen hatten ...« Er räusperte sich. »Du weißt, dass da nicht mehr war zwischen uns, Charlène.«

»Ja, sprich weiter«, ermunterte Aurélie ihn.

»Also, wenn wir uns getroffen haben, konnten wir stundenlang miteinander reden. Über alles. Über ...« Er nickte. »Ja, wirklich über alles.«

»Anders als wir beide?« Sie legte ihren Kopf auf dem Ellbogen ab und sah ihn von der Seite an.

Er zögerte. »Das mit uns war anders. Von Anfang an. Es war ... ist toll, aber anders. Wir ... befinden uns auf einer anderen Ebene. Wir sind uns näher, wir sind immerhin verheiratet.« Er verzog sein Gesicht. »Das kann man nicht vergleichen.« Er machte eine Pause. »Bei Aurélie hatte ich das Gefühl, dass es für sie nur ganz oder gar nicht gab. Ich glaube, der Mann, der ihr Herz erobert hätte, hätte es für immer besessen. Sie war sehr kompromisslos, gab dir aber im Gegenzug auch das Gefühl, ganz für dich da zu sein.«

Nie hatte sich Aurélie besser beschrieben gefühlt. Seine Worte trieben ihr erneut Tränen in die Augen.

Bastien drehte sich zu ihr und legte eine Hand auf ihre. »Entschuldige. Ich wollte nicht ...«

Sie schüttelte hastig den Kopf. »Nein, nein. Es ist alles gut. Genauso ist ... war sie.«

Er nickte. »Sie wird uns sehr fehlen.«

30

Aurélie hatte in der Nacht kaum ein Auge zugetan. Während sie ihre Konzentration auf den Verkehr lenkte, versuchte sie die Müdigkeit abzuschütteln. Immer wieder hatte sie an Charlènes Notizen denken müssen, während ihr gleichzeitig Bastiens Gegenwart nur wenige Zentimeter von ihr entfernt allzu bewusst gewesen war. Sie fühlte sich wie gerädert. Zu gern hätte sie die Passage über den Abend zu viert noch einmal gelesen, doch sie hatte sich nicht getraut, das Buch erneut hervorzuholen. Aurélie war sich fast sicher, dass Bastien nichts von den heimlichen Gedanken seiner Frau ahnte. Wie hätte er sonst unter diesen Umständen mit ihr zusammenbleiben können?

Die Trauer um ihre Schwester und das tiefe Verlustgefühl, das Entsetzen und der Schock über Charlènes gewaltsamen Tod wurden immer mehr von Verunsicherung und Zweifeln zersetzt. Mit jeder weiteren Stunde wuchs die Erkenntnis, dass sie ihre Schwester offenbar überhaupt nicht gekannt hatte. Doch wie konnte das sein? All die Jahre waren sie mehr oder weniger gemeinsam durchs Leben gegangen.

Der plötzliche Unfalltod ihrer Eltern schien sie nur noch mehr zusammengeschweißt zu haben, doch tief in ihrem Inneren hatte Aurélie geahnt, dass da noch etwas anderes gewesen war. Etwas, das sie in der Vergangenheit nicht wirklich hatte begreifen können, ja, vielleicht nicht hatte begreifen wollen. Und diese Unstimmigkeit trat nun mehr und mehr zutage. Was hatte das zu bedeuten? Aurélie hatte beim Lesen von Charlènes Worten den Hass zwischen den Zeilen regelrecht fühlen können.

Was hatte sie ihrer Schwester getan? Erst diese Sache mit den Zeugnissen, die Jahrzehnte zurückliegen musste, und nun der Abend aus jüngster Vergangenheit. Seit Bastien mit Charlène zusammen war, hatte Aurélie sich stets bewusst zurückgenommen, wenn sie mit den beiden zusammen gewesen war. Niemals hätte sie mit Bastien geflirtet oder ihm Avancen gemacht. Obwohl ...

Aurélie verdrängte die Erinnerung. Sie zählte nicht. An der prekären Situation im Februar war einzig Charlènes hirnrissige Idee schuld gewesen. Nein, Aurélie hatte ihrer Schwester nie auch nur den kleinsten Anlass zur Eifersucht gegeben. Sowohl Bastien als auch Aurélie hatten sie nie vorgeführt.

Während ihre Gedanken weiter um das Tagebuch kreisten, klingelte Charlènes Handy. Aurélie fuhr den Wagen an die rechte Seite der Route Nationale und angelte das Telefon aus der Tasche. Die Nummer auf dem Display kannte sie nicht. »Ja?«

»Bonjour, Charlène. Hier spricht Nathalie de Bernier. Ich wollte nur kurz hören, ob bei Ihnen alles in Ordnung ist, da Sie gestern nicht zu unserer Sitzung erschienen sind.«

Sitzung? Aurélie verstand nicht ganz. Um was ging es? »Ich verstehe nicht …«

»Unser wöchentlicher Termin, Charlène. Geht es Ihnen nicht gut?« Die Frau klang irritiert.

Aurélie riss sich zusammen. »Ach so«, gab sie noch immer völlig ahnungslos zurück. »Ja, ich … meine Schwester ist tot.«

»Ihre Schwester? Aurélie?«

»Ja, sie wurde ermordet.«

Einige Sekunden herrschte Schweigen am anderen Ende der Leitung. »Das ist ja furchtbar. Mein aufrichtiges Beileid.«

Aurélie hörte Papierrascheln.

»Was halten Sie davon, wenn Sie später bei mir vorbeikommen? Mein Termin um zwölf hat wegen Krankheit abgesagt. Da könnte ich eine Stunde für Sie erübrigen. Gerade in einer solchen Situation erachte ich es als äußerst wichtig, dass die Therapie nahtlos weiterläuft.«

Therapie? Die starke, selbstbewusste Charlène hatte sich in Therapie befunden? Aurélies Verwirrtheit wuchs weiter. Was sollte sie tun? Sie hatte keine Ahnung, was ihre Schwester mit ihrer Therapeutin besprochen hatte. Ein Gespräch mit ihr konnte Aurélie letztlich nur weiter gefährlich werden. Andererseits, vielleicht würde sie von der Psychologin endlich etwas über Charlènes geheimes Seelenleben erfahren.

»Gut«, willigte sie daher ein. »Das ist sehr nett von Ihnen. Vielen Dank! Und entschuldigen Sie bitte, dass ich den Termin nicht abgesagt hatte. Ich war noch bei der Polizei und … habe es einfach vergessen.« Langsam fand sie wieder in ihre Rolle zurück.

»Kein Problem«, erklärte Nathalie de Bernier. »Unter solchen Umständen kann man leicht den Überblick verlieren. Machen Sie sich keinen Kopf darüber. Wir sehen uns später, Charlène.«

Das werden wir, dachte Aurélie grimmig, nachdem sie das Gespräch beendet und den Wagen wieder auf die Fahrbahn zurückgelenkt hatte. Charlène war in Therapie gewesen. Warum? Wegen des Tods der Eltern? Die Zeit danach war für sie beide schrecklich gewesen, doch der Verlust lag Jahre zurück. War es möglich, dass Charlène noch immer so sehr darunter gelitten hatte, dass sie Hilfe benötigte? Was sonst in Charlènes Leben konnte ihr einen Anlass gegeben haben, eine Psychologin zu konsultieren? Und warum hatte sie Aurélie nichts davon gesagt? Ob Bastien es wusste?

Während sie Narbonne erreichte, versuchte sie energisch, ihre Gedanken in eine andere Richtung zu lenken. Wie gern würde Aurélie sich endlich wieder ihren Bildern widmen! Die beruhigende Routine, wenn sie ganz in ihren Motiven versank, fehlte ihr. Auch deshalb fühlte sie sich momentan so unruhig und verloren. Was die Polizei wohl mit den Leinwänden gemacht hatte? Ob sie vermuteten, dass ihre Kunst in Zusammenhang mit ihrem Tod stand? Oder ihre Arbeit als Lehrerin?

Während sie weiter Richtung Innenstadt fuhr, gab sie sich ganz dem Schwelgen in ihrer Malerei hin. Vielleicht sollte sie sich später einen Zeichenblock kaufen, um wenigstens etwas Beschäftigung für ihre Hände zu haben. Das Skizzieren würde ihr guttun. Natürlich musste sie höllisch aufpassen, dass Bastien nicht dahinterkam, sonst wäre alle Mühe umsonst gewesen. Charlène hatte noch nie Talent fürs Malen gehabt, sie war aber schon immer die Geschicktere gewesen, wenn es um das Jonglieren mit Worten gegangen war.

Vielleicht war das Risiko, entdeckt zu werden, tatsächlich zu groß. Aurélie sollte sich lieber auf ihre wesentliche Aufgabe konzentrieren, nämlich den Mörder Charlènes zu finden.

31

»Monsieur, ich sehe mir die Änderungen und Anmerkungen an, sobald ich im Büro bin. Ich befinde mich gerade auf dem Weg zu einem Auswärtstermin und hatte noch keine Gelegenheit, die Pläne zu öffnen«, versuchte Bastien, seinen Kunden George Bumais zu vertrösten.

»Aber es ist wirklich dringend, Monsieur Richaud«, ließ der ältere Mann nicht locker. »Der Fensterbauer wartet auf weitere Anweisungen, und ich weiß nicht …«

»Der Fensterbauer hat klare Anweisung, sich an mich zu wenden, wenn es Fragen gibt«, unterbrach Bastien ihn sanft. »Bitte, geben Sie mir eine Stunde. Sollte der Handwerker Sie in der Zwischenzeit erneut kontaktieren, verweisen Sie ihn auf unseren Vertrag.«

Als der Kunde endlich zufrieden wirkte, beendete Bastien das Gespräch und trommelte ungeduldig mit den Fingern aufs Lenkrad.

Nachdem er sich wieder in den Verkehr eingefädelt hatte, überlegte er erneut, wie er Capitaine Foummant gegenüber auftreten sollte. Auf keinen Fall durfte er zu barsch oder zu ablehnend wirken. Noch immer verstand er nicht, wer den Beamten dieses Ammenmärchen von Aurélie und ihm erzählt hatte. Er war seit Jahren mit Charlène zusammen. Und auch wenn die Tatsache, dass Aurélie ihn damals wortlos abserviert hatte, nicht spurlos an ihm vorbeigegangen war, konnte doch niemand ernsthaft auf den Gedanken kommen, dass er ihr nach all den Jahren noch immer hinterhertrauerte. Ja, er hatte damals lange nicht verstanden, warum aus Aurélie und ihm nichts Größeres geworden war.

Erst Charlène hatte ihm die Augen geöffnet. Und mittlerweile verstand er, dass Aurélie nie auf der Suche nach einer längeren, tiefergehenden Beziehung gewesen war. Seit er mit Charlène zusammen war, hatte ihre Schwester ihnen drei Männer vorgestellt. Bei keinem von ihnen hatte Bastien auch nur annähernd den Eindruck gehabt, Aurélie könnte längerfristige Absichten hegen. Auch wenn er Charlènes Schwester nicht mehr allzu oft begegnet war, hatte er doch mitbekommen, dass sie eher oberflächliches Interesse an ihren männlichen Bekanntschaften zeigte. Nie zuvor hatte er sich dermaßen in einem Menschen getäuscht.

Während ihrer damaligen Treffen hatte Aurélie sich von einer komplett anderen Seite gezeigt. Feinfühlig, tiefgründig, sehr aufmerksam und empathisch. Was er gestern zu Charlène gesagt hatte, hatte er ernst gemeint. Trotz ihrer Flatterhaftigkeit hatte er bei Aurélie immer das Gefühl gehabt, dass sie tief in ihrem Inneren auf der Suche nach der einen großen Liebe gewesen war. Die sie leider nie gefunden hatte, wie er jetzt bedauernd resümierte.

Bastien lenkte den Wagen auf den Parkplatz der Police Nationale und schaltete den Motor aus. Als er das Foyer betrat, stand Capitaine Foummant mit seiner Partnerin gerade am Tresen.

»Monsieur Richaud. Bonjour.«

Bastien gab den Beamten die Hand und begrüßte sie ebenfalls.

Foummant und David führten ihn zu einem kleinen Büro und boten ihm Platz an.

»Danke, dass Sie sich die Zeit für uns genommen haben«, setzte der Capitaine an und legte seine Hände wie zum Gebet aneinander.

»Kein Problem«, gab Bastien zurück. »Wenn ich irgendwie helfen kann …«

»Wir gehen davon aus, dass Ihre Frau Ihnen von unserer gestrigen Befragung erzählt hat«, begann die Beamtin und musterte Bastien mit aufmerksamem Blick.

Er nickte, erwiderte jedoch nichts.

»Nun würden wir gern noch Ihre Sicht der Dinge hören«, übernahm Foummant wieder. »Sie waren, bevor Sie mit Ihrer Frau eine Beziehung eingingen, mit deren Schwester zusammen.« Seine fragende Miene zwang Bastien zu einer Antwort.

»Das ist korrekt«, antwortete Bastien wahrheitsgemäß. »Wobei Aurélie und ich nicht wirklich eine Beziehung unterhielten. Wir waren einige Male zusammen aus, aber letztlich hatte sie dann doch kein Interesse mehr an mir.«

Foummant kniff seine Augen zusammen. »Es war Aurélie Garnier, die Ihr …« Er wedelte mit der Hand. »… die Ihr Techtelmechtel beendete?«

Bastien nickte ein weiteres Mal. »Wenn Sie es so nennen wollen. Ja, sie … traf sich lieber weiter mit anderen Männern.«

»Und was war mit Ihnen?« Commandant David beugte sich vor.

Bastien zuckte mit den Achseln. »Wie gesagt, wir waren nicht richtig zusammen. Ich fand es zwar schade, da ich mir damals durchaus mehr mit ihr hätte vorstellen können, aber ... es sollte wohl nicht sein. C'est la vie.« Er lächelte schief.

»Sie waren nicht wütend auf sie?«

Bastien seufzte. »Aurélie hat mir nicht das Herz gebrochen, wenn Sie das meinen. Zumindest nicht so, dass ich am Boden zerstört gewesen wäre. Dafür war zu jenem Zeitpunkt einfach noch viel zu wenig zwischen uns. Von meiner Warte aus hätte es mehr werden können, aber sie ...« Er verzog bedauernd die Mundwinkel.

»Wie stand Ihre Frau zu ihrer Schwester?«, wollte David von ihm wissen, ohne seine Antwort zu kommentieren.

Bastien starrte auf die Tischplatte. Was sollte er darauf erwidern? »Sie waren Zwillingsschwestern«, versuchte er, Zeit zu gewinnen.

»Das war nicht die Frage«, erinnerte ihn der Capitaine.

»Ich weiß. Charlène ... nun ja, sie fand, dass Aurélie zu sprunghaft war. Zu wechselhaft.«

»In Bezug auf Männer?«, hakte Commandant David nach.

Bastien hob die Achseln. »Ja, ich denke.«

»Haben sich die beiden gut verstanden?«, bohrte Foummant weiter.

Bastien nickte. »Ja, wie gesagt: Sie waren Zwillinge. Das ist noch mal eine ganz andere Verbindung als normale Geschwister.« Er hielt inne. »Ich selbst bin Einzelkind, kann daher nicht wirklich einen Vergleich ziehen.«

»Wir haben eine Zeugenaussage, die darauf hinweist, dass Aurélie Garnier noch tiefergehende Gefühle für Sie gehegt haben soll«, fuhr David fort. »Wie passt das Ihrer Meinung nach zu Ihrer eigenen Aussage, dass sie es war, die den Kontakt zu Ihnen abgebrochen hat?«

Bastien überlegte. »Das hat mir meine Frau gestern auch erzählt.« Er sah von Foummant zu dessen Partnerin. »Und ich kann es mir nicht erklären.«

»Warum sollte ein Zeuge diesbezüglich die Unwahrheit sagen?« Foummants Blick wurde prüfender.

Bastien schüttelte den Kopf. »Wie erwähnt, ich weiß es nicht.

Zwischen Aurélie und mir, da war nichts. Schon lange nicht mehr. Weder von meiner noch von ihrer Seite aus, soweit ich das natürlich beurteilen kann.«

»Vielleicht sah Ihre Frau das anders?« Die Polizistin verzog keine Miene.

Bastien ließ sich nicht provozieren. »Charlène war nicht eifersüchtig, wenn Sie das andeuten wollen. Dazu habe ich ihr nie einen Anlass gegeben. Wir sind glücklich verheiratet.« Die Lüge ging ihm problemlos über die Lippen.

»Und Sie waren am Tatabend gemeinsam zu Hause?« Der Capitaine schlug die Akte auf und blätterte einige Seiten um.

»So ist es«, bestätigte Bastien in bestimmtem Ton.

Während der Beamte ganz offensichtlich etwas in den Unterlagen suchte, herrschte angespannte Stille im Raum.

Bastien bemühte sich darum, seine Hände ruhig zu halten.

»Hm, hm«, brummte Foummant schließlich und sah zu seiner Partnerin. Dann wandte er den Kopf und fixierte Bastien. »Gut, vielen Dank. Das war es fürs Erste. Wenn wir weitere Fragen haben, kommen wir wieder auf Sie zu. Sie können gehen.«

Bastien nickte und erhob sich.

Als die Beamtin sich anschickte, ebenfalls aufzustehen, hob er die Hände. »Lassen Sie nur. Ich finde allein hinaus.«

Er verabschiedete sich und verließ den Raum. Auf dem Flur atmete er tief durch. Das durfte doch alles nicht wahr sein. Dachten die beiden denn tatsächlich, dass Charlène oder er etwas mit dem Mord an Aurélie zu tun hatten? Er hoffte inständig, dass er ihnen mit seinen Antworten keinen weiteren Anlass für ihre derart absurde Vermutung gegeben hatte.

Nachdem er das Revier verlassen hatte, blieb er kurz vor seinem Wagen stehen und blickte zur Straße. Charlène hatte gestern Abend einen sehr verstörten Eindruck gemacht. Er hatte keine Ahnung, ob es nur an der Befragung der Polizei lag oder ob sie etwas vor ihm verbarg. Überhaupt kam sie ihm völlig verwandelt vor. Die Gehässigkeit, die sie sonst ihm gegenüber an den Tag legte, schien vollkommen erloschen zu sein. Seit Langem hatte er sogar wieder annähernd das Gefühl, dass sie ihn wahrnahm, wenn sie mit ihm sprach. Dass sie ihn ansah. Dass sie auf ihn reagierte und seine Anwesenheit sogar genoss. Vielleicht lag es an der traurigen momentanen Situation.

Er hoffte allerdings, dass Charlènes Veränderung nicht nur dem Tod ihrer Schwester geschuldet war, sondern vielleicht einen neuen Anfang für ihre Beziehung markierte.

32

»Dann schlage ich vor, dass wir alle wieder an die Arbeit gehen und weiterschreiben«, beendete Charles die Redaktionssitzung.

Erleichtert atmete Aurélie aus. Wieder hatte niemand etwas gemerkt.

»Unser Chef ist ja richtig gut drauf«, raunte Sophie neben ihr, als sie wieder auf ihre Schreibtische zusteuerten. »Vielleicht hat er jemanden kennengelernt?«

Aurélie warf ihr einen Blick zu und verdrehte die Augen. »Wer weiß?«

Sophie verzog das Gesicht. »Ich muss noch diesen Artikel über den Unfall mit dem Bauarbeiter bis heute Abend fertig bekommen.« Sie sah auf die Uhr. »Das wird richtig knapp.«

»Dann mal los.« Aurélie ließ sich auf Charlènes Stuhl sinken und öffnete den Ordner mit der Überschrift »Rektor«.

Nachdem sie mit der Assistentin vom Weingut gesprochen hatte, konnte sie so gut wie sicher ausschließen, dass Charlènes Mörder aus dieser Ecke kam. Heute wollte sie sich mit dem nächsten Projekt beschäftigen, an dem ihre Schwester gearbeitet hatte. Sie öffnete die einzelnen Dokumente und begutachtete die Notizen und Stichworte, die Charlène hinterlassen hatte.

Férdinand Muller war Rektor an einer École élémentaire in Béziers. Nach den vorliegenden Aufzeichnungen gab es Hinweise auf mehrere sexuelle Übergriffe auf verschiedene Schülerinnen. Aurélie überflog die Namen und Adressen und überlegte. Eine Anschuldigung wegen sexuellen Missbrauchs wog sehr schwer. Falls Charlène den Rektor mit ihren Recherchen konfrontiert hatte, hätte der Mann ein handfestes Motiv, Aurélies Schwester zum Schweigen zu bringen. Allerdings fand Aurélie keinen Hinweis darauf, dass Charlène bereits mit Muller Kontakt aufgenommen hatte.

Sie klickte sich erneut durch die Notizen und entschied sich, es zuerst bei einem Elternpaar zu probieren, bei dem Charlène neben der Adresse auch die Telefonnummer vermerkt hatte.

Nach dreimaligem Tuten wurde am anderen Ende abgehoben. »Ja?«, erklang es kurz darauf misstrauisch.

Aurélie schloss kurz die Augen. »Bonjour, Madame Albert. Hier spricht Charlène Richaud. Wir hatten schon einmal Kontakt wegen ...«

»Hören Sie, wir haben Ihnen doch schon beim letzten Mal gesagt, dass wir für keinerlei Befragung zur Verfügung stehen. Lassen Sie uns doch bitte endlich in Ruhe! Caroline geht es alles andere als gut, und wir wollen nicht ...« Sie begann zu weinen.

Sofort überkam Aurélie ein schlechtes Gewissen. »Es tut mir leid«, ruderte sie augenblicklich zurück. »Es ... Ich glaube, ich habe die Nummer verwechselt. Bitte entschuldigen Sie, dass ich Sie ein weiteres Mal behelligt habe.«

»Schon gut«, murmelte die Frau leise. »Lassen Sie uns einfach in Ruhe.« Ohne ein weiteres Wort legte sie auf.

Aurélie starrte auf den Bildschirm und überlegte weiter. Sollte sie es noch bei einer anderen Familie versuchen? Sie musste herausfinden, wie weit Charlène in dieser Sache vorangekommen war. Entschlossen griff sie erneut zum Hörer und rief die Nummer unter den Alberts an. Als sich kurz darauf ein Mann meldete, leierte sie erneut ihren Vorstellungsspruch herunter.

»Wir dachten schon, Sie melden sich gar nicht mehr«, gab Gilbert Grand daraufhin in verstimmtem Ton zurück.

»Ich verstehe nicht ganz ...«, erwiderte Aurélie vage.

»Na, Sie haben uns doch vor vier Wochen gesagt, Sie würden sich noch mal melden, wenn Sie mehr wüssten. Immerhin geht es auch um unsere Tochter. Und auch wenn dieses ... Schwein sie bisher glücklicherweise verschont hat ... Mit gutem Gewissen lassen wir Sandra momentan nicht in die Schule. Sie wollten doch Beweise sammeln.«

Aurélie atmete tief durch. »Sie haben recht.« Was sollte sie darauf sagen? »Es hat in der Tat etwas länger gedauert, als ich zu Beginn dachte«, setzte sie nach. »Sie können sich vorstellen, dass es bei diesem Thema nicht leicht ist, Mädchen zu finden, die sich jemand Fremdem wir mir anvertrauen möchten. Und ohne konkrete Beweise ... Nun Sie wissen selbst, wie das dann laufen würde.« Sie machte eine Pause. »Ich wollte mich nun aber kurz bei Ihnen melden, um Ihnen mitzuteilen, dass ich ... eben noch nicht so weit bin. Dass ich Sie aber nicht vergessen habe.« Was tat sie diesen Leuten hier bloß an? »Ich melde mich aber wieder, sobald ich mehr habe.«

»Das ist nett«, antwortete der Mann in versöhnlicherem Ton. »Und selbstverständlich verstehen wir, dass haltlose Anschuldigungen unbedingt vermieden werden sollten.«

»Danke.«

Aurélie verabschiedete sich und beendete das Gespräch. Sobald sie in ihr eigenes Leben zurückkehren würde, würde sie der Polizei sämtliche Aufzeichnungen ihrer Schwester übergeben. Sexueller Missbrauch war eine sehr schwere Straftat, und sollten Charlènes Vermutungen auch nur ein Fünkchen Wahrheit beinhalten, mussten die Beamten den Verdächtigungen umgehend nachgehen.

»Kein Erfolg?«

Aurélie sah in Sophies Richtung und zuckte mit den Achseln. »Zumindest nicht der erhoffte Durchbruch.«

»Das wird noch. Du warst doch schon immer hartnäckig. Von einem kleinen Rückschlag lässt du dich nicht aufhalten.« Sie lächelte leicht. »Wie geht es dir sonst? Was ist mit Bastien?«

»Es geht so, und es geht so«, entgegnete Aurélie und fasste sich an die Schläfe. »Es ist einfach zu viel. Alles.«

Sophie nickte mit mitfühlender Miene. »Das glaube ich dir gern. Hast du denn mal darüber nachgedacht, ein paar Tage Urlaub zu nehmen, um in Ruhe alles verarbeiten zu können?«

Aurélie seufzte. »Nachgedacht schon, aber ... solange die Sache mit ... Aurélie nicht abgeschlossen ist ... Ich könnte sowieso nicht abschalten. Ständig muss ich daran denken, was in diesem Hotelzimmer passiert sein mag.«

Charlènes Kollegin nickte. »Du hast recht. Abschalten ist unter diesen Umständen wohl kaum möglich. Aber ob dir die Arbeit weiterhilft ...«

»Dann muss ich wenigstens nicht nachdenken.« Aurélie verschränkte die Arme vor ihrem Oberkörper. »Das Schlimmste ist momentan die Ruhe daheim. Wenn mich nichts ablenkt ...«

»Wenn ich dir nur irgendwie helfen könnte.«

Aurélie schüttelte den Kopf. »Das ist lieb, aber ... mir kann gerade niemand helfen.« Ein wahrer Satz bei all den Lügen und Täuschungen. Als ihr Blick auf die Uhr am Display fiel, zuckte sie erschrocken zusammen. »Verdammt, ich muss los. Ich habe einen wichtigen Termin.« Sie sprang auf und ließ das Handy in ihre Tasche fallen.

»Wann bist du zurück?«

Aurélie zögerte. »Kurz nach eins, schätze ich.«

»Wollen wir dann zusammen essen?«

Sie nickte. »Ja, gern.«

Vielleicht konnte sie Charlènes Freundin in einer ungezwungeneren Atmosphäre noch mal etwas näher auf den Zahn fühlen. Zuallererst erhoffte sie sich aber von der Therapeutin ihrer Schwester neue Erkenntnisse. Sie hob die Hand zum Gruß und schlängelte sich zwischen den Tischen der anderen Redaktionsmitarbeiter durch.

33

Nathalie de Berniers Praxis befand sich in einem unscheinbaren Bungalow mitten im Wohngebiet. Aurélie hatte die Therapeutin glücklicherweise problemlos im Internet ausfindig machen können. Mit pochendem Herzen stellte sie Charlènes Wagen am Straßenrand ab und stieg aus. Sie hatte keine Ahnung, wie sie sich verhalten sollte. Was hatte Charlène überhaupt dazu bewogen, eine Therapie zu beginnen? Und wie lang dauerte die Behandlung schon an? Fragen über Fragen, die Aurélies Vorhaben zusätzlich erschwerten. Sie steuerte auf den Eingang zu, als sie eine Bewegung hinter einem der Fenster erkannte. Jetzt gab es kein Zurück mehr. Sie drückte auf den Klingelknopf und wartete.

Kurz darauf öffnete eine blonde Frau um die fünfzig die Tür und lächelte Aurélie an. »Bonjour, Charlène.«

»Bonjour.« Da sie nicht wusste, wie ihre Schwester die Therapeutin angesprochen hatte, vermied sie eine persönliche Anrede.

»Wie geht es Ihnen?« Der Blick der Frau wurde eindringlicher.

Aurélie zuckte mit den Schultern. »Nicht so besonders.«

De Bernier nickte und bedeutete ihr, ihr zu folgen. »Kommen Sie.«

Aurélie folgte der Therapeutin durch den Flur in den hinteren Teil des Hauses.

Vor einer Tür zu ihrer Linken drehte die Frau sich um und zeigte in den Raum hinein. »Treten Sie schon mal ein. Ich bin gleich bei Ihnen.«

Aurélie nickte und sah sich neugierig um. Das Zimmer war in hellem Pastellblau gestrichen. Weiße Hochglanzmöbel zierten die Wände. Ein aufgeräumter Schreibtisch stand schräg vor einem bodentiefen Fenster. Davor befanden sich zwei bequem aussehende beigefarbene Sessel, dazwischen ein kleiner runder Tisch, auf dem eine Schale mit drei grauen Steinen stand. An der Wand dahinter hing ein großflächiges Bild, auf dem ebenfalls drei Steine zu sehen waren, die zu einem Turm aufeinandergestapelt waren. Sicher hatte das Bild eine tiefere Bedeutung, vermutete Aurélie, doch sie konnte nicht erkennen, welche. Da auf der Tischplatte vor einem der Sessel ein Notizblock mit einem blauen Kugelschreiber lag, entschied Aurélie sich für den anderen Sitzplatz. Sie ließ sich in den weichen Stoff sinken und legte ihre Tasche neben sich auf den Boden.

»Da bin ich.« Die Therapeutin fuhr sich durch das kurze Haar und setzte sich Aurélie gegenüber. »Ich möchte Ihnen nochmals mein aufrichtiges Beileid aussprechen.« Sie musterte Aurélie sekundenlang stumm. »Diese neue Situation macht die Therapie mit Sicherheit nicht einfacher.« Sie nahm den Block und den Kugelschreiber auf, lehnte sich zurück und schlug die schlanken Beine übereinander. »Möchten Sie vielleicht einfach beschreiben, wie es momentan in Ihnen aussieht?« Sie legte eine Hand auf ihren Brustkorb.

Aurélie räusperte sich. »Ich habe vorab eine Frage.«

Nathalie de Bernier sah sie abwartend an. »Ja, nur zu.«

»Ich bin ja nun schon eine kleine Weile bei Ihnen …«, begann Aurélie zaghaft. Hoffentlich war das nicht erst Charlènes dritte oder vierte Sitzung. »… und ich dachte, vielleicht könnten Sie mir eine erste Einschätzung geben, ob das Ganze hier …« Sie zeigte in den Raum hinein. »… ob die Therapie schon nutzt. Und wie beurteilen Sie meinen … Zustand?«

»Puh.« Die Therapeutin legte den Block auf den Tisch zurück. »Damit habe ich jetzt ehrlich gesagt nicht gerechnet.« Sie setzte beide Füße auf den Boden und beugte sich zu Aurélie. »Das kommt etwas kurzfristig.« Sie verzog bedauernd die Lippen. »Und ich bin mir auch nicht sicher, ob ich Ihnen eine richtige Antwort auf Ihre Frage geben kann. Wie eine Gesprächstherapie anschlägt, zeigt sich oft erst sehr viel später. Das kann man nicht so konkret beurteilen. Aber ich mache Ihnen einen Vorschlag, Charlène.« Sie nickte. »Ich schaue mir bis zu unserem nächsten Termin Ihre Akte nochmals ausführlich an und werde versuchen, Ihnen dann meinen Eindruck zu erklären.« Sie blinzelte. »Wäre das in Ordnung?«

Aurélie stöhnte innerlich auf, doch mehr bekam sie heute wohl nicht. Vielleicht konnte sie immerhin anhand des Gesprächs erkennen, welche Themen Charlène umgetrieben hatten.

»Ja, natürlich«, antwortete sie notgedrungen. »Danke.«

»Kein Problem«, gab de Bernier zurück. »Sie kommen seit etwas mehr als einem halben Jahr, das ist noch nicht allzu lang. So viel kann ich Ihnen auf jeden Fall schon mal sagen.«

Sechs Monate. Und Charlène hatte kein Wort gesagt.

»Möchten Sie mir nun erzählen, wie es Ihnen geht?« Die Therapeutin nahm den Block wieder auf und machte es sich in ihrem Sessel bequem.

Aurélie tat es ihr gleich. Sie verschränkte die Finger ineinander und starrte auf ihre Hände. Zögernd begann sie zu erzählen, was Charlène zugestoßen war.

»Das ist ein furchtbarer Schock«, erklärte Nathalie de Bernier. »Ermordet. Mitten aus dem Leben gerissen.«

»Es ist so viel, was momentan auf mich einstürmt«, bekannte Aurélie wahrheitsgemäß. »Die Polizei verdächtigt mich, auf … Aurélie eifersüchtig gewesen zu sein. Möglicherweise halten sie mich sogar für die Mörderin meiner Schwester.« Sie schüttelte den Kopf.

»Nun, ganz falsch liegt die Polizei wohl nicht mit ihrem Verdacht.« Die Therapeutin legte den Kopf schief. »Ich meine die Eifersucht, nicht den Mord.«

Aurélie fühlte sich wie vor den Kopf gestoßen. Charlène war eifersüchtig auf sie gewesen? Weswegen? Sie hatte doch alles gehabt, was man sich nur wünschen konnte. Einen aufmerksamen Mann, eine Traumvilla direkt am Meer, einen gut bezahlten Job … Sie verstand immer weniger, was in ihrer Schwester wirklich vorgegangen war. Was sollte sie dazu sagen? Was hatte Charlène in der Hinsicht erzählt? Sie beschloss, nicht auf die Bemerkung einzugehen.

»Ich habe nichts mit Aurélies Tod zu tun. Warum hätte ich sie umbringen sollen? Sie war meine Schwester.«

Die Therapeutin nickte. »Das wird die Polizei sicher auch sehr bald herausfinden.«

»Ich habe das Gefühl, dass ich … sie gar nicht richtig gekannt habe«, fuhr Aurélie fort. »Was hat sie in diesem Hotelzimmer gemacht? Mit wem hat sie sich getroffen? Das passt alles überhaupt nicht zu ihr. Dachte ich zumindest.«

»Was macht Aurélies Tod mit Ihnen, Charlène? Mit Ihren Gefühlen für Ihre Schwester?«

Aurélie schloss kurz die Augen. »Ich … weiß nicht. Zuerst war da nur Schmerz und … Verzweiflung. Mittlerweile habe ich immer mehr den Eindruck, dass mir die ganze Situation aus den Händen gleitet.«

»In welcher Hinsicht?«

Aurélie schnaufte. »In jeder. Bastien und ich …« Sie verstummte.

»Was ist mit Ihrem Mann, Charlène? Steht er Ihnen bei?«

Aurélie überlegte. »Ja. Ja, das tut er. Aber ich weiß nicht, ob ich seine … Unterstützung annehmen kann.«

»Warum nicht?«

»Weil … unsere Beziehung nicht sehr stabil ist.«

»Das haben wir ja in der Vergangenheit schon öfter thematisiert. Sehen Sie die Möglichkeit für Ihre Ehe, dass diese Ausnahmesituation eventuell heilend auf Sie beide wirken könnte?«

Aurélie kniff die Augen zusammen. »Wie meinen Sie das?«

Die Therapeutin lächelte. »Manchmal spürt man erst in tragischen Momenten wieder, was wirklich wichtig ist im Leben. Man sieht frühere Probleme eventuell aus einem anderen Blickwinkel.«

Aurélie sah zum Fenster. Ein Schmetterling flatterte vor der Scheibe um eine gelbe Blüte. Aurélie erkannte nicht, um welche Art Blume es sich handelte. Sie versuchte sich wieder auf das Gespräch zu konzentrieren. »Ich weiß nicht«, gab sie offen zu. »Es ist … merkwürdig.«

»Inwiefern?«

»Ich habe das Gefühl, wir schleichen umeinander herum, und keiner weiß so richtig, wie er sich verhalten soll.«

»Sie waren wahrscheinlich noch nie gemeinsam in einer solchen Lage. Trauer äußert sich bei jedem Menschen unterschiedlich. Vielleicht weiß Ihr Mann nicht, wie er Ihnen am besten helfen kann. Was Sie jetzt konkret benötigen. Von ihm.«

Aurélie rümpfte die Nase. »Möglich. Ich habe keine Ahnung.«

»Warum setzen Sie sich nicht mit ihm zusammen und erzählen ihm in Ruhe, wie es in Ihnen aussieht? Was Sie sich von ihm wünschen?«

»Das ist nicht so einfach«, erwiderte sie leise.

De Bernier nickte. »Ich weiß. Aber es wäre doch einen Versuch wert. Vielleicht gibt Ihnen dieser Ansatz sogar die Chance, Ihre Ehe wiederzubeleben?«

34

Jean schälte das Kaugummi aus dem Stanniolpapier und starrte einige Sekunden auf den Inhalt, bevor er ihn sich in den Mund schob. »Da stimmt etwas nicht.«

Loulou sah ihn über ihre Schreibtische hinweg an. »Mit den Richauds?«

Er nickte grimmig. »Von Anfang an hatte ich den Eindruck, dass zwischen den beiden irgendetwas merkwürdig ist.«

Sie beugte sich vor und schloss die Akte, in der sie bis eben gelesen hatte. »Ich finde die zwei auch komisch, wenn ich ehrlich bin. Aber nicht jeder kann uns sympathisch sein, oder? Wenn jemand sich anders verhält, als wir es erwarten, bedeutet das nicht gleich, dass derjenige verdächtig ist.«

Jean schüttelte den Kopf. »Ich sage dir, so wahr ich diesen Job seit mehr als vier Jahrzehnten ausübe, irgendetwas an dieser Familie stinkt. Und zwar gewaltig.«

»Solange wir ihnen nicht das Gegenteil beweisen können, müssen wir akzeptieren, dass sie zum Tatzeitpunkt zusammen daheim waren.«

Er rief sich die Aussagen der beiden noch mal ins Gedächtnis. »Wenn Charlène Richaud von ihrer Schwester redet, habe ich jedes Mal das Gefühl, dass sie sich regelrecht dazu überwinden muss. Wenn die beiden ein so inniges Verhältnis hatten, wie uns sie und ihr Mann weismachen wollen, kapiere ich diese ... Zögerlichkeit nicht. Warum möchte sie nicht über die Tote sprechen? Normalerweise erleben wir doch genau das Gegenteil. Angehörige sprudeln förmlich über, wenn sie von den Verstorbenen reden.«

Loulou musterte ihn. »Ich denke, das kannst du so nicht verallgemeinern.«

»Ich weiß«, stimmte er nachdenklich zu. »Jeder trauert anders. Vielleicht ist Madame Richaud kein besonders emotionaler Typ, aber trotzdem ... Wenn ich mit ihr rede, habe ich immer wieder aufs Neue dieses unterschwellige Gefühl, dass sie ...« Er sah zu seiner Partnerin und blickte ihr in die Augen. »Dass sie etwas weiß, was sie unbedingt vor uns verbergen muss. Verstehst du, was ich meine?«

Loulou nickte langsam. »Aber denkst du wirklich, sie hat ihre eigene Schwester getötet?«

Er seufzte. »Ich weiß es nicht. Was könnte es geben, das sie uns nicht sagen möchte? Sie muss doch eigentlich ebenfalls ein Interesse daran haben, dass wir den Täter schnellstmöglich ausfindig machen, oder nicht?« Er zog die Unterlippe zwischen die Zähne. »Zumindest, wenn sie nichts damit zu tun hat.«

»Könnte ihr Mann in die Sache verwickelt sein?«, schlug Loulou vor.

Jean verzog die Mundwinkel. »Das dachte ich auch erst, aber ganz ehrlich, welches Motiv sollte er haben?«

»Vielleicht hatten die Tote und er doch ein Verhältnis, und Aurélie Garnier drohte ihm, es ihrer Schwester zu erzählen?« Loulou runzelte die Stirn.

»Wäre natürlich eine Möglichkeit«, räumte Jean ein und kaute gedankenverloren auf dem Kaugummi herum. »Laut den Richauds war da ja aber nichts …«

Loulou grinste schief. »Laut den Richauds, du sagst es. Welchen Grund sollte aber die Freundin des Opfers haben, uns die Unwahrheit über Garniers Gefühlswelt zu erzählen?« Sie klopfte mit einem Kugelschreiber auf die Schreibtischplatte. »Und denk an die Aussage des Freundes. Er hatte ebenfalls das Gefühl, dass Garnier sich von ihm trennen wollte.« Sie nickte nachdrücklich. »Nein, ich glaube, die beiden Zeugen haben die Wahrheit gesagt. Und ich kann mir nicht vorstellen, dass die eigene Schwester nicht mitbekommen hat, was mit dem Opfer los war. Wenn Aurélie Garnier noch immer ihren Schwager geliebt hat, dann wusste Charlène Richaud auch davon.«

»Sie lügt also«, folgerte Jean gedehnt.

»Vielleicht ist es das, was sie vor uns zu verbergen versucht.«

»Vielleicht.« Irgendetwas störte ihn noch immer. »Und du denkst, dass ihr Mann ebenfalls davon wusste?«

Loulou schnaubte. »Keine Ahnung. Ihr Männer merkt doch oft erst etwas, wenn es zu spät ist.« Sie lachte.

Jean sah sie mit aufgesetzter Empörung an. »He, he, was soll das heißen?«

»Was ich gesagt habe.« Wieder grinste Loulou. »Nee, im Ernst. Bei ihm bin ich mir nicht sicher. Und ich glaube kaum, dass seine Frau es ihm gesteckt hätte, wenn sie es wirklich ahnte.«

»Was sagt uns das?« Jean streckte die Beine aus.

»Dass wir die beiden noch weiter beobachten sollten.«

Jean schlug einen Block auf und machte sich eine Notiz. »Ich werde mich mal umhören, was es mit dem Architekturbüro von Richaud auf sich hat.«

»Die sind ziemlich bekannt«, gab Loulou zurück. »Eine entfernte Bekannte meiner Eltern hat ihr Haus von Richauds Vater planen und bauen lassen und schwärmt heute noch von dessen Professionalität und Zuverlässigkeit.«

»Und das im Baugewerbe?« Jean runzelte die Stirn. »Das wäre in der Tat außergewöhnlich. Normalerweise beschweren sich die meisten Immobilienbesitzer über alles, was schiefgelaufen ist.«

»Bonjour, ihr zwei.« Commandant Sébastien Guerlain trat zu ihnen und wedelte mit einer Akte. »Ich habe etwas sehr Interessantes für euch.«

Jean setzte sich aufrecht hin und deutete auf den Stuhl zwischen Loulou und ihm. »Immer her damit. Momentan hängen wir irgendwie fest.«

Auch Loulou straffte ihre Schultern und sah den Kollegen erwartungsvoll an.

»Anfang des Jahres wurde in Béziers ein Mann ermordet. Der Fall ist bis heute nicht aufgeklärt worden. Die Kollegen fanden zwar Fremd-DNA am Tatort, diese konnte aber bisher nicht zugeordnet werden.«

»Was hat das mit unserem Fall zu tun?«, hakte Jean nach, da er den Zusammenhang nicht sah.

Guerlain nickte triumphierend. »Die DNA hat heute einen Treffer gebracht.«

Jean verstand noch immer nicht. »Ja, und?«

»Aurélie Garnier«, verkündete der Kollege hörbar stolz.

»Garnier?« Auch Loulou schien es nicht glauben zu können. »Die DNA an dem damaligen Tatort stammt von unserer Toten?«

Er nickte. »Ganz genau.«

Jean ließ sich zurückfallen. »Das gibt es doch nicht!«

»Ein Racheakt?«, mutmaßte Loulou.

»Von wem?« Jean schüttelte den Kopf. »Wenn die Übereinstimmung jetzt erst festgestellt werden konnte …«

»Wer war das Opfer in Béziers?« Loulou begann erneut, mit ihrem Kugelschreiber zu spielen.

»Er hieß Pascal Cartes, einunddreißig Jahre alt, Lehrer …«

»Lehrer?«, platzte Jean überrascht dazwischen. »Wie Garnier? An welcher Schule?«

Sébastien blätterte in der Akte. »In Béziers, nicht in Narbonne.«

»Vielleicht kannten sie sich trotzdem von ihrer Arbeit her«, warf Loulou ein. »Dass sie nicht an der gleichen Schule tätig waren, hat nichts zu bedeuten, meiner Meinung nach.«

»Richtig«, pflichtete Jean ihr bei. »Dass beide als Lehrer tätig waren, ist sicherlich kein Zufall.«

»Die DNA-Übereinstimmung bedeutet auch nicht zwingend, dass euer Opfer Cartes umgebracht hat«, erklärte Sébastien. »Allerdings war sie bei ihm zu Hause, folglich kannten sie sich.«

»Er wurde daheim ermordet?«, fragte Jean überrascht.

Sébastien nickte. »In seinem Wohnzimmer.«

»War er verheiratet?« Loulou sah zu Jean und verzog keine Miene.

Sébastien schüttelte den Kopf. »Nein, er war ledig. Keine Frau, keine Freundin, keine Kinder.«

»Garnier war aber doch mit Jules Dupois zusammen«, überlegte Loulou laut. »Und angeblich stand sie heimlich auf ihren Schwager. Wie passt eine dritte männliche Bekanntschaft hier ins Bild?«

»Es gibt Frauen, die sich nicht mit einem Mann begnügen«, schlug Jean halbherzig vor, was ihm einen tadelnden Blick seiner Partnerin einbrachte. »Ich meine ja nur.«

»Ich lasse euch die Akte da. Vielleicht kontaktiert ihr einfach die Kollegen in Béziers, die können euch sicher noch mehr sagen.«

Sébastien erhob sich wieder und klopfte kurz auf den Tisch. »Wenn ihr mich braucht, meldet euch.«

Jean zog die Akte zu sich heran und schlug den Deckel auf. Auf der ersten Seite klebte ein Foto des Opfers. »Er sieht Richaud ähnlich«, stellte er irritiert fest.

»Was?« Loulou lehnte sich vor und betrachtete ebenfalls das Bild des blonden Mannes. »Du hast recht. Er sieht ihm wirklich ähnlich.«

»Müssen wir jetzt davon ausgehen, dass Aurélie Garnier eine Mörderin war?« Jean schüttelte erneut den Kopf.

»Auf jeden Fall scheint der Fall komplexer zu sein als auf den ersten Blick ersichtlich«, erwiderte Loulou nachdenklich.

»Und die Richauds? Wie ändert die neue Sachlage die Situation für die Schwester und den Schwager?«, fragte Jean. »Neue Fragen, aber noch keine Antworten auf die bestehenden.« Er schnitt eine Grimasse. »Machen wir uns an die Arbeit.«

35

»Wartest du schon lange?« Aurélie ließ sich auf den Stuhl fallen, der Sophies gegenüberstand, und hängte ihre Tasche über die Lehne. »Dieser verdammte Verkehr.«

Charlènes Kollegin winkte ab. »Kein Problem. Ich bin auch erst seit drei Minuten hier. Charles hat mir einen neuen Auftrag verschafft.«

»Ein neuer Auftrag?«, heuchelte Aurélie Interesse. Unauffällig ließ sie ihren Blick durch das Bistro wandern. Sie war zum ersten Mal hier. Allerdings erinnerte sie sich daran, dass Charlène ihr erzählt hatte, dass »Le papillon rouge« das Stammlokal von ihr und ihren Kollegen war. Große Schwarz-Weiß-Fotografien zierten die Wände, die hellen Holzstühle harmonierten perfekt mit den zierlichen runden Tischen. Die breite Fensterfront zur Straße hin ließ den gesamten Gastraum hell und offen erscheinen. Die Granittheke im Loft-Stil passte perfekt zu der schlichten Einrichtung. Aurélie fühlte sich in dem Ambiente auf Anhieb wohl.

»Ja, es klingt ganz interessant. Es geht um eine neue Ausstellung im Musée Archéologique. Ich soll den Begleittext dazu schreiben. Eine Wikinger-Ausstellung.« Sophie verzog die Lippen zu einem Grinsen.

»Klasse«, befand Aurélie und überlegte. Wie konnte sie am unauffälligsten herausfinden, was Charlènes Freundin über deren eigene Projekte wusste? Nach wie vor konnte sie nicht abschätzen, ob ihre Schwester sich durch ihren Job in Gefahr gebracht hatte oder ob der Mord eigentlich Aurélie hätte gelten sollen. »Ich hingegen komme momentan kaum voran«, begann sie zaghaft.

Als die Bedienung zu ihnen trat, bestellten sie beide jeweils einen Crêpe mit Schinken und Käse.

»Aber du warst doch so zuversichtlich, dass du diesen Rektor …« Sophie runzelte die Stirn. »Wie heißt er noch?«

»Férdinand Muller«, half Aurélie aus, während sie Sophie musterte.

»Dass du ihn zu Fall bringen kannst. Diesen Drecksack.« Angewidert rümpfte sie die Nase.

Aurélie nickte langsam. »Momentan finde ich keinen Zugang zu den möglichen Zeugen.«

»Sexueller Missbrauch ist noch immer ein Tabuthema.« Sophie senkte ihre Stimme. »Lass den Mädchen und den Eltern ein wenig Zeit.«

»Vielleicht schalte ich die Polizei ein«, überlegte Aurélie laut.

»Ohne Beweise?« Sophie strich sich eine Strähne aus der Stirn.

»Ich weiß es noch nicht genau«, ruderte Aurélie zurück und verstummte, als die Kellnerin ihre Teller brachte. »Guten Appetit!«

Schweigend aßen sie die Crêpes.

»Was ist mit dir, Charlène?«, durchbrach Sophie die Stille, nachdem sie ihr Besteck wieder zur Seite gelegt hatte.

Aurélie zuckte innerlich zusammen, bemühte sich fieberhaft um Ruhe. »Was meinst du?«

Sophie legte den Kopf schief und sah sie an.

Aurélie fühlte sich unter ihrem eindringlichen Blick zunehmend unwohl.

»Du bist total … anders.«

Sie zuckte mit den Achseln. »Es geht mir nicht besonders.«

»Das verstehe ich, Charlène. Aber …« Sophie schüttelte den Kopf. »Ich kann es nicht wirklich benennen, aber du bist wie ausgewechselt. Wo ist deine Bissigkeit geblieben, deine scharfe Zunge?«

»Es geht mir nicht besonders«, wiederholte Aurélie etwas lauter. »Meine Schwester ist tot. Und die Polizei verdächtigt mich, etwas damit zu tun zu haben. Angeblich, weil … Aurélie noch immer auf Bastien gestanden hat und ich eifersüchtig war.«

»Angeblich?«, höhnte Sophie. »Jetzt beleidigst du aber meine Intelligenz. Du warst es doch, die mir immer wieder erzählt hat, wie Aurélie sich an deinen Mann herangemacht hatte, wenn sie bei euch war.«

Schockiert riss Aurélie die Augen auf. Das konnte doch nicht sein! Nicht nur, dass Charlène in ihrem Tagebuch über Aurélie hergezogen und Unwahrheiten hineingeschrieben hatte, nein, auch ihrer Kollegin und Freundin hatte sie offensichtlich Märchen erzählt.

»Ja«, setzte sie vorsichtig an. »Aber das habe ich doch nicht so gemeint, dass ich Angst davor haben müsste, dass sie mir Bastien wegschnappt.«

Sie bemühte sich um ein Lächeln, obwohl sie am liebsten aufgestanden und aus dem Bistro gestürmt wäre. Aufsteigende Wut schnürte ihr den Hals zu, sie bemühte sich, ihre Atmung ruhig zu halten.

»Und das meine ich«, gab Sophie nachdenklich zurück. »Was ist los mit dir? Du hast doch beinahe nie ein gutes Haar an deiner Schwester gelassen. Charlène! Ich bin es, Sophie. Mir musst du nichts vormachen. Du hast Aurélie für die Probleme in deiner Ehe verantwortlich gemacht. Und jetzt? Ja, sie ist tot. Und ja, es ist furchtbar, was ihr zugestoßen ist. Aber das macht doch das, was sie getan hat, nicht ungeschehen.«

Aurélie wusste nichts zu erwidern. Was hatte Charlène zu Sophie gesagt? Warum hatte sie Aurélie derart schlecht dargestellt? Aurélie verstand die Welt nicht mehr. Zum Glück klingelte in diesem Moment das Telefon, und sie musste auf Sophies Worte nichts erwidern.

Hastig holte sie das Handy hervor. Als sie die Nummer erkannte, entfuhr ihr ein leises Seufzen. Schon wieder die Polizei.

»Ja.«

»Madame Richaud, hier spricht Capitaine Foummant. Es haben sich neue Erkenntnisse aufgetan, über die wir gern mit Ihnen sprechen würden.«

Aurélie stieß einen stummen Fluch aus. »Gut. Wann?«

»Am besten so schnell wie möglich«, gab der Beamte knapp zurück.

Sie verdrehte die Augen. »Reicht es, wenn ich in einer halben Stunde bei Ihnen bin?«

»Das klingt sehr gut, Madame.«

Sie beendete das Gespräch und schüttelte den Kopf.

»Die Polizei?« Sophies Stimme klang mitfühlend.

Aurélie musste die Tränen zurückhalten und nickte nur.

Sophie streckte ihre Hand über den Tisch und umfasste Aurélies Finger. »Es tut mir leid, Charlène. Deine Schwester ist tot. Ich hätte nicht …«

»Schon gut«, entgegnete Aurélie teilnahmslos. »Es ist … es ist alles zu viel momentan.«

Charlènes Kollegin nickte. »Ich wollte dir keine Vorwürfe machen. Du trauerst um Aurélie, das ist doch mehr als verständlich. Vieles, was war, verliert durch den Tod an Bedeutung. Ich hätte das eben nicht sagen sollen. Ich weiß auch nicht …« Sie wiegte ihren Kopf hin und her.

»Es ist gut, Sophie«, entfuhr es Aurélie barscher als beabsichtigt.

Sie wollte all das nicht mehr hören. Und sie wollte nicht wahrhaben, dass sie sich in ihrer Schwester dermaßen getäuscht hatte. Sie brauchte dringend Zeit und Ruhe für sich. Zeit, um ihre sich überschlagenden Gedanken zu ordnen, Ruhe, um zu realisieren, dass sie Charlène überhaupt nicht gekannt hatte. Und um zu realisieren, dass ihre Schwester sie regelrecht gehasst haben musste.

36

Als Aurélie eine halbe Stunde später das Polizeirevier betrat, dröhnte ihr noch immer der Kopf. Wenn sie nur endlich mit jemandem über die ganze verfahrene Situation sprechen könnte! Sie wusste nicht mehr, was richtig und was falsch war. Hatte sie sich all die Jahre so in Charlène getäuscht? Was hatte ihre Schwester getan, weshalb hatte ihr jemand nach dem Leben getrachtet?

Sie trat an den Empfang und stellte sich erneut vor.

Keine fünf Minuten später öffnete sich linker Hand eine Tür, und Commandant David kam aus dem Büro. Sie begrüßte Aurélie und forderte sie auf, ihr zu folgen.

An ihrer Miene konnte Aurélie nicht erkennen, welche neuen Entwicklungen es gab. Sie hoffte inständig, dass hier nicht die nächste Hiobsbotschaft auf sie wartete.

»Bonjour, Madame«, begrüßte Capitaine Foummant sie, als sie den gleichen Besprechungsraum wie beim letzten Mal betraten.

Die Polizisten bedeuteten ihr, sich ihnen gegenüberzusetzen, und nickten ihr freundlich zu, wie es Aurélie schien. Ihr Herz begann, schneller zu schlagen.

»Weshalb bin ich hier?« Sie erkannte selbst, wie defensiv sie klang. Doch ihre Kraft schwand, sie fürchtete, nicht mehr allzu lange durchhalten zu können. Ihr Innerstes war zutiefst erschüttert, sie konnte nicht fassen, in welchen Albtraum sie in den letzten Tagen geraten war. Und am meisten schockierte sie, dass sie nach wie vor nicht den Mut fand, hier und jetzt diese ganze Scharade endlich aufzuklären.

Foummant legte seine Finger aneinander und sah sie über seine Hände hinweg prüfend an.

»Sagt Ihnen der Name Pascal Cartes etwas, Madame Richaud?«

Aurélie schloss kurz die Augen. Warum auch immer die Beamten sie hierherzitiert hatten, es schien nichts mit ihrem Theater zu tun zu haben.

»Nein«, erklärte sie ehrlich und hoffte dabei, gleich wieder gehen zu dürfen.

Foummant räusperte sich und wechselte einen vieldeutigen Blick mit seiner Partnerin.

Aurélie sah sich gezwungen nachzuhaken, obwohl ihr klar war, dass es besser wäre, nicht allzu viel Neugier an den Tag zu legen. »Was hat er mit meiner Schwester zu tun?«

»Pascal Cartes war Lehrer. Wie Ihre Schwester«, beantwortete Commandant David Aurélies Frage. »Er lebte in Béziers.«

»Ich verstehe nicht ...« Aurélie sah von der Beamtin zu Foummant. »Ich kenne den Mann nicht.«

»Ihre Schwester kannte ihn aber wohl«, erklärte der Capitaine mit ernster Stimme. »Pascal Cartes ist tot. Ermordet.«

Aurélie rang um Fassung.

»Wie bitte?«

»Er wurde am elften Februar diesen Jahres in seiner Wohnung in Béziers ermordet«, fuhr der Polizist ungerührt fort.

Aurélies Kehle wurde trocken. Am elften Februar? Sie bemühte sich um Ruhe. Ihre Hände begannen zu zittern. Eilig nahm sie sie vom Tisch und verbarg sie in ihrem Schoß. Commandant David verfolgte die Bewegung aufmerksam.

»Können Sie sich erinnern, was Sie am elften Februar abends gemacht haben?«

»Ich war zu Hause«, gab Aurélie zurück. Ihre Stimme klang belegt. Sie räusperte sich.

»Sie wissen auf Anhieb, was Sie an einem Tag, der mehr als vier Monate zurückliegt, getan haben, Madame?« Foummant verzog das Gesicht. »Respekt.«

Aurélie atmete tief durch. »Ich denke, ich war zu Hause.« Sie schluckte. »Wir gehen nicht oft aus, Bastien und ich. Wir ... sind gern für uns. Und im Februar ...« Sie schüttelte den Kopf. »Ich kann mich nicht erinnern, dass wir da irgendwelche Einladungen zu Geburtstagen oder Ähnlichem hatten.« Ihr fiel auf, dass die Polizisten ihr noch nicht gesagt hatten, was der tote Lehrer aus Béziers mit ihr, Aurélie, zu tun gehabt haben sollte. »Aber in welchem Zusammenhang steht dieser Monsieur Cartes zu ... Aurélie?«

Foummant nickte nachdenklich. »Geduld, Madame. Wir wollten Ihnen gerade erklären, welche Verbindung wir entdeckt haben.«

Aurélie zügelte ihre Anspannung.

»Am Tatort in Béziers wurde die DNA Ihrer Schwester festgestellt«, ließ Commandant David die Bombe platzen.

Ungläubig ließ Aurélie ihren Blick von der Beamtin zu Foummant wandern. »Was soll das heißen?«, brach es aus ihr heraus.

»Dass Ihre Schwester sich in der Wohnung von Pascal Cartes aufgehalten hat.«

»Meine Schwester kannte diesen Mann nicht«, entgegnete Aurélie fassungslos. »Was sollte sie mit ihm ...«

»Kennen Sie jeden Bekannten Ihrer Schwester?«, unterbrach Foummant sie in ruhigem Ton.

Aurélie musste sich dringend beruhigen. Sie konzentrierte sich auf ihre Atmung, während ihre Gedanken sich überschlugen. »Nein ... Ja ...«, stammelte sie hilflos. »Aber ... was sollte sie mit ...« Sie verstummte, da sie sich kaum noch konzentrieren konnte. »Ich verstehe das nicht.« Sie starrte auf die Tischplatte.

»Noch stehen wir ganz am Anfang mit unseren Ermittlungen. Aber wäre es möglich, dass Ihre Schwester Monsieur Cartes zufällig begegnet ist und ihm ... zugeneigt war?«

Foummants Stimme drang wie durch einen Nebel zu Aurélie durch.

Als er ein Foto über den Tisch schob, sah sie wieder auf. »Ist er das?«

Der Capitaine nickte. »Bitte sehen Sie sich das Bild an.«

Beim Anblick des Mannes wurde Aurélie schwindelig. »Er sieht aus wie ...« Sie legte den Kopf in den Nacken und starrte zur Decke. »Wie kann das sein?«

»Er sieht aus wie Ihr Mann.« Commandant David nickte. »Und die Freundin Ihrer Schwester hat uns mitgeteilt, dass Aurélie noch immer heimlich für ihren Schwager schwärmte. Wollen Sie diese Tatsache weiter leugnen?«

»Ich möchte ...« Aurélie fasste sich an die Kehle. Das durfte alles nicht wahr sein. »Das ist nicht ...« Sie musste die Wahrheit sagen.

Die Situation war mittlerweile viel zu verworren, als dass sie es noch allein schaffen konnte, Charlènes Tod aufzuklären.

»Madame, wir vermuten, dass es zwischen Ihrer Schwester und Monsieur Cartes möglicherweise zu einem Streit kam, während dessen Verlauf sie ihn erschossen hat.«

»Erschossen?« Aurélie hörte selbst, wie schrill ihre Stimme klang. »Ch… Aurélie besaß keine Waffe.«

»Die Tatwaffe wurde nicht gefunden. Wir gehen aber davon aus, dass sie illegal besorgt wurde, was nicht allzu schwierig ist.«

Foummant hörte sich meilenweit entfernt an. Aurélie konnte kaum noch klar denken. Charlène eine Mörderin? Was kam als Nächstes? Verzweifelt schüttelte sie den Kopf.

»Meine Schwester hat niemanden umgebracht. Niemals. Das glaube … ich einfach nicht.«

»Wir wissen, dass die neuesten Entwicklungen sehr schockierend für Sie sein müssen«, setzte Foummant an.

»Schockierend?«, rief Aurélie unbeherrscht. »Meine Schwester ist tot. Und jetzt wollen Sie mir auch noch erzählen, dass … Aurélie eine Mörderin gewesen sein soll?« Wieder schüttelte sie den Kopf. »Nein!«

»Es wäre natürlich für uns hilfreich, wenn wir wüssten, wo Ihre Schwester sich am Abend des elften Februar aufgehalten hat. Ein Alibi würde sie als Täterin ausschließen. Möglich ist natürlich auch, dass sie zu einem früheren Zeitpunkt bei Monsieur Cartes zu Besuch war.«

Commandant David beugte sich vor und sah Aurélie eindringlich an.

Aurélie hob die Hände. »Ich weiß nicht, wo sie an jenem Abend war.«

Mit einem Mal spürte sie keine Energie mehr in sich. Sie wollte nur noch weg hier, wollte ihre Ruhe haben, wollte allein sein, um all den furchtbaren Erkenntnissen endlich entfliehen zu können.

»Ihr Freund Jules wusste es auch nicht«, erklärte Foummant. »An jenem Abend war er geschäftlich unterwegs und hat auch nicht mit Aurélie telefoniert.«

»Warum sollte sie sich mit diesem Mann getroffen haben?«, sagte Aurélie mehr zu sich selbst. »Das macht keinen Sinn.«
Doch die Polizei hatte die DNA. Wie passte das zusammen?

37

Das in der Sonne glitzernde Wasser des Étang verschwamm vor Aurélies Augen zu einer homogenen dunklen Fläche. Sie blinzelte gegen die Tränen an, doch die Verzweiflung drohte übermächtig zu werden. Aurélie blieb stehen und atmete tief durch. Die Luft roch trocken und erdig, seit Wochen hatte es nicht geregnet. Das La-Clape-Gebirge war seit einigen Tagen wegen akuter Waldbrandgefahr gesperrt.

Aurélie ließ ihren Blick über die Landschaft wandern, rechts die ersten Ausläufer des La Clape, links der idyllische Étang, in dem sich etwa fünfzig Meter vom Ufer entfernt einige Dutzend Flamingos im Wasser tummelten.

Sie fühlte sich müde und ausgelaugt, leer und mutlos. Wie hatte sie nicht bemerken können, was mit Charlène los gewesen war? Die massiven Eheprobleme mit Bastien, der Hass auf Aurélie und nun noch ein Mord? Hatte ihre Schwester tatsächlich jemanden getötet? Aurélie rang um Fassung. Das war doch nicht möglich! Und doch …

Das Datum konnte kein Zufall sein. Der elfte Februar war der Abend gewesen, an dem Charlène sie zum ersten Mal um diesen irrsinnigen Rollentausch gebeten hatte. Angeblich, weil Bastien nicht wissen durfte, dass sie einen beruflichen Termin hatte. Wie hatte Aurélie nur so naiv sein können? Hätte sie nicht sofort misstrauisch werden müssen? Doch wie hätte sie auch nur ansatzweise ahnen können, was im Kopf ihrer Schwester vor sich gegangen war? Selbst wenn sie sich zum hundertsten Mal ihre letzten Begegnungen mit Charlène ins Gedächtnis rief, konnte sie auch nicht den kleinsten Hinweis finden, dass Charlène ihr offensichtlich monatelang etwas vorgemacht hatte. Aurélie hatte nichts gemerkt. Sie war sehenden

Auges ins offene Messer gerannt, von dem sie gar nicht geahnt hatte, dass es überhaupt vorhanden war.

Was sollte sie jetzt tun? Sie konnte einfach nicht mehr. Wenn sie nur mit Carole reden könnte … Vielleicht wüsste ihre Freundin einen Rat. Oder wenn sie wenigstens Bastien auf die Situation zwischen ihm und Charlène ansprechen könnte … Eventuell würden sich dann einige offene Fragen klären lassen.

Aurélie beobachtete, wie die Flamingos ihre Köpfe ins Wasser steckten und nach Nahrung suchten. Einer der Vögel zog sein Bein an und wandte seinen Kopf in ihre Richtung. Anmutige Tiere, die ihre Flügel ausbreiten und sich in die Lüfte erheben konnten. Aurélie wünschte sich in diesem Moment nichts sehnlicher, als es ihnen gleichtun zu können. Fliehen vor allem, was gerade schieflief. Vor Problemen, von denen sie bis vor Kurzem gar nicht gewusst hatte, dass sie existierten.

Sie entschloss sich weiterzugehen. Die Sonne wärmte ihr Gesicht, ein Kleinflugzeug flog über sie hinweg. Vor ihr lief ein älteres Ehepaar, das sich an den Händen hielt und leise miteinander redete. Aurélie fühlte sich beim Anblick der beiden noch einsamer. Schnellen Schrittes ging sie weiter, bis sie eine Stelle entdeckte, von wo aus sie einen freien Blick auf das Wasser des Étang, Gruissan und seinen Turm Barberousse hatte.

Sie setzte sich ins vertrocknete Gras und holte den Zeichenblock hervor, den sie sich heute früh gekauft hatte. Minutenlang ließ sie die Szenerie, die sich vor ihrem Auge erstreckte, auf sich wirken, atmete die salzige Luft ein und versuchte, ihre Probleme zu verdrängen. Dann begann sie, erste dünne Striche auf das Papier zu bringen. Sofort spürte sie, wie sich ihr Inneres entspannte. Wie die Nervosität mehr und mehr von ihr abfiel. Das Zeichnen hatte ihr unendlich gefehlt. Erst wenn sie in ihre Fantasie abtauchen konnte, fühlte sich Aurélie vollkommen. Ihre Hand bewegte sich beinahe wie von selbst. Der Bleistift schien zur natürlichen Verlängerung ihrer Finger zu werden, das Bild nahm mehr und mehr Gestalt an.

»Fantastisch«, ertönte wenig später eine männliche Stimme hinter ihr. Erschrocken drehte Aurélie sich um.

Ein älterer Mann stand etwa zwei Meter von ihr entfernt und kam nun langsam näher. »Entschuldigen Sie bitte meine Neugier, aber ... schon die Aussicht von diesem Punkt aus ist phänomenal.« Er zeigte zur Altstadt von Gruissan, die sich auf der anderen Seite des Étang befand. »Und Ihr Bild ...«

Er nickte anerkennend. Unzählige Fältchen bildeten sich um seine Augen, als er Aurélie anlächelte.

»Danke«, gab sie leise zurück.

»Sie würden mir die Zeichnung nicht eventuell verkaufen?« Er beugte sich vor und musterte das Bild von Nahem.

Aurélie sah von dem Mann zum Wasser und wieder zurück. Dann löste sie das Blatt vorsichtig von dem Block und reichte es dem Fremden.

»Ich schenke es Ihnen.«

Der Ältere hob seine Hände und trat einen Schritt zurück. »Auf keinen Fall, Madame. Das kann ich nicht annehmen.«

Aurélie erhob sich und streckte es ihm erneut hin. »Doch, können Sie. Sie tun mir damit sogar einen Gefallen.« Wenn Bastien die Zeichnung in der Villa entdeckte, würde ihr Lügengebilde wie ein wackeliges Kartenhaus zusammenfallen. »Bitte.«

Sein Blick wurde unsicher. »Ich weiß nicht ... In der Zeichnung steckt mit Sicherheit sehr viel Arbeit.«

Aurélie nickte. »Und Sie würden mir eine große Freude bereiten, wenn Sie mein Geschenk annähmen.«

Wieder begann der ältere Mann zu lächeln, während er nach dem Blatt griff. »Ich danke Ihnen, Madame. Und ich versichere Ihnen, dass es einen Ehrenplatz bekommt. Menschen wie Sie ... sind etwas ganz Besonderes.«

Verlegen schüttelte Aurélie den Kopf. »Das bin ich ganz sicher nicht, aber ich danke Ihnen trotzdem.«

Nachdem sie sich verabschiedet hatten, setzte Aurélie ihren Weg fort. Bald kam sie zu der Brücke, die etwa auf der Hälfte der Runde um den Étang in den schmalen Pfad mündete, der wieder Richtung Gruissan zurückführte. Rechts und links von Aurélie schwappte das Wasser gegen die Steine. Sie konzentrierte sich auf den Weg und genoss die friedvolle Stille, die um sie herum herrschte. Auf dieser Uferseite befand sich außer ihr keine Menschenseele. Ein schwacher Wind verfing sich in ihren Haaren und kühlte ihre Wangen leicht.

Sie liebte ihren Heimatort über alles. Schon als Kinder waren sie mit ihrem Vater sonntagsmorgens immer wieder hierhergekommen. Charlène und sie hatten auf den Steinen gespielt oder Kiesel ins Wasser geworfen. Wie unbeschwert und sorglos das Leben sich damals anfühlte! Und nun war sie die Letzte aus ihrer Familie. Eine Waise, deren Schwester ermordet worden war.

Sofort verachtete sie sich für ihr Selbstmitleid. Ganz schuldlos war sie an der verfahrenen Situation schließlich nicht. Und es nutzte niemandem, wenn sie sich weiter zum Opfer stilisierte. Sie vermisste ihr Leben, die Schule, ihre Schüler, die Kollegen, ihr Atelier. Und es gab nur einen Weg, um dahin zurückzukehren. Sie musste Charlènes Mörder finden. Und sie musste dringend herausfinden, was ihre Schwester mit diesem Pascal Cartes aus Béziers zu schaffen hatte. Nach wie vor konnte sie kaum glauben, dass Charlène in einen Mordfall verwickelt gewesen sein sollte. Doch sie war auch aus allen Wolken gefallen, als sie das erste Mal im Tagebuch ihrer Schwester von dem Hass erfahren hatte, den diese ihr ganz offensichtlich entgegengebracht hatte. Hätte sie Charlènes Wunsch abgelehnt, wäre diese vielleicht noch am Leben. Aurélie säße jetzt vor ihrer Klasse und würde über Gauguin oder van Gogh referieren. Und sie hätte niemals von Charlènes düsteren Gedanken erfahren.

Sie ging weiter, bis sie die Promenade von Gruissan erreichte. Die Bewegung hatte ihr gutgetan. Nach dem Gespräch mit der Polizei war es Aurélie unerträglich erschienen, in die Richaud-Villa zurückzukehren. Ihre eigene Wohnung fiel aus bekanntem Grund als Rückzugsort ebenfalls weg, daher war ihr nur der seit Jahrzehnten vertraute Weg um den Étang geblieben.

»Charlène!«

Aurélie drehte sich um. Eine junge dunkelhaarige Frau in ihrem Alter winkte ihr zu und näherte sich mit freundlicher Miene.

»Bonjour, Charlène.«

»Bonjour.« Wer war das?

»Ich habe gehört, was mit Aurélie geschehen ist. Es tut mir so unendlich leid.« Die Frau berührte Aurélie am Oberarm. »Wenn es irgendetwas gibt, was ich für dich tun kann ...«

»Danke«, gab Aurélie zurück. »Aber ich glaube, ich brauche einfach nur etwas Zeit.«

Die Frau nickte. »Ja, sicher.« Sie zögerte. »Wie lebt es sich in eurem neuen Haus? Wir haben uns ja ewig nicht gesehen.«

»Gut«, antwortete Aurélie vage. »Es ist in Ordnung.«

»Wir laufen öfter bei euch vorbei, und jedes Mal sage ich zu Léon: ›Sieh, was aus unseren ehemaligen Nachbarn geworden ist.‹ Vielleicht sollten wir euch endlich nacheifern.« Sie wiegte ihren Kopf. »Das bleibt für uns natürlich ein Traum.«

Die früheren Nachbarn also. Erleichtert stieß Aurélie den Atem aus. »Die Situation ist ja auch eine andere ...«

Die junge Frau nickte. »Klar, du hast recht. Aber wie gesagt, wenn wir dir irgendwie helfen können, melde dich jederzeit. Du weißt ja, wo du uns findest.« Sie zwinkerte.

Sie verabschiedeten sich, und Aurélie entschied, in die Villa zurückzukehren. Dort würde sie wenigstens niemandem aus Charlènes Umfeld über den Weg laufen.

Keine Viertelstunde später hastete Aurélie die Treppe ins Obergeschoss hinauf. Als in der Auffahrt keine Spur von Bastiens Wagen zu sehen gewesen war, hatte sie eine tiefe Erleichterung durchströmt. Aurélie musste unbedingt weiter in Charlènes Tagebuch lesen oder wie auch immer sie diese bizarr anmutenden Aufzeichnungen nennen wollte. Vielleicht fand sie dort einen Hinweis auf den Mord an Pascal Cartes. Aurélie stockte. Ging sie mittlerweile wirklich davon aus, dass Charlène den Lehrer getötet hatte?

Sie musste an einen Ausflug mit ihren Eltern denken. Der Tag lag bestimmt knapp zwanzig Jahre zurück, aber Aurélie erinnerte sich noch an jedes einzelne Detail. Sie waren zu viert nach Collioure gefahren, ein kleines Küstenstädtchen kurz vor der spanischen Grenze. Ihr Vater war mit ihnen an den Stadtstrand gegangen, während ihre Mutter sich eine Ausstellung im Museum ansehen wollte, was sie und Charlène naturgemäß nicht interessiert hatte. Ihr Vater hatte stundenlang mit ihnen im Wasser herumgetollt, hatte sie in die Wellen geworfen und wieder aufgefangen. Aurélie und Charlène jauchzten um die Wette und spritzten ihren Vater nass.

So ausgelassen wie damals hatte Aurélie ihre Schwester nur sehr selten erlebt. Sie war schon immer distanzierter und gefühlskälter als Aurélie gewesen. Wenn sie ehrlich zu sich selbst war, hätte sie sich mehr als nur einmal etwas mehr Emotionen seitens ihrer Schwester gewünscht. Doch sie hatte Charlènes Art nie hinterfragt. Warum auch? Jeder Mensch war ein Individuum. Nur weil sie Zwillinge waren, mussten sie sich nicht immer identisch verhalten.

Aurélie legte sich aufs Bett, holte das Buch hervor und begann zu lesen.

Heute war ich zum ersten Mal bei Nathalie de Bernier. Ich weiß noch nicht so genau, was ich von der Therapeutin halten soll. Und ob sie mir wirklich helfen kann? Keine Ahnung. Ich finde aber, es ist einen Versuch wert. Diese ständige Unruhe in meinem Inneren muss ich endlich loswerden. Es macht mich völlig irre, dass ich mich auf nichts mehr konzentrieren kann. Auch meine Arbeit leidet schon darunter.
Gestern hat Charles mich gefragt, ob es irgendwelche Probleme gäbe. Was hätte ich ihm sagen sollen? Dass ich meine Schwester so abgrundtief hasse, dass es fast körperlich schmerzt? Dass sie im Begriff ist, mir meinen Mann wegzunehmen? Gut, nicht, dass das wirklich ein Verlust wäre. Im Gegenteil. Ich wäre ja sogar froh, wenn ich ihn endlich los wäre. Aber ... diesen Triumph gönne ich ihr auf keinen Fall. Vielleicht trifft der Langweiler endlich eine Klientin, die ihm so richtig den Kopf verdreht. Dass er mich für eine andere verlässt, damit könnte ich sehr gut leben. Im Gegenzug würde er sich vielleicht als besonders großzügig erweisen und mir die Villa nach der Scheidung überlassen. Als Trost für sein Fremdgehen. Ach, wenn der Gute wüsste ... Ja, von mir aus kann er jede vögeln, die ihm über den Weg läuft. Ausnahmslos jede. Bis auf ... Aurélie. Die kuhäugige Schlampe bekommt

ihn nicht. Niemals. Aurélie bekommt Bastien nicht! Nur über meine Leiche! Ich würde alles dafür tun, dass sie kein weiteres Mal ihren Kopf durchsetzt.
Wirklich alles!
Nathalie de Bernier meinte, ich solle in mich hineinhören, um zu erkennen, was genau ich möchte. Sie sprach von einer Identitätskrise, die viele Frauen in meinem Alter hätten. Die Frage Kinder oder Karriere triebe nicht wenige meiner Altersgenossinnen an den Rand von Depressionen. Wenn sie wüsste ...
Was sollte ich mit einem Balg, das mich nur unnötig einschränken würde? Nein, ich werde niemals Kinder haben. Für diese einfache Erkenntnis muss ich nicht in mich hineinhören. Ich denke, um die Therapeutin ein wenig zu verteidigen, dass sie jedes Erstgespräch mit pauschalen oder meinetwegen auch statistisch erwiesenen Eckdaten beginnt. Noch weiß sie ja nicht, wer mir das Leben so schwer macht, dass ich kaum noch atmen kann. Ich werde erst mal ein wenig abwarten, bis ich de Bernier mit meinem eigentlichen Problem konfrontiere. Eine neue Erkenntnis hat sie mir hingegen schon heute beschert. Ich solle in mich hineinhören und dieses Gefühl, dass ich in meinem Inneren finde, weiter beharrlich verfolgen und intensivieren.
Und was finde ich in meinem Gefühlschaos? Hass, nichts als Hass auf meine ach so wundervolle Schwester. Aurélie, die verständnisvolle Lehrerin, die jedem Schüler eine Chance geben möchte. Die Ausnahmekünstlerin, die ihr ganzes Herzblut in ihre Kunstwerke steckt. Die Vorzeigeschülerin, die nie auch nur eine schlechte Note nach Hause gebracht hat. Mamas und Papas Liebling, der ganze Stolz ihrer Eltern. Ein Kind, wie man es sich nur wünschen kann. Immer tugendhaft, niemals aufsässig, stets diszipliniert. Ach Gott, ich könnte kotzen! Ich brauche dringend einen Plan, denn ich habe keine Ahnung, wie lange ich diese Kuh noch ertragen kann, ohne dass ich losschreien muss. Nachdem sie vorgestern mit Jules bei uns

war, hat Bastien beim Abräumen wie beiläufig zu mir gesagt, dass er das Gefühl habe, sie sei wohl auf dem Absprung. Dass sie Jules nicht wirklich liebe.
Ich konnte es nicht glauben. Was geht es ihn denn an, ob Aurélie diesen Lackaffen liebt oder nicht? So eine Unverfrorenheit! Er wollte mir doch nur durch die Blume mitteilen, dass sie nie wirklich über ihn hinweggekommen ist. Dass sie sich für keinen anderen Mann so erwärmen kann wie für ihn, den tollen Hecht. Wenn Bastien auch nur ansatzweise ahnen würde, wie er mich anwidert. Wie ich ihn verachte, wie sehr ich ihn verabscheue, wenn er auf meine Seite des Betts rückt ... Allein bei dem Gedanken daran wächst mein Entschluss weiter.
Ich benötige dringend einen Plan, der zu hundert Prozent funktioniert. Aurélie muss unschädlich gemacht werden. Ich kann diese Frau in meinem Leben einfach nicht mehr ertragen. Die Heuchelei fällt mir immer schwerer. Dieses wehleidige Lächeln, diese Trauermiene, als ob sie die Last der gesamten Welt schultern müsste. Und ihr ständiges Gejammer, ob Jules der Richtige ist oder ob sie besser einen klaren Schnitt machen soll.
Solche Probleme wollte ich mal haben! Meine werte Schwester hat eindeutig zu viel Zeit, um über derart Belangloses nachzudenken. Über die relevanten Dinge in ihrem Leben redet sie natürlich nicht mit mir. Zum Beispiel darüber, wie scharf sie noch immer auf Bastien ist. Und welchen Plan sie sich zurechtgelegt hat, um ihn erneut zu ködern. Diese falsche Schlange! Ich hasse sie, ich hasse sie, ich hasse sie!!

Erschüttert ließ Aurélie das Tagebuch sinken. Sie konnte die Tränen nicht länger zurückhalten. Die gehässigen Worte ihrer Schwester trafen sie tief in ihrem Herzen. Sie hatte Charlène geliebt. Und sie hätte niemals etwas getan, das ihr geschadet hätte. Schon gar nicht ihr den Mann ausgespannt. Warum hatte Charlène Bastien geheiratet? Der Hass, den sie ihm ebenfalls entgegenbrachte, war nach diesem

Eintrag nicht länger zu leugnen. Aurélie verstand immer weniger, was in ihrer Schwester vorgegangen war.

Und von welchem Plan redete sie? Sie wollte Aurélie ausmerzen. Was hatte das zu bedeuten? Aurélie wurde es abwechselnd kalt und heiß. Charlène war ihre Zwillingsschwester gewesen. Und sie hatte Aurélie abgrundtief verabscheut. Diese bittere und sehr schmerzvolle Erkenntnis warf Aurélie völlig aus der Bahn. Sie musste dringend mit Bastien sprechen. Anders konnte sie die Gefühlslage ihrer Schwester nicht näher analysieren. Warum war die Ehe zerbrochen? Was genau war zwischen den beiden vorgefallen? Bastiens kryptische Andeutungen brachten Aurélie auch nicht weiter. Sie mussten endlich Klartext sprechen, mussten herausfinden, wie Charlène dermaßen von Hass erfüllt werden konnte, dass sie lange zurückliegende Ereignisse so komplett falsch wiedergab. Irgendetwas musste geschehen sein. Niemand wurde so verbittert ohne äußeren Einfluss.

Aurélie räumte das Buch in die Schublade zurück, da sie sich nicht mehr in der Lage fühlte, noch mehr von diesen furchtbaren Worten aufzunehmen. Gehörte das Tagebuch nicht sogar in die Hände der Polizei? Immerhin warf es ein völlig neues Licht auf die Person, die Aurélie all die Jahre so gut zu kennen geglaubt hatte. Wieder schob sich das Bild ihrer Schwester als kleines Mädchen vor ihr inneres Auge. Das dichte dunkle Haar zu einem langen Zopf geflochten, die dunklen Augen leuchtend und wissbegierig, in einem roten Sommerkleid, das ihr locker um die Beine wippte. Wo war dieses Mädchen geblieben? Hatte der Unfalltod der Eltern sie derart verändert?

Als Aurélie hörte, wie unten die Haustür geöffnet wurde, schwang sie die Beine vom Bett und wischte sich die Tränen von den Wangen. Sie musste endlich den passenden Zeitpunkt finden, um mit Bastien über alles zu sprechen. Wahrscheinlich würde er ihr nicht glauben. Aurélie sah daher keinen anderen Weg, um ihre Aussagen zu untermauern, als ihm Charlènes Tagebuch auszuhändigen. Doch wie würde er auf deren Worte reagieren?

38

Bastien dünstete das Gemüse an und beobachtete nachdenklich seine Frau, die noch immer völlig aufgelöst zu sein schien. Sie versuchte zwar, sich nichts anmerken zu lassen, doch wenn er sie ansprach, zuckte sie jedes Mal kaum merklich zusammen.

»Die Polizei ist also der Meinung, dass Aurélie diesen ... Cartes ermordet hat?«, fasste er zusammen. Er konnte kaum glauben, was Charlène ihm da erzählte. »Das ist doch ausgemachter Blödsinn!«

»Sie haben es nicht ... explizit gesagt, aber sie sind überzeugt davon, dass ... Aurélie in seinem Haus war.«

Bastien schüttelte den Kopf. Er rührte kurz das Gemüse um und wandte sich dann wieder Charlène zu. »Sie hat doch nie auch nur erwähnt, dass sie sich mit einem Mann aus Béziers trifft, oder?«

Charlène starrte ins Leere.

»Chérie?« Er trat zu ihr und berührte sie vorsichtig am Arm.

»Nein«, erwiderte sie knapp. »Nein, hat sie nicht.«

»Und sie war immer noch mit Jules zusammen.« Er mochte nicht glauben, dass seine Schwägerin mehrere Eisen im Feuer hatte. So war Aurélie einfach nicht gewesen. Zumindest nicht in seinen Augen. Dass Charlènes Meinung von ihrer Schwester nicht allzu hoch gewesen war, war kein Geheimnis. Seit Aurélies Tod hielt sie sich jedoch auffallend zurück mit abfälligen Kommentaren.

»Ich muss mal kurz an die Luft«, presste sie in diesem Moment mit erstickter Stimme hervor.

Bastien nickte. Sie tat ihm leid. »Das Essen ist in etwa zehn Minuten fertig.«

Ohne etwas zu erwidern, schob Charlène die Terrassentür auf und trat ins Freie.

Während das Essen vor sich hin köchelte, stellte Bastien sich an das bodentiefe Fenster und verfolgte, wie seine Frau abwesend durch den Garten streifte. Die rechte Hand auf ihrem Brustkorb, stieg sie langsam die Stufen von der Terrasse hinab und blinzelte mehrmals. Bastien fürchtete, dass sie kurz vor einem Nervenzusammenbruch stand. Die Offenbarung, dass ihre Schwester möglicherweise einen anderen Menschen getötet haben könnte, schien sie völlig aus der Fassung gebracht zu haben.

Kein Wunder, dachte Bastien grimmig. Warum machte die Polizei ihren Job nicht endlich richtig? Statt Aurélies Mörder zu suchen, erhoben sie schwerste Vorwürfe gegen das Opfer. Was sollte er tun? Wie konnte er Charlène helfen? Nicht zum ersten Mal hatte er das Gefühl, dass sie sich völlig vor ihm verschloss. Dass sie ihn nicht an sich heranlassen und keine Unterstützung von ihm annehmen wollte. Doch er war ihr Mann. Er konnte Charlène nicht einfach sich selbst überlassen. Noch gab es eine Chance für sie. Und die würde er nicht ungenutzt verstreichen lassen.

Erneut rührte er das Gemüse um und goss den Reis ab. Dann trat er an die Tür und betrachtete die schlanke Gestalt, die neben einer der Palmen stand und wie gebannt zum Meer hinübersah.

»Charlène?«

Als sie sich umdrehte, schienen ihre Augen für einen kurzen Moment aufzuleuchten. Doch vielleicht täuschte Bastien sich auch, und es war nur die Sonne, die Charlènes Gesicht erhellte. Er winkte. »Das Essen ist fertig.«

Sie nickte und kam langsamen Schrittes auf ihn zu. »Bitte nicht böse sein, aber ich habe nicht viel Hunger.«

Überrascht kniff er die Augen zusammen. Was war mit ihr los? Derartige Worte war er nicht von ihr gewöhnt. Er schenkte ihr ein sanftes Lächeln.

»Du isst so viel, wie du schaffst. Okay?« Einem inneren Impuls folgend strich er über ihre Wange.

Als sie kurz die Augen schloss und sich an seine Finger schmiegte, zog sich etwas tief in ihm zusammen. »Wir schaffen das«, raunte er leise und schob sie vor sich in die Küche. »Ich bin da, chérie, wenn du mich brauchst.«

Während sie auf einem der Barhocker Platz nahm, füllte er ihre Teller. Dann stellte er ihre Portion vor sie auf die Theke und setzte sich neben sie. »Bon appétit!«

Charlène murmelte etwas für ihn Unverständliches, bevor sie den Löffel aufnahm und zögernd zu essen begann.

Zufrieden beobachtete er, wie sie mehr als die halbe Portion vertilgte.

»Sie werden merken, dass sie sich auf dem falschen Dampfer befinden«, durchbrach Bastien die Stille zwischen ihnen, als auch er fertig war. »Aurélie hat mit Sicherheit niemanden getötet. Niemals.« Er hob die Hände, als er sah, dass Charlène etwas erwidern wollte. »Ich kenne deine Meinung über deine Schwester. Aber auch mir war sie schließlich nicht unbekannt. Und ich behaupte, dass ich auch ein wenig Menschenkenntnis besitze. Und diese sagt mir, dass Aurélie keine Mörderin ist.« Er schüttelte den Kopf. »Wie absurd!«

»Das ist es nicht allein …«, flüsterte Charlène kaum hörbar.

»Was ist es dann?«, wollte er von ihr wissen. »Charlène, Liebes, ich bin doch da. Du musst das nicht alles mit dir allein ausmachen! Ich weiß, dass wir beide große Probleme haben. Das will ich gar nicht leugnen. Aber wir können es schaffen.« Er nahm ihre Hand und umfasste sie. »Wenn wir es wollen, können wir es schaffen.« Bastien musterte sie, sah in ihren Augen, wie sehr sie mit sich kämpfte. Erkannte den Widerstand in ihrer Miene, über die sich plötzlich ein Hauch von Hoffnung zu legen schien.

»Wir können es schaffen«, wiederholte er leise. »Bitte lass es uns probieren.« In diesem Augenblick hätte er alles für sie getan. Der tiefe Schmerz, den sie ausstrahlte, raubte ihm fast den Verstand. Zum ersten Mal seit Langem hegte er das leise Gefühl, sie wieder erreichen zu können. Sie hörte ihm zu, sie ließ seine Berührung zu, sie entwand sich ihm nicht sofort. »Du fehlst mir so unendlich.«

Charlène schlug die Augen nieder. Zitterte sie etwa?

Heftige Sehnsucht stieg in Bastien auf. Er wollte ihr nah sein, wollte ihr endlich wieder zeigen, wie sehr er sie noch immer liebte. Er verzehrte sich danach, sie zu berühren, endlich wieder eins mit ihr zu werden.

»Charlène, bitte lasse mich dir helfen.«

»Ich kann nicht …«

Er verstand sie nicht, doch noch wollte er nicht aufgeben. Sanft strich er mit seiner freien Hand über ihr Haar. Als sie sich nicht widersetzte, rutschte er von seinem Hocker und stellte sich dicht vor sie. Er nahm ihr Kinn in seine Hand und zwang sie, seinen Blick zu erwidern.

»Ich liebe dich.«

Ihre Augen flackerten schwach, ihr Gesicht wurde eine Nuance weicher. War sie je schöner gewesen als jetzt? Unendlich verletzlich, aber auch begehrenswert und wunderschön. »Du fehlst mir so sehr.«

»Ich ... es geht nicht ...«, begann sie wieder zu stammeln, doch er spürte, wie ihre Standhaftigkeit wankte.

»Warum geht es nicht, chérie? Sag es mir.«

»Weil ...«

Ihre Lippen glänzten, ihr Duft umhüllte ihn wie eine erotisierende Wolke. Ohne weiter nachzudenken, senkte er seine Lippen auf ihre und zügelte seine Ungeduld. Er durfte nicht zu forsch vorangehen, musste ihr unbedingt die Zeit lassen, die sie benötigte. Kurz spürte er ihr Zögern, doch als er ihren Mund nicht wieder freigab, schien sich plötzlich ein Schalter in ihr umzulegen. Charlène schlang ihre Arme um seinen Nacken und zog ihn enger an sich. Er fühlte ihren Herzschlag an seiner Brust, saugte die Wärme ihres Körpers mit seinem auf.

Als Charlène ein leises Stöhnen entfuhr, nahm er ihre Reaktion als Ermutigung und ließ seine Hände zärtlich unter ihre Bluse wandern. Er wollte sie so sehr. Wollte ihren Körper, ihre Seele, ihren Verstand.

Zu seiner Überraschung schien es Charlène ähnlich zu gehen. Sie ließ ihre Hände ebenfalls unter sein T-Shirt gleiten und liebkoste seinen Rücken. Wie lange war es her, dass sie ihn derart mit Haut und Haaren wahrgenommen hatte? Eine halbe Ewigkeit. Er zog sie von ihrem Barhocker herunter und presste seinen Unterleib gegen ihren.

»Oh Gott!«

Kurz öffnete er die Augen und betrachtete ihre entrückte Miene. Diesmal würde sie ihn nicht abweisen. Die Erregung stand ihr offen ins Gesicht geschrieben, ihr Atem ging schwer, sie schien vor Sehnsucht fast zu zerfließen. »Wollen wir nach oben gehen?«, hauchte er an ihrem Ohr, da er die magische Stimmung zwischen ihnen auf keinen Fall zerstören wollte.

Sie nickte nur und umklammerte ihn fester. Er hob sie hoch, und sie schlang ihre Beine um seine Hüften. Langsam näherte er sich der Treppe.

»Bin ich nicht zu schwer?«, wisperte sie mit heiserer Stimme.

Er musste grinsen. »Bis zum Schlafzimmer schaffe ich es gerade noch. Nach Narbonne wäre … schwieriger.«

Sie lachte ebenfalls und warf übermütig den Kopf in den Nacken. Wann war sie das letzte Mal so frei und unkompliziert gewesen? Er liebkoste ihre Kehle und umfasste ihren Oberkörper fester, während sie gierig seinen Mund suchte und ihn küsste, als gäbe es kein Morgen mehr. Was war mit ihr los?

Als er sie aufs Bett legte, funkelten ihre dunklen Augen ihn auf eine geheimnisvolle Art an, wie er es noch nie an ihr wahrgenommen hatte. Überwältigt von der Macht seiner eigenen Gefühle, stockte ihm der Atem.

Sie streckte ihre Hände nach ihm aus, und er kam ihrer Aufforderung nach.

Während Charlène ihre Bluse aufknöpfte, entledigte sich Bastien seiner Hose und seines T-Shirts. Noch immer konnte er kaum fassen, dass sie sich ihm endlich wieder öffnete. Er fuhr die Konturen ihres Gesichts entlang und registrierte mit leichter Genugtuung, wie ihr Körper unter seiner Berührung erschauerte. Während er seine Lippen über ihr Schlüsselbein wandern ließ, konnte er spüren, wie sich ihr Herzschlag beschleunigte. Charlène zog sein Gesicht näher zu sich und sah ihm mit ernster Miene in die Augen.

»Willst du mich?«

Überrascht blinzelte er. »Fragst du das ernsthaft?«

Sie nickte.

»Ich glaube, ich will dich in diesem Moment mehr als je zuvor.« Seine Stimme klang belegt. Er räusperte sich.

Charlène hob ihren Kopf und begann erneut, ihn zu küssen. Erst sanft, wie der zarte Schlag eines Schmetterlingsflügels, dann gieriger, fordernder. Und Bastien ließ sich von ihrer Leidenschaft nur zu gerne mitreißen. Als sie nackt vor ihm lag, seine Hände in ihre nahm und sie auf ihren Bauch legte, konnte er seine Zurückhaltung nicht länger aufrechterhalten. Er rollte sich auf sie und seufzte tief, als er sie endlich mit jeder Zelle seines Körpers spürte.

Charlènes Körper spannte sich unter ihm mehr und mehr an, sie grub ihre Fingernägel in seinen Rücken und bat ihn stumm, ihr mehr zu geben. Wann waren sie sich je so nah gewesen? So unverfälscht? Ohne Hemmnisse? Ohne auch nur das Geringste zurückzuhalten?

Bastien überkam das magische Gefühl, dieser Abend könnte ein echter Neuanfang für sie werden. Ohne den Ballast der letzten Monate, ohne all die Probleme, die sich zwischen ihnen aufgetürmt hatten.

Er sah auf das gerötete Gesicht Charlènes hinab. Als auch sie die Augen aufschlug, wurde sein Körper von einer wundersamen Hitze durchströmt. Bastien hatte das merkwürdige Gefühl, noch nie so tief in Charlènes Seele gesehen zu haben.

»Lass mich nicht mehr warten«, hauchte sie und strich mit dem Zeigefinger über seine Lippen.

Er bewegte sich schneller und genoss den wohligen Rausch der Leidenschaft, bis sie sich beide aneinanderklammerten, als wollten sie sich nie wieder loslassen.

Schwer atmend rückte er vorsichtig von ihr ab und zog sie an seine Brust. Er konnte kaum glauben, welche Gefühlswucht sich gerade zwischen ihnen entladen hatte.

»Was war das?«

Charlène hob den Kopf und sah ihn an.

»Hm?« Er küsste sie zart. »Was war das eben?«

Ihre Augen begannen verdächtig zu glänzen.

»Nicht weinen bitte. Süße!«

Seine Frau schüttelte den Kopf und presste die Lippen fest zusammen.

Was war auf einmal mit ihr los? Hatte sie die neue und völlig überwältigende Qualität ihres Zusammenseins genauso aufgewühlt wie ihn? Er verstärkte den Griff um ihre Schultern, da er sie nicht loslassen wollte. Doch Charlène befreite sich aus seinem Arm und rückte von ihm ab.

»Ich bin müde.«

Ohne ihn eines weiteren Blickes zu würdigen, drehte sie sich um und zog die Decke bis über ihre Schultern.

Wie vor den Kopf gestoßen, ließ er seinen Blick über ihren schmalen Rücken wandern. Was war nur mit ihr los? Sie musste doch ebenso wie er gespürt haben, dass da noch mehr zwischen ihnen war, als ihnen überhaupt bewusst gewesen war. Einen kurzen Augenblick lang hatte er das Gefühl gehabt, alles könnte gut werden. Nein, nicht gut, verbesserte er sich, er hatte das überragende Gefühl verspürt, dass es besser als je zuvor werden könnte. Dass ihre Beziehung ein ganz neues Level erreicht hatte. Hatte er sich wieder einmal getäuscht?

39

Als Aurélie erwachte, herrschte um sie herum noch Dunkelheit. Ein Blick auf den Wecker zeigte ihr, dass es erst halb fünf war. Während sie sich auf den Rücken rollte, stürmten die Erinnerungen an den gestrigen Abend erbarmungslos auf sie ein. Was hatte sie getan? Wie hatte sie sich nur derart hinreißen lassen können? Schon beim Abendessen hatte sie die magische Wirkung, die Bastiens Anwesenheit immer wieder aufs Neue auf sie ausübte, intensiver als sonst gespürt. Sein Zuspruch, seine beruhigenden Worte, die Ruhe und Zuversicht, die er ihr vermittelte, hatten ihr schließlich den Rest gegeben. Ihr Widerstand war wie von selbst gebröckelt, und ohne Vorwarnung war der Punkt erreicht gewesen, an dem sie sich nur noch nach mehr gesehnt hatte. Nach mehr Nähe, mehr Berührungen, mehr Leidenschaft.

Was darauf folgte, konnte sie nach wie vor nicht in Worte fassen. Die Intensität zwischen ihnen hatte Aurélie völlig überwältigt. Noch nie zuvor hatte sie sich einem Mann auf diese Weise öffnen wollen, vorbehaltlos, bedingungslos, ohne auch nur den kleinsten Rest an Selbstkontrolle zurückzuhalten. Sie hatte sich Bastien hingegeben wie keinem anderen Mann in ihrem Leben. Und er hatte sie auf eine

Art ergänzt, dass sie noch immer meinte, nie wieder ohne ihn sein zu können. Woher war plötzlich diese ungestüme Anziehungskraft gekommen? Spätestens jetzt konnte Aurélie ihre tiefgehenden Gefühle für ihren Schwager nicht mehr länger leugnen.

Sie drehte sich auf die Seite und betrachtete in der Dunkelheit den schlafenden Mann neben ihr. Das schwache Mondlicht ließ seine Züge sanft und unglaublich begehrenswert wirken. Minutenlang musterte sie Bastiens Gesicht und fragte sich, was diese Magie zwischen ihnen zu bedeuten hatte. Wie sollte sie ihn jemals aus ihren Gedanken verbannen, nun, nachdem sie wusste, was sie miteinander verband?

Und Bastien? Nach wie vor ging er davon aus, dass er Sex mit seiner Frau gehabt hatte. Wie würde er reagieren, wenn Aurélie ihm eröffnete, dass es nicht Charlène gewesen war, mit der er diese Gefühlsexplosion durchlebt hatte? Er würde Aurélie hassen. Für ihre Lügen, für ihre Täuschung, ihren Verrat. Tränen traten ihr in die Augen.

Sie lupfte die Decke und schwang ihre Beine vorsichtig aus dem Bett. Wenn sie nur daran dachte, Bastien die Wahrheit zu offenbaren, zerriss es ihr das Herz. Ihr war klar, dass sie durch ihr Verhalten alles kaputtgemacht hatte, was jemals zwischen Bastien und ihr gewesen war.

Sie betrat das Badezimmer, schloss leise die Tür hinter sich und stellte das Wasser in der Dusche an. Während die Wärme ihren Körper wie eine schützende Decke einhüllte, stützte sie sich an den Fliesen ab und begann, leise zu schluchzen. Diesmal hatte sie den Bogen eindeutig überspannt.

Schon im Februar nach dem unglückseligen Abend, an dem es zum ersten Mal zwischen Bastien und ihr zum Sex gekommen war, hatte sie sich geschworen, sich von dem Mann ihrer Schwester fernzuhalten. Doch damals war es anders zwischen ihnen gewesen. Auf eine gewisse Art hektischer, impulsiver, ja grober. Mittlerweile wusste Aurélie, warum. Die Ehe von Charlène und Bastien war bereits damals in Schieflage gewesen. Sie hatte an jenem Abend gespürt, dass die Vertrautheit, die Routine, die bei Paaren, die schon länger zusammen waren, existierte, von enormer Anspannung und Unsicherheit dominiert war. Und doch war es wundervoll gewesen. Diese Magie war unbestreitbar schon an jenem Abend zum Vorschein gekommen.

Aurélie hatte kein einziges Detail vergessen – bis heute. Die gestrige Nacht übertraf all ihre vergangenen Erfahrungen mit Männern. Bastien hatte sie vollkommen gemacht. Er hatte sie gesehen, und sie hatte ihn gesehen. Sie waren eins gewesen, ein Herz, eine Seele, ein Körper. Die Grenzen zwischen ihnen waren so weit verschwommen, dass sie beide irgendwann nur noch aus Leidenschaft und Begehren bestanden. Nein, etwas auch nur annähernd Ähnliches hatte sie noch nie erlebt.

Aurélie stellte das Wasser ab, wischte ihre Tränen weg und zog sich T-Shirt und Shorts über. Auf nackten Füßen schlich sie durch das Schlafzimmer zum Flur und stieg leise die Treppe hinab. In der Küche setzte sie sich einen Kaffee auf, bevor sie den Zeichenblock aus Charlènes Handtasche zog.

Nachdem der Kaffee durchgelaufen war, betrat sie mit Tasse, Block und Bleistift bewaffnet den Garten und ließ sich auf einer der Liegen nieder.

Der Horizont färbte sich schon ganz leicht orange. Aurélie legte den Block auf ihrem Bauch ab und betrachtete andächtig das Spektakel vor ihren Augen. Während sich unzählige zarte Rot- und Lilatöne in das fahle Grau der Dämmerung mischten, überschlugen sich Aurélies Gedanken.

Sie musste mit Bastien sprechen. So schnell wie möglich. Auf keinen Fall durfte sie ihn weiter an der Nase herumführen. Er hatte endlich die Wahrheit verdient. Jetzt. Wahrscheinlich würde er sie aus dem Haus werfen, aber dann konnte sie vor der Polizei immer noch erklären, dass sie gestritten hatten und Abstand voneinander bräuchten. Irgendeine plausible Ausrede würde ihr mit Sicherheit einfallen. Im Lügen war sie mittlerweile ja geübt, dachte sie bitter.

Immer wieder fielen ihr die Augen für einen kurzen Moment zu, doch schlafen konnte sie nicht mehr. Dazu war sie zu aufgewühlt. Entschlossen nahm sie schließlich den Block auf und begann zu zeichnen. Die Konzentration auf die verschiedenen Formen klarte ihre Gedanken ein wenig auf.

Was wäre geschehen, wenn aus Bastien und ihr damals ein Paar geworden wäre? Erneut musste sie an seine merkwürdigen Worte denken, die er der Polizei gegenüber verwendet hatte. Aurélie habe kein Interesse mehr an ihm gehabt. Wie war er nur auf diese absurde Idee gekommen? Es hatte ihr damals das Herz gebrochen, als er plötzlich mit Charlène ausgegangen war. Doch das hatte sie weder ihrer Schwester noch ihm gegenüber je zugegeben.

Es standen so viele ungeklärte Fragen zwischen ihnen, auf die sie dringend Antworten benötigte. Seine Lüge bezüglich des Tatabends war ein weiterer Aspekt, den sie nach wie vor nicht zu deuten verstand. Und wie passte Charlènes Tagebuch in die ganze bizarre Situation? Angenommen, Bastien hätte davon gewusst, wären diese hasserfüllten Zeilen nicht ein echtes Mordmotiv?

Aurélie seufzte. Sie drehte sich im Kreis. Nichts passte zusammen. Der Mord an diesem Lehrer aus Béziers, der Tatverdacht, dass Charlène womöglich eine Mörderin war. Was würde passieren, wenn Bastien nach Aurélies Enthüllung direkt zur Polizei ging? Ihr war mehr als bewusst, dass sie in den größten Schwierigkeiten steckte, wenn die Beamten von ihrem Identitätsklau erführen.

Sie ließ den Block mit der Zeichnung, auf der sich im Hintergrund die Wellen leicht kräuselten, während die Wedel der Palmen im Vordergrund von einem schwachen Wind bewegt wurden, sinken und starrte ins Leere.

Sie hatte absolut keine Ahnung, was sie tun sollte. Dass sie Bastien nicht länger belügen konnte, stand außer Frage. Keinen Tag länger konnte sie es ertragen, von ihm als Charlène angesprochen zu werden. Die Erkenntnis traf sie wie ein Blitz. Es war nicht nur der Wunsch, ihm nicht länger etwas vormachen zu müssen, es war vor allem der Drang, seine Reaktion zu sehen, wenn er erfuhr, mit wem er in Wahrheit gestern Abend geschlafen hatte. Aurélie liebte ihn. Und sie schuldete ihm absolute Ehrlichkeit. Ob er diese zu würdigen wusste, konnte sie nicht abschätzen, eine andere Wahl blieb ihr jedoch nicht.

Sie konzentrierte sich erneut auf ihre Zeichnung und begann, die Möwe zu skizzieren, die keine zehn Meter von ihr entfernt gelandet war und am Pool entlangspazierte.

Als sie wenig später mit dem Bild zufrieden war, legte sie den Block neben sich auf den steinernen Terrassenboden und schloss die Augen. Sie war so unglaublich müde. Heute war Samstag, sie musste nicht arbeiten. Und auch Bastien wäre den ganzen Tag zu Hause. Sie würde die Ruhe nutzen und ihm endlich alles erklären. Alles …

40

Charlène knabberte abwesend an ihrem Croissant herum.

»Was ist los?«, wollte Bastien von ihr wissen, während er ihren Blick suchte.

»Nichts«, erklärte sie zum gefühlt zehnten Mal, hielt ihren Kopf aber weiter gesenkt.

»Charlène, ich würde gern …«, setzte er hoffnungsvoll an, obwohl er spürte, dass der Zauber des gestrigen Abends bereits wieder verflogen war.

Sie hob eine Hand. »Bitte nicht!«

Er verstand die Welt nicht mehr. Was war zwischen gestern Nacht und heute früh geschehen? Wie konnte es sein, dass Charlène sich innerhalb weniger Stunden ihm gegenüber derart anders verhielt? Als er vorhin aufgewacht war, hatte er voller Enttäuschung feststellen müssen, dass das Bett neben ihm leer war. Die Sehnsucht nach Charlène hatte ihn fast körperlich geschmerzt, so sehr hatte er darauf gehofft, dass sie gemeinsam noch ein wenig faul im Bett hätten liegen können. Es war Wochenende, und sie hatten keinerlei Termine. Nachdem er kurz unter die Dusche gesprungen war, hatte er sie schließlich im Garten entdeckt. Nein, er verstand die Welt nicht mehr. Bisher hatte sich Charlène nie gern draußen aufgehalten. Sie fürchtete die Mücken und die Sonne, doch in den letzten

Tagen schienen sich einige ihrer langjährigen Gewohnheiten völlig verändert zu haben.

Wieder sah er unauffällig zu ihr hinüber und betrachtete sie nachdenklich. Sie wirkte in der Tat anders als sonst. Die Nacht schien auch bei ihr Spuren hinterlassen zu haben. Der harte Zug, der sich in den letzten Monaten immer öfter um ihren Mund gelegt hatte, wirkte wie ausradiert, sie sah trotz ihrer schlechten Laune entspannter und ausgeglichener aus. »Wie geht es dir?«

Sie blinzelte. »Gut.«

Er nahm ihre Hand in seine.

»Nur gut?«, versuchte er, sie ein wenig aus der Reserve zu locken.

»Nur gut«, wiederholte sie emotionslos.

Ihre Teilnahmslosigkeit versetzte ihm einen schmerzhaften Stich. Hatte die intensive Zweisamkeit zwischen ihnen denn gar nichts mit ihr gemacht? »Könnten wir nicht vielleicht über gestern ...«, wagte er einen weiteren Versuch, da er seine aufgewühlten Gefühle unbedingt ausdrücken musste.

»Ich treffe mich gleich mit Carole«, unterbrach sie ihn hektisch.

Irritation machte sich in Bastien breit. »Wer ist Carole?«

»Die Freundin von ... Aurélie«, erwiderte sie, während sie weiter seinem Blick auswich.

»Es ist Samstag«, entgegnete er frustriert. »Ich dachte, wir könnten zusammen etwas unternehmen. Nachdem ...«

»Sie arbeitet die ganze Woche, daher passt es nur heute«, gab Charlène ungerührt zurück.

»Was hast du denn mit dieser Frau zu schaffen? Du kennst sie doch gar nicht«, warf er ein.

»Ich möchte mit ihr über ... meine Schwester reden. Sie kann mir vielleicht helfen, diesen ganzen Wahnsinn besser zu verstehen.«

Er schüttelte den Kopf. »Hattest du nicht den Verdacht, dass sie der Polizei gegenüber behauptet hat, Aurélie hätte noch etwas ... für mich empfunden?«

»Auch das möchte ich sie fragen«, gab Charlène zurück und sah ihn das erste Mal richtig an.

»Charlène«, ergriff er die Gelegenheit, »denkst du nicht, es wäre wichtiger, dass wir …«

Sie schüttelte den Kopf. »Ich bin nicht lange weg.«

Er atmete tief aus und bemühte sich redlich, den aufsteigenden Ärger zu unterdrücken. »Ich verstehe dich einfach nicht mehr … Gestern Abend …«

»Vergiss gestern Abend«, fiel Charlène ihm ins Wort.

Er konnte es nicht glauben. »Was?«

»Ich sagte, vergiss …«

Nun war er es, der sie unterbrach. »Ich habe verstanden, was du gesagt hast. Aber ich kapiere nicht, was das soll. Du kannst doch jetzt nicht ernsthaft leugnen, dass …«

Seine Frau rutschte vom Hocker und schob das Kinn vor. »Ich muss los. Carole wartet.«

Ohne eine Erwiderung von Bastien abzuwarten, drehte sie sich um und verließ fluchtartig die Küche.

»Charlène!«, entfuhr es ihm unbeherrscht. »Du kannst mich doch nicht einfach so sitzen lassen.« Was war nur in sie gefahren? Hatte er nicht gestern Abend noch ernsthaft auf einen Neuanfang zwischen ihnen gehofft? Wie konnte es sein, dass er sich schon wieder derart getäuscht hatte? Voller Wut schlug er mit der Faust auf den Tresen. »Charlène, verdammt!«, brüllte er ihr hinterher. »Komm zurück und lass uns reden.«

Er hörte, wie im Bad der Wasserhahn lief. Er sollte ihr hinterhergehen und sie zur Rede stellen. Jetzt. Bevor sie das Haus verließ. Doch sein Stolz hielt ihn zurück. Wie lange musste er sich noch auf der Nase herumtanzen lassen? Charlène tat ihm nicht gut, diese Erkenntnis traf ihn unvermittelt und ohne Vorwarnung. Sie führten schon lange keine gesunde Beziehung mehr, und der Einzige, der für diese Ehe zu kämpfen schien, war er.

Das Verhalten seiner Frau war mit nichts zu entschuldigen. Gut, sie hatte ihre Schwester verloren. Aber diese Tatsache war kein Grund, ihn wieder und wieder auf derartige Weise vor den Kopf zu stoßen. Er spürte, wie schlagartig sämtliche Energie aus seinem Körper wich. Er musste endlich die Konsequenzen ziehen.

So konnte und wollte er nicht mehr weitermachen. Charlènes Unberechenbarkeit raubte ihm den letzten Nerv. Und er hatte keine Kraft mehr für ihre Spielchen. Obwohl er keine Ahnung hatte, was sie damit bezweckte, war ihm mit einem Mal bewusst, dass er endlich an sich selbst denken musste. Es ging ihm nicht gut, das Verhalten seiner Frau tat ihm im Herzen weh. Und sie schien nach wie vor nicht zu verstehen, was sie mit ihren Launen bei ihm anrichtete.

Als er ihre Schritte auf der Treppe hörte, überlegte er kurz, aufzustehen und sie zu verabschieden. Doch in letzter Sekunde entschied er sich dagegen. Er würde sie nicht länger drängen. Irgendwann musste auch er einsehen, dass ihre Beziehung nicht mehr zu retten war. Was auch immer sie entzweit hatte, die Kluft zwischen ihnen schien mittlerweile unbezwingbar zu sein. Bastien hatte keine Kraft mehr, an einer Beziehung festzuhalten, die offenbar keinerlei Substanz mehr hatte.

Ohne ein weiteres Wort der Verabschiedung wurde die Haustür geöffnet und kurz darauf wieder geschlossen.

Bastien blieb fassungslos zurück. Nach gestern Abend hatte er sich auf ein wundervolles Wochenende mit viel Vertrautheit und Zweisamkeit eingestellt, mit genug Zeit für ausführliche Gespräche. Und nun saß er hier allein in der Küche und dachte ernsthaft über eine Trennung nach.

Er stützte die Ellbogen auf dem Tresen ab und legte den Kopf in seine Hände. Was hatte er nur falsch gemacht? Hätte er sich anders verhalten müssen? Wäre ihre Ehe irgendwie zu retten gewesen? Tiefe Verzweiflung stieg in ihm auf. Wenn Charlène zurückkam, musste er mit ihr reden. Sie mussten endlich die Konsequenzen ziehen, um ihrer beider willen. Noch waren sie jung genug, um sich ein neues Leben allein aufzubauen. Und auch wenn ihm der Gedanke an eine Scheidung vor Trauer fast den Atem raubte, wusste Bastien, dass es die einzige verbliebene Alternative war. Charlène liebte ihn nicht mehr, wenn sie ihn überhaupt jemals geliebt hatte. Diese Tatsache war mehr als schmerzhaft, doch er musste der Wahrheit endlich ins Auge sehen. Leugnen brachte ihn nicht mehr weiter. Und er konnte sich auch nichts mehr vormachen. Ihre Ehe war am Ende.

41

»Ehrlich gesagt habe ich mich etwas über deinen Anruf gewundert«, begann Carole, nachdem Aurélie und sie sich am Strand von Narbonne Plage begrüßt hatten.

Aurélie nickte. »Ich wollte unbedingt mit jemandem sprechen, der meine Schwester gut gekannt hat.« Sie zögerte. »Sonst wäre ich wohl verrückt geworden.«

Caroles Augen wurden feucht. »Ich kann es immer noch nicht glauben«, erklärte sie leise, während sie über den Sand zum Wasser liefen. So früh am Morgen war er fast menschenleer. Nur vereinzelt drehten einige Jogger ihre Runden direkt am Meer. Ein Pärchen mit einer englischen Bulldogge schlenderte an der Promenade entlang. Die Feriensaison stand noch bevor. Bisher hatte Aurélie noch nicht viele Touristen wahrgenommen.

»Ich auch nicht«, gab sie ehrlich zu. »Ich habe das Gefühl, ich befinde mich in einem Albtraum, der überhaupt nicht mehr endet.«

»Gibt es denn schon erste Hinweise, warum …«, Carole schluckte, während sie stehen blieb, »… warum Aurélie sterben musste?«

Aurélies schlechtes Gewissen meldete sich sofort wieder. Sie stellte sich neben ihre Freundin und folgte deren Blick. Schaumkronen trieben auf dem sich kräuselnden Wasser. In einiger Entfernung dümpelte ein kleines Motorboot auf den Wellen vor sich hin. Wieder einmal wurde Aurélie bewusst, welches Glück sie hatte, hier zu leben. Die Nähe zum Meer war für sie so essenziell wie die Luft zum Atmen.

»Die Polizei weiß noch nichts«, gab sie zurück. »Sie vermuten aber, dass …« Sie brach ab.

Carole drehte sich zu ihr und sah sie an. »Was vermuten sie?«

Aurélie zog die Brauen hoch. »Sie haben Bastien und mich im Verdacht.«

Caroles Augen weiteten sich. »Wie bitte?«

»Ja, sie denken offensichtlich, dass ich meine Schwester als eine Art Konkurrenz um die Gunst meines Mannes gesehen hätte.« Sie verzog die Mundwinkel. »Ein Hauch von Eifersuchtsdrama à la Hollywood.«

Carole senkte mit betretener Miene den Kopf.

»Na ja, irgendwann werden sie merken, dass sie sich auf dem Holzweg befinden.« Aurélie konnte die Befangenheit ihrer Freundin förmlich spüren.

»Ich glaube, daran bin ich schuld«, bekannte Carole leise.

»Du?« Aurélie täuschte Überraschung vor. »Wie meinst du das?«

Carole holte Luft. »Ich ... wurde auch von den Beamten befragt. In der Schule. Von einem Capitaine Fou...«

»Foummant«, half Aurélie ihr bereitwillig.

»Genau«, bestätigte Carole. »Capitaine Foummant war mit seiner Partnerin bei uns und hat die Kollegen und mich zu Aurélie befragt.« Sie machte eine Pause. »Es tut mir leid.«

»Ich verstehe es immer noch nicht.«

Aurélie musste unbedingt wissen, was genau Carole den Beamten erzählt hatte. Und wie sie auf ihren absurden Verdacht kam. Sie schloss kurz die Augen. Nun, so absurd war der Verdacht ja nicht, insbesondere, wenn sie die Erinnerung an gestern Abend zuließ. War sie wirklich so leicht durchschaubar gewesen?

»Aurélie und Jules ...«, begann Carole zögernd. »Sie hat immer wieder gesagt, dass sie die Beziehung beenden muss, dass sie Jules nicht die Gefühle entgegenbringen kann, die er verdient hätte.«

»Das weiß ich«, bestätigte Aurélie nachdenklich.

»Und auch die Männer vor Jules ...«, fuhr Carole fort. »Keiner konnte es ihr wirklich recht machen. Sie war einfach nicht ... ja, sie war nicht verliebt. Nicht so richtig. Nicht mit Leib und Seele. Wie man es sich eben wünscht.« Ein leichtes Lächeln huschte über ihre Lippen. Mit der rechten Hand fuhr sie sanft über ihren gewölbten Bauch.

»Alles okay mit dem Baby?«, fragte Aurélie, als sie die Geste registrierte.

Carole nickte. »Ja, ich kann es kaum noch abwarten.«

Aurélie musste ebenfalls lächeln. Sie freute sich von Herzen für ihre Freundin, bemühte sich jedoch, ihre Gefühle nicht allzu offensichtlich zu zeigen.

»Die Beamten haben mich nach dem Verhältnis zwischen euch gefragt«, erzählte Carole weiter. »Ich habe ihnen gesagt, dass ihr euch gut versteht und euch regelmäßig trefft. Dann wollten sie wissen, wie Aurélie sich mit deinem Mann verstanden hat.« Sie seufzte. »Da ich wusste, dass zwischen ihm und Aurélie vor langer Zeit ... etwas gelaufen war, habe ich ihnen das eben auch gesagt.«

»Aber wie kommen sie darauf, dass Aurélie noch immer für ihn geschwärmt hat? Sie vermuten sogar, dass die beiden eine Affäre hatten.« Die Worte blieben Aurélie fast in der Kehle stecken.

»Ich habe ihnen mitgeteilt, dass ich denke, dass Aurélie nie wirklich über deinen Mann hinweggekommen ist. Sie hat mir zwar nie erzählt, was damals wirklich geschehen war. Warum es mit den beiden letztlich nicht geklappt hat. Aber wenn sie von ihm gesprochen hat, hatte ich immer das Gefühl, dass er nach wie vor einen Platz in ihrem Herzen hatte.« Sie nickte betrübt. »Vielleicht hätte ich das nicht sagen sollen. Es war schließlich Aurélies Sache. Außerdem hat sie mir gegenüber nie zugegeben, dass sie noch Gefühle für ihn hegte. Und dass sie eine Affäre mit ihm hatte ...« Sie schüttelte den Kopf. »Das ist völlig absurd. Aurélie hätte dich niemals hintergangen. So war sie nicht.«

Dankbarkeit durchströmte Aurélie. Carole kannte sie. Und sie traute ihr nicht zu, dass sie ihrer Schwester den Mann weggenommen hätte.

»Nein, so war sie nicht«, pflichtete sie ihrer Freundin bei.

»Wie gesagt, vielleicht hätte ich das gar nicht erwähnen sollen«, überlegte Carole laut. »Ich dachte nur ... Sie sollen doch Aurélies Mörder fassen. Und dazu müssen sie wissen, was in Aurélies Kopf vorgegangen ist. Ich verstehe nach wie vor nicht, was sie in diesem Hotelzimmer wollte.« Sie grub ihre Sandalen leicht in den Sand.

»Das ist eine der Fragen, die die Polizei bislang nicht klären konnte.« Aurélie beobachtete, wie zwei Möwen wenige Meter von ihnen entfernt über den Sand staksten. »Warum hast du Aurélie nie auf deinen Verdacht angesprochen?«

Caroles Miene wurde misstrauisch. »Woher willst du wissen, dass ich das nicht getan habe?«

Aurélie blinzelte hektisch. Mist! Was sollte sie darauf erwidern? »Na, weil du doch eben gesagt hast, dass das nur eine Vermutung von dir sei. Daher bin ich davon ausgegangen, dass du sie nicht darauf angesprochen hast. Sonst hättest du ja eine Reaktion von ihr bekommen und wüsstest, ob deine Vermutung zutreffend war.«

Redete sie sich gerade um Kopf und Kragen? Klang ihre Ausrede zu konstruiert?

Carole nickte.

Hatte Aurélie ihren Fauxpas restlos ausbügeln können? Sie musste vorsichtiger mit ihren Äußerungen sein.

»Du hast recht. Ich habe sie nie darauf angesprochen.« Carole zuckte mit den Achseln. »Ehrlich gesagt weiß ich gar nicht, warum. Wahrscheinlich dachte ich, es sei ihr unangenehm.« Sie klang betrübt. »Traurig, oder? Sie war meine Freundin. Und ich habe mich nicht getraut, offen mit ihr zu reden.« Sie schluckte. »Aber, und das habe ich auch der Polizei gesagt, ich glaube, Aurélie war nicht einmal selbst bewusst, warum sie keinem Mann ihr Herz so ganz schenken konnte.«

»Du denkst, sie wollte es sich selbst nicht eingestehen?« Aurélie fühlte sich ertappt. Die Worte brannten ihr auf der Zunge.

»Ja, das glaube ich.« Carole fuhr sich durchs Haar. »Und was hätte es genutzt, wenn sie es vor sich oder mir gegenüber zugegeben hätte? Er ist dein Mann! Vielleicht hatte sie sogar regelrecht Angst davor, es laut auszusprechen.«

Aurélie überlief eine Gänsehaut. Carole hatte sie wahrlich durchschaut.

»Möglich«, murmelte sie mutlos.

»Ich wollte dich nicht traurig stimmen.« Carole schien ihre Betroffenheit zu spüren. »Es tut mir leid. Aber gegen seine Gefühle kann man nun mal nur schwer ankämpfen. Aurélie hätte dir niemals den Mann weggenommen.«

»Ich weiß«, gab Aurélie zurück und biss sich auf die Zunge. Und was hatte sie im Februar und gestern Abend getan?

42

»Verdammt!« Frustriert schlug Jean mit der Faust auf die Tischplatte. »Warum kommen wir nicht weiter?«

Loulou rückte mit ihrem Schreibtischstuhl ein Stück zur Seite. »Wir müssen einfach alles noch mal systematisch durchgehen. Sicher finden wir dann eine Spur, einen Zusammenhang, irgendeine Verbindung.«

Er schüttelte den Kopf und mahlte mit den Kiefern. »Garniers Handyprofil stimmt mit den Aussagen der Zeugen überein«, begann er aufzuzählen und reckte seinen rechten Daumen in die Höhe. »Von den Rezeptionsmitarbeitern des Hotels hat keiner den unbekannten Besucher gesehen, weder beim Betreten des Hotels noch beim Verlassen.« Er streckte seinen Zeigefinger in die Höhe.

»Es ist ein kleines Hotel«, warf seine Partnerin in beschwichtigendem Ton ein. »Der Tresen ist eben nicht rund um die Uhr besetzt.«

»Garniers Laptop weist keinerlei Hinweise auf Cartes oder sonst irgendwelche Männerbekanntschaften auf«, fuhr Jean fort, ohne auf Loulous Bemerkung einzugehen, und streckte auch den Mittelfinger hoch. »Und viertens können wir die Schwester und den Schwager nach wie vor nicht einer Falschaussage überführen.« Er schnaufte.

»Weil sie vielleicht doch die Wahrheit sagen?«, brachte Loulou vorsichtig an.

Grimmig starrte er auf den Aktenberg vor sich. »Nein, sie lügen. Ich bin mir sicher, dass sie irgendetwas vor uns verbergen. Allein die Tatsache, dass das Opfer in der Vergangenheit mit Richaud zusammen war ...« Er sah Loulou in die Augen. »Das ist doch nicht normal.«

Seine Partnerin verdrehte die Augen. »Nein, normal ist es wohl nicht, aber es ist auch nicht zwingend ein Mordmotiv, oder?«

»Pascal Cartes wurde erschossen«, überlegte Jean laut. »Das heißt, wer ihn am Tatabend zu Hause besucht hat, trug eine Waffe mit sich.« Er blinzelte. »Der Mord muss geplant gewesen sein.«

»Davon können wir ausgehen«, stimmte Loulou ihm zu. »Niemand nimmt zu einer Einladung eine Waffe mit.«

»Aurélie Garnier hat sich in besagtem Hotelzimmer mit einer uns unbekannten Person getroffen. Wir gehen davon aus, dass diese auch eintraf und es zu einem Streit kam, in dessen Verlauf das Opfer unglücklich gestürzt ist oder gestoßen wurde und mit dem Hinterkopf auf die Kante der Kommode geprallt ist.«

»Klingt nicht nach einem geplanten Mord«, merkte seine Partnerin an und zog Cartes' Akte zu sich.

»Nein, das war mit Sicherheit nicht geplant«, pflichtete Jean ihr bei. »Doch mit wem hat sie sich getroffen? Ist es möglich, dass jemand aus Cartes' Umfeld auf ihre Spur kam und sie um ein Treffen bat?«

»In einem Hotelzimmer?« Loulou klang skeptisch. »Sicher hätte Garnier sich nicht mit jemand Fremdem in einem Hotel getroffen, wenn sie fürchten musste, dass derjenige ihr wegen des Mordes an Cartes auf die Schliche gekommen war.«

Er nickte notgedrungen. »Du hast recht.«

»Wenn sie Cartes überhaupt umgebracht hat«, brachte Loulou weiter an.

»Du bezweifelst, dass sie es war?«

Sie hob die Schultern. »Noch haben wir keinerlei Verbindung zwischen den beiden. Keine gemeinsame Fortbildung, sie haben nie zusammen gearbeitet ...« Sie verzog die Lippen.

»Wir haben die DNA«, erinnerte Jean sie.

»Ja, die DNA«, murmelte Loulou vor sich hin. »Irgendetwas passt nicht.«

»Und wenn es doch die Schwester und ihr Mann waren?«, lenkte Jean ihre Überlegungen in eine andere Richtung.

»Du meinst, dass Garnier zwar Cartes umgebracht hat, der Mord an ihr selbst aber nichts mit ihrer Tat zu tun hat?« Loulou kratzte sich am Kinn. »Wäre auch möglich.«

Jeans Unzufriedenheit wuchs. »Klingt aber nicht plausibel, oder?«

Sie schüttelte bedauernd den Kopf. »Nein, eher nicht.«

»Das heißt, wir gehen nach wie vor davon aus, dass die beiden Taten zusammenhängen.«

Loulou raufte sich das Haar. »Ich weiß es nicht.« Sie sah zur Decke. »Vielleicht sollten wir noch mal mit den Kollegen aus Béziers reden.«

Jean stimmte ihr zu. »Es bleibt uns wohl nichts übrig, als alle Aussagen erneut zu überprüfen. Wir müssen irgendwas übersehen haben.« Er sah zum Fenster. »Wenn ich nur diese Richauds zu fassen bekäme.«

»An denen hast du dich festgebissen.« Seine Partnerin grinste.

»Die lügen«, beharrte Jean weiter. »Alle beide. Die Alibis sind zu glatt, dieses Heile-Welt-Getue ›Wir haben uns alle lieb‹ nehme ich denen einfach nicht ab. Die Atmosphäre, als wir ihnen die Todesnachricht überbracht haben …« Er kaute auf seiner Unterlippe. »Mit denen stimmt etwas nicht.«

»Aber wir können ihnen nichts nachweisen«, erklärte Loulou nüchtern. »Dass du die beiden nicht leiden kannst, hilft uns in dem Fall leider keinen Schritt weiter.«

Jean winkte ab. »Darum geht es nicht. Charlène Richaud umgibt irgendein Geheimnis.« Er nickte nachdrücklich. »Und ich werde noch herausfinden, welches.«

Loulou wiegte ihren Kopf. »Also, ganz ehrlich, du klingst ja wie ein Verschwörungstheoretiker. Was für ein Geheimnis sollte das sein? Ich habe mir mal einige ihrer Artikel der letzten Monate herausgesucht. Sie schreibt nicht schlecht. Und sie packt heikle Themen an.«

»Soll diese Tatsache sie weniger verdächtig erscheinen lassen?«, fragte Jean voller Spott.

»Nein, das nicht, aber ich wüsste einfach nicht, was sie vor uns verbergen sollte.«

Jean schob sein Kinn vor. »Vielleicht war das Verhältnis der Schwestern nicht so wundervoll, wie uns alle glauben machen wollen.«

»Sie waren Zwillinge.« Loulou schlug Cartes' Akte auf und betrachtete das Foto des attraktiven Mannes. »Er sah gut aus.«

Jean schüttelte den Kopf. »Ist das wichtig?«

»Nein, natürlich nicht. Aber er war ein gut aussehender Mann. Und Aurélie Garnier war auch sehr hübsch.«

»Wir haben also zwei attraktive Opfer«, entfuhr es Jean voller Sarkasmus.

»Vor allem seine Ähnlichkeit mit Bastien Richaud ...« Loulou kniff die Augen zusammen. »Das kann kein Zufall sein. Die Fälle müssen irgendwie zusammenhängen.«

»Heißt das, die Richauds haben doch nichts damit zu tun?« Jean nahm eine Büroklammer und verbog sie geistesabwesend.

»Wir drehen uns im Kreis«, konstatierte Loulou.

»Und das seit Tagen.«

»Wir nehmen uns die beiden noch mal vor«, beschloss seine Partnerin ernst. »Wir stellen sie so lange auf den Kopf, bis wir wissen, ob sie uns belügen oder nicht.«

Jean nickte. »Und wir reden noch mal mit den Kollegen, die den Cartes-Fall bearbeitet haben. Am besten fahren wir hin und sprechen persönlich mit ihnen.«

»Gute Idee«, sagte Loulou. »Ich habe das dumpfe Gefühl, dass wir uns zwar im Kreis bewegen, die Wahrheit auf diese Weise aber mehr und mehr einzingeln können. Vielleicht hängen die Richauds auch in dem Mord an Cartes mit drin. Sie behaupten ja, auch an jenem Abend zu Hause gewesen zu sein. Wenn wir die beiden als unglaubwürdig einstufen, sind beide Alibis nichts wert.«

»Du hast recht. Ich glaube ja auch nicht, dass sie nichts mit den Morden zu tun haben. Wir bleiben an ihnen dran und versuchen, sie weiter in die Enge zu treiben.« Jean streckte seine Beine aus. »Früher oder später knickt einer der beiden möglicherweise ein.«

43

Aurélie stieg vor der Villa aus Charlènes Wagen und sammelte sich kurz. Obwohl sie sich auf dem Nachhauseweg fieberhaft den Kopf darüber zerbrochen hatte, wie sie Bastien die ganze Wahrheit beichten konnte, wusste sie noch immer nicht, wie sie beginnen sollte. Mit zitternden Fingern schloss sie die Haustür auf. Kaum hatte sie den Flur betreten, erschien auch schon Bastien mit finsterer Miene in der Wohnzimmertür. Die Hände hatte er hinter seinem Rücken verborgen.

»Salut, Charlène.« Seine Stimme klang emotionslos.

Aurélies Herzschlag beschleunigte sich schlagartig. Sie hatte gehofft, nicht direkt von ihm überfallen zu werden. »Hallo«, gab sie mit zugeschnürter Kehle zurück.

»Wir müssen reden.«

Sie nickte stumm, während sie ihre Tasche wie in Zeitlupe im Schrank verstaute.

Bastien trat auf sie zu und umfasste ihren linken Oberarm, während er seine andere Hand noch immer hinter seinem Körper hielt.

»Komm.« Er lotse sie ins Wohnzimmer und bedeutete ihr, sich zu setzen. »Wir können so nicht weitermachen.«

Seine Miene wirkte verschlossen. Aurélie konnte nicht erkennen, was in seinem Kopf vorging. Wieder nickte sie nur, da sie noch immer nicht wusste, wo sie ansetzen sollte.

Er ließ sich auf den Sessel ihr gegenüber fallen, ohne zu offenbaren, was er weiter hinter seinem Rücken verbarg. Hatte er etwa das Tagebuch gefunden? Wollte er sie womöglich zur Rede stellen, warum sie derart gehässig über ihn und ihre Familie schrieb?

Aurélie entschloss sich, abzuwarten und spontan zu reagieren. Sie hatte sich für das mehr als heikle Klärungsgespräch eine andere Atmosphäre als die jetzige gewünscht, bei der die Luft vor Anspannung und negativer Energie förmlich vibrierte. Bastien schien etwas entdeckt zu haben, was er offensichtlich dringend mit ihr besprechen wollte und was offenbar keinen Aufschub duldete.

»Hast du mir nichts zu sagen?«

Sie zuckte unter seinem anklagenden Ton zusammen. »Was meinst du?« Aurélie rang um Fassung. Hatte er sie tatsächlich durchschaut?

Langsam zog er seine Hand hinter dem Rücken hervor und legte Aurélies Zeichenblock auf den Tisch zwischen ihnen. Er sagte nichts, sah sie nur unverwandt an.

Aurélie rutschte das Herz in die Hose. Er wusste es! Was sollte sie jetzt sagen? Sie fühlte sich in die Enge gedrängt. Hätte sie doch nur früher den Mund aufgemacht und ihm die verfluchte Wahrheit enthüllt!

»Es tut mir leid«, flüsterte sie mit erstickter Stimme.

Bastiens Gesicht nahm einen verwunderten Ausdruck an. »Es tut dir leid?« Er zog die Brauen hoch und beugte sich zu ihr vor. »Was meinst du damit?«

Sie schluckte. »Ich hätte es dir längst sagen müssen.«

Er fuhr sich über die Stirn. »Von was zum Teufel redest du? Was hättest du mir sagen müssen?«

Nun war es an Aurélie, Verunsicherung zu zeigen. Was sollte das heißen? Er hatte doch ihre Zeichnungen gefunden. »Was ist mit dem ... Block?« Sie zeigte auf die Tischplatte.

»Das wollte ich eigentlich von dir wissen«, herrschte er sie ungehalten an. »Seit wann kannst du so gut zeichnen? Oder ist das der Block deiner Schwester?«

Aurélie schloss die Augen. Er ahnte noch immer nichts! Bastien war lediglich irritiert, weil er den Block gefunden hatte, den sie heute früh auf der Terrasse vergessen hatte.

»Gut«, stieß sie atemlos hervor. »Wir müssen wirklich reden.«

Er legte den Kopf schief und kniff die Augen zusammen, während er sie weiter betrachtete.

Aurélie atmete tief durch. »Du merkst es immer noch nicht«, stellte sie mit bebender Stimme fest.

Bastien schüttelte leicht den Kopf. »Was, bitte schön?«

Wie sollte sie es ihm sagen? Aurélie wurde es abwechselnd heiß und kalt, sie verschränkte ihre Finger ineinander und bemühte sich, das heftige Zittern, das ihren Körper erfasst hatte, zu unterdrücken.

»Du willst dich trennen, oder?«, blaffte er sie an. »Ist es das? Dann musst du es nicht so spannend machen, Charlène. Sag einfach, was du zu sagen hast, und wir finden eine Lösung.«

Aurélie bedeckte das Gesicht mit den Händen und überlegte fieberhaft. Nur mit Mühe konnte sie die Tränen noch zurückhalten.

»Nein, das ist es nicht.«

Er schnaufte. »Was dann?«

»Ich bin nicht …« Sie atmete tief durch. »Ich bin nicht Charlène.«

Bastien wurde kreidebleich. »Wie bitte?«

Sie nickte. »Ich bin nicht Charlène, ich bin Aurélie.«

Er begann den Kopf zu schütteln, sein Blick wurde leer. »Nein!«

»Doch«, hauchte sie kaum hörbar und beobachtete ihn ängstlich.

Auf seinem Gesicht spiegelte sich sein Gefühlschaos. »Nein!«, wiederholte er lauter und sprang auf.

»Es tut mir leid.« Aurélie erhob sich ebenfalls und verfolgte, wie Bastien hektisch durch den Raum tigerte. Noch immer schüttelte er den Kopf, warf ihn abwechselnd in den Nacken, bevor er wieder auf den Boden starrte. »Nein!« Ruckartig blieb er stehen und starrte Aurélie an. »Gestern Abend, das war …«

Sie senkte den Blick. »Das war ich.«

Er blinzelte nervös. »Das kann nicht sein!«

Aurélie wusste nichts zu erwidern.

»Das heißt, nicht du, sondern Charlène …« Erst jetzt schien das komplette Ausmaß von Aurélies Enthüllung seine Gedanken zu erreichen. »Das kann nicht sein! Nein!«

»Es tut mir unendlich leid«, wiederholte Aurélie hilflos. »Ich …«

»Halt den Mund«, herrschte er sie an. »Sei still!«

Sie konnte seine Verzweiflung fast mit den Händen greifen. Er schien das Unfassbare nach wie vor nicht glauben zu können. Ohne ein weiteres Wort stürmte er aus dem Wohnzimmer, öffnete die Haustür und knallte sie lautstark hinter sich zu.

Wie vom Donner gerührt stand Aurélie noch immer vor der Couch. Was sollte sie jetzt tun? Wo war Bastien hingegangen? Würde er auf direktem Weg zur Polizei gehen und ihr Theater auffliegen lassen? Musste sie ihm zuvorkommen? Aurélies Blick fiel auf Charlènes Handy. Es wäre das Beste, wenn sie sofort Capitaine Foummant anrufen und ihn um ein Gespräch bitten würde. Dann konnte die Polizei endlich nach Charlènes Mörder fahnden. Und Aurélie konnte in ihr Leben zurückkehren, sollte sie nicht auf der Stelle wegen massiver Behinderung der Justiz und Identitätsdiebstahl verhaftet werden. Ihr ganzer Körper fühlte sich taub an, ihre Glieder waren schwer wie Blei.

Mit spitzen Fingern griff sie nach dem Block, der noch immer auf dem Tisch lag, und schlug den Deckel auf. Die Zeichnungen der letzten Tage verschwammen vor ihren Augen. Was hatte Bastien gedacht, als er die Abbildungen betrachtet hatte? Hatte er sich gefragt, wie seine Frau an den Block gekommen war? Hatte er sie womöglich sogar verdächtigt, etwas mit Aurélies angeblichem Tod zu tun zu haben? Doch er war es ja, der die Polizei bezüglich seines Alibis belogen hatte. Aurélie konnte kaum noch klar denken. Was ging in diesem Moment wohl in Bastien vor? Sie musste dringend mit ihm reden, musste ihm versuchen zu erklären, wie es zu dieser unsäglichen und völlig irrealen Situation hatte kommen können.

Sollte sie ihm auch erzählen, dass es nicht sie war, die im Februar Pascal Cartes besucht hatte, sondern Charlène? Dann musste sie zugeben, dass sie ihn auch damals schon hintergangen hatte. Dass sie es war, mit der er geschlafen hatte. Aurélie wurde schwindelig. Wie würde er auf diese weitere ungeheuerliche Enthüllung reagieren? Für Bastien musste gerade eine Welt zusammengebrochen sein. Ohne Vorwarnung hatte er erfahren müssen, dass seine Frau nicht mehr lebte und ermordet worden war. Aurélie hätte sich viel besser vorbereiten müssen. Ihn derart zu überfallen ... Das hätte sie nicht tun dürfen. Sie hätte ...

Es war müßig, sich weiter den Kopf darüber zu zerbrechen. Das Einzige, was Aurélie nun blieb, war Schadensbegrenzung. Sie musste versuchen, Bastien Trost zuzusprechen, musste für ihn da sein, wenn er um seine Frau trauerte. Dass er seine Eheprobleme niemals mehr würde klären können, würde ihm genauso zu schaffen machen wie die Tatsache, dass er seine Frau unwissentlich betrogen hatte.

Ekel stieg in Aurélie auf. Was hatte sie nur getan? Sie hätte viel früher die Notbremse ziehen müssen. Hatte sie sich nicht schon vor langer Zeit geschworen, sich von Bastien fernzuhalten? Das war ihr ja hervorragend geglückt.

44

Zwei volle Stunden war Bastien am Strand von Gruissan entlanggelaufen. Seine Gedanken überschlugen sich. Aurélies Enthüllung hatte ihm völlig den Boden unter den Füßen weggezogen. Noch immer verstand er nicht, was da genau geschehen war. Nicht Aurélie war tot, sondern Charlène! Sein Herz zog sich schmerzvoll zusammen. Er konnte es nicht glauben. Seine Frau war ermordet worden. Und Aurélie hatte ihm vorgespielt, sie sei Charlène. Seit wann ging dieses grausame Verwirrspiel? Wann genau hatten die beiden die Rollen getauscht? Und vor allem warum? Es war alles zu viel.

Bastien blickte zum Meer und wartete, bis sich sein galoppierender Herzschlag endlich etwas beruhigt hatte. Wieso log Aurélie die Polizei an? Was hatte sie mit dem Tod ihrer Schwester zu tun? Er spürte, dass irgendetwas an der ganzen Sache nicht stimmen konnte. Wenn er nur an gestern Abend dachte, wurde ihm erneut schwindlig. Er hatte mit Aurélie geschlafen. Und er hatte Charlène betrogen.

Wie in Gottes Namen hatte er nicht merken können, dass er die falsche Frau berührt hatte? Gut, die beiden sahen sich extrem ähnlich. Aber verflucht, Charlène war seine Ehefrau, die er schon tausend Mal in seinen Armen gehalten hatte. Verzweifelt fuhr er sich durchs Haar. Die Erkenntnis traf ihn unvorbereitet. Er musste sich eingestehen, dass er es zum Teil nicht hatte sehen wollen. Schon seit einigen Tagen hatte er sich schließlich über Charlènes verändertes Verhalten gewundert. Und der Sex gestern ... Er durfte gar nicht daran denken. Ja, es hatte sich anders angefühlt als sonst, es war intensiver, zärtlicher, leidenschaftlicher gewesen.

Sofort kam er sich zutiefst schäbig vor. Aber er hätte doch niemals ahnen können, dass der Abend sich deshalb von denen mit Charlène unterschieden hatte, weil er eine andere Frau in seinen Armen hielt. Wie hätte er mit so etwas völlig Irrsinnigem rechnen sollen! Wie sehr hatte er gehofft, dass die neu erwachte Vertrautheit und Nähe, die er bei ... Aurélies Liebkosungen verspürt hatte, auf einen Neubeginn seiner Beziehung mit Charlène hindeuten könnten.

Aurélie! Wie hatte sie das nur tun können? Sie hatte sich von ihm anfassen lassen, und er hatte nicht eine Sekunde lang den Eindruck gehabt, dass es ihr widerstrebt hätte. Bastien schloss die Augen, da sich die Bilder immer stärker vor sein geistiges Auge drängten. Scham und Reue durchströmten ihn. Er musste dringend mit seiner Schwägerin sprechen.

Schweren Schrittes trat er den Heimweg an.

Als er zehn Minuten später die Tür aufschloss, stand Aurélie schon im Flur und sah ihm mit besorgtem Gesichtsausdruck entgegen. »Bastien! Endlich.«

Er hielt kurz inne, bevor er die Tür hinter sich schloss und den Schlüssel auf die Kommode knallte. Ein süßliches »Salut, Aurélie« konnte er sich nicht verkneifen.

»Bastien, bitte lass uns reden!«

Er musterte ihr Gesicht und fragte sich zum wiederholten Mal, wie er den Unterschied nicht hatte bemerken können. Aurélies Gesichtskonturen waren viel weicher als Charlènes, ihre Haut wirkte nicht so blass wie die seiner Frau.

»Wie lang habt ihr mich an der Nase herumgeführt?«, platzte es voller Wut aus ihm heraus. »Habt ihr zusammen über mich gelacht, ja? Der Idiot, der ja nicht mal merkt, dass er eine andere Frau vögelt. Habt ihr euch über mich ausgetauscht?« Er hielt inne. »Halt, nein, Charlène war ja schon tot, als wir ...« Er schüttelte den Kopf. »Das ist krank. Einfach nur krank.« Er trat ins Wohnzimmer und schenkte sich einen Whisky ein.

Aurélie folgte ihm und blieb hinter ihm stehen. »Lass uns bitte vernünftig reden.«

Er drehte sich zu ihr um, während er bitter auflachte. »Vernünftig reden also.« Er forderte sie mit einer Geste auf weiterzusprechen. »Dann los. Reden wir.« Ungläubig fuhr er sich durchs Haar.

Als Aurélie nichts erwiderte, sah er ihr ins Gesicht. »Was ist? Du wolltest reden.«

Ihre Augen begannen zu funkeln. »Du gibst mir die ganze Schuld?« Sie stampfte mit dem Fuß auf. »Warum hast du denn nicht bemerkt, dass ich nicht Charlène bin? Erkennst du deine eigene Frau nicht? Seid ihr euch mittlerweile so fremd? Was war mit gestern Abend? Wie ist es möglich, dass du … dass du mit einer anderen schläfst und den Unterschied nicht fühlst?«

Bastien schob das Kinn vor. »Ich habe den Unterschied …« Hastig brach er ab. »Warum habt ihr das getan?« Angestrengt bemühte er sich, seinen Zorn zu zügeln.

»Warum hast du keinerlei Verständnis für den Job deiner Frau?«, blaffte Aurélie zurück, ohne auf seine Frage einzugehen. »Weißt du eigentlich, dass Charlène Tagebuch geschrieben hat?«

Bastien schüttelte den Kopf, schwieg jedoch, da er das Gefühl hatte, sie wolle noch mehr sagen. Doch sie winkte nur ab und verschränkte die Arme vor ihrem Oberkörper.

»Und hat sie dir erzählt, dass sie in Therapie ist?«, fuhr Aurélie nach sekundenlangem Schweigen fort.

Bastien rang um Fassung. »In Therapie?«

Sie nickte. »Du weißt also gar nichts«, stellte sie mit ruhiger Stimme fest.

»Was soll ich denn wissen? Und warum behauptest du, ich hätte kein Verständnis für ihren Job?«

Ihm fiel auf, dass sowohl Aurélie als auch er in der Gegenwartsform von Charlène sprachen. Diese Tatsache war wahrscheinlich dem Umstand geschuldet, dass keiner von ihnen bisher Charlènes Tod laut ausgesprochen hatte. Bastien nicht, weil er nichts davon wusste, und Aurélie nicht, weil sie aller Welt vorgemacht hatte, sie sei Charlène.

»Anfangs hatte ich auch meine Zweifel, ob Charlène mit ihrer Behauptung die Wahrheit sagte oder ob sie nicht übertrieb, da ich dich in der Vergangenheit anders wahrgenommen hatte«, setzte

Aurélie erneut an. »Aber nachdem ich gesehen habe, was hier los ist ... Welche Atmosphäre zwischen euch beiden herrscht ... Oder willst du etwa leugnen, dass ihr zwei riesige Probleme miteinander habt?«

Wieder stieg Wut in ihm auf. Wie konnte Aurélie es wagen, so mit ihm zu reden? Vor allem nach dem, was sie getan hatte. Er bemühte sich um einen letzten Rest Beherrschung.

»Nein, ich will nicht behaupten, dass bei uns alles in Ordnung war«, erklärte er mit leiser Stimme. »Aber unsere Eheprobleme rechtfertigen mit Sicherheit nicht, dass ihr beiden mich zum Narren haltet. Dass ihr mich hintergeht und belügt. Dass ihr mir etwas vorspielt, was gar nicht real ist.« Er machte eine Pause. »Und ich habe immer Verständnis für Charlènes Job aufgebracht. Ich habe absolut keine Idee, warum du jetzt das Gegenteil behauptest. Du hast keine Ahnung von uns. Von unserer Ehe.«

Aurélie schien mit sich zu ringen. »Warum hat Charlène mich dann gebeten, in ihre Rolle zu schlüpfen?«

Bastien meinte, seinen Ohren nicht zu trauen. »Sie hat dich darum gebeten?«

»Denkst du, ich habe das vorgeschlagen?«, brüllte sie ihn an, während sie sich an die Stirn tippte. »Das Ganze ist doch ... einfach nur grotesk.«

»Grotesk, absurd, krank, nenn es, wie du willst.« Er schüttelte resigniert den Kopf. »Und du hast mir immer noch nicht gesagt, warum ihr das getan habt. Und warum du dich darauf eingelassen hast, wenn dieser Irrsinn tatsächlich auf Charlènes Mist gewachsen ist.«

Mit einem Mal fühlte er sich kraftlos und erschöpft. Seine Frau war tot, und er hatte nichts Besseres zu tun, als sich mit seiner Schwägerin über diese völlig wahnwitzige Situation zu streiten.

Aurélie schien es ähnlich zu gehen. Sie ließ ihre Schultern absacken und wich Bastiens Blick aus. Gedankenverloren kaute sie auf ihrer Unterlippe.

Einen Moment lang hatte er den Eindruck, sie wolle etwas sagen, doch sie blieb stumm.

»Denkst du nicht, wir sollten in Ruhe reden?« Er machte einen Schritt auf sie zu und zwang sie damit, ihn anzusehen. »Was habt ihr getan? Und was ist mit Charlène passiert? Was hat sie in diesem verfluchten Hotelzimmer gesucht? Und warum hast du den ganzen Irrtum nicht sofort aufgeklärt, als die Polizei hier war?«

45

»Bitte sehr.« Bastien reichte Aurélie das Glas mit dem Weißwein und setzte sich auf einen der Loungesessel ihr gegenüber. »Und jetzt bitte in Ruhe. Und von Anfang an«, forderte er sie mit beherrschter Stimme auf, während er die Beine übereinanderschlug.

Aurélie überlegte, wie sie beginnen sollte. Sie entschied sich, ihm zuerst von ihrem Treffen mit Charlène am Morgen des Mordes zu erzählen.

Während sie ihm schilderte, wie sie sich gegen die Idee ihrer Schwester erst versucht hatte zu wehren, dann aber doch klein beigegeben hatte, schüttelte er unentwegt den Kopf. Seine Wangenmuskulatur arbeitete unaufhörlich, Aurélie merkte ihm an, wie sehr er sich zusammenreißen musste, um sie nicht zu unterbrechen und seinen Unmut zu bekunden. Sie berichtete von ihrer wachsenden Sorge, als Charlène nicht wie vereinbart am späten Abend zurückgekehrt war, erzählte von ihren Überlegungen am nächsten Tag, von der Warterei, dass ihre Zwillingsschwester sich endlich melden würde.

»Als die Polizei uns dann über ihren Tod unterrichtet hatte, wollte ich eigentlich sofort die Wahrheit beichten«, berichtete sie weiter und nippte kurz an ihrem Glas. »Ich war völlig am Ende. Als dann plötzlich aber das Szenario ›Mord‹ auftauchte, bekam ich mit einem Mal Bedenken, da ich nicht wusste, wie die Beamten diesen verfluchten Rollentausch auffassen würden. Ich überlegte, welche Auswirkungen das Ganze auf die Ermittlungen haben könnte, dass man sich dann möglicherweise nur noch auf mich konzentrieren würde und ...« Aurélie fasste sich an den Hals.»... und außerdem überkam mich die Angst. Ich wusste schließlich nicht, ob der Anschlag nun Charlène oder mir gegolten hatte. Wenn der Mörder bemerken würde, dass er möglicherweise die Falsche umgebracht hatte ...« Sie atmete tief durch.»Ich hatte nur wenige Sekunden, um eine Entscheidung zu treffen.« Sie hob die Schultern.»Und ich entschloss mich, erst mal meine Rolle weiterzuspielen und abzuwarten.«

Sie erzählte Bastien von ihren Nachforschungen in der Redaktion, von Charlènes aktuellen Projekten, ihrem Stochern im Nebel, dem Treffen mit der Assistentin des Weinguts und den Telefonaten mit den Eltern der missbrauchten Kinder.»Irgendwann war der Zeitpunkt gekommen, wo es plötzlich kein Zurück mehr zu geben schien.« Mit ihrem Zeigefinger fuhr sie nachdenklich über den Rand ihres Glases.»Und spätestens gestern ...« Verlegen senkte sie ihren Blick.»Spätestens gestern wusste ich, dass ich dir endlich die Wahrheit sagen muss.«

Ungläubigkeit spiegelte sich auf Bastiens Gesicht wider.»Und wenn gestern ...« Er räusperte sich.»Wenn gestern nichts passiert wäre ... zwischen uns, hättest du mich weiter im Unklaren gelassen.« Es war keine Frage.

»Nein«, widersprach sie leise.»Nein, ich ... konnte nicht mehr. Schon lange nicht. Ich musste ... Ich brauchte dringend jemanden zum Reden.«

Er lachte bitter auf.»Warum hat sie das getan?«

»Wie bereits erwähnt, sie meinte mir gegenüber, du hättest kein Verständnis dafür, wenn sie dir erklären würde, dass sie abends ein berufliches Interview habe.«

Er fuhr sich übers Gesicht.»So ein Schwachsinn!« Er stand auf und stellte sich ans Geländer, von wo aus man aufs Meer sehen konnte. Kleine Wellen rollten an den Strand, Möwen kreisten über der Brandung. Die Sonne ging gerade unter. Der Himmel über ihnen leuchtete in allen erdenklichen Orange- und Rottönen.

Fasziniert betrachtete Aurélie das Farbspiel.

»Wie kam sie bloß auf diese Schnapsidee? Aus heiterem Himmel.«

Bastien umfasste die Brüstung so fest, dass seine Fingerknöchel weiß hervorstachen. Abrupt drehte er sich um und sah Aurélie fest in die Augen. »Habt ihr das zum ersten Mal gemacht?«

Sie zögerte.

»Ich muss es wissen«, setzte er in nachdrücklichem Ton nach. »Bitte.«

Sie schüttelte den Kopf.

»Nein?« Er legte den Kopf in den Nacken und fluchte lautstark.

Tiefe Scham stieg erneut in Aurélie auf. »Es war das zweite Mal. Es tut mir leid.«

Sekundenlang schloss er die Augen und sagte nichts.

»Was denkst du?«, wagte sie schließlich zu fragen.

Er sah wieder zu ihr herüber. »Ihr habt schon mal getauscht. Im Februar.« Jegliches Gefühl war aus seiner Stimme gewichen. »Stimmt's?« Seine Augen sahen sie flehend an. »Als wir beide in der Dusche …«

Aurélie wandte hastig ihren Kopf ab.

»Aurélie, sag mir endlich die Wahrheit! Das warst auch du, richtig?«

Eine Gänsehaut bildete sich auf ihren Armen. »Ja«, wisperte sie kaum hörbar. »Ja, das war auch ich.«

Bastien schlug sich mit der Hand an die Stirn. »Jetzt wird mir einiges klar.«

Aurélie erhob sich und trat neben ihn. »Was meinst du?«

»Ich wollte …« Er brach ab und sah wieder aufs Meer. »Ich habe Charlène mehrmals auf den Abend im Februar angesprochen. Ich wollte …« Er winkte ab. »Ist auch egal. Jedenfalls hat sie jedes Mal sehr ungehalten reagiert.« Er lachte auf. »Klar, sie wusste ja, dass nicht sie es war, mit der ich …« Er bedeckte sein Gesicht mit den Händen. »So eine verfluchte Scheiße!«

»Du hast mit ihr darüber gesprochen?« Entsetzen packte Aurélie.

Charlène hatte ihr gegenüber mit keinem Wort erwähnt, dass sie über den damaligen Abend Bescheid gewusst hatte. Mit einem Mal erschienen ihr die Zeilen ihrer Schwester in einem ganz anderen Licht. Charlène hatte gewusst, dass Aurélie mit Bastien geschlafen hatte. Und Bastien konnte sie keine Schuld geben, da er nichts davon hatte ahnen können. Wieso hatte Aurélie sich keinerlei Gedanken darüber gemacht? Weil sie gedacht hatte, Bastien und Charlène würden nicht über ihr Liebesleben reden?

»Sie wusste es«, murmelte Aurélie fassungslos. »Und sie hat nichts gesagt.«

»Das ist krank, Aurélie. Hörst du?« Er wandte sich ihr zu und umfasste ihre Oberarme. »Was ihr getan habt, ist total krank. Und es muss aufhören. Sofort!«

Aurélie nickte betreten. »Du willst es der Polizei sagen.«

Seine Augen weiteten sich. »Du etwa nicht?«

»Sie haben uns sowieso schon im Verdacht, dass wir etwas mit Charlènes Tod zu tun haben. Wenn wir ihnen jetzt auch noch sagen, dass ich gar nicht Charlène bin, dass sie tot ist … Sie haben Caroles Aussage, dass ich möglicherweise noch nicht über dich hinweg war. Sogar eine Affäre unterstellen sie uns indirekt. Ich bin mir sicher, wenn wir ihnen jetzt sagen, dass ich tagelang mit dir hier im Haus gelebt habe … obwohl Charlène erst vor Kurzem ermordet wurde … Dass wir sie angelogen haben …«

»Ich wusste nichts davon! Schon vergessen?«, blaffte Bastien dazwischen.

»Ich weiß das«, gab Aurélie in ruhigem Ton zurück. »Aber ich bin mir nicht sicher, was die Polizei glaubt. Selbst wenn ich ihnen sage, du wusstest von nichts … Sie haben uns beide im Verdacht, denken, wir stecken unter einer Decke.« Als sie die Zweideutigkeit ihrer Worte bemerkte, ergänzte sie eilig: »Also sinnbildlich gesehen.«

Bastien raufte sich die Haare. »Scheiße!« Er presste beide Hände an die Schläfen. »Scheiße! Scheiße! Scheiße!« Dann sah er wieder zu Aurélie. »Wie kommen wir da je wieder raus?«

»Wir müssen Charlènes Mörder finden. Damit stehen wir dann nicht länger unter Verdacht.«

Er lachte und wedelte mit den Händen. »Klar, nichts einfacher als das.« Dann schüttelte er den Kopf. »Geht's noch? Wir sind nicht die Polizei. Wie sollen wir herausfinden, mit wem Charlène in diesem Hotelzimmer war?«

»Ich bin schon dabei«, erwiderte Aurélie zögernd. »Ich arbeite gerade ihre aktuellen Projekte durch und … hoffe, dabei einen Hinweis zu finden.«

»Du denkst, es war jemand aus ihrem beruflichen Umfeld?«

»Ich weiß es nicht«, gab Aurélie zu. »Ich weiß mittlerweile gar nichts mehr. Aber irgendwo muss ich ja ansetzen. Ich habe auch keine Ahnung, was Charlène mit diesem Cartes zu tun hatte.« Sie machte eine Pause. »Der Mann sah dir übrigens auffallend ähnlich.«

»Was?«, platzte es aus Bastien heraus. »Das wird ja immer besser.«

»Charlène war nicht die, für die wir sie gehalten haben«, fuhr Aurélie ungerührt fort. »Du musst ihr Tagebuch lesen. Sie hat uns beide regelrecht gehasst. Und diese Therapie …«

»Ich verstehe das alles nicht …« Bastien klang verzweifelt. »Es ist … Warum hat sie uns gehasst?«

»Ich weiß es nicht«, gab Aurélie zu. »Ich verstehe vieles selbst noch nicht. Aber ich bin mir sicher, dass wir, wenn wir herausfinden, was mit Charlène los war, auch ihren Mörder finden können. Irgendwie hängt das alles zusammen.«

»Und du denkst tatsächlich, das funktioniert?« Auf Bastiens Gesicht erkannte sie tiefe Skepsis. »Du willst der Polizei weiter vorspielen, du seist Charlène. Das heißt im Umkehrschluss, Foummant und David suchen weiter nach deinem Mörder.«

»Das Risiko müssen wir eingehen«, beschwor sie ihn. »Wenn wir jetzt die Wahrheit enthüllen, konzentrieren sich ihre Ermittlungen mit Sicherheit nur noch ausschließlich auf uns. Und der wahre Mörder kommt möglicherweise sogar davon.«

»Das heißt, wir sitzen in der Falle?« Er schnaufte.

Aurélie zeigte zu dem sich verdunkelnden Horizont. »Als Falle würde ich diesen Ausblick nicht wirklich bezeichnen.«

»Mir ist nicht nach Scherzen zumute«, gab Bastien ungehalten zurück.

»Mir auch nicht«, räumte sie ein. »Aber welche Alternative bleibt uns? Je schneller wir den Täter ausfindig machen können, umso schneller kann jeder von uns wieder sein Leben weiterleben.«

»Ein Leben als Witwer«, presste Bastien zwischen seinen Lippen hervor.

»Es tut mir leid.« Aurélie legte eine Hand an seinen Unterarm. »Ich kann es selbst immer noch nicht wirklich glauben, dass sie tot ist. Wenn du aber ihre Worte liest … Mittlerweile glaube ich, wir haben uns beide sehr in ihr getäuscht.«

46

Obwohl Aurélie wegen ihrer Beichte Bastien gegenüber nach wie vor ein schlechtes Gewissen hatte, durchströmte sie auch Erleichterung, als sie ins Obergeschoss hinaufstieg. Sie hatte ihm endlich die Wahrheit gesagt. Zumindest hier im Haus musste sie sich nun nicht mehr verstellen. Sie hatte ihm alles erzählt, was sie wusste. Sollte er sich nun doch dafür entscheiden, der Polizei reinen Wein einzuschenken, musste sie das eben hinnehmen und auf das Beste hoffen. Eigentlich ging sie aber davon aus, dass er sich an das soeben Vereinbarte halten würde.

Nachdem sie sich alles von der Seele geredet hatte, war betretenes Schweigen zwischen ihnen entstanden. Aurélie hatte gespürt, dass Bastien das Ausmaß des gerade Gehörten noch nicht wirklich verarbeitet hatte. Und da sie vermeiden wollte, dass er sie auf ihre Beweggründe ansprach, warum sie ihn zweimal nicht abgewiesen hatte, hatte sie sich unter dem Vorwand, etwas Ruhe zu brauchen, verabschiedet. Sie musste dringend weiter in Charlènes Tagebuch lesen, musste endlich herausfinden, was genau mit ihrer Schwester nicht gestimmt hatte.

Sie holte das Tagebuch hervor und legte sich aufs Bett. Bevor sie zu lesen begann, hörte sie, wie unten eine Tür geöffnet und geschlossen wurde. Bastien hatte sich also in sein Büro zurückgezogen. Sicher benötigte er ebenfalls Abstand von allem. Außerdem musste er für sich erst mal den Tod seiner Frau verarbeiten.

Noch heute zehre ich davon, der rehäugigen Kuh Bastien weggeschnappt zu haben. Auch wenn das Leben mit diesem Langweiler eine Tortur ist, allein das Ergebnis zählt. Und seit Aurélie erkennen musste, dass der Mann ihrer Träume sie nicht so geliebt hat, wie sie sich das in ihrem naiven Hirn gewünscht hätte, hangelte sie sich von einer halbherzigen Beziehung zur anderen. Ich kann ehrlich behaupten, dass ich gerade mit Genugtuung verfolge, wie sie sich in Jules' Gegenwart windet. Wie gern würde sie ihn so lieben wie Bastien, diesen Softi. Doch der Gute ist ja schließlich anderweitig vergeben, und meine heilige Schwester wird sich ihre dreckigen Finger nie wieder an ihm verbrennen können. Hach, manchmal ist das Leben einfach schön. Ich liebe es, wenn sich alles wie von selbst fügt, ohne weiteres Zutun, ohne Mühe, wie von Zauberhand. Auf einer Feier einer Bekannten hat sie Jules kennengelernt, wenn ich mich richtig erinnere. Ach, letztlich interessieren mich solche belanglosen Details ja nicht. Was zählt, ist wie gesagt das Ergebnis. Und dieses erfreut mein Herz sehr.
Jules ist der fünfte Mann nach Bastien. Wenn meine liebe Schwester mir versucht weiszumachen, was für ein toller Hengst dieser Kerl ist, muss ich mich jedes Mal zusammenreißen, um nicht laut loszulachen. Wem will sie eigentlich einen Bären aufbinden? Mir oder doch eher sich selbst? Nie im Leben nehme ich ihr die Begeisterung für diesen nichtssagenden Kerl ab. Gut, sie hatte noch nie einen guten Geschmack, auch die anderen Typen haben es kaum geschafft, nachhaltig Eindruck zu hinterlassen. Aber Jules ... Dieser Kerl setzt der gepflegten Langeweile wahrlich die Krone auf. Mal sehen, wie lange sie sich noch mit ihm herumquält. Ich gebe den beiden keine drei Monate, aber wer weiß ...
Gerade muss ich an einen ihrer anderen Begleiter denken. Begleiter! Jetzt muss ich wirklich kurz lachen. Er hieß Thomas, meine ich. Ein Schweizer. Ich erinnere mich noch an einen gemeinsamen Abend, als mein Göttergatte und ich mit

Aurélie und Thomas bei der Pfingst-Feria in Nîmes waren. Bei dem großen Fest rund um den Stierkampf und die Zucht der Tiere finden alljährlich diverse Konzerte statt. Und auf einem davon waren wir zu viert. Ich glaube, es war vor zwei Jahren. Die Stimmung war ausgelassen.
Zuerst hatte ich überhaupt keine Lust auf den Abend, doch dann dachte ich mir, dass es ja ganz nett sein könne, die neue Beziehung meiner Schwester ein wenig zu torpedieren. Spaß muss schließlich sein. Nun, der Abend nahm seinen üblichen Gang. Und wie immer, wenn Aurélie sich in Bastiens Nähe befand, benahm sie sich wieder einmal einfach nur widerlich. Anbiedernd, peinlich, zum Fremdschämen. Doch mein Mann hat ihr Spiel wie schon so oft einmal mehr nicht durchschaut und sich vor meinen Augen von ihr anbaggern lassen.
Ich hätte kotzen können! Irgendwann habe ich mir vor lauter Wut auf die beiden dann Thomas gekrallt und ihn gefragt, ob wir Getränke besorgen sollen. Dieses armselige Geturtel meiner Schwester konnte ich mir keine Minute länger ansehen. Es war die Hölle los auf dem Festivalgelände, wir kamen kaum an die Getränkewagen heran, sodass wir uns entschlossen, kurz den Konzertbereich zu verlassen, um außerhalb etwas zu holen. Einen Rucksack hatten wir dabei, daher gingen wir davon aus, die Flaschen problemlos zurück aufs Konzert schmuggeln zu können. Was soll ich sagen? Es bedurfte keiner großen Kunst, Thomas zu locken. Wir verzogen uns in einer einsamen Seitengasse hinter eine Mauer. Ich würde lügen, wenn ich jetzt behaupten würde, es sei der Sex meines Lebens gewesen. Doch schlecht war es auch nicht. Wir brauchten keine zehn Minuten, holten dann hastig die Getränke in einem kleinen Supermarkt und kehrten zu Bastien und Aurélie zurück. Auf dem Rückweg verlor keiner von uns auch nur ein Wort über das Geschehene. Was hätten wir auch sagen sollen? Wir hatten unseren Spaß, nicht mehr und nicht weniger. Während Thomas mir im Laufe des Abends immer wieder vielsagende Blicke zuwarf, verfolgte

ich zufrieden Aurélies armselige Flirtversuche. Wenn die Gute wüsste ... Jedes Mal, wenn sie mich ansprach, musste ich mich regelrecht zwingen, ihr nicht offen ins Gesicht zu lachen und ihr zu erzählen, was ihr guter Thomas hinter ihrem Rücken trieb. Ach, die Menschen sind ja so durchschaubar. Ich wundere mich immer wieder über die Gutgläubigkeit der Leute.

Aurélie musste würgen. Eilig sprang sie vom Bett auf und stürzte ins Bad. Vor der Toilette ging sie auf die Knie und beugte ihren Kopf über die Schüssel. Sie spuckte Galle, bis ihr Magen leer war. Zitternd blieb sie auf dem Boden sitzen und wischte sich über den Mund. Sie konnte nicht glauben, was ihre Schwester da geschrieben hatte. Warum hatte sie Aurélie nur dermaßen gehasst? Aurélie konnte sich noch gut an den beschriebenen Abend erinnern. Und sie wusste noch ebenso genau, dass sie nach dem Konzert mit Thomas geschlafen hatte. Dieser verdammte Mistkerl! Und Charlène? Hatte sie etwa auch Aurélies andere Freunde verführt? Die Erkenntnis, dass Charlène nicht die gewesen war, für die Aurélie sie gehalten hatte, schmerzte sie tief in ihrem Inneren. Warum?

Mit wackligen Knien erhob sie sich wieder, schleppte sich ins Schlafzimmer zurück und ließ sich aufs Bett sinken. In ihrem Kopf drehte sich alles, ihr Magen fühlte sich flau an. Sie schloss die Augen und bedeckte die Stirn mit der rechten Hand.

»Aurélie?«, ertönte Bastiens Stimme von unten.

»Ich bin ...« Sie bekam kaum einen Ton heraus. Nachdem sie sich geräuspert hatte, setzte sie erneut an. »Ich bin hier oben.«

Sie hörte Bastiens Schritte auf der Treppe, bevor er in der Tür erschien.

»Ich habe ...« Er musterte sie. »Was ist los?«

Aurélie schüttelte den Kopf. »Es geht mir nicht gut.«

Er trat näher und schien nicht recht zu wissen, wie er sich verhalten sollte. »Was kann ich tun?«

»Nichts«, erwiderte sie leise. Dann schob sie ihm das aufgeschlagene Buch hin. »Lies das.«

»Was ist …?« Er kniff die Augen zusammen. »Ist das ihr Tagebuch?«

Aurélie nickte nur.

Während er den Abschnitt las, schloss sie erneut die Augen und versuchte, den Schwindel zu verdrängen.

»Das …« Bastien fluchte. »Hat sie das wirklich geschrieben?«

Aurélie sah ihn an. »Wer denn sonst?«

Er erwiderte ihren Blick. »Ich fasse es nicht.«

»Ich auch nicht.«

»Sie hat … auf dem Konzert … Sie hat mit deinem Freund gevögelt und sich an unserem Unwissen ergötzt.« Er fasste sich an die Nasenwurzel. »Wer war diese Frau?«

»Genau das frage ich mich auch seit Tagen.« Aurélie versuchte sich aufzusetzen.

»Sie hat mich betrogen.«

Dass er sie ebenfalls betrogen hatte, erwähnte Aurélie nicht. Im Gegensatz zu seiner Frau hatte Bastien es nicht wissentlich getan.

Er schob ihr einen Zettel hin. »Das ist die Adresse von Pascal Cartes.«

Überrascht sah Aurélie ihn an. »Woher …?«

Er winkte ab. »Frag nicht. Ich habe einen Bekannten, der mir noch einen Gefallen schuldete.«

»Was machen wir jetzt?«

»Wir fassen Charlènes Mörder«, erklärte er lapidar. »Um ihn der Polizei auszuliefern und um ihm ein Dankesschreiben zu schicken.«

47

Als Aurélie der Duft frischen Kaffees in die Nase stieg, blinzelte sie und sah, dass die Sonne bereits hoch am Himmel stand und ins Wohnzimmer schien.

»Bonjour.« Bastien trat vor die Couch. »Warum hast du hier unten geschlafen?«

Sie schob die Decke zurück und setzte sich auf. Verlegen zupfte sie an ihrem T-Shirt. »Es schien mir nicht … passend, oben … neben dir …«

Einige Sekunden lang musterte er sie schweigend, bevor er nickte. »Wollen wir frühstücken?«

»Ja, ich möchte nur kurz erst …« Sie zeigte zur Treppe.

»Geh duschen. Ich bereite alles vor.« Unschlüssig blieb er vor dem Sofa stehen, drehte sich dann aber um und kehrte in die Küche zurück.

Nachdem Aurélie sich zehn Minuten später abgetrocknet hatte, betrat sie das Schlafzimmer und stellte sich vor Charlènes Kleiderschrank. Mit Widerwillen ließ sie ihren Blick über die Kleidung ihrer Schwester wandern. Sie sehnte sich einfach nur nach einer bequemen Shorts und einem gemütlichen T-Shirt. Charlène hatte stets viel Wert auf ihre Kleidung gelegt. Aurélie konnte sich nicht erinnern, ihre Schwester jemals in Jogginghosen oder Ähnlichem angetroffen zu haben.

»Was ist los?« Bastien trat lautlos hinter sie.

Aurélie zog ihr Handtuch fester um ihren Körper. »Ich … finde nichts zum Anziehen.«

Bastien sah sie von der Seite an und runzelte die Stirn. »Echt jetzt?«

»Ich möchte etwas Bequemes, immer diese eleganten Kleider, diese Blusen …« Sie rümpfte die Nase. »Damit fühle ich mich einfach nicht wohl.«

Bastien öffnete seinen Schrank und zog ein weißes T-Shirt hervor. »Das ist mir etwas zu eng, vielleicht passt es dir ja.«

Aurélie zögerte einen Moment, bevor sie es entgegennahm. »Danke.«

»Kurze Hosen?« Er lächelte.

Sie nickte.

Er kramte einen Augenblick in seinem Schrank und zog dann eine rote Shorts hervor. »Wird nicht wirklich vorteilhaft aussehen, aber du kannst den Bund zusammenziehen.«

Aurélie nahm auch die kurze Hose und legte sie aufs Bett.

Als Bastien abwartend stehen blieb, deutete sie auf seine Klamotten. »Ich würde mich dann ...«

»Ach so, ja.« Er lachte verlegen. »Klar. Ich warte unten.«

Keine drei Minuten später betrat Aurélie die Küche.

»Super«, befand er, während er sie prüfend betrachtete. »Passt wie angegossen.«

Aurélie verzog das Gesicht. Dann hob sie ihr T-Shirt und zeigte ihm den Bund der Shorts. »Nicht ganz, aber es ist okay.«

Er grinste.

Sie setzte sich auf einen der Hocker. »Zumindest ist es hundertmal besser als Charlènes Schickimicki-Garderobe.« Im nächsten Moment schlug sie ihre Hand vor den Mund. »Entschuldige bitte. Das hätte ich nicht sagen sollen.«

Er zuckte nur mit den Schultern. »Ich glaube, es ist mittlerweile ziemlich egal, was wir sagen oder nicht sagen. Wenn ich nur daran denke, was ich gestern Abend in diesem Buch gelesen habe ...«

»Ich habe das Gefühl, als hätte ich Charlène überhaupt nicht gekannt«, erklärte Aurélie, während sie sich ein Croissant aus dem Brotkorb nahm. »Es ist ein einziger verdammter Albtraum!«

»Ich verstehe es immer noch nicht«, bekannte auch Bastien. »Wir hatten Probleme miteinander, das will ich gar nicht beschönigen, aber ...« Er nahm einen Schluck von seinem Kaffee. »Ich hätte sie niemals betrogen.« Er unterbrach sich. »Nicht wissentlich.« Hastig wandte er seinen Blick ab.

Wieder überkamen Aurélie Scham und ein schlechtes Gewissen. Die Atmosphäre zwischen ihnen vibrierte, die Spannung war fast mit den Händen greifbar. Doch Aurélie traute sich nicht, die ungeklärte Situation zwischen ihnen anzusprechen. Sie durfte ihm niemals sagen, wie es wirklich in ihrem Inneren, in ihrem Herzen aussah. Egal, was geschehen war, Bastien war der Mann ihrer Schwester.

Sie räusperte sich. »Ich vermisse meine Malutensilien.«

Überrascht sah er sie wieder an. Spiegelte sich auf seinem Gesicht Erleichterung wider? Darüber, dass Aurélie so scheinbar nebenbei das Gespräch von dem heiklen Thema auf etwas Unverfänglicheres gelenkt hatte?

»Du hast doch den Block.«

Sie atmete aus. »Ja, aber das ist kein Ersatz … Daheim stehen mehrere Leinwände, die ich weiter bearbeiten müsste.«

»Wie willst du da rankommen? Die Polizei würde wissen wollen, was du damit anfangen möchtest.«

Aurélie nickte ergeben. »Das ist mir klar. Es würde nur Verdacht erwecken. Aber … ich bin so unruhig. In den letzten Jahren ist kein Tag vergangen, an dem ich nicht gemalt habe. Und jetzt?« Sie hob ihre Hände. »Meine Finger kribbeln, sie wollen beschäftigt werden. Und ich … mein Verstand, meine Seele braucht endlich wieder Kreativität.«

»Das klingt sehr schön«, erwiderte Bastien mit einem Lächeln.

»Es fühlt sich aber nicht schön an«, entgegnete Aurélie resigniert. »Mein Leben fehlt mir.«

»Es war dein Vorschlag«, erinnerte Bastien sie sanft.

Sie seufzte. »Ich weiß. Und mir fällt auch weiterhin keine bessere Lösung ein. Wenn wir den Beamten die Wahrheit sagen, nehmen sie uns mit Sicherheit noch stärker ins Visier.«

»Du könntest tatsächlich recht haben.« Er bestrich sich ein Baguette mit Butter. »Was würden sie erst sagen, wenn sie Kenntnis von diesem unsäglichen Tagebuch hätten?«

»Würde uns das nicht noch mehr belasten?«, überlegte Aurélie und sah ihn an. »Die verhasste Schwester und der verschmähte Ehemann … Wir könnten sie aus Rache getötet haben.«

»Haben wir aber nicht«, gab Bastien hörbar wütend zurück.

»Ich gehe morgen zu Charlènes Therapeutin«, verkündete Aurélie in der Hoffnung, seinen Zorn wieder besänftigen zu können. »Ich hatte sie gebeten, mir eine erste Einschätzung zu den Erfolgsaussichten der Behandlung zu geben.«

»Hat sie sich über deine Bitte nicht gewundert?«

»Ich glaube nicht. Sie wirkte zwar überrascht, aber es ist doch nicht ungewöhnlich, dass ich als Patientin wissen möchte, wo sie mich aktuell sieht, oder?«

Bastien verzog das Gesicht. »Keine Ahnung. Ich kenne mich mit so etwas überhaupt nicht aus.«

»Ich auch nicht«, gab Aurélie zu. »Aber einen Versuch ist es allemal wert.«

»Was ist mit der Redaktion?«, wollte er von ihr wissen und nahm einen Schluck Kaffee.

»Da gehe ich morgen auch hin.« Aurélie sah zur Terrassentür. Die Palmwedel im Garten wogten leicht im Wind. Am Himmel zogen dünne Schleierwolken vorüber.

»Es ist gefährlich«, merkte Bastien an und fixierte sie mit seinen blauen Augen.

Aurélie musterte ihn und musste augenblicklich an den vorgestrigen Abend denken. Hastig verdrängte sie die Sehnsucht, die sich in ihrem Körper auszubreiten drohte.

»Nichts zu tun, ist auch gefährlich.« Ihre Stimme klang belegt. »Da draußen läuft ein Mörder frei herum.«

Bastien presste die Lippen aufeinander. Dann nickte er. »Du hast recht. Je schneller wir aus dieser irrsinnigen Situation herauskommen, umso besser.« Er hielt inne. »Was ist mit ihrer Beerdigung?«

»Charlène wurde noch nicht freigegeben«, erklärte Aurélie leise. »Sie sagen mir Bescheid, da sie ja denken, sie sei ich. Als Ehemann wärst du wohl eher der eigentliche Ansprechpartner.«

Er erwiderte nichts.

»Sobald sich die Polizei deshalb bei mir meldet, muss ich ein Beerdigungsinstitut beauftragen.« Sie schüttelte den Kopf. »Nicht ich, wir. Wir müssen versuchen, die Beisetzung so lange wie möglich hinauszuzögern. Auf keinen Fall können wir sie als Aurélie beisetzen lassen. Spätestens dann muss ich meine Rolle aufgeben. Daher sollten wir keine Zeit mehr verlieren.«

Bastien nickte entschlossen. »Dann werden wir uns gleich jetzt an die Arbeit machen. Beginnen wir doch bei Pascal Cartes. Was hatte meine geliebte Gattin mit diesem Kerl zu schaffen?« Sein Sarkasmus war nicht zu überhören.

48

Auf dem Weg nach Béziers sprachen Aurélie und Bastien kaum ein Wort miteinander. Aurélie hing ihren Gedanken nach und fragte sich, was sie da gerade taten. Sicher hatte die Polizei doch bereits die gleichen Schlüsse gezogen. Wäre es nicht besser, ihnen die Arbeit zu überlassen?

»Was machen wir da eigentlich?«, stellte Bastien in diesem Moment die gleiche Frage.

»Wir versuchen, Charlènes Mörder zu finden.« Aurélie sah aus dem Beifahrerfenster und ließ die Landschaft an sich vorbeiziehen.

»Wir sind keine Polizisten«, widersprach Bastien. »Vielleicht ist es eine Schnapsidee, zu Cartes' Adresse zu fahren.«

Aurélie sah ihn an. »Foummant behauptet, dass Charlène diesen Mann umgebracht hat. Dass deine Frau eine Mörderin ist … war.«

»Ich hatte es so verstanden, dass sie nur annehmen, dass sie irgendwann in seinem Haus gewesen ist.« Er starrte weiter auf die Fahrbahn.

»Aber woher sollte Charlène Cartes gekannt haben?« Aurélie schüttelte den Kopf. »Da stimmt einiges nicht.«

»Vielleicht hatte er etwas mit ihren Recherchen zu dem Rektor zu tun, dem der Kindesmissbrauch vorgeworfen wird. Immerhin war Cartes Lehrer. Er könnte ihn gekannt haben«, mutmaßte Bastien.

»Dieser Muller? Nein, das habe ich schon überprüft. Cartes und Muller haben nie zusammen an einer Schule gearbeitet. Zumindest beruflich scheinen sie nichts miteinander zu tun gehabt zu haben.«

»Und wenn sie trotzdem gemeinsame Sache gemacht haben?«, ließ Bastien nicht locker.

Aurélie zögerte. »Ich sehe mir morgen ihre Notizen noch mal genauer an. Das würde natürlich zumindest erklären, warum sie bei ihm zu Hause war.« Sie hielt inne. »Aber ich kann mich nicht erinnern, den Namen Cartes in ihren Unterlagen gelesen zu haben.«

»Du willst morgen wirklich in die Redaktion?« Bastien warf ihr einen kurzen Blick zu. »Ich halte das nach wie vor für Wahnsinn.«

»Hatte ich dir doch gesagt«, gab Aurélie abwesend zurück.
»Cartes hat unterhalb der Kathedrale gewohnt. Place des Bons Amis«, las Aurélie vor, ohne weiter auf Bastiens Bedenken einzugehen.

»Dann parken wir in der Avenue Alphonse Mas und gehen den Rest zu Fuß.«

Aurélie nickte. »Ohne Auto fallen wir auch nicht so auf.«

Zwanzig Minuten später lenkte Bastien den Wagen in eine just im Moment ihres Ankommens frei werdende Parklücke. »Glück muss der Mensch haben.« Er grinste schwach.

»Manchmal.«

Sie stiegen aus und machten sich auf den Weg Richtung Kathedrale Saint-Nazaire. Das Viertel war geprägt von alten, kleinen mehrstöckigen Stadthäusern, die sich dicht an dicht aneinanderdrängten.

Als sie an dem kleinen beschaulichen Platz ankamen, sahen sie sich suchend um. An einer der Ecken befand sich eine kleine Crêperie, direkt gegenüber einem heimeligen Café.

Aurélie zeigte zu den Gastronomiebetrieben. »Sollen wir dort anfangen?«

Bastien zuckte mit den Achseln. »Meinetwegen.« Er klang wenig begeistert.

»Wollen wir lieber abbrechen?« Sie musterte ihn. Sein Gesicht wirkte müde und ausgelaugt.

»Nein, jetzt sind wir hier. Dann ziehen wir es auch durch.« Seine Mundwinkel zuckten. »Ich glaube nur nicht, dass wir hier wirklich weiterkommen.«

Aurélie stöhnte. »Ein bisschen mehr Optimismus, bitte.«

Er schnaufte. »Ich bemühe mich.«

Sie steuerten auf das Café zu, in dessen überschaubarem Außenbereich drei kleine Tische besetzt waren. Der Besitzer stand in der Tür und sah ihnen entgegen. »Bonjour, die Herrschaften!«

Sie grüßten zurück und traten näher.

»Dürften wir Sie etwas fragen?«, begann Aurélie zaghaft.

Der Gastronom zog die Brauen hoch. »Um was geht es?«

Sie zeigte ihm ein Foto von Charlène. »Es geht um Pascal Cartes«, sagte sie. »Haben Sie ihn jemals mit dieser Frau gesehen?«

Der ältere Mann runzelte die Stirn und sah von Bastien zu Aurélie. »Was soll das? Wollen Sie mich auf den Arm nehmen?«

Aurélie verzog das Gesicht. »Das ist meine Zwillingsschwester.«

»Ihre Zwillingsschwester?« Er klang wenig überzeugt. »Und Sie sind Pascals Bruder?«

Bastien verneinte. »Die Ähnlichkeit zwischen uns ist purer Zufall.«

Der Cafébesitzer blinzelte. »Ein Zufall also?« Dann schüttelte er den Kopf. »Was wollen Sie?«

»Es geht um meine Schwester«, setzte Aurélie erneut an. »Sie wurde vor Kurzem ermordet. Genauso wie Monsieur Cartes. Und die Polizei hat nun herausgefunden, dass die beiden sich offensichtlich gekannt haben.«

»Dann lassen Sie die Beamten Ihren Job machen«, murrte der Gastronom unwillig.

»Sie war meine Schwester«, wiederholte Aurélie in eindringlichem Ton. »Und ich möchte lediglich herausfinden, was sie mit Monsieur Cartes zu schaffen hatte.«

»Pascal ist seit Februar tot. Der hat sicher nichts mit dem Tod Ihrer Schwester zu tun«, gab der Mann patzig zurück.

»Haben Sie die beiden je zusammen gesehen?« Noch wollte Aurélie nicht aufgeben.

»Nein, habe ich nicht.« Er wedelte mit der Hand. »Und jetzt verschwinden Sie von hier.«

Aurélie bedankte sich, bevor Bastien sie am Arm packte und sie zwischen den Tischen hindurch weglotste. »Das hat uns ja nun richtig weitergeholfen.«

Aurélie verdrehte die Augen. »Es war der Erste. Wir versuchen es einfach weiter.«

Doch auch in der Crêperie konnte ihnen niemand weiterhelfen. Die Angestellten kannten Pascal Cartes zwar, hatten ihn aber ebenfalls nie mit Charlène zusammen gesehen.

Aurélie zeigte auf Cartes' Wohnhaus. »Versuchen wir es bei den direkten Nachbarn. Vielleicht ist denen Charlène aufgefallen.«

Bastien nickte nur und folgte Aurélie über den Platz. Der Hauseingang des dreistöckigen Gebäudes befand sich hinter einem prachtvoll blühenden Rhododendronstrauch. Schmale Balkone mit schmiedeeisernen Geländern zierten die helle Fassade. Die Klappläden an den Fenstern waren ausnahmslos geschlossen. Die Vormittagssonne brannte auf die Mauern.

Aurélie ließ ihren Finger über die vier Namensschilder wandern. Eines war leer. »Das war wohl Cartes' Wohnung.«

Sie zögerte kurz, bevor sie auf die Klingel mit dem Namen »Lunot« drückte. Keine fünf Sekunden später summte der Türöffner. Bastien drückte gegen die Tür und ließ Aurélie vor ihm eintreten. Cartes hatte im ersten Stock gewohnt. Die Familie Lunot lebte im Erdgeschoss.

Eine Tür wurde vor ihnen geöffnet, und eine ältere Frau trat heraus. »Ja, bitte?«

Erneut stellte Aurélie sich und Bastien vor, zeigte Charlènes Foto und erklärte der Nachbarin ihr Anliegen.

»Zwillingsschwester, sagen Sie«, murmelte die Frau, die nur einen zerschlissenen Bademantel trug. »Die sieht aus wie Sie!«

Aurélie wechselte einen Blick mit Bastien und verzog ihr Gesicht. »Ja, wir sind ... waren eineiige Zwillinge.«

Madame Lunot nickte.

»Haben Sie sie hier schon mal gesehen?«, mischte sich Bastien ins Gespräch.

Die Ältere schüttelte den Kopf. »Mit Sicherheit nicht. Pascal war ... Der war oft allein. Er hatte keine Frau. Und wenn er mal das Haus verließ, fand man ihn bei Gérard.« Sie deutete mit dem Kinn Richtung Eingangstür. »Der hat das Café schräg gegenüber.«

»Er hatte keine Freundin?«, hakte Aurélie nach.

Wieder schüttelte Madame Lunot den Kopf. »Nee, ich glaube aber, dass er gern eine gehabt hätte. Er machte oft einen traurigen Eindruck. Pascal war ja Lehrer, hat gut verdient, aber ...« Sie blickte zu Boden. »Nett war er, der Pascal.« Dann sah sie wieder von Aurélie zu Bastien. »Sein Mörder wurde bis heute nicht gefunden. Eine Schande ist das, sage ich Ihnen.« Sie schob ihr Kinn vor. »Wer macht denn so was?«

»Hat er Ihnen gegenüber jemals den Namen Férdinand Muller erwähnt?«, versuchte Aurélie einen letzten Vorstoß.

»Nie gehört«, gab die Nachbarin zurück. »Wer soll das sein?«

»Ein Kollege von Monsieur Cartes«, antwortete Bastien vage.

Sie überlegte. »Er hat oft über seine Arbeit gesprochen. Über die Schule, die Schüler, aber an den Namen kann ich mich nicht erinnern.«

Nachdem sie alle Fragen, die ihnen einfielen, geklärt hatten, bedankten sie sich bei der Frau und verließen das Gebäude wieder. Die anderen Nachbarn waren entweder nicht zu Hause oder öffneten zumindest nicht die Tür.

»Das war wohl nichts«, merkte Aurélie an Bastien gewandt an, während sie zu ihrem Wagen zurückgingen.

»Wir sind keine Polizisten. Ein Wunder, dass die Nachbarin überhaupt mit uns geredet hat. Genauso gut hätte sie uns zum Teufel schicken können.« Bastien blieb kurz stehen. »Was meinst du? Wollen wir für einen Moment diese ganze Scheiße hinter uns lassen, uns etwas zu essen holen und an den Strand gehen?«

49

Die Sonnenstrahlen ließen die Wasseroberfläche geheimnisvoll glitzern. Der Himmel schimmerte azurblau über dem Meer.

Bastien war an den Strand der Chalets in Gruissan gefahren, vorbei an den auf Stelzen stehenden Ferienresidenzen, die vor mehr als hundertfünfzig Jahren als Fischerhütten errichtet worden waren.

Ein paar Familien hatten sich auf der weitläufigen Sandfläche verteilt. Kinder jauchzten im flachen Wasser. Zwei Jogger liefen direkt am Ufer entlang und unterhielten sich. Bastien deutete auf einen angespülten, stabil wirkenden Baumstamm rechts von ihnen.

»Wollen wir uns dahin setzen?«

Aurélie folgte ihm zu dem glatt gespülten Treibholz und ließ sich neben ihm nieder.

»Lust auf ein Sandwich?« Bastien streckte ihr die Tüte hin, die sie auf der Herfahrt in einer Boulangerie besorgt hatten.

»Warum nicht?« Sie nahm das Baguette mit Schinken, Salat und Ei und wickelte es aus der Serviette. Nach dem ersten Bissen entspannte sie sich etwas.

»Gut, oder?«, wollte Bastien von ihr wissen, während er ebenfalls kaute.

»Sehr gut sogar«, gab sie zu.

»Ich war ewig nicht hier«, erklärte Bastien, während sie aufs Wasser blickten. »Man nimmt das alles hier als viel zu selbstverständlich hin.«

»Du kannst doch von eurer Terrasse aus das Meer sehen«, erwiderte Aurélie und aß weiter. »Jeden Tag. Für euch ist es nun mal eine selbstverständliche Tatsache.« Sie schluckte. »Für dich«, verbesserte sie sich.

»Hier zu sitzen ist etwas anderes«, widersprach Bastien. »Auf der Terrasse hast du immer eine gewisse Distanz. Hier ... direkt am Wasser, das ist ursprünglicher. Ist es nicht traumhaft?«

Aurélie nickte. In ihrem Hals bildete sich ein dicker Kloß. »Denkst du, wir kommen je wieder aus dieser ganzen Sache heraus?«

Bastien legte ihr eine Hand auf den Rücken. »Was ist los?«

Sie zuckte mit den Schultern. »Ich weiß es nicht. Es ist nur ... Die ganze Situation fühlt sich so unwirklich an. Wenn ich nur an das Tagebuch denke ... Dass sie wirklich tot ist ... War nicht vor Kurzem noch alles in Ordnung?« Sie wischte sich mit der Serviette über den Mund. »Zumindest dachte ich das.«

»Ich verstehe, was du meinst«, sagte Bastien mit ernster Stimme. »Ich habe ebenfalls das Gefühl, mich in einem Film zu befinden, der an mir vorbeiläuft, den ich aber nicht stoppen kann, sosehr ich es auch versuche.«

»Es tut mir leid, dass ich dich so lange ... belogen habe.« Aurélie veränderte ihre Sitzposition und streckte ihre Beine von sich.

»Es ist einfach ... dumm gelaufen.« Bastien klang befangen.

Wie gern hätte Aurélie ihn in diesem Moment auf ihr Zusammensein angesprochen. Hätte ihn gefragt, wieso er nicht gespürt hatte, dass er sie und nicht Charlène in den Armen gehalten hatte. Doch sie wusste, dass sie ihm diese Frage niemals stellen durfte. Es waren zwei dumme Ausrutscher, die nie hätten geschehen dürfen. Bastien wäre niemals mit ihr ins Bett gegangen, wenn er ihre wahre Identität geahnt hätte. Er hatte mit ihr geschlafen, weil er annahm, sie sei seine Frau. Die Erkenntnis schmerzte, doch Aurélie war realistisch genug, um zu wissen, dass sie ihn endlich und für immer aus ihren Gedanken verdrängen musste.

»Du hast mir damals das Herz gebrochen«, durchbrach Bastien plötzlich die Stille.

Aurélie wandte ihren Kopf und sah ihn an. »Was meinst du?«

Er erwiderte ihren Blick und betrachtete sie einige Sekunden lang stumm. »Als wir ...« Er fuhr sich über die Stirn. »Ich mochte dich. Sehr sogar. Ich dachte ernsthaft, das mit uns ... könnte etwas Besonderes werden.« Er nickte verlegen.

»Ich verstehe nicht.« Aurélie schloss kurz die Augen. »Du hast dich in meine Schwester verliebt und hast sie geheiratet.«

»Das war aber, nachdem du ...« Er atmete tief aus. »Nachdem du mit anderen ausgegangen bist. Nachdem ich wusste, dass du nichts Ernsthaftes von mir willst. Unsere Verabredungen ... die habe ich sehr genossen. Damals.«

Aurélie verstand überhaupt nichts mehr. »*Du* bist doch plötzlich mit Charlène ausgegangen.«

Bastien runzelte die Stirn. »Ja, nachdem du mit anderen ...«

»Mit welchen anderen?«, fiel sie ihm ins Wort.

»Na, mit diesem ...« Er fuchtelte mit den Händen herum. »... Yves hieß er, glaube ich.«

Sie kniff die Augen zusammen. »Yves? Yves Moustignon? Das war doch ein Bekannter von Charlène. Es war damals ihr Vorschlag, dass wir etwas zu viert unternehmen sollten.«

»Wie meinst du das?«

»Es war ihre Idee«, wiederholte Aurélie.

»Aber ...« Er schien zu überlegen. »Ihr hattet euch an jenem Abend super verstanden, Yves und du. Zumindest hatte es den Anschein. Und Charlène meinte, dass ...«

Aurélie lachte bitter auf. »Charlène meinte?« Sie schüttelte den Kopf. »Bastien, *du* hast *mir* damals das Herz gebrochen! Als du auf einmal mit meiner Schwester ausgegangen bist, ist für mich eine Welt zusammengebrochen.«

»Aber das kann nicht sein. Du wolltest doch nichts von mir.«

Tränen traten Aurélie in die Augen, als sie erkannte, auf welch unglaublichen Verdacht dieses Gespräch hinauslief. »Hat sie dir das eingeredet?« Sie konnte es kaum glauben.

Sein Gesicht nahm einen irritierten Ausdruck an. »Charlène? Nein. Oder ... doch ... Vielleicht.« Er legte eine Hand in seinen Nacken.

»Ich hatte mich damals in dich verliebt«, sagte Aurélie mit gedämpfter Stimme und drängte die Tränen zurück. »Aber als ich mitbekommen habe, dass du mit Charlène ausgehst ...« Ihre Stimme versagte. »Du wolltest mich nicht.«

»Das stimmt nicht«, gab er ebenso leise zurück. »Ich hätte mir so viel mehr mit dir vorstellen können. Aber da du dich ständig mit anderen getroffen hast ... Nachdem du mir einige Male abgesagt hattest, dachte ich, es hat keinen Sinn mit uns. Wenn du nicht willst ...«

Überrascht sah sie ihn erneut an. »Ich habe dir abgesagt?«

Er nickte. »Nicht nur einmal.«

Sie rang um Fassung. »Ich habe dir nicht ein einziges Mal abgesagt. Du irrst dich, mein Lieber.«

Er legte den Kopf schief. »Ich weiß doch, was ich gesehen habe. Du hast mir SMS geschickt und erklärt, du hättest keine Zeit. Gleichzeitig bist du mit anderen ausgegangen.«

»Hat sie dir das erzählt?« Wut stieg in Aurélie auf.

Bastien zögerte. »Ich weiß nicht ... nein ... ja.« Er nickte. »Ich glaube, ja.«

»Sie hat dich manipuliert«, stellte Aurélie voller Bitterkeit fest. »Und wenn du die SMS angeblich von mir bekommen hast, hat

Charlène diese geschrieben, nicht ich. Damals lag mein Handy öfter irgendwo herum. Ich hatte es nicht ständig bei mir. Ich wäre niemals mit einem anderen ausgegangen. Ich hatte so gehofft, dass …« Ihr wurde das Herz schwer.

»Was hattest du gehofft?«, raunte er neben ihr.

Sie rief sich die Umstände ins Gedächtnis.

»Nichts«, sagte sie mit fester Stimme. »Nichts. Das ist alles so lange her.«

Charlène hatte ihre Beziehung zerstört. Gut, sie waren noch nicht richtig zusammen gewesen, doch Aurélie hatte sich damals bis über beide Ohren in Bastien verliebt. Und sie liebte ihn bis heute. Er hatte sich von Charlène beeinflussen lassen, vielleicht unwissentlich, doch er hatte auch nicht um Aurélie gekämpft. Wie hatte ihre Schwester ihr das nur antun können? Warum hatte sie Aurélie dermaßen gehasst? Jetzt nickte sie nachdrücklich.

»Das ist lange her«, wiederholte sie in der Hoffnung, er würde nicht weiter nachhaken.

»Sie hat mich manipuliert, um zu verhindern, dass wir zusammenkommen«, hielt Bastien jedoch an dem Thema fest. »Und sie hat sich an mich herangemacht, um dir eins auszuwischen. Wie sie es offensichtlich auch mit Thomas angestellt hat.« Er schnaufte. »Charlène war ein echtes Miststück, und ich habe es nicht einmal bemerkt.«

50

Während Jean die Akte zu Aurélie Garnier zum gefühlt hundertsten Mal nach neuen Anhaltspunkten durchforstete, klingelte sein Telefon.

»Foummant!«

»Capitaine Foummant, hier spricht Commandant Lisa Bollant von der Police Nationale in Béziers.«

»Bonjour, Commandant.«

»Mein Kollege hat mir mitgeteilt, dass Sie an dem Mord an Aurélie Garnier arbeiten.«

Jean schnaufte. »Ja, das ist korrekt. Leider befinden wir uns momentan in einer Sackgasse.«

»Dann könnte das, was ich für Sie habe, Sie möglicherweise aus dieser Sackgasse herausführen.«

Er konnte hören, dass sie lächelte. »Retten Sie meinen Tag, Frau Kollegin.«

Sie lachte. »Es geht um Pascal Cartes.«

»In seinem Wohnzimmer wurde DNA von Garnier gefunden. Das wissen wir bereits.« Jean lehnte sich zurück und zwinkerte Loulou zu, die neugierig zu ihm herübersah. »Leider haben wir bisher noch keine Verbindung zwischen den beiden gefunden.«

»Jetzt haben wir eine«, erklärte Bollant triumphierend.

»Sie haben meine volle Aufmerksamkeit.« Jean griff abwesend nach einem Bleistift und ließ ihn zwischen Zeige- und Mittelfinger hin- und herwackeln.

»Aurélie Garnier und Pascal Cartes haben sich über eine Online-Datingplattform kennengelernt. Und ...«, sie machte eine Pause, »... sie waren am Tatabend definitiv miteinander verabredet.«

Jean konnte sein Glück kaum fassen. »Das gibt es doch nicht«, rutschte es ihm heraus.

Loulou stand von ihrem Stuhl auf, umrundete die Schreibtische und lehnte sich neben Jean gegen die Platte.

»Doch. Die Plattform heißt ›Les deux cœurs‹, der Betreiber hat sich wochenlang nicht gemeldet auf unsere Anfrage hin, und da Cartes' Handy unauffindbar ist, hatten wir keinerlei Anhaltspunkte, die uns einen Hinweis auf seine Partnerinnensuche hätten geben können. Cartes ist noch bei vier weiteren Formaten angemeldet. Und wenn wir von Ihnen nicht Garniers Namen bekommen hätten, hätten wir Dutzende von Frauen überprüfen müssen.«

Jean runzelte die Stirn. »Er hat sich auch mit anderen beziehungswilligen Damen verabredet?«

Loulou zog eine Grimasse und schüttelte den Kopf.

»Er hat sich fast wöchentlich mit irgendwelchen Frauen getroffen. Zumindest wenn man seinem Nachrichtenverkehr Glauben schenken möchte. Uns steht einiges an Arbeit bevor, wenn Garnier sich nicht als seine Mörderin entpuppen sollte.«

»Und was ist mit Garnier?«, hakte Jean nach.

»Die scheint sich auf besagtem Portal nur mit Cartes verabredet zu haben. Sie ist Ihr Fall! Vielleicht sollten Sie ebenfalls in diese Richtung ermitteln. Möglicherweise war Ihr Opfer ja auch bei weiteren Plattformen angemeldet.«

»Das werden wir schnellstmöglich überprüfen«, sagte Jean. »Zumindest haben wir jetzt die erste Verbindung zwischen den beiden Toten.«

»Wir wissen aber noch immer nicht, ob Garnier Cartes tatsächlich umgebracht hat oder ob es Zufall ist, dass sie sich an jenem Abend gesehen haben, an dem er ermordet wurde.«

»Sie meinen, er habe sich erst mit ihr getroffen, um dann später seinem Mörder zu begegnen?« Das Szenario klang in Jeans Ohren reichlich konstruiert und unrealistisch.

»Noch haben wir keine Beweise für Garniers Täterschaft«, gab Bollant zu bedenken.

»Die werden wir finden«, erwiderte Jean mit Nachdruck und bedankte sich bei der Kollegin.

»Was ist los?«, bestürmte ihn Loulou, nachdem er aufgelegt hatte.

Er wiederholte die Informationen, die er von Commandant Bollant erfahren hatte.

Loulou verschränkte die Arme vor der Brust. »Und wer hat dann Garnier umgebracht? Sind wir nicht davon ausgegangen, dass die Schwester irgendetwas mit dem Mord zu tun hat?«

»Cartes sah Bastien Richaud auffällig ähnlich, das muss irgendeine Bedeutung haben«, pflichtete Jean ihr bei. »Was ist, wenn die Schwester von dem Mord wusste?«

Loulou runzelte die Stirn. »Warum sollte sie eine Mitwisserin sein? Und wie würde das mit dem Mord an Garnier zusammenpassen?«

Jean fluchte. »Keine Ahnung! Fakt ist, dass unsere Tote am Tatabend Pascal Cartes gedatet hat. Die Wahrscheinlichkeit ist also groß, dass sie ihn auch umgebracht hat. Diese Theorie, dass er an jenem Abend noch jemand anderes getroffen hat, der ihn dann umbrachte ...« Er schüttelte den Kopf. »Das klingt nicht schlüssig.«

»Garnier bringt also Cartes um«, überlegte Loulou laut. »Sie hatte eine Waffe dabei, die Tat muss sie vorab geplant haben. Vielleicht hat sie danach Panik bekommen und ihre Schwester angerufen, die ihr Beistand leisten sollte.«

Ihre Theorie überzeugte Jean nicht, doch er konnte auch keine Alternative bieten. »Und wer hat dann Garnier ermordet?«

»Ihre Schwester«, erklärte Loulou. »Garnier hat irgendwann die Nerven verloren. Möglicherweise wollte sie sich selbst stellen, kam mit der Last der Schuld nicht klar, und Charlène Richaud fürchtete, ebenfalls zur Rechenschaft gezogen zu werden. Wegen Mitwisserschaft.«

Jean wiegte seinen Kopf. »Hm.«

»Garnier suchte sich einen Mann, der ihrem Schwager ähnlich sah. Laut ihrer Freundin hat sie noch immer etwas für Richaud empfunden. Da er jedoch mit ihrer Schwester zusammen war, hat sie auf der Datingplattform einfach nach einem Ersatz gesucht.« Sie grinste schwach.

»Aber warum hat sie ihn erschossen?«, warf Jean ein, dem das Ganze noch immer nicht gefiel.

»Weil ...« Seine Partnerin warf die Hände in die Luft. »Keine Ahnung! Vielleicht entpuppte er sich als Arschloch. Vielleicht hatten sie sich vorher schon mal verabredet, und er hat sich auf irgendeine Weise mies verhalten? Was weiß ich.«

Jean kniff die Augen zusammen. »Das Opfer war also quasi selbst schuld an seinem Tod.« Er verzog missbilligend das Gesicht.

»Mensch, Jean! Ich weiß es nicht. Aber Cartes' Ähnlichkeit mit Richaud, Garniers Verabredung mit Cartes. Und Charlène Richaud, die nicht über ihre Schwester reden möchte ... Irgendwie hängt das doch alles zusammen.«

Jean nickte grimmig. »Du hast recht. Irgendwie hängt das alles zusammen, aber die Wahrheit befindet sich irgendwo dazwischen. All die Leute ... Die Richauds verbergen etwas. Und Aurélie Garnier ... sie meldet sich bei einer Internetdating-Seite an, obwohl sie ganz offiziell einen Freund hat.« Er ließ sich die Aussagen der Richauds noch mal durch den Kopf gehen. »Da stimmt etwas nicht.« Er legte den Bleistift weg und tippte auf die Akte. »Ich werde das Gefühl nicht los, dass wir etwas sehr Entscheidendes übersehen. Den Aspekt, der die Taten logisch miteinander verbindet.« Er nickte. »Warum erschoss Aurélie Garnier Pascal Cartes? Meines Erachtens ist diese Frage der Schlüssel zur Lösung unseres Falls.«

»Könnte Bastien Richaud etwas mit dem Mord an Cartes zu tun haben?«, brachte Loulou eine neue Theorie ins Spiel. »Angenommen, Garnier und er hatten tatsächlich eine heimliche Affäre. Garnier reicht das nicht. Sie will ihn eifersüchtig machen und sucht sich einen Mann, der rein optisch sein Zwillingsbruder sein könnte. Der Schuss geht nach hinten los. Richaud ist zwar eifersüchtig, flippt aber aus und bringt den mutmaßlichen Rivalen um.«

Jean fuhr sich über die Stirn. »Ich weiß nicht ...«

»Mach einen besseren Vorschlag«, forderte Loulou ihn auf.

»Wir haben keinerlei Hinweise darauf, dass Richaud sich am Tatort aufgehalten hat.«

»Als ob das besonders schwierig wäre«, höhnte Loulou. »Dass Garnier sich mit Cartes verabredet, um ihn umzubringen ... Hätte sie ihre Spuren dann nicht besser verschleiert?«

»Doch, klar«, pflichtete Jean ihr bei. »Ich sage ja, irgendetwas ist noch nicht stimmig. Ich bekomme es aber einfach nicht zu fassen.«

51

Als Bastien Aurélie im Obergeschoss duschen hörte, verdrängte er hastig die Vorstellung ihres nackten Körpers unter seinem, ihre seidige Haut, die sich so perfekt angefühlt hatte. Was war los mit ihm? Er hatte gerade erst erfahren, dass seine Frau ermordet wurde. Doch anstatt zu trauern, geisterte ständig nur Aurélie durch seinen Kopf. Als er seine Gedanken zu Charlène zurücklenkte, kochte

Wut in ihm hoch. Was hatte sie bloß getan? Stimmte es, dass sie ihn damals tatsächlich manipuliert hatte? Dass sie wissentlich und bewusst einen Keil zwischen ihn und Aurélie getrieben hatte? Dass sie sich nur an ihn herangemacht hatte, um ihrer Zwillingsschwester eins auszuwischen?

Als ihm das Tagebuch einfiel, konnte er seinen Zorn kaum noch beherrschen. Er trat an die Bar und holte sich eine Flasche Whisky heraus. Nachdem er sich ein Glas voll eingeschenkt hatte, nahm er einen großen Schluck und schloss kurz die Augen. Die Flüssigkeit wärmte sein Inneres, er spürte, wie er sich augenblicklich ein wenig entspannte. Er trank das Glas mit einem weiteren großen Schluck aus und goss nach. Bewaffnet mit Flasche und Glas trat er auf die Terrasse und setzte sich auf einen der Loungesessel.

Die Abendsonne ließ den Garten in einem weichen Licht erstrahlen, doch Bastien hatte heute Abend keinen Blick für die Schönheit der Umgebung. Er streckte die Beine von sich und legte den Kopf in den Nacken. Wie hatte er nicht bemerken können, welches miese Spiel Charlène vor seinen Augen gespielt hatte? All die bissigen Kommentare, die immer wieder auf Aurélie zielten. Dass ihre Schwester sprunghaft sei, dass sie nicht in der Lage sei, bei einem Mann zu bleiben, dass sie unruhig und unausgeglichen wirke. War Charlène womöglich eifersüchtig auf Aurélie gewesen? Hatte sie verhindern wollen, dass Bastien eine allzu gute Meinung von seiner Schwägerin hatte?

Seine Frau war tot. Was würde er dafür geben, sie nur ein letztes Mal zur Rede stellen zu können! Sie zu fragen, ob sie ihn überhaupt jemals geliebt hatte oder ob er lediglich Teil einer Intrige gewesen war. Er leerte das Glas ein weiteres Mal und schenkte sich erneut nach. Vor dem Hintergrund von Charlènes bösartigen Tagebucheinträgen ergab ihr Verhalten in den letzten Monaten mit einem Mal mehr und mehr Sinn für ihn. Bastien war für sie nur Mittel zum Zweck gewesen. Diese Distanziertheit, die sie ihm gegenüber stets an den Tag gelegt hatte, war nichts anderem als der Tatsache geschuldet, dass sie ihn nie wirklich geliebt hatte.

Die Erkenntnis traf ihn schwer. Er fasste sich an die Schläfe und blinzelte. Während er einen weiteren Schluck nahm, wurde ihm leicht schwindelig. Charlène hatte ihn an der Nase herumgeführt, sie hatte ihn vor seinen Augen betrogen und sich hinterher über ihn lustig gemacht, ohne dass er auch nur etwas davon mitbekommen hatte. Wie hatte er so blind, so naiv, so unglaublich einfältig sein können? Andererseits, wie hätte er ahnen sollen, dass ein Mensch zu einem derart perfiden Verhalten fähig war?

Bastiens Gliedmaßen wurden schwerer, eine wohlige Wärme breitete sich in seinem Inneren aus. Er fühlte sich wie auf Watte gebettet. Wie hatte er sich so in die Scheiße reiten können? Wenn die Polizei von Charlènes Tagebuch erführe, wäre er mit Sicherheit ihr Hauptverdächtiger Nummer eins. Wenn er das nicht eh schon war!

Aurélie hatte recht. Sie hatten keine andere Wahl, als Charlènes Mörder selbst ausfindig zu machen, um aus dieser Nummer schadlos herauszukommen.

Bastien lehnte sich zurück und trank weiter. Die Aussicht auf ein wenig Vergessen war zu verlockend, als dass er ihr hätte widerstehen können.

Wieder musste er daran denken, wie er mit Aurélie geschlafen hatte. Zweimal. Beide Male hatten sich nachdrücklich in sein Gedächtnis eingebrannt. Ihre Leidenschaft, ihre Zärtlichkeit, ihre liebevolle Art. Wie hatte er nicht merken können, dass es nicht Charlène gewesen war? Mit seiner Frau war der Sex auch immer erfüllend gewesen, aber eben … anders. Charlène hatte stets genau gewusst, was sie tat.

Bastien erkannte, dass er wie Wachs in ihren Händen gewesen war. Sie hatte ihn durchschaut und berechnet wie einen vorprogrammierten Roboter. Charlène hatte immer gewusst, welche Register sie ziehen musste, um ihr Ziel zu erreichen. Und Bastien? Hatte er es ihr nicht viel zu einfach gemacht? Warum hatte er es damals nicht hinterfragt, als Charlène ihm eingetrichtert hatte, ihre Schwester träfe sich auch mit anderen Männern? Warum hatte er ihr derart blind vertraut?

Weil er so erzogen worden war, beantwortete er sich seine Frage sofort. Seine Eltern waren liebenswürdige Menschen mit einem guten Herzen. Wahrscheinlich wären sie ebenfalls nicht in der Lage, sich vorzustellen, dass jemand derart manipulativ mit anderen umsprang, wie Charlène es ganz offensichtlich getan hatte.

Was hatte Aurélie vorhin am Strand gesagt? Er habe ihr das Herz gebrochen? Was wäre geschehen, wenn er damals das Gespräch mit ihr gesucht hätte? Wenn er sie zur Rede gestellt und ihr erklärt hätte, was er für sie empfand? Frustriert schenkte er sich erneut nach und ließ die Flüssigkeit für einige Sekunden in seinem Glas kreisen. Wie lange schon war er unglücklich mit Charlène gewesen? Wochen, Monate? Er konnte sich nicht einmal daran erinnern, wann sie beide das letzte Mal herzhaft miteinander gelacht hatten. Hatten sie das überhaupt jemals?

Was war nur mit ihm los? Er war Mitte dreißig und saß vor den Trümmern seiner Ehe, seiner Beziehung, seines Lebens. Obwohl er sich für sein Selbstmitleid hasste, fehlte ihm die Kraft, sich aus diesem Teufelskreis aus tiefdüsteren Gedanken zu befreien. Als er die Flasche wieder aufnahm, verschwamm sie vor seinen Augen. Er drehte sie um und verfolgte, wie die letzten Tropfen ins Glas rannen. Hatte er innerhalb kürzester Zeit den kompletten Inhalt geleert?

Ein krächzendes Lachen entfuhr seiner Kehle. Schwerfällig erhob er sich und schwankte Richtung Terrassentür. Als ihm erneut schwindelig wurde, krallte er seine Finger in den Rahmen und verharrte einen Moment. Vorsichtig steuerte er auf die Bar zu und entnahm ihr eine weitere halb volle Flasche. Er kniff die Augen zusammen, um das Etikett besser entziffern zu können. Da die Buchstaben immer wieder verschwammen, gab er es schließlich auf und verließ schweren Schrittes das Wohnzimmer. Bastien stellte sich an die Brüstung und sah zum Meer hinüber. Entschlossen setzte er die Flasche an seine Lippen und genoss das beruhigende Gefühl, als die Flüssigkeit seine Kehle hinunterrann.

Charlène war tot! Endlich war er ein freier Mann. War das etwa kein Grund zum Feiern? Hatte er sich nach all dem Ärger der letzten Tage nicht ein wenig Glück und Spaß verdient? Nach kurzem Überlegen kam er zu der Ansicht, dass er nun ein neues Leben beginnen konnte. Wieder musste er kichern. Ein neues Leben. Ging es noch dramatischer? Und was sollte das überhaupt bedeuten? Er hatte doch schon alles, was er brauchte. Einen guten Job, ein tolles Haus, er war jung und gesund …

Seine Augen begannen zu brennen. War sein bisheriges Leben eine Lüge gewesen? Tränen rannen ihm plötzlich über die Wangen. Er nahm einen weiteren Schluck aus der Flasche. Vor dem Haus auf der Strandpromenade liefen vier junge Frauen vorbei. Sie lachten und unterhielten sich lautstark. War er der Einzige, dem es heute Abend schlecht ging? Vielleicht sollte er mit Aurélie …

Doch er verwarf den Gedanken sofort wieder. Aurélie hatte ihn ebenfalls hintergangen. Sie war mit ihm ins Bett gegangen und hatte ihn in dem Glauben gelassen, sie sei Charlène.

»Diese Garnier-Schwestern«, murmelte er mit schwerer Zunge vor sich hin und stocherte mit seinem Zeigefinger in der Luft vor sich. »Durch und durch verdorben.«

Wieder entfuhr seiner Kehle ein hysterisches Kichern. Er schwankte zur Lounge zurück und ließ sich auf die Couch plumpsen. Müde streckte er seine Beine über die Lehne, die Flasche weiter fest an den Oberkörper gepresst.

»Diese verfluchten Garnier-Schwestern«, wiederholte er leise und schüttelte unentwegt den Kopf. Wie hatte er nur so unfassbar dumm sein können?

52

Als Aurélie aus der Dusche trat, hörte sie Bastien laut im Erdgeschoss herumpoltern. Was machte er da? Sie setzte sich aufs Bett und holte Charlènes Tagebuch heraus. Während sie die Seiten durch ihre Finger gleiten ließ, stellte sie fest, dass sie bisher erst einen Bruchteil der Einträge kannte. Sie nahm sich eine Stelle weiter hinten vor und begann zu lesen.

Der heutige Termin bei Nathalie de Bernier war sehr aufschlussreich. Auch wenn ich ihr natürlich auf keinen Fall die ganze Wahrheit offenbaren kann, hat sie endlich bemerkt, was für eine Schlange Aurélie ist. Am liebsten hätte ich ihr von meinem Plan erzählt, doch so weit sind wir noch nicht. Schließlich kenne ich sie erst seit Kurzem und kann noch nicht wirklich einschätzen, ob sie mein Vertrauen verdient. Meine Idee wird immer konkreter, ich freue mich regelrecht auf ihre Umsetzung. Sie erscheint mir hieb- und stichfest, und ich kann mehrere Fliegen mit einer Klappe schlagen. Wenn ich mir nur Aurélies dämliches Gesicht vorstelle, sobald sie die ganze Situation durchschaut, geht mir regelrecht das Herz auf. Und Bastien? Der Trottel wird sich seine Schwägerin nach der dramatischen Enthüllung ein für alle Mal aus dem Kopf schlagen. Und ich kann mich endlich scheiden lassen. Wie ich mich darauf freue, morgens aufzuwachen und diesen Softie nicht mehr neben mir zu wissen. Freiheit!
Ich kann die Unbeschwertheit und grenzenlose Erleichterung schon förmlich spüren. Wenn ich es sehr klug anstelle, überlässt er mir sicher das Haus. Ich würde es nicht verkraften, wenn er mir mein Liebstes nehmen würde.

So eine Scheiße! Charles, dieser Idiot, ist nicht auf meine Idee mit dem Onlinedating angesprungen. Was soll ich denn jetzt tun? Dieses ignorante Arschloch! Das Thema sei eine Nummer zu groß für mich, meinte er nur lapidar. Was denkt er eigentlich, wen er vor sich hat? Eine Nummer zu groß. Dass ich nicht lache. Ich habe schon ganz andere Berichte geschrieben. Manchmal hat sich wirklich alles gegen mich verschworen.
Als Aurélie vorhin anrief, um mir voller Stolz von ihrem neuen Auftrag zu berichten, musste ich mir regelrecht auf die Zunge beißen, dass ich ihr keine entsprechende Erwiderung entgegenschleudere. Wenn ich nur an ihre säuselnde Stimme denke, könnte ich schon kotzen. Ihr Freudestrahlen konnte

ich regelrecht durchs Telefon hindurch sehen. Ach, ich hasse sie. Die begnadete Künstlerin und Malerin, die sich noch nie in ihrem Leben etwas hat erkämpfen müssen. Bei wie vielen Verlagen hingegen hatte ich angefragt, bevor Charles sich schließlich dazu herabgelassen hat, mich einzustellen. Erst monatelang als Praktikantin mit einem Verdienst, der die Bezeichnung mitnichten verdiente, dann als Volontärin, bevor er mir endlich einen befristeten Jahresvertrag als Redakteurin angeboten hat. Bis heute hat er mich nicht entfristet.
Aurélie dagegen … Ich mag gar nicht daran denken. Mit ihrem Lehrerinnengehalt stellt sie mich nach wie vor in den Schatten. Und die Auftragsarbeiten? Sie verdient sich ein goldenes Näschen, während ich schufte wie ein Pferd und trotzdem nicht die Anerkennung bekomme, die mir längst zusteht.
Diese Onlinedating-Sache könnte etwas richtig Großes werden. Mein Durchbruch. Vielleicht würde dann endlich eine der renommierten Zeitschriften auf mich aufmerksam werden. Schließlich will ich nicht mein komplettes Berufsleben bei Charles vergeuden. Und eine Abfindung nach der Scheidung kann ich vergessen. Ich will das Haus. Und schon das wird Bastien mir nicht sang- und klanglos überlassen. Nein, ich muss es einfach schaffen. Es gibt so viele bekannte Enthüllungsjournalisten. Wenn ich nur diese eine Reportage schreiben könnte, die mich über Nacht berühmt macht … Danach könnte ich mir meine Aufträge aussuchen …
Vielleicht sollte ich einfach trotzdem an der Sache dranbleiben. Der Plan klingt für mich nach wie vor genial, und er würde all meine Probleme mit einem Schlag lösen. Ach, wie ich mich an Aurélies Leid ergötzen würde. Sie hat es verdient. Und ich spüre immer stärker, dass meine Zeit gekommen ist. Ich muss endlich handeln. Das ganze Gerede bringt mich doch sowieso nicht weiter. Und was hat de Bernier noch gesagt? Ich solle meine Probleme aktiv angehen. Was soll ich sagen? Sie hat recht. Wie lange will ich mir denn noch auf der

Nase herumtanzen lassen? Ich sehe doch, dass Aurélie niemals aufgeben wird. Beruflich erfolgreich, kann sie es nicht lassen, immer wieder ihre dreckigen Finger nach Bastien auszustrecken. Wie mich diese ordinäre Art anwidert!
Sie bekommt ihn nicht! Niemals! Auch Aurélie muss irgendwann lernen, dass man nicht alles kriegt, was man gerne hätte. Maman und Papa haben ihr immer jeden Wunsch von den Augen abgelesen. Irgendwann muss auch meine liebe Schwester mal erkennen, dass das Leben keine einzige große Party ist. Sie muss endlich Grenzen gesetzt bekommen.

Als Aurélie das Buch sinken ließ, rannen ihr Tränen über die Wangen. Sie hatte es kaum geschafft, den Eintrag zu Ende zu lesen, so sehr schmerzten sie Charlènes Worte. Wie hatte sie sich nur so in ihrer Schwester täuschen können? Aurélie verstand die Welt nicht mehr.

»Aurélie!«, grölte Bastien im Erdgeschoss.

Erschrocken blinzelte sie. Er klang, als sei er stockbetrunken.

»Wo bist … du, sexy Aurélie?«

Hastig erhob sie sich vom Bett, legte das Buch zurück in die Schublade und verließ das Schlafzimmer.

Unten fiel etwas auf den Boden.

»Aurélie!«, brüllte Bastien erneut.

Sie eilte ins Gästezimmer und schloss die Tür hinter sich. Nach Charlènes Worten schaffte sie es nicht, auch noch Bastien unter die Augen zu treten. Und er? Auch ihm schien es nicht gut zu gehen.

Sie hielt den Atem an, als sie seine Schritte auf der Treppe hörte.

»Wo bist du?« Seine Stimme klang schleppend.

»Ich schlafe im Gästezimmer«, erklärte sie durch die Tür hindurch, während sie sich weiter gegen die Wand lehnte.

»Im Gäste…zimmer?«, lallte er undeutlich.

»Geh ins Bett, Bastien«, gab Aurélie zurück und hoffte inständig, dass er sie in seinem Zustand nicht weiter behelligen würde.

»Aurélie.« Er klang weinerlich, seine Schritte auf dem Flur kamen näher.

Sie presste die Handinnenflächen aneinander und sah zur Decke. »Geh schlafen, Bastien«, wiederholte sie und bemühte sich um Ruhe, obwohl sie sich innerlich zerrissener denn je fühlte.

»Ich will aber nicht schlafen!« Er klopfte an ihre Tür. »Mach auf.«

Eilig drehte Aurélie den Schlüssel im Schloss. »Lass uns morgen reden.«

»Nein, nicht morgen. Jetzt!«

»Du hast zu viel getrunken«, gab sie zurück und betete, dass er endlich ins Schlafzimmer gehen würde.

»Ich … habe … getrunken.« Er kicherte vor der Tür. »Na und?«

»Bitte, Bastien«, versuchte es Aurélie ein weiteres Mal. »Leg dich hin, und wir sehen uns morgen.«

»Ich will dich jetzt sehen, süße Aurélie. Bitte mach mir … die Tür auf.«

Ihr Herz krampfte sich zusammen. Was sollte sie tun? Sie stieß sich von der Wand ab und stellte sich an das bodentiefe Fenster. Charlène hatte eine Schneise der Verwüstung in ihrem Leben hinterlassen. Weder Aurélie noch Bastien waren nach den neuesten Offenbarungen auch nur annähernd in der Lage, um sie zu trauern. Stattdessen tobte in ihnen ein Kampf zwischen Entsetzen, Wut und Unglauben. Zumindest ging Aurélie davon aus, dass es Bastien ähnlich ging.

Wieder klopfte er an die Tür. »Mach … die … Tür … auf.«

»Nein«, erwiderte sie lauter, »ich schlafe heute Nacht hier.«

»Was hast du … mit mir gemacht?« Auf dem Flur war ein lauter Schlag zu hören.

Hatte er sich hinfallen lassen? Aurélie schlug die Hände vors Gesicht und wartete.

»Was hast du … gemacht, süße Aurélie?« Bastiens Stimme glich einem Wimmern.

Aurélie wurde von tiefer Traurigkeit ergriffen. Sie lehnte ihre Stirn gegen die kühle Scheibe und starrte auf den beleuchteten Pool.

Sie lauschte in die Stille, vernahm jedoch keinen Ton mehr. Hatte Bastien aufgegeben? Sie hoffte es. Angezogen legte sie sich auf das schmale Bett und zog die Decke über ihren Körper. Obwohl es warm im Raum war, fröstelte sie. Wie sollte es bloß weitergehen? Aurélie schloss die Augen und wartete auf den erlösenden Schlaf.

53

Nachdem Aurélie die Croissants und das Baguette an der Tür geholt hatte, kehrte sie in die Küche zurück. Im Obergeschoss war die Dusche ausgestellt worden. Vorsorglich stellte sie ein Glas Wasser auf Bastiens Platz und legte eine Aspirin daneben. Sie holte zwei Teller aus dem Schrank, schaltete die Kaffeemaschine aus und schenkte die dampfende Flüssigkeit in zwei Becher.

»Bonjour«, ertönte es in diesem Moment zerknirscht von der Tür her.

Aurélie drehte sich um und musste bei Bastiens derangiertem Anblick lächeln. »Bonjour.«

Er fuhr sich durch sein zerzaustes Haar und verzog die Mundwinkel.

»Komm und setz dich.« Sie deutete mit dem Kinn zum Tresen.

Schweigend ließ er sich auf dem Barhocker nieder.

Sie nahm neben ihm Platz und betrachtete sein müdes Gesicht. Die dunklen Schatten unter den geschwollenen Augen waren nicht zu übersehen.

»Wie geht's?«

Er schnaufte schwer. »Frag nicht.«

Aurélie nahm sich ein Croissant und zupfte ein Stück ab. »Das kann ich mir vorstellen.«

Bastien nahm die Tablette, nippte an dem Wasserglas und legte den Kopf in den Nacken. »Wie alt bin ich eigentlich?«

»Ich denke, du erwartest keine Antwort auf deine Frage, oder?«, gab sie schmunzelnd zurück.

»War es peinlich?« Sein Blick wurde intensiver.

Sie schüttelte den Kopf. »Nein … oder vielleicht ein kleines bisschen.« Sie deutete mit Daumen und Zeigefinger einen Abstand von etwa drei Zentimetern an.

Er stöhnte und bedeckte sein Gesicht mit der rechten Hand.

»Es ging dir nicht gut«, merkte Aurélie voller Verständnis an.

Er verdrehte die Augen. »*Jetzt* geht es mir nicht gut.«

»Und es ist alles ein wenig viel im Moment.« Sie kaute auf dem Blätterteig herum.

»Ein wenig?« Er schüttelte den Kopf. »Ich bin heute Nacht um drei auf dem Fußboden vor dem Gästezimmer aufgewacht.«

Aurélie musste lachen. »Also daher der Schlag.«

Er fixierte sie stirnrunzelnd.

Sie zuckte entschuldigend mit den Schultern. »Gestern Abend hat es auf einmal einen lauten Schlag gegeben, und danach habe ich nichts mehr von dir gehört. Ich dachte zuerst, dass du vielleicht umgefallen bist …« Sie stockte. »Aber ich wollte auf keinen Fall nachsehen, daher …«

»Warum?« Er kniff die Augen zusammen.

»Weil ich … ich hatte Angst … du in deinem Zustand … und ich habe dich tagelang belogen. Ich wusste nicht, wie du reagieren würdest«, brachte sie leise an. »Ich habe dich noch nie so betrunken erlebt.«

Bastien zog eine Grimasse. »Allzu oft kommt das auch nicht vor.« Er schloss kurz die Augen. »Du hattest Angst vor mir …«, murmelte er undeutlich. »Es tut mir leid.«

»Nicht direkt richtige Angst«, versuchte Aurélie zu relativieren, »… aber es ging dir sehr schlecht. Und du hast mich immer wieder gerufen, du klangst so furchtbar wütend.«

Er lachte bitter. »Ich war wütend.« Er nickte. »Ich *bin* wütend. Wie konnte sie das tun? Ich habe nichts gemerkt, ich dachte wirklich, sie liebt mich.« Er musterte Aurélie. »Gut, dass ihr schon jemand den Schädel eingeschlagen hat. Sonst würde ich es jetzt tun.«

Aurélie senkte betreten den Blick.

»Entschuldige«, ruderte er sofort zurück und hob seine Hände. »Das hätte ich nicht sagen sollen. Es ist mir … einfach herausgerutscht.«

»Ich kann dich verstehen.« Aurélie räusperte sich. »Auch ich weiß nach wie vor nicht, was ich von der ganzen Sache halten soll.« Sie zögerte. »Ich habe gestern Abend weiter in ihrem Tagebuch gelesen.«

Bastien nestelte an seinem Baguette herum. »Und? Was hat sie diesmal gebeichtet? Einen flotten Dreier mit meinen Geschäftspartnern? Oder eine wilde Orgie mit ihren Kollegen am Strand?« Seine Stimme klang resigniert.

»Sie hat mich gehasst.«

Aurélies Worte schwebten einen Moment lang bleischwer zwischen ihnen.

»Und sie wollte sich scheiden lassen«, setzte sie nach einigen Sekunden des Schweigens nach.

»Sie hat mich nie geliebt.« Er sah zur Terrassentür. »Sie hat mich benutzt. Diese verfluchte Schlampe! Und ich war zu blind.«

»Ich bin ihre Schwester und habe ebenfalls nichts bemerkt«, bemühte Aurélie sich, ihn zu beschwichtigen.

Er nickte langsam und sah sie wieder an. »Sie hat uns beide an der Nase herumgeführt.«

»Sie hat sich eingeredet, ich würde dich vor ihren Augen anmachen.« Auch Aurélie schaffte es nicht, den Namen ihrer Schwester in den Mund zu nehmen.

»So ein ausgemachter Schwachsinn!« Bastiens Wangenmuskulatur spannte sich an. »Das war nur ein verfluchter Vorwand. Für ihre kranken Spielchen. Für ihre Lügen und ihren Betrug.«

»Ich habe sie überhaupt nicht gekannt«, musste Aurélie notgedrungen zugeben. »Sie ... niemals hätte ich mit so etwas gerechnet.«

»Sie war krank«, beharrte Bastien. »Sie scheint die Realität nicht mehr erkannt zu haben.«

»Möglich«, stimmte Aurélie wenig überzeugt zu. »Dieser Hass in ihr ... ich habe es kaum geschafft, mehr als zwei Seiten zu lesen. Immer wieder die gleichen Anschuldigungen ... Sie war neidisch auf mich, dachte, mir wäre alles in den Schoß gefallen, während sie für alles kämpfen musste.«

»Sie war krank«, wiederholte Bastien zornig. »Ich werde heute von daheim aus arbeiten. Mein Kopf …« Er fasste sich an die Schläfe.

»Nimm noch eine Aspirin.« Aurélie deutete auf die Medikamentenpackung auf der Küchenplatte.

»Gleich.« Er sah auf und musterte sie. »Was willst du jetzt tun?«

»Ich gehe erst mal in die Redaktion und schaue, ob ich dort etwas auf dem PC finde.«

Er schüttelte den Kopf. »Du kennst meine Meinung dazu. Es ist gefährlich. Wenn jemand Verdacht schöpft …«

»Was soll ich sonst tun?«, gab sie unwirsch zurück. »Du willst doch auch nicht ewig dieses Theater weiterführen. Wir sind noch keinen Schritt weiter, wissen immer noch nicht, was … Charlène mit diesem Cartes zu schaffen hatte.«

Er starrte einen Augenblick ins Leere. »Du denkst, sie hat ihn umgebracht.« Es war keine Frage.

»Du doch auch, oder?« In letzter Sekunde verkniff Aurélie es sich, nach seiner Hand zu greifen. Die tiefe Trostlosigkeit in seiner Stimme ließ sie erzittern.

Bastien nickte. »Ja, sie war ein Dreckstück. Obwohl ich mit ihr verheiratet war …« Er seufzte tief. »Ich kann absolut keine Trauer empfinden«, fügte er kaum hörbar hinzu.

»Ich auch nicht«, pflichtete Aurélie ihm bei. »In mir drinnen herrscht ein heilloses Chaos. Ich weiß einfach nicht, was ich denken soll. In einem Moment rede ich mir ein, dass ich vielleicht etwas falsch verstanden habe, aber wenn ich dann wieder ihre Notizen lese …« Ihre Augen begannen zu brennen. »Wie konnte sie nur so voller Hass sein?«

Nun war es Bastien, der ihre Hand ergriff und sie mit seinen Fingern umschlang. Es war eine tröstende Geste, doch Aurélies Körper reagierte sofort auf die Berührung. Sehnsucht stieg in ihr auf. Es wäre so einfach, sich in seine Arme fallen zu lassen. Seine Nähe und Wärme zu suchen. Doch sie wusste, dass sie das nicht tun durfte. Bastien und sie bildeten eine vorübergehende Zweckgemeinschaft. Wenn diese Sache hier ausgestanden war, würden sich ihre Wege für immer trennen. Sie hatten nicht darüber gesprochen, doch die ganze unheilvolle Verstrickung schwebte wie ein Damoklesschwert über ihnen. Niemals würden sie sich davon befreien können.

54

Als Aurélie eine Stunde später in der Redaktion ankam, waren die meisten ihrer Kollegen bereits da. Sophie sah ihr entgegen.
»Bonjour, Süße. Wie geht's?«
Aurélie bemühte sich um ein Lächeln und verdrängte den Gedanken an die unschönen Ereignisse der letzten Tage. »Wie sagt man so schön? Den Umständen entsprechend.«
»Hast du schon was von der Polizei gehört?«
Während Aurélie den Computer anschaltete, schüttelte sie den Kopf. »Ich fürchte, die konzentrieren sich nach wie vor nur auf Aurélies engeres Umfeld.«
»Sprich auf dich und Bastien«, folgerte Sophie ernst.
Aurélie nickte.
»Aber wenn sie merken, dass sie in einer Sackgasse gelandet sind, müssen sie ihre Ermittlungen doch endlich in eine andere Richtung lenken«, fuhr Sophie nachdenklich fort.
Wenn es dann nicht längst zu spät ist, setzte Aurélie in Gedanken fort. Noch immer hatte sie sich nicht getraut, Bastien zu fragen, wo er am Tatabend gewesen war und warum er die Polizei belogen hatte. Stattdessen hatte sie sich hinreißen lassen und war mit ihm ins Bett … Nein, daran durfte sie jetzt nicht denken. Für heute hatte sie sich vorgenommen, sich um das Thema Hochwasserschutz zu kümmern, zu dem Charlène schon eine Fülle an Fakten zusammengetragen hatte. Ein Politiker hätte höchstwahrscheinlich die nötigen Verbindungen, um einen Mord an einer Journalistin in Auftrag zu geben, der wie ein spontaner Unfall wirken sollte.
Sophie widmete sich wieder ihrer Arbeit, und Aurélie öffnete den entsprechenden digitalen Ordner.

Bevor sie jedoch zum Lesen kam, klingelte ihr Handy. Als sie den Namen auf dem Display registrierte, stöhnte sie leise auf. Was wollte die Polizei schon wieder von ihr?

»Richaud.«

Capitaine Foummant meldete sich und wünschte ihr einen guten Morgen. »Es haben sich neue Erkenntnisse aufgetan, über die wir gern mit Ihnen reden würden.«

»Um was geht es denn?« Aurélies Geduld mit den Beamten war mittlerweile erschöpft, auch wenn ihr natürlich klar war, dass sie mit ihrem Theater einen Großteil dazu beitrug, die Arbeit der Polizei immens zu erschweren.

»Nicht am Telefon, Madame«, erwiderte Foummant bestimmt. »Können Sie in zwei Stunden aufs Revier kommen?«

Aurélie sah auf die Uhr. »In zwei Stunden? Ja, das schaffe ich.«

Sie verabschiedete sich und beendete das Telefonat. Arbeiteten die Beamten etwa auch am Wochenende? Was konnten sie entdeckt haben? Gab es möglicherweise einen ersten Verdächtigen? Nein, das glaubte Aurélie nicht wirklich. Dafür hatte der Beamte zu abwartend, zu lauernd geklungen. Andererseits war es sein Job, sein Gegenüber in Sicherheit zu wiegen, um dann das Überraschungsmoment für sich zu nutzen. Es war müßig, weiter über den Grund von Foummants Anruf zu spekulieren.

Sie sollte die Zeit besser nutzen, um sich einen Überblick über das Hochwasserthema zu verschaffen. Aurélie rief sich Charlènes Notizen auf und las sich die Informationen ein weiteres Mal durch. Dann machte sie sich auf die Suche nach Fakten zu Luc Bellamort, der im Mittelpunkt von Charlènes Recherchen gestanden hatte.

Der Politiker war fünfundvierzig Jahre alt und seit drei Jahren für die Vergabe von Bauaufträgen im Département Aude zuständig. Vor einem Jahr war ein Großauftrag in einem Volumen von zehn Millionen Euro an eine Firma aus Paris gegangen, die unter anderem am Canal du Midi den Hochwasserschutz überprüfen und verstärken sollte. Eine hier ansässige Firma hatte die Arbeiten für zwei Millionen weniger angeboten, war aber trotzdem nicht berücksichtigt worden. Angeblich, weil sie zu wenig Referenzen in dem Bereich vorzuweisen hatte. Außerdem hatte das Konzept die Entscheidungsträger nicht überzeugt.

Charlène stellte den Vorwurf in den Raum, dass Bellamort möglicherweise Bestechungsgeld von der Pariser Firma angenommen hatte, um das ansässige Unternehmen auszubooten. Luc Bellamort war verheiratet und hatte drei Kinder. Er lebte mit seiner Familie in Narbonne. Seine Frau arbeitete als Lehrerin.

Aurélie horchte auf. Sie rief sich ein Bild des Politikers auf. Bellamort war ein gut aussehender Mann, musste sie zugeben. Die hohen Wangenknochen und die markante Nase verliehen seinem Gesicht fast etwas Aristokratisches. War er möglicherweise der ominöse Besucher, mit dem sich ihre Schwester in dem Hotel getroffen hatte?

Laut ihren Aufzeichnungen hatte Bellamort sich bisher strikt geweigert, ein Interview mit Charlène zu führen. Beherzt nahm Aurélie den Telefonhörer auf und wählte die Nummer, die ihre Schwester hinter dem Namen des Politikers vermerkt hatte.

»Vorzimmer Luc Bellamort, Sie sprechen mit Yvette Argaux.«

Aurélie räusperte sich. »Bonjour, Madame. Mein Name ist Charlène Richaud. Ich möchte anfragen ...«

»Madame Richaud«, wurde sie von der Sekretärin sofort unterbrochen. »Wie oft möchten Sie denn noch hier anrufen?«

»Bis Monsieur Bellamort mit mir spricht«, antwortete Aurélie voller Entschlossenheit.

Die Sekretärin gab ein schnalzendes Geräusch von sich. »Monsieur Bellamort ist sehr beschäftigt. Das sagte ich Ihnen bereits. Daher möchte ich Sie bitten, von weiteren Anrufen abzusehen.«

»Er hat in der Vergangenheit also nie einer Befragung zugestimmt?«, rutschte es Aurélie heraus, bevor sie überhaupt über ihre Worte nachdenken konnte.

»Wie bitte?«

Aurélie konnte die Verwirrung der Angestellten förmlich aus deren Stimme heraushören. »Sind Sie sich sicher, dass Monsieur Bellamort keinem Interview zugestimmt hat?«

»Ich verstehe nicht ganz ...«

Aurélie rang um Fassung. Eilig legte sie den Hörer auf, ohne sich zu verabschieden. War sie noch ganz bei Trost? Fast hätte sie ihre Tarnung aufgegeben und sich selbst verraten. Wie es schien, gingen langsam, aber sicher die Nerven mit ihr durch. Hoffentlich forschte Bellamorts Sekretärin nicht weiter nach und kontaktierte Charlènes Chef. Was sollte sie dann sagen? Wie sollte sie reagieren? Sie würde einfach darauf beharren, dass es sich um ein Missverständnis gehandelt hatte. Dass die Angestellte sich verhört hatte. Was auch immer …

Wenn sie herausfinden wollte, ob Charlènes Job in Zusammenhang mit ihrer Ermordung stand, musste sie sich unbedingt im Griff haben. Erneut überflog sie die Notizen ihrer Schwester. Sie hatte bereits mit dem Geschäftsführer der ansässigen Firma gesprochen, einem gewissen Marc Forelles, der ebenfalls den Verdacht geäußert hatte, dass bei der Auftragsvergabe Schmiergelder im Spiel gewesen sein könnten. Die Pariser Firma hatte mit dem Verweis auf dringende Termine jegliche Interviewanfrage abgelehnt. Kein Wunder, dachte Aurélie verächtlich. Obwohl sie nach wie vor nicht verstand, was in Charlène vorgegangen war, bewunderte sie in diesem Moment die Beharrlichkeit ihrer Schwester und deren Willen, Ungerechtigkeiten und Missstände mit aller Konsequenz bis zum Ende zu verfolgen und aufzudecken.

Diese gerechtigkeitsliebende Art passte so gar nicht mehr zu dem Bild, das in Aurélie seit Charlènes Ermordung entstanden war. War es möglich, dass sie das Tagebuch doch falsch interpretierte? Dass es eventuell sogar fiktiv war? Dass ihre Schwester kein einziges der Worte, die sie aufgeschrieben hatte, so gemeint hatte?

Aurélies Gedanken überschlugen sich. Wie konnte sie herausfinden, ob das Notizbuch eine Art Experiment gewesen war? Sie sah zu Sophie hinüber.

»Schreibst du Tagebuch?« Hoffentlich hatten die beiden in der Vergangenheit nie darüber gesprochen.

Charlènes Kollegin sah überrascht auf. »Wie bitte?«

Aurélie wiederholte ihre Frage.

»Ich habe dich verstanden«, gab Sophie zurück. »Aber wie kommst du darauf?«

Aurélie zuckte mit den Achseln. »Mir ist da gerade eine Idee für eine neue Reportage gekommen.«

Sophies Lippen verzogen sich zu einem Lächeln. »Ach so! Nein, ich schreibe kein Tagebuch.« Sie machte eine Pause. »Du?«

Aurélie wurde es gleichzeitig heiß und kalt. Sophie würde doch nicht nachfragen, wenn sie es bereits wüsste, oder? Wollte sie sie auf die Probe stellen? Hatte sie doch Verdacht geschöpft?

»Nein«, erklärte sie mit bebender Stimme. »Dafür hätte ich gar keine Zeit. Ich schreibe ja hier genug.«

Sophie nickte. »Sehe ich genauso.« Sie wandte sich wieder ihrem Bildschirm zu.

Aurélie atmete erleichtert aus. Sophie wusste also nichts davon. Stieg dadurch die Wahrscheinlichkeit, dass die Aufzeichnungen gar nicht authentisch waren? Hätte Charlène ihrer besten Freundin nicht irgendwann einmal erzählt, dass sie regelmäßig Tagebuch schrieb, wenn sie es wirklich getan hätte? Konnte es also nicht doch sein, dass es sich lediglich um ein Gedankenspiel handelte? Nach dem Motto »Was wäre, wenn ich meine Schwester aus tiefstem Herzen hassen würde?«. Aurélies Verwirrtheit wuchs. Hatte sie ihrer Schwester etwa unrecht getan, indem sie fiktive Notizen für bare Münze gehalten hatte?

55

»Dann wollen wir mal«, erklärte Jean und erhob sich. Loulou nickte und folgte ihm in den Verhörraum, wo Charlène Richaud bereits auf sie wartete.

Jean begrüßte die dunkelhaarige Frau, die abwartend auf der Stuhlkante saß. »Danke, dass Sie es so schnell einrichten konnten.«

Nachdem er und Loulou sich gesetzt hatten, hob er seinen Blick und betrachtete die Zwillingsschwester des Opfers eingehend. Charlène Richaud wirkte blasser als bei ihrem letzten Besuch. Ihre Augen sahen stumpf und müde aus.

»Wie geht es Ihnen?«

Sie schwieg einige Sekunden. Er konnte Verunsicherung in ihrer Miene erkennen.

»Wie soll es mir gehen? Meine Schwester ist tot.« Charlène Richauds Stimme klang defensiv und beklommen. Zum wiederholten Mal hatte Jean das Gefühl, dass sie etwas vor ihnen verbarg. Irgendetwas stimmte mit dieser Frau nicht. Sie wirkte fast wie ferngesteuert, wie eine Marionette. Er konnte es nicht benennen, was ihn an ihr störte, doch er spürte, dass diese Frau ein Geheimnis umgab. Dass es mit dem Tod ihrer Schwester zu tun hatte, konnte er nicht beschwören, doch was sonst sollte sie vor ihnen verheimlichen wollen?

»Sie sagten, es gäbe Neuigkeiten«, ergriff Richaud nun das Wort.

»Wir wissen jetzt, woher sich Ihre Schwester und Pascal Cartes, der Tote aus Béziers, kannten«, begann Loulou, während auch sie Richaud genaustens im Auge behielt.

Die Schwester des Opfers verzog keine Miene bei diesen Worten.

»Sie haben sich über ein Onlinedating-Format kennengelernt.« Loulou nannte den Namen.

Charlène Richaud schüttelte den Kopf. »Niemals.«

Jean musterte sie aufmerksam. Und schon wieder überkam ihn das Gefühl, dass hier etwas nicht stimmte. Ihre Reaktionen warfen immer wieder aufs Neue Rätsel auf.

»Warum niemals?«

Richaud kaute auf ihrer Unterlippe. »Weil … Aurélie einen Freund hatte. Warum hätte sie sich bei einer Datingplattform registrieren sollen?«

Jean nickte bedächtig. »Madame, die Frage lautet nicht, warum. Fakt ist, dass Ihre Schwester angemeldet war. An dieser Tatsache gibt es nichts zu rütteln.«

Charlène Richaud sah von ihm zu Loulou, bevor sie kurz die Augen schloss, als wolle sie überlegen. »Das kann nicht sein«, sagte sie leise. »Das ist … unmöglich.«

»Wir haben alles überprüft, Madame. Und wir können Ihnen

versichern, dass es keinerlei Zweifel gibt. Ihre Schwester und Monsieur Cartes haben sich über dieses Portal kennengelernt und waren definitiv am Abend des Todes von Pascal Cartes verabredet.«

Jean konnte Richaud ansehen, dass ihr tausend Fragen durch den Kopf gingen. Er wartete gespannt, ob sie sie an ihren Gedankengängen teilhaben lassen würde. Als sie beharrlich schwieg, entschied er sich, ihr näher auf den Zahn zu fühlen. »Was denken Sie darüber? Warum überrascht Sie diese Tatsache so sehr?«

Charlène Richaud senkte den Blick. »Aurélie hatte eine Beziehung.«

»In der sie ganz offensichtlich nicht besonders glücklich war«, gab Loulou unbeeindruckt zurück. »Ihr Freund hat selbst ausgesagt, dass er den Eindruck hatte, Aurélie wolle sich von ihm trennen. Und die Freundin Ihrer Schwester hat ebenfalls erklärt, dass ...«

»Ich weiß, was Carole gesagt hat«, fiel ihr Richaud hörbar aufgewühlt ins Wort. »Trotzdem ...«

»Trotzdem was, Madame?« Jean wollte sie noch nicht von der Angel lassen. Die neue Erkenntnis schien Charlène Richaud völlig aus der Bahn geworfen zu haben. Warum? Gut, dass sie nicht begeistert darüber war, dass ihre Schwester trotz Beziehung andere Männer gedatet hatte, war nicht wirklich verwunderlich, aber es war auch kein Verbrechen und geschah täglich tausendfach. Woher kam also diese ganz offensichtliche Erschütterung?

»Ich verstehe es nicht«, hauchte sie kaum hörbar. »Ich ... scheine meine Schwester überhaupt nicht gekannt zu haben.«

»Ich kann Ihre Irritation verstehen«, log Jean. »Und ich höre aus Ihren Worten, dass Sie nichts von Aurélies Bestrebungen, auf diese Weise einen neuen Partner zu finden, wussten?«

»Natürlich nicht.« Sie klang angriffslustig.

»Hatte Ihre Schwester noch einen zweiten Laptop?«, ergriff Loulou wieder das Wort.

Richaud schüttelte den Kopf. »Warum?«

»Weil wir auf dem bekannten Gerät keinerlei Hinweise auf ihre Anmeldung gefunden haben«, erklärte ihr Jean. »Möglicherweise hat sie über ein Fremdgerät mit Cartes kommuniziert.«

Charlène Richaud erwiderte nichts, sondern starrte nur weiter auf den Tisch.

»Monsieur Cartes hatte eine gewisse Ähnlichkeit mit Ihrem Mann, Madame«, versuchte Jean ein weiteres Mal, sie zu knacken. »Wir hatten bereits darüber gesprochen. Und Aurélies Freundin war der Meinung, dass Ihre Schwester nach wie vor Gefühle für Ihren Mann hegte. Klingt es nicht plausibel, dass Ihre Schwester auf diese Weise nach einem Partner gesucht hat, der eher dem Bild ... ihres Traummanns entsprach?«

»Das ist absurd«, blaffte sie umgehend zurück. »Sie hätte niemals ...« Sie presste die Lippen zusammen und schwieg.

Mehr würde er für heute wohl nicht aus ihr herausbekommen. Er wechselte einen kurzen Blick mit Loulou und nickte unauffällig. »Gut, vielen Dank noch mal für Ihr Kommen. Wir melden uns, wenn es neue Entwicklungen gibt.«

Sichtlich überrascht sah Charlène Richaud ihn an. »Das war es?«

Er nickte. »Für den Moment, ja.«

Sie erhob sich langsam und steuerte auf die Tür zu.

»Sollen wir Sie noch zum Ausgang bringen?«

Sie hob eine Hand und schüttelte nur den Kopf. Ohne ein weiteres Wort verließ sie den Raum.

»Was denkst du?« Loulou erhob sich und lehnte sich gegen die Tischplatte.

Jean sah zu ihr auf. »Sie lügt.«

»Wegen des Laptops?« Loulou wirkte skeptisch.

»Nein, wegen ... Keine Ahnung.« Er verschränkte die Arme vor der Brust. »Warum hat sie die Tatsache, dass ihre Schwester beim Onlinedating angemeldet war, dermaßen überrascht?«

»Vielleicht sieht sie es als Vertrauensbruch, dass Aurélie ihr offenbar nichts davon erzählt hat?«, versuchte sich Loulou an einer Erklärung.

Jean schnaufte. »Nein. Diese Frau lügt. Und ich sage dir, sie lügt jedes Mal, wenn sie mit uns redet. Ich bekomme es einfach nicht zu fassen, aber ... sie verhält sich merkwürdig.«

»Ich weiß nicht. Hast du dich nicht etwas zu sehr auf sie eingeschossen?« Loulou sah ihn an. »Du denkst nach wie vor, dass sie es war?«

Er zog eine Grimasse. »Vielleicht. Aber ich glaube fest, dass sie irgendetwas damit zu tun hat. Ob sie es selbst war oder ob sie ihren Mann angestiftet hat oder ...«

»Aber wie passt Cartes dann da hinein?«

»Wir drehen uns im Kreis«, erklärte Jean frustriert. »Die Familie verhält sich in meinen Augen nach wie vor mehr als verdächtig. Aber ... ich ... wir können ihnen nichts nachweisen.«

»Vielleicht sollten wir noch mal ganz neu denken«, brachte seine Partnerin vorsichtig an. »Wie du schon sagtest, wir stecken in einer Sackgasse fest. Und wir kommen bei den Richauds nicht weiter. Möglicherweise sollten wir die Kollegen des Opfers noch mal näher ins Visier nehmen. Ihre Künstlertätigkeit intensiver beleuchten. Nach unzufriedenen Kunden suchen.«

Jean überlegte kurz, bevor er den Kopf schüttelte. »Setz meinetwegen zwei Leute darauf an. Aber ich bleibe dabei: Die Richauds stecken da irgendwie mit drin. Wir können es ihnen nur noch nicht beweisen.«

56

Ziellos irrte Aurélie durch die Altstadt von Narbonne, während sie nicht mehr wusste, was sie noch denken sollte. Hatte sie vor ihrem Gespräch mit den Beamten nicht noch mit sich gehadert, ob sie ihrer Schwester unrecht getan hatte? Ob die Tagebucheinträge möglicherweise nicht ernst gemeint waren? Und jetzt erzählte ihr die Polizei, Charlène habe sich als Aurélie bei einer Datingplattform angemeldet, um sich mit anderen Männern zu verabreden.

Warum hatte sie Aurélies Namen für ihre merkwürdigen Spielchen missbraucht? Und warum hatte sie nicht irgendeinen Fantasienamen benutzt? Aurélie konnte sich absolut keinen Reim auf die neuesten Erkenntnisse der Polizei machen. Charlène war doch mehr oder weniger glücklich verheiratet gewesen. Hatte sie sich möglicherweise auch am Abend ihrer Ermordung mit einer neuen Bekanntschaft getroffen? Steckte eines ihrer Dates hinter ihrem Tod?

Sicher würde die Polizei diese Spur weiterverfolgen. Oder? Aurélie war sich da nicht so sicher. Noch immer steckte ihr der durchdringende Blick von Capitaine Foummant in den Knochen. Der Polizist misstraute ihr, das hatte sie auch schon bei den vergangenen Befragungen nur allzu deutlich gespürt.

Aurélie wurde schwindelig angesichts all der losen Enden. Sie war in einem verfluchten Albtraum gefangen, aus dem es keinen Ausweg zu geben schien. Anstatt endlich Antworten zu finden, tauchten immer neue Fragen auf. Sie stützte sich an der Mauer eines Geschäfts ab.

»Geht es Ihnen nicht gut, Madame?« Ein älterer Mann blieb stehen und musterte sie mit besorgter Miene. »Sie sind ganz blass im Gesicht.«

Aurélie rang sich ein bemühtes Lächeln ab. »Danke, aber es geht schon wieder.«

»Sind Sie sicher?« Er schien nicht überzeugt. »Ich kann Ihnen gern ein Glas Wasser besorgen.«

»Das ist wirklich sehr nett von Ihnen. Aber ich habe etwas zu trinken dabei.« Sie hoffte, dass er sie endlich in Ruhe ließ.

Unschlüssig verlagerte er sein Gewicht. »Gut.« Er klang unsicher. »Dann ... alles Gute für Sie.«

Aurélie nickte und bog in eine schmale Seitengasse ein. Sie wollte allein sein, brauchte dringend Ruhe, um ihre Gedanken ein wenig zu ordnen. Noch immer zitterten ihre Knie. Langsam lief sie durch die kleine Straße, während sie wieder und wieder über das eben Gehörte nachdachte. Ihr fiel der Ordner auf Charlènes Computer in der Redaktion ein. Hatte sie nicht begonnen, zu dem Thema Onlinedating zu recherchieren? Auch in ihrem Tagebuch hatte sie erwähnt, dass Charles wenig begeistert von ihrer Idee gewesen war. War das Treffen mit Cartes möglicherweise doch ihrer beruflichen Tätigkeit geschuldet? Vielleicht hatte Charlène sich gar entschieden, das Thema ohne das Einverständnis ihres Chefs weiter zu vertiefen.

Aurélie meinte sich zu erinnern, dass der Ordner nur sehr wenige Informationen enthalten hatte, daher hatte sie sich erst den anderen Themen gewidmet. War das ein Fehler gewesen?

Wenn Charlène sich aus beruflichen Gründen bei der Datingplattform angemeldet hatte, stand nach wie vor die Frage im Raum, warum sie das unter Aurélies Namen getan hatte. Sie hätte sie doch zumindest vorab um Erlaubnis fragen müssen, falls sie ihren wahren Namen nicht preisgeben wollte, um nicht gleich als Journalistin aufzufliegen, falls jemand sie im Internet gesucht hätte.

Nein, einiges passte nach wie vor nicht zusammen. Andererseits hatte Charlène Aurélie gesagt, sie habe an jenem Abend ein geschäftliches Interview, ebenso wie im Februar, als sie das erste Mal in Charlènes Rolle schlüpfen sollte. Vielleicht hatte Charlène ja tatsächlich die Wahrheit gesagt. In diesem Fall würde sich die Polizei täuschen. Wenn Charlène sich mit Pascal Cartes beruflich verabredet hatte, konnte sie wohl kaum hinter dem Mord an dem Lehrer aus Béziers stecken. Dann wäre es reiner Zufall gewesen, dass ihre Schwester sich an seinem Todestag mit dem späteren Opfer getroffen hatte. Doch klang dieses Szenario realistisch?

Aurélie drehte sich im Kreis. Cartes' Nachbarin hatte ausgesagt, dass er allein war und sich eine Partnerin gewünscht hatte. Vielleicht war er sauer, als er erfahren hatte, dass Charlène nur aus Recherchegründen für ihren Artikel mit ihm geredet hatte. Möglicherweise war er ausgerastet, und ihre Schwester hatte in Notwehr gehandelt. Nein, verwarf Aurélie den Gedanken sofort wieder. Warum hätte Charlène eine Waffe zu einem Interview mitbringen sollen? Aus Sicherheitsgründen?

Aurélie begann erneut zu schwanken. Niemand wusste, wer sich hinter einem Onlineprofil verbarg. Vielleicht wollte Charlène sich tatsächlich nur schützen. Doch sowohl die Aussage des Cafébesitzers als auch die der Nachbarin hatten nicht so geklungen, als sei Cartes ein rasender Choleriker gewesen. Nein, auch diese Erklärung erschien Aurélie wenig logisch.

Und was war mit Bastien? Angenommen, er hatte herausgefunden, dass seine Frau sich per Onlinedating mit anderen Männern traf. Und weiter angenommen, er hatte nicht gewusst oder nicht geglaubt, dass sie dies aus rein beruflichen Gründen tat. Wie hätte er möglicherweise reagiert? Er war am Tatabend nicht zu Hause, rief Aurélie sich zum wiederholten Mal ins Gedächtnis. Was hatte Bastien von den seltsamen Machenschaften seiner Frau gewusst? War er wirklich so unwissend, wie er vorgab? Er hatte angeblich keine Ahnung von dem Tagebuch gehabt, ebenso wenig wie von der Therapie.

Konnte Aurélie ihm glauben? Wie realistisch war es, dass Charlène vor den Augen ihres Mannes Fremde datete und er nichts davon mitbekam? Die beiden waren immerhin verheiratet gewesen. Hätte er nicht auf irgendeine Weise eine Veränderung in ihrem Verhalten bemerken müssen? Die ganze Situation wurde immer verworrener, und Aurélie wusste kaum noch, was Wirklichkeit und was lediglich ihrer Interpretation der Ereignisse geschuldet war.

Wie sollte sie nun vorgehen? Was würde die Polizei ihr noch an Überraschungen präsentieren? Die Beamten schienen keine heiße Spur zu haben. Wahrscheinlich verdächtigten sie noch immer Aurélie oder Bastien oder womöglich auch beide zusammen. Auf diese Weise kam sie niemals aus dem ganzen Schlamassel heraus. Konnte sie Bastien vertrauen? Oder sollte sie ihn bei ihren weiteren Nachforschungen lieber außen vor lassen?

Als sie wieder an der Kathedrale ankam und aus den dunklen Gassen auf den Vorplatz trat, wurde sie von gleißendem Sonnenlicht geblendet. Sie beschattete die Augen mit ihrer rechten Hand und überlegte, wie sie sich nun Bastien gegenüber verhalten sollte. Tief im Inneren wünschte sie sich, dass er so unschuldig war, wie er behauptete. Dass er nur das Opfer einer intriganten und hasserfüllten Frau geworden war. Fast hätte sie aufgelacht. Einer Frau, die zufälligerweise ihre Schwester gewesen war.

Nach wie vor lief Charlènes Mörder frei herum. Was geschähe, wenn er sich ein weiteres Opfer suchen würde? Aurélie könnte es sich niemals verzeihen, wenn wegen all ihrer Lügen noch ein Mensch zu Schaden käme. Warum hatte sie nicht bei der heutigen Befragung einfach ihren Mund aufgemacht? Weil sie Angst hatte, beantwortete sie sich ihre Frage sofort. Angst vor den Folgen ihres Versteckspiels, Angst vor der Wahrheit, Angst vor all dem, was die Polizei noch zutage fördern würde, wenn sie die volle Wahrheit wüsste.

Nein, sie hatte gar keine Wahl. Sie musste weiter in ihrer Rolle verharren. Musste darauf vertrauen, dass ihre Menschenkenntnis sie in Bezug auf Bastien nicht völlig täuschte.

57

»Wie geht es Ihnen heute?« Die Therapeutin lehnte sich in ihrem Sessel zurück und sah Aurélie abwartend an.

»Nicht so besonders.«

Nathalie de Bernier nickte. »Sie baten bei unserem letzten Termin um eine erste Einschätzung von mir«, setzte sie an. »Ich habe mir nun unsere Sitzungen noch mal ins Gedächtnis gerufen und auch berücksichtigt, wie Sie anfangs über Ihre Situation und Ihre Gefühle geredet haben. Warum Sie zu mir kamen. Charlène, ich möchte ganz offen mit Ihnen sprechen. Ich denke, Sie hätten mich nicht gefragt, wenn Sie nicht eine realistische Einschätzung von mir erwarten würden.«

Aurélie blieb stumm.

»Wenn ich ehrlich bin, sehe ich noch wenig ... Entwicklung bei Ihnen.«

»Wie meinen Sie das?«

»Sie haben mir erzählt, dass das Verhältnis zu Ihrer Schwester schon immer sehr schwierig gewesen sei«, fuhr die Therapeutin fort. »Dass Sie oft das Gefühl hätten, Aurélie könne Sie nicht leiden, obwohl Sie Schwestern sind ... waren. Dass sie es auf Ihren Mann abgesehen hätte und Ihnen Ihr Glück nicht gönne.« Sie machte eine Pause. »Sie fühlen sich benachteiligt, zurückgesetzt. In der Kindheit von Ihren Eltern, später vom Leben im Allgemeinen ... Das ist Ihr subjektives Empfinden. Ich habe Ihnen immer gesagt, Sie sollten versuchen, sich auch in Ihr Gegenüber einzufühlen. Sollten sich bemühen, die Perspektive einmal zu ändern. Um zu erkennen, dass es möglicherweise auch eine andere Sicht auf die jeweilige Situation gibt.«

Sie strich über ihre Leinenhose. »Ich glaube, an diesem Punkt sind Sie noch nicht angekommen«, brachte sie vorsichtig an und betrachtete Aurélie eingehend. »Ihnen fällt es nach wie vor schwer, Empathie zu zeigen. Sie schaffen es noch nicht, einen Schritt zurückzutreten und mit etwas mehr Sachlichkeit Ihre Beziehungen zu überprüfen. Zu Ihrem Mann, Ihrer Schwester ...« Sie zuckte bedauernd mit den Schultern. »Sie haben mir erzählt, dass es Ihnen schwerfällt, Intimität mit Ihrem Mann zuzulassen. Dass Sie das Gefühl hätten, er empfinde nach wie vor etwas für Ihre Schwester. Sie fühlen sich von beiden nicht verstanden und befürchten, hintergangen zu werden.«

De Bernier beugte sich vor. »Aber Ihr Mann hat *Sie* geheiratet. Wenn Sie möchten, dass sich Ihre Beziehung wieder intensiviert, sollten Sie unbedingt einen Schritt auf ihn zugehen. Sie müssen gemeinsam an Ihrer Ehe arbeiten. Ihre Schwester ist tot, das Verhältnis zu ihr können Sie nicht mehr klären. Was Ihnen jetzt aber bleibt, ist, die Erinnerungen zurechtzurücken.«

Aurélie hatte den Worten der Therapeutin mit angehaltenem Atem gelauscht. »Ich verstehe nicht ganz ...«

»Überlegen Sie noch einmal, ob Ihr Empfinden wirklich mit der Realität übereinstimmt. Möglicherweise fallen Ihnen Situationen ein, die Sie auf eine bestimmte Weise interpretiert haben, weil Sie *erwartet* haben, dass sie sich genauso abspielen. Wenn man versucht, einen anderen Blickwinkel einzunehmen, merkt man jedoch oft, dass man die Szenerie zu eindimensional gesehen hat. Es ist überaus wichtig, das eigene Verhalten immer wieder zu hinterfragen. Und dieser Aspekt ist bei Ihnen noch ... lassen Sie es mich so sagen, sehr schwach ausgebildet.«

»Was raten Sie mir?«

De Bernier schenkte Aurélie ein sanftes Lächeln. »Ich denke, die Antwort auf Ihre Frage finden Sie hier drinnen.« Sie legte eine Hand auf ihren Brustkorb. »Bemühen Sie sich, Ihr Gegenüber besser zu verstehen. Versuchen Sie, aus Ihrer eigenen Perspektive zu schlüpfen und den Blick des anderen anzunehmen. Wenn Sie zum Beispiel keine Lust auf Nähe haben, dann sollten Sie sich fragen, warum Ihr Mann gerade jetzt auf Sie zukommt. Nicht, weil er Ihre Schwester will. Nein, Ihr Mann kommt auf Sie zu, weil er mit Ihnen zusammen sein möchte. Wenn Sie mir von derartigen Situationen berichten, klingt immer wieder durch, dass Sie ihn mit Ihrer Abweisung bestrafen wollen. Weil er sich Ihrer Ansicht nach zu wenig von Aurélie abgrenzt.« Sie nickte. »Aber in dem Moment, wo Sie beide allein sind und er Ihnen signalisiert, dass er mit Ihnen zusammen sein will, sollten derlei Überlegungen keinen Raum bekommen. Obwohl es nur um Sie beide geht, lassen Sie zu, dass Ihre Ängste Sie genau so handeln lassen, dass eben genau das eintritt, was Sie am meisten fürchten. Es ist eine Art Teufelskreis. Und dadurch haben Sie erneut einen Grund, wütend auf Ihre Schwester zu sein. Letztlich ist es aber nicht Aurélie, die sich zwischen Sie drängt. Es sind Sie selbst, die diesen Konflikt auslöst.«

Aurélie war bei de Berniers Worten ganz übel geworden. Sie wusste nichts zu erwidern, fühlte sich nur noch stumpf und leer.

»Es tut mir leid, wenn Sie meine Worte im ersten Moment möglicherweise treffen«, setzte die Therapeutin ihre Einschätzung fort. »Aber ich bin davon überzeugt, dass eine Therapie nur dann zum Erfolg führen kann, wenn der Patient erkennt, welche Probleme, welche inneren Konflikte er mit sich herumträgt. Wir sollten auf jeden Fall noch mehr in die Tiefe gehen. Es stellt sich die Frage, woher dieses Gefühl bei Ihnen rührt. Oft findet man die Ursachen für solche Verhaltensweisen bei der Analyse frühester Kindheitsverbindungen, Geschwister, Schulkameraden …«

»Sie sind also der Ansicht, dass ich etwas ändern kann?«, wollte Aurélie wissen, obwohl de Berniers Bewertung eher vom Gegenteil zeugte.

»Wir können immer etwas ändern«, erwiderte die Therapeutin. »Wenn wir es wollen. Es liegt allein an uns, eingefahrene Verhaltensweisen zu überdenken und entsprechend zu handeln. Wie gesagt, der Wille zum Neuen muss da sein.« Sie lehnte sich zurück und musterte Aurélie erneut. »Viel Stoff zum Nachdenken, nicht wahr?«

Aurélie zögerte. »Deshalb bin ich hier.«

Die Therapeutin nickte. »Sie erscheinen mir offener als bei den letzten Sitzungen. Wie stellt sich die Situation mit Ihrem Mann momentan dar?«

Was würde Charlène auf diese Frage erwidern? Nach allem, was Aurélie auch heute wieder gehört hatte, hatten ihre Schwester und Bastien gravierende Probleme gehabt. »Ich weiß nicht. Wir … umkreisen einander. Ich glaube, keiner von uns weiß so recht, wie er sich verhalten soll angesichts der aktuellen Situation«, erklärte sie leise.

»Das klingt sehr ehrlich«, gab die Therapeutin zurück. »Lassen Sie sich auf den Konflikt ein. Suchen Sie das Gespräch mit Ihrem Mann. Probleme totzuschweigen hat noch niemandem geholfen. Vielleicht kann der Tod Ihrer Schwester auch ein Neuanfang für Sie beide sein.«

Augenblicklich meldete sich wieder Aurélies schlechtes Gewissen.

»Krisen können oft auch heilend wirken«, fuhr de Bernier fort, die nichts von Aurélies innerem Zwist zu spüren schien. »Man rückt näher zusammen, besinnt sich auf die wesentlichen Themen im Leben. Nebensächliches wird unwichtiger.«

Was sollte sie darauf erwidern? »Ich liebe ihn«, gab sie offen zu.

Die Therapeutin lächelte. »Das ist das erste Mal, dass ich das von Ihnen höre. Und es ist ein vielversprechender Anfang. Wenn Sie ihn noch lieben, können Sie eine Kehrtwende schaffen. Sie haben erkannt, dass Sie noch etwas für Ihren Mann empfinden. Indem wir uns bewusst machen, was wir möchten, beeinflussen wir unser Verhalten ebenfalls. Sie haben es laut ausgesprochen. Der nächste Schritt wäre, dass Sie es auch Ihrem Mann gegenüber sagen. Liebe kann uns verletzlich und schwach machen. Aber auf der anderen Seite kann sie uns stärken.«

»Ja, ich liebe ihn«, wiederholte Aurélie andächtig, da es sich gut anfühlte, endlich die Wahrheit sagen zu dürfen. »Doch ich weiß auch, dass Liebe allein manchmal nicht reicht.«

Die Therapeutin nickte. »Da haben Sie recht. Aber es ist auf jeden Fall eine Grundvoraussetzung, Probleme gemeinsam anzugehen. Und ich spüre heute bei Ihnen sehr deutlich die Gefühle, die in Ihnen wühlen.« Sie hielt kurz inne. »Vielleicht zum ersten Mal, seit Sie zu mir kommen.«

Die Leute sahen nur, was sie sehen wollten. Nicht einmal de Bernier hinterfragte die Tatsache, dass die Person vor ihr offensichtlich völlig anders auftrat, als sie es von ihr gewohnt war. Mehr und mehr wunderte Aurélie sich über die Ignoranz der Menschen.

58

Bevor sie weiter über ihr Vorhaben nachdenken konnte, lenkte Aurélie Charlènes Wagen auf den Parkplatz vor Bastiens Architekturbüro. Entschlossen griff sie nach ihrer Handtasche und verließ das Fahrzeug. Sie brauchte dringend Antworten. Jetzt. Sie musste wissen, ob Bastien derjenige war, für den sie ihn hielt, oder ob sie sich von ihm ebenso wie von ihrer Schwester kolossal hatte täuschen lassen. Kurz ließ sie ihren Blick über das zweistöckige Gebäude wandern. Es war das erste Mal, dass sie Bastien in seinem Büro besuchte. Die gepflegte Fassade mit den frisch gestrichenen weißen Klappläden wirkte einladend und freundlich.

Aurélie steuerte auf den Eingang zu und drückte die schwere Holztür auf. Der geräumige Vorraum war leer, durch eine offene Tür vernahm Aurélie das Lachen einer Frau. Dann erklang Bastiens Stimme, leiser, sodass Aurélie nicht verstand, was er sagte.

»Ich bin gespannt, ob du recht hast.« Wieder lachte die Frau.

Wut stieg in Aurélie hoch. Charlène war tot, und Bastien scherzte hier mit seiner Sekretärin?

»Hallo.«

Eine junge blonde Frau erschien wenige Sekunden später im Türrahmen. »Ah! Bonjour, Charlène.«

»Ich wollte nicht stören«, erklärte Aurélie in patzigem Tonfall und schürzte ihre Lippen.

Bastiens Sekretärin runzelte die Stirn. »Du störst doch nicht. Dein Mann ist hier.« Sie zuckte mit den Achseln. »Er hat gerade einen großen Auftrag an Land gezogen.«

In diesem Moment erschien Bastien hinter der Sekretärin. Während er Aurélie einen warnenden Blick zuwarf, verzog er seine Lippen zu einem Lächeln.

»Charlène, was für eine schöne Überraschung.«

Die gespielte Freude in seiner Stimme fachte Aurélies Zorn nur weiter an.

»Komm, wir waren eh gerade fertig«, merkte die Sekretärin an und zeigte in den Raum.

Nachdem Aurélie das Büro betreten hatte, wechselte die Angestellte einen kurzen Blick mit Bastien, bevor sie die Tür hinter sich schloss.

»Du flirtest mit deiner Sekretärin, nachdem deine Frau erst vor Kurzem ermordet wurde.«

Aurélie sah sich unauffällig in dem kleinen Büro um, dessen Wände von deckenhohen Regalen bedeckt waren. Ordner und Fachliteratur reihten sich dicht an dicht, soweit sie erkennen konnte.

»Spinnst du?« Bastien verengte seine Augen. »Und was machst du überhaupt hier?«

Scheinbar gleichgültig zuckte sie mit den Achseln. »Ich wollte ein paar Antworten.«

»Antworten? Was für Antworten?« Er stemmte eine Hand in seine Hüften. »Was soll das Ganze?«

»Wie gesagt, ich möchte Antworten.«

Er packte sie am Arm und zog sie von der Tür weg. »Sylvie muss uns nicht unbedingt hören.«

»Sylvie also«, stellte Aurélie noch immer verärgert fest.

»Sie ist meine Assistentin.«

»Die ganz offensichtlich in ihren Chef verschossen ist«, stichelte Aurélie weiter, obwohl sie wusste, dass sie gerade unfair wurde.

»Rede keinen Unsinn«, fuhr er sie an. »Nicht sie war es, die mich unter Vortäuschung falscher Tatsachen in ihr Bett gelockt hat.«

Seine Worte trafen Aurélie wie spitze Nadelstiche, doch sie ließ sich in ihrem Vorhaben nicht beirren. »Wo warst du am Mordabend?«

Er machte einen Schritt auf sie zu. »Wie bitte?«

»Ich denke, du hast mich ganz gut verstanden.« Sie sah zu ihm auf und konnte die einzelnen Bartstoppeln an seinem Kinn erkennen.

»Was soll das, Aur...?« Er biss sich auf die Lippe. »Was willst du?«

»Die Wahrheit«, gab sie umgehend zurück. »Also? Wo warst du?«

Er hob die Hände. »Ich war joggen, das weißt du doch.«

Sie nickte. »Soso. Weiß ich das?« Aurélie legte den Kopf schief. »Woher eigentlich? Weil du das behauptest? Vielleicht bist du ja nach Narbonne gejoggt, um deine Frau umzubringen?«

Er wich vor ihr zurück. »Was ist los?«

»Hast du sie umgebracht?«, setzte Aurélie nach.

»Nein!«, erklärte er lauter, bevor er zur Tür sah und wieder zurück zu Aurélie. »Nein, verdammt«, wiederholte er leiser. »Natürlich nicht.«

»Du hast also nicht herausgefunden, dass sich deine Frau per Onlinedating mit anderen Männern verabredet hat? Dass sie dich betrogen und belogen hat?«, fuhr Aurélie sämtliche Geschütze auf, die ihr zur Verfügung standen. »Du bist nicht nach Narbonne gelaufen, um sie zu überwachen? Um zu sehen, mit wem sie sich an jenem Abend treffen wollte?«

»Davon abgesehen, dass ich es in der Zeit, in der ich weg war, niemals nach Narbonne und zurück geschafft hätte«, begann Bastien voller Zorn. »Nein! Verflucht. Von was redest du da überhaupt? Was soll das bedeuten? Onlinedating?«

Aurélie musterte sein Gesicht. Wenn er ihr etwas vormachte, war er ein verdammt guter Schauspieler. Seine Verwirrung wirkte echt, seine Wut nicht gespielt. »Du wusstest also nichts von ihren Onlineaktivitäten?«

Er schloss kurz die Augen. »Ich verstehe nur Bahnhof, Aurélie.« Bastien schien um Fassung zu ringen.

Mit einem Schlag fiel sämtliche Anspannung von ihr. ab Er wusste nichts. Sie hatte ihn nicht falsch eingeschätzt. Bastien war so unschuldig, wie er gesagt hatte. In kurzen Sätzen berichtete Aurélie ihm von den neuen Erkenntnissen der Polizei.

»Das darf doch nicht wahr sein!« Er fuhr sich durchs Haar. »Was …? Ich verstehe das alles nicht. Warum hat sie das nur getan?« Wieder wanderte sein Blick zur Tür.

»Ich weiß es nicht«, gab Aurélie leise zurück, während sie erneut seine Verzweiflung spüren konnte. »Die ganze Sache wird immer verworrener.«

»Und du denkst, sie hat sich nur aus Recherchegründen mit diesen … Männern verabredet?« Bastiens Augen fixierten sie eindringlich.

Als Aurélie sich der Nähe zwischen ihnen bewusst wurde, schwankte sie leicht. Er stand viel zu dicht bei ihr.

»Ich habe keine Ahnung«, hauchte sie und senkte den Kopf. Sie musste weg von ihm, musste unbedingt Abstand halten. Auf keinen Fall durfte sie daran denken, was zwischen ihnen passiert war.

»Heißt das nun, dass sie am Mordabend ebenfalls mit einem dieser Kerle verabredet war?« Bastien schien nichts von Aurélies innerem Chaos zu spüren.

Sie erwiderte nichts.

»Was denkst du?« Er umfasste ihren Arm.

»Nicht.« Hastig rückte sie einen Schritt von ihm ab.

»Was ist?« In seiner Miene spiegelte sich Verwunderung wider.

Sie konnte sich kaum noch auf das Gespräch konzentrieren. Wenn er sie doch nur nicht so durchdringend ansehen würde! Sie fühlte sich verletzlich und durchschaubar.

»Aurélie, was ist los?«

»Nichts«, gab sie zurück. »Gar nichts.« Niemals durfte er von ihren Gedanken erfahren. Von der Sehnsucht, die sie kaum ertragen konnte.

»Ist es, weil wir …« Wieder kam er ihr viel zu nahe. Hatte er erkannt, welche Gefühle in ihrem Inneren tobten?

Es wäre so einfach, die Hand auszustrecken und ihn zu berühren. Nur kurz, nur für einen kleinen Augenblick. Sie …

In diesem Moment klopfte es an der Tür.
Instinktiv traten Aurélie und Bastien voreinander zurück.
Bastien räusperte sich. »Ja?«
Die Tür wurde geöffnet, und Sylvie erschien. Einen Augenblick lang sah sie von ihrem Chef zu Aurélie. »Ich wollte nicht stören. Es ist nur ... Madame Stolian ist da.«
Bastien nickte hastig. »Wir waren sowieso fertig. Nicht wahr, Charlène?«
Aurélie wich seinem Blick aus. »Ja, ich muss dann auch gehen. Bis ... später.«
Ohne Sylvie oder Bastien noch einmal anzusehen, stürmte sie aus dem Büro. Je mehr Distanz sie zwischen ihren Schwager und sich brachte, desto besser.

59

»Wir dachten, wenn wir eh das Dach sanieren müssen, können wir gleich das ganze Haus aufstocken«, erklärte Madame Stolian und tippte auf den Grundriss des Obergeschosses. »Hier wäre ein guter Platz für eine Treppe.«
Bastien beugte sich über den Plan und versuchte abzuschätzen, ob die Vorstellungen der Kundin realistisch waren. Nach dem merkwürdigen Gespräch mit Aurélie konnte er sich kaum auf seine Aufgabe konzentrieren. Hatte Charlène fremde Männer gedatet? Was war an jenem Abend wirklich passiert? Die Polizei hatte ihnen nie mitgeteilt, ob seine Frau direkt vor ihrem Tod Geschlechtsverkehr hatte. Allein bei dem Gedanken daran wurde ihm speiübel.
»Monsieur Richaud?«
Als er aufsah, begegnete er dem skeptischen Blick Madame Stolians. »Ja, ich denke, dass es machbar ist«, erwiderte er wie ferngesteuert. »Ich kann Ihnen einige Berechnungen vorbereiten, da ich denke, dass es verschiedene Möglichkeiten gibt, Wohnraum hinzuzugewinnen.«

»Wie lange würde das dauern?«

Er überlegte. »Drei, vier Tage, länger nicht. Ich würde mir in Ruhe noch mal die baulichen Gegebenheiten vor Ort ansehen, um zu eruieren, was genau machbar ist. In einem zweiten Schritt bekommen Sie eine Auflistung der jeweiligen Kosten.«

»Das klingt sehr gut.« Madame Stolian klang erfreut. »Es sind kaum noch bezahlbare Häuser auf dem Markt zu finden. Und unsere Tochter könnte sich sehr gut vorstellen, mit ihrem Freund wieder bei uns einzuziehen.« Sie lachte. »Wir werden ja älter, von daher ist es vielleicht gar nicht verkehrt, die jungen Leute bei sich unter einem Dach zu haben.«

»Es wird allemal günstiger, als ein Grundstück anzuschaffen und neu zu bauen«, pflichtete Bastien ihr bei, während seine Gedanken erneut abschweiften. Was war mit Aurélie los gewesen? Dachte sie ernsthaft, er habe etwas mit Charlènes Tod zu tun? Nachdem sie ... Sofort stoppte er seine Erinnerungen. Er hatte gedacht, sie sei Charlène. Er hatte mit ihr geschlafen in der Annahme, es sei seine Frau. Bastien hatte sich absolut nichts vorzuwerfen. Warum nur fühlte er sich trotzdem schuldig?

»Was meinen Sie?«

Er verfluchte sich stumm. »Pardon, ich ... Was sagten Sie gerade?«

Die ältere Frau lächelte nachsichtig. »Ich wollte wissen, welche Ausrichtung für eine Dachterrasse in Frage käme.«

»Westen«, antwortete er umgehend. »Süden ist zu heiß, Norden zu wenig sonnig. Und Osten ... da haben Sie nur am Morgen etwas von der Wärme. Gerade im Hinblick auf die Übergangszeit macht meines Erachtens nach Westen am meisten Sinn.«

Er musste sich zusammenreißen. Auch wenn das Büro gut lief, konnte Bastien es sich nicht erlauben, potenzielle Kunden zu vergraulen, weil er mit seinen Gedanken nicht bei der Sache war. Welchen Eindruck sollte die Frau nur von ihm haben?

»Das klingt logisch«, gab Madame Stolian zurück. »Ich bin sehr gespannt auf Ihre Vorschläge.«

Bastien begleitete sie zur Tür. »Sie hören von uns. Ich melde mich so schnell wie möglich bei Ihnen.«

Nachdem er sie verabschiedet hatte, kehrte er zu seinem Schreibtisch zurück. Wieder gingen ihm Aurélies Worte durch den Kopf. Als er die Ungewissheit nicht länger aushielt, griff er zum Hörer und wählte die Nummer der Polizei.

»Ich würde gern mit Capitaine Foummant sprechen«, erklärte er umgehend dem Beamten, der das Gespräch angenommen hatte.

Nach kurzem Warten meldete sich der Ermittlungsleiter. »Monsieur Richaud, was kann ich für Sie tun?«

Bastien räusperte sich. »Es geht um meine ... Schwägerin.«

»Das dachte ich mir schon«, gab der Polizist in süffisantem Ton zurück.

»Meine Frau hat mir ... von Ihrem Verdacht erzählt. Dass ... Aurélie Männer gedatet hat ...«

»Das ist korrekt. Allerdings handelt es nicht um einen Verdacht. Uns liegen Beweise vor, dass sie bei dem Portal angemeldet war.«

Bastien sah zum Fenster. »Meine Frau ist sehr ... verunsichert.«

»Ein Mordfall im näheren Umfeld kann Angehörige leider aus der Bahn werfen.«

»Haben Sie denn Beweise dafür ...« Er unterbrach sich. »Also, ich meine, wissen Sie, ob Aurélie vor ihrem Tod mit einem Mann ... intim war?«

Für einige Sekunden herrschte Schweigen am anderen Ende der Leitung.

»Warum möchten Sie das wissen?« Foummant klang misstrauisch.

Hatte Bastien sich zu weit aus dem Fenster gelehnt? »Es geht um Charlène. Sie ... ist sehr durcheinander. Und wir haben darüber gesprochen. Ich dachte, vielleicht wäre es gut, wenn Sie wüsste, was an jenem Abend ...«

»Tut mir leid, Monsieur Richaud. Aber aus ermittlungstaktischen Gründen kann ich Ihnen darauf keine Antwort geben.«

Enttäuschung machte sich in Bastien breit. »Schade. Es hätte ...«

»Lassen Sie uns unsere Arbeit machen, Monsieur. Früher oder später werden wir wissen, was an jenem verhängnisvollen Abend tatsächlich geschehen ist. Und ich kann Ihnen versichern, dass Ihre Frau eine der Ersten sein wird, die wir darüber informieren.«

»Danke«, gab Bastien knapp zurück und verabschiedete sich. Nachdem er aufgelegt hatte, starrte er ins Leere. Wieder musste er an Aurélie denken. Was war vorhin nur mit ihr los gewesen? Wie hektisch sie aus dem Zimmer gestürmt war! Fast hatte er den Eindruck gehabt, sie sei vor ihm geflüchtet. Hatte sie etwa Angst vor ihm?

Er lehnte sich auf seinem Schreibtischstuhl zurück und legte den Kopf in den Nacken. Wie sollten sie jemals aus dieser völlig verfahrenen Situation wieder herausfinden? Und was dachte Foummant? Verdächtigte er Bastien immer noch, etwas mit dem Mord zu tun zu haben? Dann hatte er sich mit seinem Anruf gerade keinen Gefallen getan. Im Gegenteil.

Bastien wusste einfach nicht mehr, was er noch tun sollte. Wie hatte er sich dermaßen in Charlène täuschen können? Was hatte diese Frau mit ihrem mehr als seltsamen Verhalten nur bezweckt? Und warum hatte sie ihn überhaupt geheiratet? Er durfte gar nicht daran denken, dass sie ihn möglicherweise von Beginn an aufs Übelste manipuliert hatte, um eine Beziehung zwischen ihm und Aurélie zu verhindern. Und er hatte es noch nicht einmal gemerkt.

Hass wallte in ihm auf. Wie anders wäre sein Leben vielleicht verlaufen, wenn er sich nicht auf die falsche Schwester eingelassen hätte? Wenn er ehrlich war, hatte seine Ehe von Anfang an unter keinem guten Stern gestanden. Sehr schnell war die erste Verliebtheit verflogen. Warum hatte er Charlènes Verhalten nie hinterfragt? Hatte er die Wahrheit nicht erkennen wollen?

Er wusste es nicht. Und jetzt war es zu spät für nachträgliche Analysen. Charlène war tot. Und alles, was von ihr übrig blieb, war ein riesiger Scherbenhaufen, den sie nun auf die eine oder andere Weise beseitigen mussten. Ein Scherbenhaufen, von dem sie nach wie vor nicht wussten, was sich noch alles darunter verbarg. Er musste heute Abend unbedingt noch mal mit Aurélie sprechen. Es schmerzte ihn mehr, als er sich eingestehen wollte, dass sie ihn gefragt hatte, wo er am Tatabend war. Hatte sie wirklich eine derart schlechte Meinung von ihm? Traute sie ihm zu, dass er einem anderen Menschen etwas so Furchtbares antun könnte?

Als sein Telefon klingelte, wischte Bastien die Grübeleien beiseite und konzentrierte sich wieder auf das Hier und Jetzt.

60

Als Aurélie ihren Wagen auf den Parkplatz vor dem kleinen Schmuckladen in Saint-Pierre-la-Mer lenkte, fragte sie sich zum wiederholten Mal, was sie mit ihrer Aktion eigentlich bezweckte. Sie hatte Carine Fernier seit der Beerdigung ihrer Eltern nicht mehr gesehen. Was würde die ehemals beste Freundin ihrer Mutter denken, wenn sie einfach so unangekündigt bei ihr auftauchte? Doch Aurélie benötigte Antworten. Und um die Hintergründe ihrer Kindheit besser verstehen zu können, war ihr niemand anders als Carine eingefallen. Sie nahm ihre Handtasche vom Beifahrersitz und stieg aus. Das Geschäft sah noch genauso aus, wie Aurélie es in Erinnerung hatte. Es lag direkt an der Strandpromenade des kleinen touristisch geprägten Ortes, keine vierzig Meter vom Mittelmeer entfernt.

Durch die große Scheibe erkannte sie, dass sich keine Kunden im Inneren aufhielten. Sie öffnete die Tür und trat ein. Eine helle Klingel ertönte.

Carine stand hinter dem Tresen. »Bonjour.« Als sie aufsah, weiteten sich ihre Augen vor Überraschung. »Das gibt es doch nicht!«

Aurélie lächelte verlegen. »Bonjour, Carine.«

»Aurélie!« Die Mittfünfzigerin eilte um die Theke herum und steuerte geradewegs auf sie zu.

Aurélie schluckte schwer. »Ich bin … Charlène.«

»Charlène?« Kurz blieb Carine vor ihr stehen und musterte sie mit gerunzelter Stirn, bevor sie ihre Arme ausbreitete und Aurélie an sich zog. »Wie schön, dich zu sehen.«

Für einen Moment genoss Aurélie die liebevolle Umarmung der Älteren, die sie an eine lange vergangene Zeit erinnerte.

Als sie sich wieder voneinander lösten, nickte Carine ihr aufmunternd zu. »Kann ich dir einen Kaffee anbieten? Oder ein Wasser?«

»Nein danke«, wehrte Aurélie beschämt ab. »Ich dachte … Ich war gerade in der Nähe. Da ist mir eingefallen, dass du ja hier arbeitest.«

»Immer noch, ja. Ich freue mich«, bekannte Carine berührt. »Es ist so furchtbar lange her. Ich musste in den letzten Jahren oft an euch denken. An dich und deine Schwester. Wie es euch ergangen ist, nachdem …« Sie verzog ihr Gesicht. »Setz dich doch.« Sie deutete auf einen Hocker neben dem Tresen.

»Danke.« Aurélie rutschte auf die Sitzfläche.

»Wie geht es dir? Und Aurélie?« Carine lachte. »Im ersten Moment hätte ich schwören können, dass du Aurélie bist. Aber … du hast dich offenbar verändert, Charlène.«

»Wie meinst du das?«, wollte Aurélie wissen.

Carine zuckte mit den Achseln. »Wenn ich hätte raten sollen, wer von euch beiden mich irgendwann mal aufsucht, hätte ich mit hundertprozentiger Überzeugung Aurélie genannt.« Ihr Gesicht nahm eine entschuldigende Miene an. »Nicht böse gemeint, aber du warst früher eben eher die … Unnahbare«

»Aurélie ist tot.«

»Was?« Carine starrte sie ungläubig an. »Das ist … Nein.« Sie schüttelte den Kopf. »Das kann doch nicht sein!«

Aurélie nickte. »Sie wurde ermordet.«

Die Freundin ihrer Mutter schlug eine Hand vor den Mund. »Ich … Oh Gott! Charlène, es tut mir so leid. Was ist denn passiert?«

Aurélie berichtete ihr von den Geschehnissen und den Vermutungen der Polizei. Während sie redete, musste sie höllisch aufpassen, nicht die Perspektive zu verlieren. Carines Blick lastete bleischwer auf ihr, immer wieder überkam Aurélie das ungute Gefühl, dass die Freundin ihrer Mutter sie durchschaue. Doch merkte sie tatsächlich, dass Aurélie eine Rolle spielte? Nach so vielen Jahren, während derer sie keinerlei Kontakt hatten?

»Das ist … furchtbar«, sagte Carine, nachdem Aurélie ihre Ausführungen beendet hatte. Ihr Blick wurde eindringlicher. »Warum tust du das?«

Aurélie lief es eiskalt den Rücken hinunter. »Was meinst du?«

Carine schwieg einige Sekunden. »Du bist nicht Charlène. Niemals.«

Aurélie schloss die Augen. Es war das erste Mal, dass sie enttarnt worden war. Von einem Menschen, den sie seit zehn Jahren nicht gesehen hatte. Das konnte doch nicht sein!

»Wie kommst du darauf?«, flüsterte sie mit erstickter Stimme.

Carine zögerte. »Deine Art, dein Verhalten. Erst habe ich es dir abgenommen. Warum solltest du schließlich lügen? Aber bei deiner Erzählung eben ...« Sie schüttelte den Kopf. »Was ist hier los, Aurélie?«

Sie ließ ihre Schultern sacken und hob den Blick. »Du bist die Erste.«

Carine lachte bitter auf. »Das ist nicht dein Ernst.«

Aurélie nickte. »Keiner hat bisher etwas gemerkt. Weder Charlènes Kolleginnen noch Bastien, die Polizei, ihre Therapeutin. Jeder hält mich für Charlène.«

Carine hob die Brauen. »Sind die Leute blind?«

»Scheint so.«

»Also? Sagst du mir jetzt die Wahrheit?«

Aurélie seufzte. Dann begann sie erneut zu erzählen. Sie fing mit Charlènes Vorschlag zu dem Rollentausch im Februar an und endete mit dem Onlinedating ihrer Schwester.

»Puh. Ich weiß nicht, was ich sagen soll.« Carine fuhr sich über die Stirn. »Es tut mir leid, das jetzt erwähnen zu müssen, aber ... dein Bericht ... der klingt genau nach deiner Schwester.«

»Ich verstehe nicht.«

»So war sie. Du warst immer ... sehr durchschaubar.« Carine hob die Hände. »Im positiven Sinne. Du warst ehrlich, geradeheraus. Bei dir gab es keinen doppelten Boden.«

Aurélie verstand überhaupt nichts mehr. »Und bei Charlène schon?«

Carine nickte. »Charlène war viel komplizierter als du. Immer unzufrieden, oft mürrisch. Sie war ... eure Mutter hat sich große Sorgen um sie gemacht. Ob sie irgendwann ihren Platz im Leben finden wird. Ob sie jemals glücklich sein wird. Solche Dinge.«

»Das … ist mir völlig neu.«

»Du bist ihre Zwillingsschwester, Aurélie. Wahrscheinlich hattest du einen komplett anderen Blickwinkel auf sie.« Carine musterte sie. »Auch diese Tagebucheinträge … Die überraschen mich nicht.«

»Es überrascht dich nicht, dass sie mich ganz offensichtlich gehasst hat?« Aurélie rang um Fassung.

»Das Wort Hass hätte ich mit Sicherheit nicht in diesem Zusammenhang in den Mund genommen, aber …« Sie unterbrach sich. »Aber ja, ich glaube tatsächlich, dass Charlène schon als Kind eifersüchtig auf dich war.«

»Ich habe nichts davon gemerkt.« Noch immer konnte Aurélie es kaum glauben.

»Weil du ein gutes Herz hast. Weil du anderen Menschen von Natur aus keine böse Absicht unterstellen würdest.«

»Aber warum?« Sie verstand die Welt nicht mehr. Wie konnte es sein, dass Carine schon damals gesehen hatte, was Aurélie bis heute nicht begreifen konnte?

»Das kann ich dir nicht sagen.« Die Ältere fasste nach Aurélies Hand und drückte sie. »Du solltest zur Polizei gehen.«

»Ja, vielleicht.« Aurélie überlegte. »Aber ich habe Angst, dass sie sich dann nur noch auf Bastien und mich einschießen.«

»Was ist mit ihm?« Carines Blick wurde prüfender.

»Was soll mit ihm sein?«, täuschte Aurélie Unwissenheit vor.

»Es ist deine Sache«, gab Carine milde lächelnd zurück. »Aber ich sehe dir an, dass dieser Mann und du … Ich weiß nicht.«

»Wir können niemals zusammen sein«, hauchte Aurélie kaum hörbar. »Selbst wenn es ihm so ginge wie mir. Er ist Charlènes Mann.«

»Deine Schwester scheint ihn nie wirklich geliebt zu haben, nach dem, was du mir vorhin erzählt hast.«

»Trotzdem«, beharrte Aurélie. »Es wäre viel zu kompliziert.«

»Zu kompliziert?« Carine legte den Kopf schief. »Eine kompliziertere Situation als die eure kann ich mir kaum vorstellen.«

»Wirst du uns verraten?« Aurélie sah sie fragend an.

»Was denkst du?« Sie fuhr über Aurélies Hand.

»Danke.«

»Überlegt euch gut, was ihr macht«, erwiderte Carine mit ernster Stimme. »Eure Lage ... Ihr solltest schnellstmöglich mit der Polizei sprechen und die Wahrheit sagen.«

Aurélie nickte abwesend. »Erst muss ich Charlènes Mörder finden.«

61

Unruhig tigerte Aurélie um den Pool auf der Terrasse herum. Sie konnte keine Minute still sitzen, wusste nicht mehr, was richtig und was falsch war. Carine hatte sie auf Anhieb erkannt. Schon als sie durch die Tür getreten war, hatte sie sofort gewusst, wen sie vor sich hatte. Was war mit den anderen Menschen in Charlènes Umfeld? War es wirklich möglich, dass keiner die Wahrheit sah?

Immer wieder gingen ihr Carines Worte über Charlène durch den Kopf. Warum hatte Aurélie nichts bemerkt? Egal, wie sie es drehte und wendete, bis zu Charlènes Ermordung hatte sie das Verhältnis zu ihrer Schwester als normal und unbeschwert empfunden. Sämtliche Enthüllungen danach waren für Aurélie absolut nicht vorhersehbar gewesen. Doch nicht einmal Bastien, Charlènes Ehemann, hatte etwas von den zwei Seiten seiner Frau geahnt. Und wenn Aurélie ehrlich war, wie oft hatten sie sich in den letzten Monaten, ja vielleicht sogar Jahren gesehen? Seit Charlène und Bastien geheiratet hatten, war sie alle paar Wochen bei den beiden zum Essen eingeladen gewesen. Natürlich hatten sie sich unterhalten, hatten sich gegenseitig auf dem Laufenden gehalten, welche Neuigkeiten es bei ihnen gab.

Aber tiefergehende Gespräche? Die hatten sie schon lange nicht mehr geführt, musste Aurélie notgedrungen vor sich selbst zugeben. Die Wahrheit war, dass sie absolut nicht geahnt hatte, was im Kopf ihrer Schwester vor sich gegangen war. Charlène hatte Aurélie nichts von ihren Eheproblemen berichtet, sie hatte ihr nie davon erzählt, an welchen Projekten sie schrieb. Selbst über ihre Familie, ihre Vergangenheit, ihre Kindheit hatten sie sehr selten gesprochen. Letztlich waren sie in letzter Zeit über den Austausch von Oberflächlichkeiten kaum hinausgekommen. Die Erkenntnis war bitter, entsprach aber der ungeschönten Realität. Aurélies Blick fiel auf das Tagebuch, das sie auf den kleinen Tisch neben einer der Liegen gelegt hatte. Mittlerweile war sie sich nicht mehr sicher, ob es eine gute Idee war, sich immer wieder mit der verletzenden Gedankenwelt ihrer Schwester zu befassen. Doch noch hoffte Aurélie, irgendwo zwischen den Zeilen Antworten auf all ihre offenen Fragen zu finden.

Sie blieb stehen und sah zum Meer hinüber. Es herrschte kaum Wind, die Wasseroberfläche lag glatt wie ein Spiegel vor ihr. Gelächter drang vom Strand zu ihr. Wie hatte die ganze Situation nur derart eskalieren können?

Carine hatte recht, sie mussten endlich mit der Polizei sprechen. Lange konnten sie dieses Theater nicht mehr weiterführen. Statt Antworten zu bekommen, brachten Bastien und sie sich nur immer weiter in die Bredouille. Entschlossen setzte Aurélie sich auf die Liege und nahm das Notizbuch zur Hand.

Mein Plan ist genial. Ich bin genial. Aurélie wird für sehr lange Zeit in den Knast wandern, und ich habe endlich ein für alle Mal meine Ruhe vor ihr. Wenn ich nur daran denke, wie sich langsam, aber sicher und unaufhörlich das Schicksal gegen sie wendet, kann ich meine Freude kaum noch unterdrücken. Schritt eins hat problemlos geklappt. Noch kann ich mein Glück kaum fassen, doch alles lief völlig reibungslos. Meine Zukunft liegt zum ersten Mal in meinem Leben federleicht und wunderbar vor mir. Aurélie ist der letzte Ballast, den ich mir noch vom Hals schaffen muss. Mal ganz abgesehen von dem Langweiler, doch dem erzähle ich einfach etwas von Selbstverwirklichung nach Aurélies Verhaftung. Von einer Neuausrichtung meines Lebens nach diesem schweren Schicksalsschlag. Die Scheidung wird kein Problem darstellen.

Ein Mann wie Bastien findet schnell einen Ersatz für mich. Er hat Geld, sieht gut aus. Und die meisten Frauen haben keine großen Ansprüche an ihren Partner. Zum Vögeln und fürs Bezahlen ist er ja nicht schlecht. Ach, ich könnte heute den ganzen Tag mit einem breiten Grinsen auf meinem Gesicht herumlaufen, so glücklich fühle ich mich. Ich habe gehandelt. Bin endlich aktiv geworden. Es fühlt sich verdammt gut an, selbst die Weichen zu stellen. Sophie hat mich schon gefragt, ob ich schwanger sei. Ich würde so von innen heraus strahlen. Obwohl sie doch weiß, wie es um Bastien und mich steht! Na ja, die Gute kennt ja auch nur die halbe Wahrheit. Daher sei ihr ihre Falschannahme großzügig verziehen.

Ich explodiere gleich. Dass Aurélie eine falsche Schlange ist, weiß ich ja nicht erst seit gestern, aber was sie sich jetzt geleistet hat, das schlägt dem Fass den Boden aus. Ich darf gar nicht daran denken, sonst wird mir sofort wieder übel. Diese hinterhältige Verräterin! Diese blöde Kuh! Diese verfluchte Schlampe! Als Bastien auf mich zukam, um mit mir über den »wundervollen Abend gestern« zu sprechen, dachte ich im ersten Moment, ich höre nicht richtig. Er habe das Gefühl gehabt, mir nie näher als gestern gewesen zu sein. Und er sei sehr glücklich, dass ich mich ihm endlich vollständig geöffnet hätte. Ich habe kein Wort herausgebracht, als mir klar wurde, was er mit seinem Gerede andeuten wollte. Gott, er hatte sie gevögelt. Mein Göttergatte hat tatsächlich dieses Dreckstück von Schwester gevögelt. Wie konnte ich bloß so naiv sein? Als ich sie bat, für einige Stunden meine Identität zu übernehmen, wäre ich nie im Leben auf die Idee gekommen, dass sie die Situation derart unverfroren ausnutzen würde. Doch das hat sie. Sie hat Bastien ins Bett gezerrt. In mein Bett! Und auch noch nachhaltigen Eindruck bei ihm hinterlassen, wie es scheint. Wenn er mit mir schläft, hat er zumindest noch nie danach das Gespräch über einen Neuanfang unserer Beziehung gesucht. Wen Bastien fickt, ist mir herzlich egal. Und

wenn er es mit sämtlichen Frauen Gruissans treiben würde, interessiert es mich nicht. Aber NICHT Aurélie!!!
Ich habe mir damals geschworen, dass sie ihn niemals bekommen wird. Und was ist jetzt geschehen? Sie hat mich verraten! Da ist nichts mehr mit liebender Schwester oder bester Freundin. Wie immer geht es ihr nur um ihren eigenen Vorteil. Sie kennt keine Skrupel und keine Grenzen. Steigt mit dem Mann ihrer Schwester ins Bett, ohne auch nur mit der Wimper zu zucken. Was denkt sie sich eigentlich? Dass sie sich alles herausnehmen kann? Dass es mal wieder nur um sie geht?
Ich muss mich beherrschen, um nicht laut loszubrüllen. Bastien fickt meine Schwester und schwärmt mir danach noch von diesem »wunderschönen« Erlebnis vor. Merkt dieser Idiot eigentlich überhaupt noch etwas? Doch ich darf jetzt nichts überstürzen, muss einen kühlen Kopf bewahren. Wenn ich von meinem Plan abweiche, habe ich nichts gewonnen. Auch wenn es mir mehr als schwerfällt, muss ich mich unbedingt in Geduld üben. Ich muss sie beseitigen. Für immer und ewig. Doch dafür benötige ich Zeit. Und so lange muss ich die Füße stillhalten und gute Miene zum bösen Spiel machen. Eine andere Alternative bleibt mir nicht. Oh, wie ich sie hasse!!!

Aurélie schnappte nach Luft. Obwohl ihr bereits bekannt war, dass Charlène von ihrem Betrug im Februar gewusst hatte, trafen sie diese Zeilen im Innersten. Sie konnte die Worte drehen und wenden, wie sie wollte, Tatsache blieb, dass Charlène sie abgrundtief verabscheut hatte. Aurélie legte das Tagebuch zur Seite und wartete, bis sich ihr galoppierender Herzschlag beruhigt hatte.

Achtundzwanzig Jahre! Und sie hatte ihre Schwester so gut wie nicht gekannt. Wie war das möglich? Und von welchem Plan sprach Charlène immer wieder? Was hatte sie vorgehabt? Sie hatte Aurélie in den Knast befördern wollen, doch Aurélie konnte sich keinerlei Reim darauf machen. Aurélie konnte sich förmlich vorstellen, wie Charlène innerlich gekocht hatte, als sie von ihrem Mann auf die verhängnisvolle Nacht angesprochen worden war. Sicherlich war sie damals aus allen Wolken gefallen. Wenn Aurélie nur ansatzweise geahnt hätte, dass Charlène von ihrem Fehltritt wusste ...

Doch was hätte das geändert? Wahrscheinlich nichts. Die Wut und der Hass ihrer Schwester schienen keine Grenzen gekannt zu haben. Aurélie bezweifelte mittlerweile, dass ein klärendes Gespräch zwischen ihnen irgendetwas hätte ändern können. Mehr und mehr kam sie zu der traurigen Erkenntnis, dass ihre Schwester krank gewesen war. Aurélie kannte sich in diesem Bereich nicht aus, aber sie war sich sicher, dass ein Psychologe über kurz oder lang festgestellt hätte, an was Charlène litt.

Sie legte sich auf dem Stuhl zurück und schloss die Augen. Zu vieles war heute auf sie eingestürmt, was sie noch nicht einzuordnen wusste. Was würde der morgige Tag bringen? Neue bittere Wahrheiten? Oder endlich die erlösende Nachricht, dass Charlènes Mörder gefasst worden war? Momentan wünschte Aurélie sich nur noch, endlich in ihr eigenes Leben zurückkehren zu können. Ein Leben ohne doppelten Boden, ohne Stolperfallen, ohne Intrigen und vor allem ohne Lügen. Doch sie fürchtete, dass es so schnell nicht gehen würde. Dass sie noch eine ganze Weile in Charlènes Leben festsitzen würde.

62

»Aurélie.«

Aurélie hörte ihren Namen von irgendwo ganz weit weg, doch der sie einhüllende Schlaf und das damit einhergehende Vergessen hielten sie noch davon ab, darauf zu reagieren.

»Aurélie.«

»Hm?« Sie wollte nicht in die Realität zurückkehren, wollte sich weiter in ihren Träumen verlieren, wollte ...

»Aurélie, wach auf.«

Sie nahm all ihre Kraft zusammen und blinzelte. Als sie Bastiens

Gesicht keine zwanzig Zentimeter von ihr entfernt erblickte, zuckte sie erschrocken zurück. Seine warmen Augen musterten sie besorgt.

»Was willst du?«, murmelte sie schläfrig. »Warum bist du überhaupt hier?«

Bastien kniff seine Augen zusammen. »Schon vergessen? Ich wohne hier.« Er schüttelte den Kopf. »Wie lange liegst du bereits hier draußen?«

»Keine Ahnung. Wie spät ist es?«

»Halb neun.«

Aurélie fuhr hoch. »Halb neun? Das kann nicht sein.«

Bastien hielt ihr seinen Arm hin, sodass sie seine Armbanduhr sehen konnte.

»Ich … habe gelesen«, stammelte sie, noch immer orientierungslos. »Ich wollte … Ich konnte ihre Worte nicht mehr ertragen. Dann wollte ich mich nur kurz ausruhen.«

»Du bist völlig fertig«, stellte Bastien mit beunruhigter Miene fest.

»Ich kann nicht mehr«, gab Aurélie zu, während sie sich wieder zurücksinken ließ und ihre Arme vor dem Oberkörper verschränkte.

»Ich auch nicht.« Er erhob sich aus der Hocke und setzte sich auf den Rand der Liege. »Denkst du wirklich, dass ich Charlène umgebracht …?« Er hob den Blick und sah Aurélie fest in die Augen.

Sie zögerte. »Nein, natürlich nicht.« Ihre Stimme zitterte.

»Gut.« Bastien nickte. »Sie war eine Hexe.« Er zeigte auf das Tagebuch. »Und du solltest das nicht mehr lesen.«

Aurélie überlegte kurz, bevor sie ihm von Charlènes Worten erzählte.

»Sie wollte dich in den Knast bringen?« Bastien verzog die Mundwinkel. »Wie hätte sie das bitte schön anstellen sollen?«

»Ich habe absolut keine Ahnung. Ich verstehe es nach wie vor nicht.«

»Diese Frau war total krank.« Er bedeckte sein Gesicht mit den Händen. »Wie konnten wir nur auf ihre Intrigen, auf ihre hinterhältigen Spielchen hereinfallen, ohne auch nur das Geringste zu merken?«

Aurélies Augen begannen zu brennen. »Ich weiß gar nicht mehr, was ich noch denken soll. Obwohl sie meine Schwester war, habe ich mittlerweile das dumpfe Gefühl, dass uns außer unserem Blut nichts wirklich verbunden hat.« Sie berichtete ihm von ihrem Besuch bei Carine.

»Sie hat dich wirklich gesehen«, entgegnete Bastien nachdenklich.

»Niemand sonst hat es bemerkt.«

Bastien streckte den rechten Arm aus und legte seine Hand auf Aurélies Bauch.

Die Berührung ließ Aurélie erzittern. »Bitte nicht.«

»In jener Nacht …«, begann Bastien leise, während er ihr unverwandt in die Augen sah. »Da habe ich dich auch gesehen.«

Aurélie schluckte.

»Ich habe dich gesehen«, wiederholte er mit rauer Stimme. »Und doch habe ich es nicht erkannt.«

»Wir hätten das nicht tun dürfen«, presste Aurélie atemlos hervor. »Wir haben Charlène betrogen.«

Er nickte langsam. »Ja, wir haben sie betrogen, aber sie hat verhindert, dass wir überhaupt je eine Chance hatten.« Er machte eine Pause und strich mit seiner Hand über ihre Bluse. »Sie hat uns beide vorsätzlich manipuliert, Aurélie.«

Die Haut an ihrem Bauch schien zu brennen. Aurélie konnte sich kaum noch konzentrieren.

»Der Abend im Februar …«, setzte Bastien erneut an.

»Wir sollten nicht darüber sprechen«, fiel sie ihm hastig ins Wort, während ihr Körper gleichzeitig nach so viel mehr lechzte. Mehr Berührung, mehr Nähe, mehr von Bastien.

»Warum nicht?« Sein Blick flackerte. »Du hast diesen Zauber auch gespürt.«

Aurélie wandte ihren Kopf ab. Im nächsten Moment fühlte sie Bastiens Hand unter ihrer Bluse. Sachte umkreisten seine Finger ihren Nabel. Sie hielt die Luft an und wagte kaum noch zu atmen. »Bastien …«

»Wir hatten nie eine Chance«, wiederholte er eindringlich. »Die Stunden mit dir … als wir zusammen waren … Wie oft habe ich mir damals, ganz zu Beginn unseres Kennenlernens, vorgestellt, wie es wäre? Zwischen uns.«

Aurélie schloss die Augen. Als Bastien die Bluse nach oben schob und seine Lippen die zarte Haut an ihrem Nabel berührten, musste sie ein wohliges Seufzen unterdrücken. »Das geht nicht.«

Sein Gesicht dicht über ihrer Körpermitte, sah er zu ihr hoch. »Warum nicht?«

Notgedrungen erwiderte sie seinen Blick. »Weil …«

Wieder senkte er seinen Mund auf ihren Bauch, während er behutsam die Knöpfe ihrer Jeans öffnete.

Was passierte da mit ihnen? Aurélies Inneres krampfte sich zusammen. Ihr Körper begann zu kribbeln, in ihrem Magen meldeten sich eine Million Schmetterlinge aus dem Winterschlaf.

Aufreizend langsam schob er die Jeans über ihre Hüften, bevor er mit seiner Hand sanft über den dünnen Stoff ihres Slips fuhr.

»Bastien«, setzte sie halbherzig an, während sie auf der Liege wie ferngesteuert nach unten rutschte.

»Wir hätten damals eine Chance gehabt, Aurélie. Das weißt du genauso gut wie ich«, merkte er mit belegter Stimme an. »Wenn diese Hexe nicht ihre Intrigen gesponnen hätte.«

»Du bist aber veheira…«

»Sprich es nicht aus«, unterbrach er sie barsch.

Aurélie legte ihren Kopf zurück und reckte ihm sehnsüchtig ihre Hüften entgegen.

Als er sie auch von ihrem Slip befreit hatte, entfuhr ihr ein leises Stöhnen. Seine Finger waren plötzlich überall. Aurélie konnte kaum noch klar denken. Seine Berührungen vernebelten ihren Verstand. Ihre Gedanken, ihre Sorgen, ihre Ängste, alles schien sich mit einem Mal in Luft aufzulösen. Sie wollte nur noch fühlen, wollte ihn spüren, wollte eins mit ihm sein. Aurélie vergrub ihre Finger in seinem Haar, als sie seine Lippen zwischen ihren Schenkeln spürte. Ihr Körper befand sich in einer Welle aus Erregung, Leidenschaft und ungekannter Gier. Während er sie weiter liebkoste, verschwammen die Terrasse und der Garten vor ihren Augen. Aurélie hörte kein Meeresrauschen mehr und auch kein Möwengeschrei. Sie spürte nur noch Bastien. Seine Haut, seine Wärme, seine Nähe, seine Hände, seine Lippen. Ihr Körper brannte lichterloh. Sie gierte nach Erlösung. Als er von ihr abließ, um sich zu ihr zu legen, zog sie ihm mit bebenden Fingern das T-Shirt über den Kopf.

»Diesmal sehe ich dich, Aurélie«, erklärte Bastien ernst, bevor er seine Lippen auf ihre senkte.

Sein Geschmack in ihrem Mund, die weiche Haut seiner Lippen auf ihren ... Aurélie drängte sich ihm entgegen. Ungeduldig verfolgte sie, wie er seine Shorts abstreifte.

Sekundenlang sahen sie sich in die Augen. Bastien hob eine Hand und fuhr mit dem Zeigefinger über Aurélies Gesicht. »Ich sehe dich, Aurélie«, wiederholte er mit belegter Stimme.

Tränen traten ihr in die Augen. Hastig blinzelte sie.

»Noch können wir zurück«, erklärte er leise, während er über ihre Wange strich.

Entschlossen schüttelte sie den Kopf. »Dafür ist es zu spät«, hauchte sie ihm entgegen, während sie ihre Hand über seine Brust und seinen Bauch wandern ließ. »Viel zu spät.«

Vorsichtig schob er sich auf sie und küsste sie erneut. Erst ganz zart wie die leichte Berührung einer Feder, dann gieriger, sehnsüchtiger, fast hilfesuchend.

Als Aurélie ihn endlich mit jeder Zelle ihres Körpers spürte, setzte ihr Herz für einen kurzen Moment aus. Bastien wollte sie. Endlich! Die Erkenntnis traf sie wie ein Blitz.

»Was ist los?«, flüsterte Bastien an ihrem Ohr. »Tue ich dir weh?«

Sie sah ihm in seine wunderschönen blauen Augen und schüttelte den Kopf. »Du kannst mir niemals wehtun.« Sie fuhr mit einer Hand über seine Wange. »Liebe mich.«

Sein Gesicht nahm einen entschlossenen Ausdruck an.

»Liebe mich, wie du noch nie jemanden geliebt hast.«

Als er begann, sich in ihr zu bewegen, als ihre Lippen sich erneut fanden, als ihre Körper sich aneinander anpassten und sich zu einer Einheit formten, gab es für Aurélie nur noch diesen Moment. Es gab keine Vergangenheit, und es gab keine Zukunft. Es gab kein

Gestern, und es gab kein Morgen. Es gab nur das Hier und Jetzt. Aurélie und Bastien. Gefühl und Leidenschaft, zwei Seelen, die nach Erlösung suchten. Zwei Menschen, die den Ballast des Gewesenen hinter sich lassen wollten. Die nichts mehr außer sich selbst fühlten, die nur noch lieben wollten.

63

Bastiens Anblick zauberte Aurélie ein Lächeln auf die Lippen. Sein blondes Haar stand ihm verwuschelt vom Kopf ab, seine Lippen waren leicht geöffnet. Am liebsten hätte sie ihre Hand ausgestreckt und seine Wange berührt. Doch es war noch früh, und sie wollte ihn nicht wecken. Durch die Lamellen der Jalousien fielen bereits helle Sonnenstrahlen in den Raum und zauberten ein Streifenmuster auf Boden und Wände. Eine Kehrmaschine fuhr vor dem Grundstück über die Strandpromenade.

Aurélie drehte sich auf den Rücken und starrte zur Decke. Sie konnte kaum glauben, was gestern Abend passiert war. Bastien war noch zärtlicher als bei den letzten beiden Malen gewesen. Ob es daran lag, dass er diesmal gewusst hatte, dass es Aurélie war, die in seinen Armen lag? Zwischen ihnen war nichts peinlich oder unangenehm gewesen. Der Zauber war nicht vorüber gewesen, als sie sich voneinander gelöst hatten. Noch lange danach hatten sie eng umschlungen auf der Liege verharrt, bis Bastien irgendwann vorgeschlagen hatte, dass sie nach drinnen wechseln sollten.

Im Schlafzimmer hatten sie sich ein weiteres Mal geliebt. Langsamer diesmal und sehr liebevoll. Nie zuvor hatte Aurélie etwas Vergleichbares erlebt. Es schien fast, als ob sie beide bewusst die Umstände um sich herum hatten ausblenden wollen. Als ob sie nach all den Jahren des Verzichts endlich nur sich selbst in den Mittelpunkt stellen wollten. Und das so lange wie möglich.

»So nachdenklich am frühen Morgen?«

Aurélie sah zu Bastien, der sie schelmisch von der Seite angrinste.

»Bonjour«, hauchte sie verlegen.

Er umfasste ihre Schulter und zog sie näher zu sich. »Bist du schon lange wach?«

Sie legte ihre Hand auf seine Wange und genoss die zarte Berührung. »Eine Weile.«

»Konntest du nicht mehr schlafen?« Er küsste sie sanft.

»Mir geht zu viel durch den Kopf«, bekannte sie leise.

»Es war wunderschön.« Er musterte sie eindringlich. »Nein, es *ist* wunderschön.«

»Du hast kein schlechtes Gewissen?«, wagte sie die Frage zu stellen, die ihr selbst durch den Kopf geisterte.

»Warum sollte ich?« Liebevoll strich er über ihren Rücken. »Ich kann keine Trauer empfinden, Aurélie. Ich denke, wir müssen der bitteren Wahrheit endlich ins Gesicht sehen. Charlène war nicht die, für die wir sie gehalten haben. Sie wusste damals ganz genau, dass sich zwischen uns etwas angebahnt hat. Und sie hat uns beide ganz bewusst manipuliert. Mehr noch, sie hat den Mann geheiratet, von dem sie dachte, du würdest ihn lieben, nur um dir eins auszuwischen.« Er küsste sie erneut. »Warum sollte ich also ein schlechtes Gewissen haben? Sie war ein intrigantes Miststück.«

»Es tut so weh«, gab Aurélie zurück, obwohl sie im Grunde ihres Herzens natürlich wusste, dass Bastien recht hatte. Wie abgrundtief böse musste ein Mensch sein, um seinem Umfeld derart Gehässiges anzutun?

»Ich weiß, aber es ist nicht deine Schuld«, versuchte Bastien, sie zu trösten. »Du hast nichts falsch gemacht, Aurélie.«

»Vielleicht hätten wir mit ihr reden können«, brachte sie halbherzig vor.

»Worüber? Warum sie einen Mann geheiratet hat, den sie augenscheinlich verabscheute? Warum sie grundlos eifersüchtig auf ihre Schwester war und sie in den Knast bringen wollte?« Er schüttelte den Kopf. »Nein, Aurélie. Mit einem Menschen wie Charlène kannst du nicht reden. Ich habe keine Ahnung, was in ihrem Kopf vorgegangen ist, aber diese Frau hat nur sich selbst gesehen.«

»Du hast recht, und trotzdem …«

Er rückte ein wenig von ihr ab, um ihr besser in die Augen sehen zu können. »Wir haben ein Recht darauf, glücklich zu sein.«

Aurélie verdrehte die Augen. »Glücklich«, wiederholte sie andächtig. »Ein merkwürdiges Wort angesichts der momentanen Situation.«

»Für die wir nichts können.« Er streichelte über ihr Haar. »Du bist wundervoll, Aurélie.«

»Was ist das mit uns? Wo soll das hinführen?«

Er lächelte. »Es war keine Ablenkung, kein Racheakt an Charlène. Es ist nicht aus einer Laune heraus passiert.«

»Sondern?« Aurélie hielt den Atem an. Sollte sie ihm die Wahrheit sagen?

»Es war etwas ganz Besonderes.« Erneut küsste er sie sanft. »Es war wunderschön.«

»Die Polizei hat recht.« Aurélie schluckte vor Aufregung.

Bastiens Blick wurde skeptisch. »Was meinst du?«

»Ich empfinde mehr für dich, als ich sollte. Jules ist … er war … nie der Richtige. Wie all die anderen auch.« Sie schlug die Augen nieder. »Seit wir uns kennen, gab es für mich nur einen einzigen Mann, Bastien.« Sie sah ihn wieder an. »Dich.«

Er ließ sich auf den Rücken rollen. »Es tut mir so unendlich leid.«

Aurélie lachte auf. »Was meinst du? Was tut dir leid?«

»Dass ich nicht genauer hingesehen habe. Damals. Dass ich Charlène nie hinterfragt habe. Dass ich mich von ihr habe instrumentalisieren lassen.«

Aurélie rückte dichter und legte ihren Kopf auf seine Brust. »Du konntest es nicht wissen.«

»Ich war naiv.« Seine Stimme klang verärgert.

»Es muss dir nicht leidtun«, erwiderte sie und küsste seinen Oberkörper.

»Ich werde dich nie wieder enttäuschen.« Er zog sie enger zu sich heran. »Niemals.«

»Das Warten hat sich gelohnt«, entgegnete sie und pustete sanft auf seine Brust.

Er stöhnte leise auf. »Wie spät ist es?«

»Noch früh genug.« Sie lachte leise.
Er schob sie auf sich und umschlang ihre Hüften fester.

»Ich kümmere mich heute um diese Hochwassersache. Und ich möchte diesen Bellamort noch mal näher ins Visier nehmen«, verkündete Aurélie eine halbe Stunde später, nachdem sie frisch geduscht ins Schlafzimmer zurückkehrte.
Bastien stützte sich mit den Ellbogen ab und verfolgte, wie sie vor Charlènes Schrank trat. »Du denkst immer noch, sie könnte wegen ihrer Arbeit ermordet worden sein?«
»Wir sollten es zumindest nicht ausschließen«, gab Aurélie zurück, während sie sich auf die Zehenspitzen stellte und die Oberteile im oberen Fach begutachtete.
Bastien erhob sich aus dem Bett und stellte sich hinter sie. »Ich wüsste da noch etwas Besseres«, flüsterte er ihr ins Ohr, während er ihre nackte Taille umfasste.
Sie musste schmunzeln. »Hast du immer noch nicht genug?«
»Niemals.«
»Hast du heute früh keine Termine?«
Er zog eine Grimasse. »Spaßverderberin.«
Die Unbeschwertheit zwischen ihnen fühlte sich unpassend an, und doch genoss Aurélie das unkomplizierte Geplänkel. Es lenkte sie zumindest für den Moment von all den Problemen ab, die sich um sie herum meterhoch auftürmten.
»Realistin«, verbesserte sie ihn amüsiert.
»Dann gehe ich auch mal duschen.«
»Tu das.« Sie entschied sich für ein hellblaues T-Shirt und wollte es gerade aus dem Schrank ziehen, als ihre Hand gegen etwas Hartes stieß. »Was ist das?« Stirnrunzelnd versuchte sie, auf den Regalboden zu blicken.
»Was meinst du?« Bastien drehte sich an der Tür um und kam zu ihr zurück.
»Ich weiß nicht«, entgegnete sie, während sie nach dem Gegenstand tastete und ihn hervorzog. »Das gibt es doch nicht.« Fassungslos starrte sie auf den silbernen Laptop in ihrer Hand.

»War der unter ihrer Kleidung versteckt?« Bastien fasste sich an die Stirn.

»Wusstest du, dass sie einen zweiten Laptop hatte?« Aurélie sah ihn abwartend an.

Er schüttelte den Kopf. »Ich kenne nur den aus ihrem Arbeitszimmer.«

»Du hast diesen hier also noch nie gesehen?«

»Nein.« Er klang ungehalten.

»Was hat das zu bedeuten?«

»Ich weiß es nicht, Aurélie. Verflucht!« Bastien raufte sich die Haare.

»Geh duschen«, erwiderte sie entschlossen. »Ich nehme den Laptop mit nach unten. Dann sehen wir gleich weiter.«

Keine zehn Minuten später starrte Aurélie noch immer auf den Bildschirm vor ihr und überlegte.

»Und?« Bastien betrat die Küche und kam näher.

Sie zeigte auf eines der Icons. »Hier! ›Les deux cœurs‹.«

»Das Datingportal, über das sie diesen Cartes kennengelernt hat?« Bastien stellte sich neben sie.

Aurélie nickte. »Passwortgeschützt.«

Er sah sie an. »Warum das denn?«

»Weil sie nicht wollte, dass jemand davon erfährt, dass sie unter meinem Namen fremde Männer datete?«, versuchte Aurélie sich an einer Erklärung.

Bastien starrte auf den Bildschirm. »Sie hat sich extra einen Laptop gekauft, damit man nicht nachvollziehen kann, dass sie hinter der Anmeldung steckt?«

Aurélie kam ein Gedanke. »Wollte sie den Mord an Cartes möglicherweise mir in die Schuhe schieben? Wenn die Polizei die Verbindung zwischen dem Opfer und meinem Namen gefunden hätte, hätte sie mich nach einem Alibi gefragt.«

»Welches du nicht gehabt hättest«, stellte Bastien hörbar fassungslos fest, »da du an jenem Abend hier Charlènes Rolle übernommen hattest. Ich hätte meiner Frau ein Alibi gegeben, während du ohne dagestanden hättest.«

Aurélie wurde schwindelig. »Traust du ihr das wirklich zu? Ein Mord, um mich ins Gefängnis zu bringen?«

Er lachte auf, doch es klang nicht freudig. »Wenn du mich so fragst: Ja, das tue ich.«

»Was machen wir jetzt?«

»Ohne Passwort kommen wir nicht an die Anmeldedaten.«

Als Aurélies Handy zu klingeln begann, zuckten sie beide zusammen.

»Richaud.«

»Bonjour, Madame. Hier spricht Capitaine Foummant. Ich wollte Sie kurz darüber informieren, dass die Rechtsmedizin den … Leichnam Ihrer Schwester freigegeben hat. Sie können dem Beerdigungsinstitut, das Sie beauftragt haben, Bescheid geben, damit dieses sich mit uns in Verbindung setzt.«

Aurélie hielt den Atem an. Hilfesuchend sah sie zu Bastien. »In Ordnung. Vielen Dank, Capitaine. Ich … kümmere mich darum.« Nachdem sie das Telefonat beendet hatte, atmete sie tief durch. »Uns bleibt nicht mehr viel Zeit. Charlène wurde … freigegeben.«

»Merde«, fluchte Bastien.

»Ich muss einen Bestatter anrufen, der sie abholt.« Sie rang um Fassung, bevor sie mit ihrem Handy im Internet nach einem entsprechenden Eintrag suchte.

»Ich komme mit«, verkündete Bastien bestimmt. »Schließlich war sie meine Frau.«

»Wir müssen uns beeilen«, erklärte Aurélie erneut. »Ich vereinbare einen Termin, dann fahre ich in die Redaktion und kümmere mich um diese Hochwassergeschichte.«

Bastien sah auf die Uhr. »Ich habe auch gleich einen Kundentermin.«

»Was machen wir mit dem Laptop?« Aurélie hielt inne. »Wir sollten endlich mit der Polizei reden. Die haben Möglichkeiten, das Passwort herauszufinden.«

Bastien schnaubte verächtlich. »Wir reden doch die ganze Zeit mit ihnen. Und was ist bisher dabei herausgekommen? Wenn wir ihnen jetzt sagen, was wir ihnen seit Charlènes Tod verschwiegen haben … Die buchten uns umgehend ein, Aurélie. Unterschwellig verdächtigen sie uns doch eh schon die ganze Zeit.«

»Aber wir kommen nicht weiter, Bastien. Und jetzt müssen wir Charlène beerdigen.«

Er nickte und umfasste ihre Arme. »Gib uns noch Zeit bis zur Beerdigung, okay? Ich habe einen Bekannten im IT-Bereich. Sobald ich im Büro bin, kontaktiere ich ihn und frage, ob er uns helfen kann.«

»Du willst das Passwort hacken lassen?« Aurélie betrachtete ihn zweifelnd. Wie weit wollten sie noch gehen? Die Spirale drehte sich weiter und weiter. Gab es überhaupt noch einen Ausweg aus dem Dilemma, in dem sie steckten?

»Warum nicht?« Er zuckte mit den Schultern. »Wenn wir wissen, wen sie über diese Plattform getroffen hat, finden wir vielleicht auf diesem Weg endlich ihren Mörder.«

Aurélie wusste nicht, was sie von dem Vorschlag halten sollte. »Ich bin mir nicht sicher … Sollten wir das nicht der Polizei überlassen?«

»Die informieren wir, wenn wir mehr wissen. Ich rufe Yves an und frage ihn, ob er das hinbekommt. Ich könnte schwören, dass er entsprechende Mittel und Wege kennt.«

»Das ist kriminell«, konstatierte Aurélie nüchtern.

»Sich unter falschem Namen bei einem Datingportal anzumelden, ist auch kriminell«, gab Bastien ungerührt zurück. »Aurélie, denk daran, was Charlène alles getan hat. Welche Intrigen sie gesponnen, wie sie uns manipuliert hat! Wir müssen endlich wissen, was genau ihr Plan war. Nur so können wir Foummant von unserer Unschuld überzeugen.«

Obwohl sie noch immer skeptisch war, ob sie das Richtige taten, nickte sie schließlich. »Gut, wir haben Zeit bis zur Beerdigung. Keine Minute länger. Bis dahin müssen wir die Wahrheit herausgefunden haben.«

64

Das Gebäude, in dem Luc Bellamort sein Büro unterhielt, lag in der Nähe des Canal de la Robine. Das dreistöckige Gebäude mit der orangefarbenen Fassade leuchtete grell in der Mittagssonne, als Aurélie ihren Wagen davor abstellte. Das Hochwasserprojekt war neben der Sache mit dem Onlinedating die letzte Spur, der sie nachgehen konnten. Wenn auch diese beiden Wege in Sackgassen führten, würden sie ihre Suche endgültig aufgeben müssen.

Doch noch wollte Aurélie nicht kapitulieren. Sie stieg aus dem Fahrzeug und steuerte auf die Haustür zu. An den Schildern stand lediglich der Name »Bellamort«. Kein Zusatz, kein Hinweis, dass es sich um ein Büro handelte. Aurélie klingelte. Fünf Sekunden später ertönte der Summer. Das Büro befand sich im ersten Obergeschoss. Aurélie stieg die knarrenden Holzstufen hinauf und verharrte kurz vor der Tür. Auch hier befand sich außer dem Namen keine weitere Information, dass es sich um eine gewerblich genutzte Wohnung handelte. Entschlossen stieß Aurélie die Tür auf und trat in den Flur.

Eine junge Frau mit kurzem haselnussbraunem Haar saß hinter einem breiten Schreibtisch und sah ihr entgegen. »Ja, bitte? Was kann ich für Sie tun?«

Als Aurélie näher trat, erblickte sie das Namensschild der Angestellten, Yvette Argaux. Die Sekretärin, bei der Aurélie sich am Telefon fast verplappert hätte. »Bonjour, mein Name ist Charlène Richaud. Ich möchte bitte ...«

Die junge Frau schnappte nach Luft. »Madame Richaud«, setzte sie hörbar empört an. »Ich hatte Ihnen doch bereits mehrfach mitgeteilt, dass Monsieur Bellamort ...«

»Ich werde hier nicht weggehen, bevor ich nicht mit ihm gesprochen habe.« Aurélie lehnte sich gegen die Wand und verschränkte die Arme vor dem Oberkörper. »Es stehen sehr schwerwiegende Anschuldigungen gegen Ihren Chef im Raum. Und ich werde mich kein weiteres Mal grundlos abwimmeln lassen.«

»Das ist eine Unverschämtheit«, entrüstete sich Argaux weiter, während sie sich erhob und im Raum umsah. »Ich werde ...«

Hinter ihr wurde eine Tür geöffnet, und Luc Bellamort erschien im Rahmen. »Was ist hier los?«

»Monsieur Bellamort«, zeterte seine Sekretärin sofort los und zeigte auf Aurélie. »Die Dame hat ...«

»Mein Name ist Charlène Richaud«, wiederholte Aurélie ungerührt. »Es geht um eine etwas heikle Auftragsvergabe bezüglich des Hochwasserschutzes. Ich würde Ihnen gern einige Fragen dazu stellen.«

»Ohne Termin?« Bellamorts Miene war bei ihren Worten versteinert.

Aurélie konnte nicht abschätzen, ob ihr Name dem städtischen Angestellten bekannt vorkam.

»Es dauert nicht lange. Bisher hat Madame Argaux mich am Telefon immer abgewimmelt, daher dachte ich, es sei sinnvoller, direkt vorbeizukommen. Bevor ich es bei Ihrem Vorgesetzten versuche«, bluffte sie ungerührt.

Er verzog seine Lippen zu einem arroganten Lächeln. »Sie haben fünf Minuten. Danach verschwinden Sie von hier und belästigen mich nicht weiter.«

Aurélie warf Yvette Argaux einen triumphierenden Blick zu, als sie an ihr vorbei auf Bellamort zustolzierte.

»Bitte sehr.« Er zeigte in sein Büro.

Aurélie ließ sich ohne Aufforderung lässig auf den Stuhl vor seinem Schreibtisch fallen und wartete, bis Bellamort sich ebenfalls gesetzt hatte.

»Ich finde Ihr Verhalten mehr als befremdlich, Madame ...?« Er fuchtelte mit den Händen in der Luft herum.

»Richaud«, half Aurélie ihm aus und schenkte ihm ein verschmitztes Lächeln. »Charlène Richaud.«

Sie beobachtete seine Reaktion, konnte jedoch erneut nicht abschätzen, ob der Name etwas in ihm weckte.

»Was möchten Sie denn wissen, Madame?« Er lehnte sich vor, stützte die Ellbogen auf der Tischplatte ab und legte seine Hände aneinander.

»Es geht um die Auftragsvergabe wegen des neuen Hochwasserschutzes, Monsieur Bellamort.« Aurélie zog einen Notizblock hervor und schlug ihn auf. »Es steht der Verdacht im Raum, dass Sie die Pariser Firma präferiert haben, weil … nun, sagen wir mal so, man hat Ihnen die Entscheidung vonseiten der Unternehmensleitung etwas versüßt.« Wieder lächelte sie ihn kokett an.

»Haben Sie Beweise für Ihre Anschuldigungen?«, blaffte er hörbar verärgert zurück.

»Na ja, die ansässige Firma, die das Nachsehen hatte, erklärte mir, ihr Angebot sei um zwanzig Prozent günstiger gewesen, und trotzdem haben Sie sich gegen sie entschieden.«

Er schob das Kinn vor. »Madame Richaud, der Preis ist nur ein Faktor von vielen für eine Entscheidungsfindung bei einem solchen Großprojekt. Auch bereits erfolgte Arbeiten, Referenzen, die Struktur und Größe der Firma, all diese Aspekte werden von uns sehr genau und gewissenhaft untersucht.«

Aurélie musterte den gut aussehenden Mann. Sein rechtes Auge zuckte, seine Stirn warf tiefe Falten. »Das heißt, wenn ich etwas tiefer graben würde …« Sie zog ihre Brauen entschuldigend hoch. »… was ich mit Sicherheit noch tun werde, stoße ich nicht auf Gespräche zwischen Ihnen und der bevorzugten Firma – vor der Auftragsvergabe. Es gab keine vorherigen Absprachen? Ich werde keinerlei Mailverkehr finden, der darauf hinweist, dass die Vergabe nicht sauber und transparent durchgeführt wurde?« Ihr war klar, dass sie sich auf sehr dünnem Eis bewegte, doch was hatte sie zu verlieren?

»Ich habe keine Ahnung, was Sie damit andeuten wollen.« Bellamorts Gesicht nahm einen herablassenden Ausdruck an. »Allerdings sollten Sie sehr gut aufpassen, was Sie schreiben, Madame. Eine Verleumdungsklage ist schneller eingereicht, als man gucken kann.«

»Meine Recherchen sind seit jeher fundiert und basieren ausschließlich auf Tatsachen und Beweisen. Halbseidene Wahrheiten und undurchsichtige Umstände sind nicht so mein Ding.« Sie zwinkerte mit einem Auge.

Bellamort sah sie irritiert an, bevor er einen Blick auf die Uhr warf. Dann schlug er seine Hände zusammen und zuckte bedauernd mit den Schultern. »War nett, mit Ihnen zu plaudern, Madame.

Aber mein Terminkalender ist sehr straff organisiert. Daher muss ich Sie nun leider bitten zu gehen.« Er stand auf und wartete, bis auch Aurélie sich erhoben hatte. »Sie finden allein hinaus.«

Sie schenkte ihm ein letztes provokantes Grinsen. »Aber sicher doch.« Bevor sie die Tür erreichte, blieb sie stehen und drehte sich noch mal um. »Ich denke, wir sehen uns bestimmt ein weiteres Mal, Monsieur.«

Er hob eine Hand. »Ich freue mich schon.« Sein Tonfall suggerierte ihr das Gegenteil.

Ohne ein weiteres Wort an Yvette Argaux verließ Aurélie das Büro und hastete die Treppe hinunter. Was für ein arroganter Widerling! Sie war sich zu hundert Prozent sicher, dass dieser Mann Dreck am Stecken hatte. Ob er jedoch etwas mit Charlènes Tod zu tun hatte, hätte sie nicht beschwören wollen. Daher entschloss sie sich, zur Redaktion zu fahren und die Notizen ihrer Schwester zu Bellamort ein weiteres Mal zu durchforsten.

Keine Viertelstunde später saß sie auf Charlènes Platz und öffnete den entsprechenden Ordner.

»Dieser hochnäsige Kauz!«

Sophie sah zu ihr hinüber. »Was ist los?«

Aurélie seufzte, bevor sie ihr von ihrem Gespräch mit Bellamort berichtete.

»Die halten doch alle zusammen«, gab Sophie zurück. »Ich wünsche dir viel Glück, aber ich fürchte, dieser Typ hat sich in alle Richtungen abgesichert. Wenn da kein Geld geflossen ist, hast du so gut wie keine Chance, ihn zu überführen.«

»Was ist mit der Polizei?«, wollte Aurélie wissen.

»Na, mit der hast du doch selbst auch keine gute Erfahrung gemacht, oder?« Sophie verzog die Mundwinkel. »Klar, versuchen kannst du es. Aber die sind meist dermaßen überlastet. Keine Ahnung, ob sich da jemand darum kümmern würde.« Sie machte eine Pause. »Ohne Beweise.«

Enttäuschung machte sich in Aurélie breit. Auch wenn Charlènes Projekte sie nichts angingen, frustrierte es sie, dass sie nichts an den offensichtlichen Ungerechtigkeiten ändern konnte, die ihre Schwester aufgedeckt hatte. Sie war keine Journalistin, und sie war keine Polizistin. Doch da sie nun mit diesen Fällen konfrontiert worden war, konnte sie auch nicht so tun, als wüsste sie von nichts. Vielleicht sollte sie nach Abschluss der Ermittlungen in Charlènes Mordfall mit Foummant über die Möglichkeiten sprechen, die ihnen blieben.

»Noch gebe ich nicht auf«, verkündete sie daher selbstbewusst.

Sophie lachte. »Alles andere hätte mich bei dir auch gewundert.«

65

»Für eine junge Frau wie Ihre Schwester wäre möglicherweise auch ein weißer Sarg passend«, erklärte Bertrand Tavelle mit seiner sonoren Stimme. Er schob Aurélie und Bastien einen aufgeschlagenen Prospekt hin und tippte auf eine Abbildung darin. »Dieser hier ist ein besonders schönes und hochwertiges Modell. Er wird aus Eichenholz gefertigt und wirkt dadurch sehr elegant und filigran.« Er sah zwischen Bastien und Aurélie hin und her, wie um abzuschätzen, ob sein Vorschlag bei ihnen auf Zustimmung stieß. »Die passende Innenausstattung ist variabel, Sie können aus unterschiedlichen Farben wählen.«

Aurélie schluckte. Noch immer konnte sie sich nicht vorstellen, dass ihre Schwester in wenigen Tagen in einem Sarg wie diesem für immer unter der Erde verschwinden würde. Sie hatten nie darüber gesprochen, ob Charlène feuer- oder erdbestattet werden wollte. Wozu auch? Mit achtundzwanzig Jahren waren die eigenen Beerdigungswünsche kaum ein Thema gewesen. Auch Bastien hatte nicht gewusst, was Charlène sich vorgestellt hätte. Daher hatten sie sich gemeinsam kurz vor dem Termin für eine Erdbestattung entschieden.

»In einer solchen Situation ist es schwierig, die richtige Auswahl zu treffen«, fuhr der Bestatter fort, als weder Aurélie noch Bastien auf seine Worte reagierten. »Alternativ kann ich Ihnen auch einen ganz klassischen braunen Sarg anbieten.« Er blätterte um. »Dieser hier wird aus Pappelholz gefertigt, der daneben aus Lindenholz.« Er blätterte ein weiteres Mal um.« »Und hier haben wir ein besonders edles Exemplar aus Olivenholz.« Er schenkte ihnen ein mitfühlendes Lächeln.

Aurélie räusperte sich. Sie hatte keine Ahnung, nach welchen Auswahlkriterien sie vorgehen sollte. Hilfesuchend sah sie zu Bastien, der ebenfalls überfordert zu sein schien. »Wann …« Sie atmete tief durch. »Wann wird die Beerdigung stattfinden?«

Monsieur Tavelle nickte verständnisvoll und schob den Prospekt beiseite. Dann sah er auf den Laptop vor sich und tippte etwas auf der Tastatur. »Ihre Schwester könnte relativ zeitnah einen Termin bekommen. In drei Tagen?«

Aurélie schloss die Augen. Das ging viel zu schnell. Sie brauchte mehr Zeit.

»Das ist schlecht«, ergriff Bastien neben ihr das Wort. »Wie wäre es in einer Woche?«

Der Bestatter runzelte kurz die Stirn, bevor er erneut nickte. »Warum nicht?« Er sah auf den Bildschirm. »Da haben Sie noch die freie Auswahl, von der Uhrzeit her.«

»Nachmittags«, murmelte Aurélie angespannt. »Vielleicht gegen vierzehn Uhr?«

»Kein Problem«, gab Tavelle zurück. »Ich trage Sie für die gewünschte Zeit ein.« Er schob den Laptop etwas zur Seite und fixierte Aurélie erneut. »Wie sieht es mit Blumenschmuck aus? Hatte die Entschlafene eine Lieblingsblume?«

Wieder sah Aurélie zu Bastien. »Rosen«, erklärte dieser mit belegter Stimme. »Sie liebte gelbe Rosen.«

Bertrand Tavelle öffnete eine Schublade und holte einen weiteren Prospekt hervor. »Hier sind einige Varianten abgebildet. Wenn Ihnen nichts davon zusagt, können wir auch individuell etwas für Sie erstellen. Sagen Sie uns gern, was Ihnen vorschwebt.« Wieder nickte er aufmunternd.

Aurélie meinte, keine Luft mehr zu bekommen.

»Wenn Sie sich jetzt nicht entscheiden können, nehmen Sie den Prospekt gern mit nach Hause und überlegen Sie in Ruhe, wie das Gebinde aussehen soll«, schlug der Bestatter vor, da er Aurélies innere Zerrissenheit zu spüren schien. Auch wenn er nicht ahnen konnte, was der Auslöser für ihre Verzweiflung war, aber Aurélie war sicherlich nicht die einzige Angehörige, die die Trauer lähmte.

»Was wir dann noch besprechen müssten, wäre der genaue Ablauf der Gedenkfeier«, fuhr Tavelle fort. »Möchten Sie selbst ein paar Worte sagen? Mit wie vielen Gästen rechnen Sie etwa? Wie lange haben Sie für die Verabschiedung eingeplant?«

Aurélie schwirrte der Kopf. Sie hatte keine Ahnung, was sie erwidern sollte. Als sie Bastiens Hand tröstend auf ihrer spürte, wurde sie von tiefer Dankbarkeit erfüllt.

»Ich …«, stammelte sie unbeholfen. »Ich weiß es nicht. Ich … habe mir über so etwas nie Gedanken gemacht«, gab sie ehrlich zu.

Der Bestatter betrachtete sie voller Mitgefühl. »Der Tod kommt oft überraschend. Und bei einem so jungen Menschen wie Aurélie …« Er lehnte sich zurück. »Am besten lassen Sie sich alles noch mal in Ruhe durch den Kopf gehen, besprechen es mit Ihrem Mann und melden sich bei mir, wenn Sie wissen, was Sie sich vorstellen.« Er sah wieder zum Bildschirm. »Eine Woche ist noch lang hin. Wir können recht kurzfristig agieren, das ist gar kein Problem. Bitte stressen Sie sich nicht.«

Sein sanfter Ton ließ sämtliche Dämme in Aurélie brechen. Sie schluchzte leise auf und kramte hektisch nach einem Taschentuch. Doch Monsieur Tavelle kam ihr zuvor und reichte ihr eins.

»Lassen Sie es heraus.«

Er sah zu Bastien. »Was auch noch geklärt werden müsste, wäre die Inschrift des Grabsteins. Ihre Frau sagte ja, Aurélie solle in das Familiengrab kommen, wo auch ihre Eltern gebettet wurden. Das heißt, es wird nur eine Ergänzung auf dem bereits vorhandenen Grabstein geben.« Er winkte ab. »Aber das hat natürlich noch Zeit. Das kann man auch erst nach der Beerdigung anbringen. Üblich sind der volle Name sowie Geburts- und Todesdatum. Wenn Ihre Frau möchte, können wir ein Zitat oder ein paar Worte ergänzen, die ihr wichtig sind und am Herzen liegen. Das ist sehr flexibel gestaltbar.«

»Danke«, presste Bastien hervor. Auch er schien sich beherrschen zu müssen, seine Stimme klang kratzig und unsicher.

»Ja, dann wären wir …«

Vor Aurélies geistigem Auge erschien das Gesicht ihrer Schwester, sie musste an Charlène als Kind denken. An gemeinsame Nachmittage am Strand, an ihr Lachen auf dem Schulweg. Übelkeit stieg in Aurélie auf. Hastig schlug sie eine Hand vor den Mund, sprang auf und stürmte aus dem Geschäft. Sie konnte es keine Minute länger neben all den aufgebauten Särgen und Kerzen aushalten. Auf der Straße schnappte sie kurz nach Luft, bevor sie losrannte und nur noch vergessen wollte.

Sie hörte Bastien hinter sich rufen, doch sie konnte sich nicht umdrehen. Sie brauchte Abstand, wollte nicht mehr über Trauerfeiern und Sargdekorationen, über Blumenschmuck und Totenkleidung reden. Tränen rannen ihr über die Wangen, während sie den Weg Richtung Hafen einschlug. Die warme Brise trocknete ihre Haut, die Wärme der Sonne umhüllte sie tröstlich. Erschöpft ließ sie sich auf eine der Bänke fallen, die sich um das Hafenbecken reihten. Sie ließ ihren Blick über die Jachten und Motorboote wandern, die leicht auf den Wellen schaukelten. Die Wasseroberfläche glitzerte, Schaumkronen trieben zwischen den Schiffen.

Aurélie konnte nicht mehr. Wenn sie nur die Augen schloss, tauchte die tote Charlène in ihren Gedanken auf. Wie sie steif und blass auf der Bahre der Rechtsmedizin gelegen hatte. Wie sie nun genauso blass in einem Sarg liegen würde, den Bastien und Aurélie aussuchen mussten. Für immer. Die Wucht der Trauer erdrückte Aurélie beinahe.

In den letzten Tagen hatte sie kaum Zeit gehabt, sich mit dem Tod Charlènes auseinanderzusetzen. Immer ging es nur um ihre eigene Rolle, darum, dass sie die Fassade unbedingt aufrechterhalten musste. Dann war das Gefühlschaos um Bastien hinzugekommen. All die Enthüllungen über Charlène, die ein regelrechtes Doppelleben geführt zu haben schien. Doch nie hatte sich Aurélie mit dem Gedanken beschäftigt, dass ihre Schwester unwiderruflich weg war. Dass sie nie wieder würde mit ihr reden können. Die Endgültigkeit dieser Tatsache raubte Aurélie fast den Atem.

Es war kein Spiel, das sie hier spielten. Es war furchtbarer Ernst.

Ihre Schwester war das Opfer eines Gewaltverbrechens geworden. Und der Täter lief noch immer frei herum. Eine Woche, beschwor sie sich eindringlich. In einer Woche musste dieser Albtraum zu Ende sein. Aurélie wollte endlich ihr Leben zurück. Sie wollte malen, wollte wieder unterrichten, wollte mit Carole sprechen. Und sie musste dringend die Sache mit Jules klären. Was würde dann passieren? Wie würde es mit Bastien und ihr weitergehen? Würde es überhaupt weitergehen?

66

Als Aurélie zwei Stunden später zur Villa zurückkehrte, hörte sie von der Terrasse her die Stimme von Bastiens Vater. Das fehlte ihr gerade noch. Sie musste dringend mit Bastien sprechen. Allein. In Ruhe. Mit zitternden Fingern schloss sie die Tür auf und atmete einmal tief aus.

»Da bist du ja.« Bastien trat aus der Küche und verdrehte seine Augen. »Meine Eltern sind gekommen und haben uns Essen mitgebracht. Hühnchen mit Reis und Karottengemüse. Aber sie meinen es nur gut.« Er senkte seine Stimme. »Sie sitzen auf der Terrasse.«

»Ich habe sie schon gehört«, gab Aurélie ebenso leise zurück und streifte ihre Sandalen von den Füßen.

Bastien kam zu ihr und nahm sie in den Arm. »Es tut mir leid«, flüsterte er an ihrem Ohr. »Aber sie wollten nach dir sehen. Wie es dir geht.«

Einen Moment schmiegte sie ihren Kopf an seine Schulter. »Ich kann nicht mehr, Bastien.«

Er streichelte über ihr Haar. »Ich weiß. Es ist alles zu viel. Vorhin beim Bestatter ...« Er hielt inne. »Das ist absoluter Wahnsinn, was wir da tun.«

»Wir müssen es stoppen.« Sie sah zu ihm auf. »Sofort. Wir können nicht ... Ich kann Charlène so nicht beerdigen. Immerzu sehe ich ihr Gesicht vor mir. Wie sie mich mit ihren toten Augen anstarrt ...« Sie fuhr sich über die Stirn.

Bastien hob ihr Kinn an und küsste sie sanft. »Wir reden später, okay? Wenn sie …« Er verdrehte seine Augen Richtung Terrasse. »… weg sind.« Dann nahm er sie an der Hand und durchquerte mit ihr das Wohnzimmer. Als sie ins Freie traten, sahen seine Eltern ihnen entgegen. »Seht mal, wer da ist.«

»Hallo«, grüßte Aurélie Philippe und Margaux Richaud und ließ sich von beiden bereitwillig umarmen.

»Wie geht es dir, Charlène?«, wollte Bastiens Mutter von ihr wissen, während sie sich wieder setzten. »Unser Sohn hat uns schon erzählt, was in diesem Beerdigungsinstitut passiert ist.«

Bastien schenkte Aurélie ein Glas Weißwein ein.

»Es ist ein Albtraum«, bekannte sie ehrlich. »Es fühlt sich einfach nur falsch und völlig widersinnig an, dort zu sitzen und über die Beschaffenheit von verschiedenen Särgen zu sprechen. Über Blumengebinde und Trauerreden.« Sie presste ihre Lippen aufeinander und schüttelte den Kopf.

Bastiens Mutter griff nach ihrer Hand und drückte sie. »Wenn wir dich irgendwie unterstützen können, dann sag es uns bitte. All diese Formalitäten …« Sie sah zu ihrem Mann. »Ich erinnere mich noch gut daran, als meine Eltern starben. Ich war damals ebenfalls völlig überfordert.«

»Leider gehört dieser ganze Aufwand dazu«, pflichtete Bastiens Vater seiner Frau bei. »Und wenn die Verstorbene dann noch so jung war …« Er betrachtete Aurélie prüfend. »Margaux hat recht. Wenn wir dir etwas abnehmen können, tun wir das gern.«

»Danke«, erwiderte Aurélie und sah zu Bastien, der ihr aufmunternd zunickte. »Das ist sehr lieb von euch. Aber diese Entscheidungen … Die muss ich wohl ganz allein treffen.«

»Ich helfe dir.« Bastien erhob sich. »Und jetzt essen wir erst mal. Das Hühnchen müsste mittlerweile aufgewärmt sein.«

Nachdem er im Inneren der Villa verschwunden war, beugte sich Margaux zu Aurélie. »Warum fahrt ihr nicht ein paar Tage weg, wenn ihr … all das hinter euch gebracht habt?« Sie sah zu Philippe. »Du könntest doch Bastiens Termine übernehmen, oder nicht, chéri?«

Er nickte. »Natürlich. Das wäre gar kein Problem. Der Sommer steht vor der Tür. Am Atlantik ist es zu dieser Jahreszeit traumhaft.«

»Oder ihr setzt euch in den nächsten Flieger und lasst Frankreich mal für eine Weile hinter euch«, schlug Margaux mit sanfter Stimme vor. »Du siehst müde aus, Charlène.«

Aurélie schluckte. Sofort meldete sich wieder ihr schlechtes Gewissen. Bastiens Eltern waren so freundlich, sie hatten es nicht verdient, auf diese Weise belogen und hintergangen zu werden.

»Voilà!« Bastien kehrte mit einem großen Tablett zurück und stellte Teller, das Hühnchen und die Schlüssel mit dem Reis und dem Karottengemüse auf den Tisch. Dann verteilte er Geschirr und Besteck und reichte jedem eine Portion.

»Es riecht köstlich«, wandte sich Aurélie an Margaux.

Die winkte ab. »Es ist nur eine Kleinigkeit. Ich dachte, du hast vielleicht nicht den Nerv, dich in dieser Situation jeden Tag an den Herd zu stellen, um etwas zu kochen.«

»Na ja, ich bin ja auch noch da.« Bastien grinste. »Pasta und Co. bekomme ich auch ganz passabel hin.«

»Kümmere du dich um deine Frau und lasst euch einfach ein wenig verwöhnen«, entgegnete seine Mutter und zwinkerte. »Dein Vater und ich haben Charlène gerade vorgeschlagen, ob ihr nicht nach der Beerdigung ein paar Tage wegfahren wollt.«

Bastien wechselte einen Blick mit Aurélie. »Klingt gut.«

Sie nickte nur und widmete sich wieder dem Hühnchen. »Es schmeckt wirklich fantastisch.«

»Danke, das freut mich«, gab Margaux zufrieden zurück. »Es ist wichtig, dass du bei Kräften bleibst.«

Anderthalb Stunden später verabschiedeten sich Bastiens Eltern, nicht ohne ihnen ein weiteres Mal ans Herz zu legen, dass sie sich das mit der Reise doch überlegen sollten.

»Puh!« Bastien drehte sich zu Aurélie um, nachdem er die Haustür hinter den beiden geschlossen hatte.

»Wir hätten sie nicht belügen sollen.« Aurélie massierte ihre Schläfen.

»Was blieb uns denn anderes übrig?« Bastien trat zu ihr und legte seine Hand auf ihre Hüfte. »Hätten wir ihnen etwa bei Hühnchen und Reis eröffnen sollen, dass nicht du ermordet wurdest, sondern ihre intrigante Schwiegertochter?«

»Bastien!«

»Ist doch wahr«, gab er unwillig zurück. »Sie hat uns doch erst in diese wahnwitzige Situation gebracht.«

»Es gibt keinen passenden Augenblick für die Wahrheit«, setzte Aurélie erneut an. »Aber wir müssen es jetzt beenden. Wir können nicht mehr so weitermachen.«

»Wir waren uns doch einig, dass wir bis zur Beerdigung warten wollen.« Seine Miene wurde weicher. Er legte eine Hand an ihre Wange und musterte sie zärtlich.

»Bastien, das ist Wahnsinn«, raunte Aurélie verzweifelt. »Ich kann nicht erneut in dieses Institut spazieren und so tun, als sei die Tote ich.«

»Vielleicht können wir alles telefonisch klären«, schlug Bastien vor.

Sie stöhnte. »Darum geht es doch nicht! Wir haben uns da schon viel zu tief hineingeritten. Die Polizei wird ausflippen, wenn sie erfährt, dass wir sie tagelang belogen haben.«

»Bitte lass uns warten, bis Yves das Passwort entschlüsselt hat. Wenn uns das auch nicht weiterbringt, gehen wir zu Foummant. In Ordnung?«

Aurélie zögerte.

»Bitte.«

»Wenn wir nicht weiterkommen, gehen wir zu Foummant«, wiederholte sie mit erstickter Stimme.

»Versprochen.« Er senkte seinen Kopf und küsste sie sanft. »Wie geht es mit uns weiter?«

Aurélies Herz machte einen kleinen Hüpfer. Er hatte also ebenfalls darüber nachgedacht. »Ich weiß es nicht«, gab sie voller Bedauern zu. »Du bist der Mann meiner toten Schwester. Niemand hätte Verständnis, wenn wir …«

»Sie hat es schon einmal geschafft, dass wir uns verloren haben«, unterbrach er sie sanft.

»Denkst du ernsthaft, das mit uns könnte funktionieren? Unter diesen Umständen? Mit diesen Vorzeichen?« Aurélie hielt vor lauter Aufregung den Atem an.

»Warum nicht?« Er strich über ihre nackten Arme. »Du hast mich damals fasziniert. Und du faszinierst mich heute.«

»Es ist die Situation«, wandte sie ein.

Er schüttelte den Kopf. »Nein, was zwischen uns ist, hat nichts mit dieser absurden Situation zu tun.« Sein Blick wurde intensiver. »Hast du mir nicht erzählt, dass es für dich nie einen anderen gab?«

Aurélie nickte betreten.

»Warum bist du dann so zögerlich?«

»Weil ...« Sie schloss kurz die Augen. »Ich könnte es nicht ertragen, dass du mir ein weiteres Mal das Herz brichst.« Tränen bahnten sich einen Weg.

»Oh, Süße!« Bastien zog sie enger an sich und nahm ihr Gesicht in beide Hände. »Nichts und niemand wird es jemals wieder schaffen, einen Keil zwischen uns zu treiben. Hast du das verstanden?«

Aurélie hob ihre rechte Hand und fuhr mit dem Zeigefinger über Bastiens volle Lippen. »Versprich es mir.«

Er seufzte und hauchte einen Kuss auf ihren Finger. »Ich verspreche es dir.« Dann ließ er seine Hände über ihren Rücken zu ihrem Po wandern und beugte sich zu ihr hinab. »Ich kann es dir aber auch auf andere Weise zeigen.«

Seine heisere Stimme entlockte ihr ein kesses Lächeln. »Darauf bin ich sehr gespannt.«

67

»Ich kümmere mich heute noch mal um diesen Bellamort«, erklärte Aurélie am nächsten Morgen, während sie sich ein Croissant auf den Teller legte. »Sobald dein Bekannter das Passwort geknackt hat, beschäftigen wir uns noch mit dem Datingportal, und dann ist endgültig Schluss.« Sie biss in das Gebäckstück.

»Du kannst es wohl nicht abwarten, von mir wegzukommen«, frotzelte Bastien, hob aber gleich seine Hände. »Ja, okay, das war vielleicht etwas unangebracht.«

»Kannst du deine Ehe einfach so ad acta legen?« Aurélie sah ihn stirnrunzelnd an. »Ich möchte endlich mein Leben zurück. Meine Malerei, meine Schüler …«

Er sah kurz zur Decke, bevor er Aurélie betrachtete. »Das war schon lange keine Ehe mehr. Charlène hat in den letzten Monaten nur noch ihr eigenes Ding durchgezogen.« Er seufzte. »Mittlerweile wissen wir ja, was sie alles zu tun hatte …« Er hielt inne. »Wir hatten keinerlei Gemeinsamkeiten mehr. Ich weiß nicht mal mehr, ob es überhaupt je anders zwischen uns war oder ob ich mir die ganze Zeit nur etwas vorgemacht habe. Vielleicht wollte ich es einfach nicht sehen. Sie beschreibt mich als Langweiler und Trottel. Wie kann ich ihr unter diesen Umständen noch Respekt zollen? Ja, es tut mir sehr leid, und ich finde es furchtbar, wie sie zu Tode gekommen ist, aber … Ganz ehrlich, Aurélie: Wäre sie nicht tot, hätten wir uns wohl demnächst scheiden lassen.«

»Und du hättest nie erfahren, welche Meinung sie von dir hatte«, ergänzte Aurélie nachdenklich.

»*Wir* hätten nie erfahren, was sie uns damals angetan hat«, erinnerte Bastien sie mit ernster Stimme. »Aurélie, sie hat uns auseinandergebracht, bevor wir überhaupt eine Chance hatten.«

»Ja, ich weiß«, gab sie zu. »Trotzdem überkommt mich sofort ein schlechtes Gewissen, wenn ich so von ihr denke.«

»Sie *war* schlecht«, widersprach Bastien heftig. »Sie war durch und durch böse.«

»Und genau das geht nicht in meinen Schädel hinein«, erwiderte sie leise. »Warum habe ich nichts gemerkt?«

Er schüttelte den Kopf. »Wir drehen uns im Kreis. Und wir können die Dinge sowieso nicht mehr ändern. Sie ist tot. Und wir müssen mit der Erkenntnis leben, dass sie uns beiden nichts Gutes wollte.«

»Das fällt mir sehr schwer.«

»Sie war deine Schwester«, pflichtete Bastien ihr bei. »Du kennst sie dein ganzes Leben. Es wird sicher noch eine Weile dauern, bis du die Tatsachen akzeptieren kannst.«

In diesem Moment klingelte es an der Tür. Aurélie sah zu Bastien. »Wer ist das?«

Er zuckte mit den Achseln und rutschte vom Hocker. »Keine Ahnung. Ich erwarte niemanden.«

Aurélie überkam ein ungutes Gefühl. Sie folgte Bastien zur Tür. »Bonjour, Monsieur Richaud.« Capitaine Foummant stand mit seiner Partnerin Commandant David vor der Tür.

»Bonjour«, erwiderte Bastien, während Aurélie sich neben ihn stellte. »Gibt es Neuigkeiten?« Sie sah zwischen den ernsten Gesichtern der Beamten hin und her.

»Die gibt es allerdings«, antwortete Foummant grimmig. »Monsieur Bastien Richaud, wir verhaften Sie wegen des Mordes an Ihrer Schwägerin Aurélie Garnier. Ich kläre Sie darüber auf, dass alles, was Sie …«

Aurélie wurde schwindelig. Das durfte nicht wahr sein! Ihre Gedanken überschlugen sich, sie meinte, ein unsichtbares Gewicht drücke unerbittlich auf ihren Brustkorb. »Nein!«, rutschte es ihr heraus.

»Das muss ein Missverständnis sein«, hörte sie Bastien wie aus weiter Ferne sagen. »Ich war zu Hause.«

»Eine Nachbarin hat uns mitgeteilt, dass Sie an besagtem Abend um kurz nach acht das Haus verlassen haben. Allein«, erwiderte der Capitaine ungehalten. »Ihr Alibi ist somit geplatzt.« Er fixierte Aurélie. »Wegen Ihrer Falschaussage kommen wir in Bälde noch mal auf Sie zu. Der einzige Grund, warum wir Sie nicht auch gleich verhaften, ist, dass Sie wohl zum Tatzeitpunkt nachweislich das Haus nicht verlassen haben.«

Aurélie erwachte langsam aus ihrer Schockstarre. »Nein, das können Sie nicht tun.« Mit Entsetzen registrierte sie, wie Foummant Bastien Handschellen anlegte. »Das ist … Das geht nicht.«

Der Beamte lächelte bitter. »Wie Sie sehen, geht es sehr wohl.« Er schwenkte ein Blatt Papier vor Aurélies Nase herum. »Das ist der entsprechende Haftbefehl.«

Aurélie wechselte einen verzweifelten Blick mit Bastien. »Wir müssen endlich …«

Er schüttelte den Kopf. »Lass es.«

»Ich kann nicht«, gab sie wimmernd zurück. »Es ist zu viel. Ich möchte … Wir müssen …«

»Lass es!«, ermahnte er sie erneut. »Bitte ruf meine Eltern an. Sie sollen sich um einen Anwalt kümmern. Und sprich mit Yves.« Sein Blick wurde eindringlicher. »Wir machen genauso weiter, wie wir es vereinbart haben. Du musst dich jetzt darum kümmern. Hörst du, Charlène?« Er betonte ihren Namen nachdrücklich.

Aurélie konnte sich kaum noch konzentrieren. Anwalt. Yves. Bastien in Haft. Unter Mordverdacht.

»Das reicht jetzt«, mischte sich Foummant ein, bevor er sich direkt an Aurélie wandte. »Haben Sie uns noch etwas zu sagen?«

Wieder blickte sie hilfesuchend zu Bastien, der unmerklich seinen Kopf schüttelte.

»Nein«, erklärt sie dann mit fester Stimme. »Mein Mann war an jenem Abend joggen. Ich bin mir sicher, dass sich dieses unsägliche Missverständnis ganz bald aufklären wird.«

»Das werden wir sehen«, gab Commandant David mit hochgezogenen Brauen zurück. »Wenn er wirklich nur joggen war, stellt sich uns natürlich die Frage, warum Sie das nicht von Anfang an offen gesagt haben.«

Aurélie atmete langsam aus und verkniff sich eine Erwiderung. Während Foummant Bastien über die Einfahrt abführte, sah sie ihnen hilflos hinterher. Bastien wandte sich nicht mehr um, sah nur starr geradeaus. Was sollte sie jetzt tun? Ihr Plan war endgültig nach hinten losgegangen. Sie drehte sich erst nach links, dann nach rechts.

Welcher der Nachbarn hatte Bastien an jenem Abend gesehen? Er hatte ihr vor drei Tagen erzählt, dass das Ehepaar zu ihrer Rechten, schon seit Charlène und er die Villa gebaut hatten, immer wieder aus fadenscheinigen Gründen Streit vom Zaun gebrochen hatte. Dass insbesondere Charlène sich auch immer wieder mit der Frau angelegt hatte. War das jetzt die Retourkutsche?

Doch Commandant David hatte natürlich recht. Sie hätten von Beginn an die Wahrheit sagen müssen. Wenn jetzt noch herauskäme, dass Aurélie sich seit Charlènes Tod als ihre Schwester ausgab, würde man sie ebenfalls, ohne zu zögern, verhaften. Mit Bastiens Festnahme hatten sich ihre Karten nun schlagartig weiter verschlechtert. Doch sie musste jetzt stark bleiben. Auf Bastien konnte sie nicht mehr zählen. Und Aurélie bezweifelte stark, dass er so schnell wieder auf freien Fuß käme. Ein falsches Alibi war kein Kavaliersdelikt. Aurélie musste hoffen, dass sie vorerst unbehelligt blieb, ansonsten hätten sie keine Möglichkeit mehr, der letzten verbliebenen Spur ungehindert nachzugehen. Auch das Verschweigen des zweiten Laptops konnte ihnen weiteren Ärger einbringen.

Hastig schloss sie die Tür und kehrte ins Haus zurück. Sie musste jetzt unbedingt einen klaren Kopf behalten, auch wenn die Dinge gerade immer weiter aus dem Ruder liefen. Charlènes Mörder zu finden, war vielleicht die letzte Möglichkeit, Bastiens Unschuld zu beweisen.

Zuerst wählte sie die Nummer von Charles. Während es tutete, knetete sie unruhig ihre Finger.

Als er endlich abnahm, atmete sie erleichtert aus. »Charles, ich bin es, Charlène. Ich kann heute nicht in die Redaktion kommen. Es geht mir nicht gut.«

Charles stöhnte auf. »Charlène, wir haben bald Abgabeschluss. Wie stellst du dir das vor?«

Aurélie verdrehte die Augen. Wie dankbar war sie für eine mitfühlende Chefin wie Marine Chantelier, der ein derartiger Spruch niemals über die Lippen käme.

»Ich bin krank, okay?«, gab sie barscher als beabsichtigt zurück, doch ihre Nerven lagen blank, und sie hatte jetzt absolut keine Zeit, um mit Charlènes Vorgesetztem über ihren Gesundheitszustand zu diskutieren. »Ich melde mich wieder, wenn es mir besser geht.«

Ohne auf eine Erwiderung zu warten, beendete sie das Gespräch. Sie musste von hier aus versuchen, weitere Infos über Bellamort herauszufinden. Eine Rückkehr in die Redaktion erschien ihr unter den geänderten Umständen unmöglich. Früher oder später würde der Verlag sowieso erfahren, dass Charlène nicht mehr lebte. Aurélie musste sich jetzt auf das Wesentliche konzentrieren. Charlènes Arbeit zählte sie nicht mehr dazu. Ihre Nachforschungen hatten sie bisher keinen Schritt weitergebracht. Sobald sie das Passwort hatten, würde sie Foummant mitteilen, was sie über die einzelnen Rechercheprojekte ihrer Schwester wusste. Alles Weitere musste sie der Polizei überlassen. Sie hatte keine Energie mehr, um sich um Baustellen zu kümmern, die nicht die ihren waren.

In der Anrufliste suchte sie nach der Nummer von Bastiens Eltern. Mit klopfendem Herzen lauschte sie dem Tuten am anderen Ende der Leitung.

»Richaud.«

»Margaux, ich bin es.« Aurélie biss sich auf die Lippe. »Charlène.«

»Bonjour, Charlène. Wie schön, dass du dich meldest. Ist dir etwas eingefallen, was wir für dich tun können?«

Aurélie rang um Fassung. »Für mich nicht, Margaux, aber für Bastien.«

»Für Bastien? Was ist denn los?« Sie klang verunsichert.

»Bastien … er wurde … verhaftet«, presste Aurélie hervor.

»Was?«

»Die Polizei war eben da und hat ihn mitgenommen«, wiederholte Aurélie leise.

»Aber warum denn?«

»Sie verdächtigen ihn des Mordes an … Aurélie.« Ihr blieben die Worte fast im Hals stecken.

»Wie bitte? Das kann doch nicht sein!«

»Es handelt sich lediglich um ein Missverständnis«, bemühte sich Aurélie um Ruhe. Sie wollte Bastiens Mutter nicht noch mehr aufregen. »Er hat … eine falsche Angabe wegen seines Alibis gemacht. Aber das ist … es wird sich alles aufklären. Natürlich hat Bastien nichts mit dem Mord an meiner Schwester zu tun.«

»Natürlich nicht!«

»Aber er hat mich gebeten, euch anzurufen, damit ihr euren Anwalt zur Police Nationale nach Narbonne schickt. Bastien meinte, es sei möglicherweise besser, einen Rechtsbeistand bei der Vernehmung dabeizuhaben.«

Margaux seufzte tief. »Das ist ja … Warum kümmern sie sich nicht um die Suche nach dem wahren Mörder? Bastien verhaftet.« Sie machte eine Pause. »Charlène, mach dir bitte keine Sorgen. Das wird sich alles klären. Ich rufe sofort Monsieur Devillain an. Er berät uns schon seit vielen Jahren, und ich bin mir sicher, dass Bastien ganz schnell wieder zu Hause sein wird.«

»Ich hoffe es.«

»Du glaubst doch nicht etwa …?«

»Nein«, fiel Aurélie ihr sanft ins Wort. »Auf keinen Fall! Aber wer weiß, was die Polizei im Schilde führt. Die letzten Befragungen waren schon sehr unangenehm. Sie scheinen tatsächlich zu denken, dass sich der Täter im engeren Familienkreis findet.«

»So ein Quatsch«, entgegnete Margaux hörbar genervt. »Wie gesagt, ich kümmere mich sofort darum und melde mich später noch mal bei dir.«

Nachdem Aurélie das Telefonat beendet hatte, betrat sie die Küche und schenkte sich ein Glas Wasser ein. Mit großen Schlucken leerte sie es und versuchte sich zu sammeln. Dann durchforstete sie das Telefonbuch, bis sie die Nummer von Yves fand.

»Soltane!«

»Bonjour, Yves. Hier spricht Charlène. Ich bin die Frau von Bastien«, setzte Aurélie beherzt nach, da sie keine Ahnung hatte, ob ihre Schwester besagten Yves persönlich gekannt hatte oder nicht.

Der lachte am anderen Ende. »Warum so förmlich, Charlène?«

»Ich bin … Es tut mir leid«, erwiderte sie unbeholfen. »Bastien wurde verhaftet.«

»Wie bitte?«

Erneut erzählte sie, was sich vor wenigen Minuten in der Villa zugetragen hatte.

»Das ist doch absoluter Blödsinn!«

»Sag das mal diesem Capitaine Foummant«, entgegnete Aurélie aufgewühlt. »Yves, wir benötigen dringend das Passwort von … Aurélies Laptop.«

»Bastien hat mir schon alles gesagt. Es geht um diese Datingplattform, richtig?«

»Genau.«

»Ich bin dran, Charlène. Ich denke, ich schaffe es demnächst. Sobald ich es habe, melde ich mich bei dir, in Ordnung?«

Aurélie atmete erleichtert aus. »Ja, super. Vielen Dank.«

»Dafür nicht. Sag Bastien schöne Grüße, wenn du ihn siehst. Er soll sich nicht verrückt machen. Die müssen ihn bestimmt sofort wieder gehen lassen.«

»Dein Wort in Gottes Ohr«, gab Aurélie mutlos zurück. »Ich warte auf deinen Anruf.«

68

»Hast du die Blicke gesehen, die sie sich zugeworfen haben?«, knurrte Jean ungehalten, während er durch Aurélie Garniers Akte blätterte.

Loulou nickte. »Ja, ich fand die … Atmosphäre auch sehr … merkwürdig.«

»Und was er zu seiner Frau gesagt hat«, fuhr Jean fort. »Ich würde zu gern wissen, was er damit gemeint hat.« Er schlug mit der Faust auf die Tischplatte. »Diesmal holen wir ihn uns. Sobald sein Anwalt eintrifft, nehmen wir ihn in die Mangel. Und wenn er uns nicht endlich die Wahrheit sagt … Da stimmt etwas nicht. Ich habe es von Anfang an geahnt.«

»Dass er nicht zu Hause war, bedeutet aber noch nicht, dass er seine Schwägerin umgebracht hat«, wandte Loulou in beschwichtigendem Ton ein. »Vielleicht war er wirklich nur joggen. Nach wie vor haben wir keinen Beweis für seine Anwesenheit in dem Hotel. Von Gruissan nach Narbonne sind es fünfzehn Kilometer. Er kann auf keinen Fall gelaufen sein, das würde mit dem Todeszeitpunkt nicht übereinstimmen«, brachte sie weiter an.

»Das habe ich auch nicht behauptet«, blaffte Jean, ruderte jedoch sofort zurück. »Pardon. Ich bin etwas …«

»Ich weiß«, sagte Loulou verständnisvoll. »Wir brauchen dringend einen Erfolg. Mit jedem weiteren Tag, der vergeht, wird es schwieriger.«

»Er kann per Anhalter nach Narbonne gefahren sein, mit dem Taxi oder mit dem Bus«, mutmaßte Jean weiter. »Wir sollten dringend alle Bus- und Taxifahrer, die an jenem Abend im Dienst waren, befragen. Vielleicht erinnert sich einer an Richaud.«

Ein Beamter trat auf sie zu. »Ein Monsieur Devillain fragt nach Monsieur Richaud.«

»Der Anwalt.« Jean nickte. »Bring ihn zu Richaud. Die beiden haben zehn Minuten.«

Der Kollege nickte und entfernte sich wieder.

»Vielleicht hätten wir die Frau auch gleich mitnehmen sollen«, überlegte Jean laut. »Über sie wären wir vielleicht einfacher an ihn herangekommen.«

»Aus welchem Grund sollten wir sie vorladen?« Loulou klang skeptisch.

»Denkst du nicht, dass sie mit ihm unter einer Decke steckt?«, beantwortete er ihre Frage mit einer Gegenfrage.

Sie zuckte mit den Schultern. »Ich weiß es nicht.« Sie seufzte. »Wenn wir davon ausgehen, dass er das Opfer umgebracht hat, weil er seine Affäre vertuschen wollte, ist es möglich, dass sie nichts ahnte.«

»Und doch hat sie ihm sein Alibi bestätigt«, gab Jean zu bedenken.

»Er ist ihr Mann.« Loulou grinste schief. »Natürlich geht sie davon aus, dass er unschuldig ist, oder? Würdest du das nicht auch für deine Frau machen?«

»Nein«, antwortete Jean, ohne zu zögern. »Wenn er unschuldig ist, hat er schließlich nichts zu befürchten. Ein falsches Alibi hingegen wirkt auf jeden Fall verdächtig. Da meine Frau niemals jemanden umbringen könnte ...« Er verzog seine Lippen. »Sie kann kein Blut sehen. Das heißt, sie benötigt auch kein falsches Alibi von mir.«

Loulou schnaufte. »Ich denke, du machst es dir etwas einfach.«

Er schüttelte den Kopf, erwiderte jedoch nichts. Ein Blick auf die

Uhr zeigte ihm, dass zehn Minuten vergangen waren. »Los geht's.« Er nahm die Akte und erhob sich.

Loulou folgte ihm.

Als sie den Vernehmungsraum betraten, verstummte der Anwalt sofort.

»Die Herrschaften!« Jean nickte erst Richaud, dann dessen Anwalt zu und setzte sich den beiden gegenüber. Loulou tat es ihm gleich.

Jean nannte fürs Protokoll alle Anwesenden sowie die Uhrzeit, bevor er den Schwager des Opfers mit seinem Blick fixierte. »Monsieur Richaud, ist es korrekt, dass Sie am Tatabend um kurz nach acht Ihr Haus in Gruissan verlassen haben? Allein?«

Der Befragte nickte.

»Bitte äußern Sie sich laut«, forderte Jean ihn ungeduldig auf.

»Ja, das ist korrekt«, erwiderte Richaud überdeutlich.

»Warum haben Sie uns bisher erzählt, Sie seien den ganzen Abend bei Ihrer Frau zu Hause gewesen?«, fuhr Jean fort.

Bastien Richaud blickte zu seinem Anwalt, der ihm kurz zunickte, und räusperte sich. »Weil ich genau diese Situation vermeiden wollte. Es heißt ja bei Gewaltverbrechen oft, dass nahe Familienangehörige involviert sein könnten. Ich dachte, es sei besser für … Charlène und für mich. Wir haben beide nichts mit dem Mord zu tun.«

»Sie dachten, es sei besser für Charlène?«, ergriff Loulou das Wort. »Warum das denn? Hatten Sie das Gefühl, Ihre Frau benötige ein Alibi?«

Richauds Schultern sackten ab. »Nein, das hatte ich nicht.« Er klang genervt. »Ich dachte einfach … Ich wollte, dass Sie sich auf den tatsächlichen Mörder konzentrieren und Ihre Zeit nicht mit uns verschwenden.«

Jean lachte spöttisch. »Wie großmütig von Ihnen! Sie wollten uns also Arbeit abnehmen.« Er beugte sich vor und kniff die Augen zusammen. »Ist Ihnen klar, was ein falsches Alibi für Sie bedeutet? Sie haben unsere Ermittlungen nachhaltig behindert.«

»Es tut mir leid«, sagte Richaud.

»Wie war das?« Jean meinte, seinen Ohren nicht zu trauen.

»Ich sagte, es tut mir leid«, wiederholte der Befragte seine Worte.

»Ich habe es verstanden, aber denken Sie wirklich, mit einer schlichten Entschuldigung sei die Sache abgetan?«

»Wo waren Sie an jenem Abend?«, setzte Loulou nach.

»Das sagte ich doch schon.« Richaud klang gelangweilt. »Ich war joggen.«

»Wo?«, feuerte Jean nach. »In Gruissan? Oder in Narbonne?«

Richaud schnaufte. »Ich bin kein Marathonläufer. Nach Narbonne und zurück … Das würde ich nicht schaffen.« Er verdrehte die Augen. »Ach, und zwischendrin noch kurz meine Schwägerin umbringen.« Er zog eine Grimasse. »Ich war in Gruissan laufen. Am Strand und durch die Altstadt.«

Jeans Wut wuchs. »Sie denken, das hier ist ein Spiel, habe ich recht?« Er sah zu Devillain. »Vielleicht erklären Sie Ihrem Mandanten mal, was seine Falschaussage für Konsequenzen nach sich ziehen kann.«

»Monsieur Richaud hat Ihnen meines Erachtens gerade hinreichend erläutert, warum er sich entschloss, seine … eigentliche Aktivität an jenem Abend zu … verschweigen«, entgegnete der Anwalt, ohne eine Miene zu verziehen.

Jean musste sich zusammenreißen. »Ist es korrekt, dass Sie mit Ihrer Schwägerin eine Affäre unterhielten, Monsieur?«

Richaud schüttelte den Kopf, schien sich dann aber auf Jeans Worte von eben zu besinnen. »Nein, das trifft nicht zu.«

»Und ist es weiter korrekt, dass Ihre Frau nichts von dieser Affäre wusste? Dass Ihre Schwägerin Ihnen drohte, Ihre Liebelei auffliegen zu lassen, Sie sich mit ihr in Narbonne trafen und die Situation im Laufe Ihres Gesprächs eskalierte, das Opfer stürzte und es zu dem Todesfall kam?« Jean konnte sich nicht mehr bremsen. Er wollte endlich Antworten, wollte die ganze Wahrheit.

»Nein, das ist nicht korrekt«, wiederholte Richaud lauter. »Aurélie und ich … hatten keine Affäre.«

»Die Freundin des Opfers ist überzeugt, dass Ihre Schwägerin Sie noch immer liebte«, erwiderte Jean mit Bestimmtheit.

»Selbst wenn das der Wahrheit entsprochen hätte …« Richaud

schnaubte. »Von meiner Seite war da nichts. Und ich habe meine Frau nie betrogen.« Er schob das Kinn vor. »Auch wenn Sie das überhaupt nichts angeht.«

»Wir haben einen Mord aufzuklären«, mischte sich Loulou wieder ein. »Von daher entscheiden wir, was uns etwas angeht und was nicht.«

»Suchen Sie endlich den Täter«, herrschte Richaud sie an.

Devillain legte ihm beruhigend eine Hand auf den rechten Unterarm.

»Haben Sie irgendwelche Beweise, dass mein Mandant sich an jenem Abend in besagtem Hotel aufgehalten hat? Die Aufnahme einer Überwachungskamera? DNA-Spuren, Fingerabdrücke?«

»Nein«, musste Jean widerwillig zugeben.

»Wie kommen Sie dann zu der Annahme, dass er das Opfer umgebracht haben könnte?« Die Stimme des Anwalts signalisierte deutlich, dass er die Felle der Polizei davonschwimmen sah.

»Ein falsches Alibi«, gab Jean knapp zurück. »Wir brechen die Vernehmung an dieser Stelle ab. Monsieur Richaud bleibt bis auf Weiteres in Untersuchungshaft.«

Devillain wollte protestieren, doch Jean erhob sich bereits und machte Loulou ein Zeichen, ihm schleunigst zu folgen. Ohne ein weiteres Wort verließen sie den Verhörraum.

»Lassen wir ihn mal ein Weilchen schmoren. Vielleicht redet er dann endlich mit uns.«

Auf dem Flur erteilte er einem Kollegen weitere Instruktionen Richaud betreffend, bevor er und Loulou an ihre Schreibtische zurückkehrten, um sämtliche Taxiunternehmen der Umgebung abzutelefonieren.

69

Aurélie gab es auf. Sie konnte sich einfach nicht konzentrieren. Mit Luc Bellamort kam sie keinen Schritt voran, und langsam dämmerte ihr, dass Charlènes Tod nichts mit deren Job zu tun gehabt hatte. Wenn sie nur endlich den Laptop hätte! Das war die letzte Spur, der sie noch nachgehen konnten. Wie es Bastien wohl gerade ging? Entgegen ihrer Hoffnung hatten die Polizisten ihn nach dem Verhör nicht gehen lassen. Seine Mutter hatte kurz angerufen und Aurélie mitgeteilt, dass Bastien vorerst in Untersuchungshaft bleiben musste. Ihr Anwalt hatte sie darüber informiert. Ihnen lief die Zeit davon.

Wenn das Onlinedating keine neuen Erkenntnisse brachte, würde Aurélie zu Foummant gehen und ihm die Wahrheit gestehen. Die Beamten stocherten nach wie vor im Dunkeln, nur weil sie von einer falschen Identität der Toten ausgingen. Bastien und sie waren bereits viel zu weit gegangen. Kostbare Zeit war vergeudet worden, die möglicherweise effektiver hätte genutzt werden können. Auf keinen Fall konnte sie Bastien über Nacht im Gefängnis sitzen lassen. Wenn sie alles zugab, würde Charlène den Beamten in einem völlig anderen Licht erscheinen. Was würden sie denken, wenn sie von ihrem Versteckspiel und dem Rollentausch erfuhren?

Aurélie fuhr Charlènes Arbeitslaptop herunter und erhob sich. Entschlossen ging sie ins Schlafzimmer hinüber und öffnete die Schublade ihres Nachttischs. Sie holte das Tagebuch ihrer Schwester hervor und stieg ins Erdgeschoss hinab. Sollte sie es sich wirklich ein weiteres Mal antun, in Charlènes bösartige Gedankenwelt abzutauchen? Da Aurélie nach wie vor nicht ausschließen konnte, dass sie doch noch einen Hinweis auf Charlènes Mörder fand, überwand sie sich schließlich und setzte sich mit dem Buch aufs Sofa.

Gerade hat mich Aurélie angerufen und mir ein weiteres Mal die Ohren vollgejammert, von wegen, sie wisse nicht, was sie mit Jules machen soll. Ach Gott, ich kann es nicht mehr hören. Am liebsten hätte ich ins Telefon gebrüllt, dass sie endlich ihre verlogene Klappe halten soll. Sie war es doch, die mit meinem Mann gevögelt hat! Und jetzt beschwert sie sich, sie wisse nicht, ob ihr Freund der Richtige sei? Hallo? Merkt diese dumme Pute eigentlich noch irgendetwas? Ich weiß nicht, wie lange ich mich noch zusammenreißen kann. Jedes Mal

wenn ich sie sehe, muss ich daran denken, wie Bastien seine Arme um sie legt, wie er ihr seine Zunge in den Rachen steckt, wie er sie genauso fickt, wie er es mit mir tut ... Nein, nicht dass ich eifersüchtig wäre ... Der Trottel kann tun und lassen, was er will. Das interessiert mich null. Nicht aber Aurélie!!! Sie darf ihn nicht haben. Zumindest kein weiteres Mal. Und doch muss ich ihr demnächst noch mal Honig um den Mund schmieren ... Ein letztes Mal muss ich sie mit Bastien allein lassen ...
Der Gedanke an das, was danach kommt, erleuchtet hingegen mein Inneres. Wie ich diesen Moment herbeisehne, wenn meiner geliebten Schwester klar wird, wie tief sie in der Scheiße sitzt. Wie hoffnungslos verloren sie sein wird ... Wie schnell ein Leben zerstört sein kann. Ach, diese Gedanken sind Balsam für meine geschundene Seele! Bald ist sie weg. Für immer und ewig. Der Tod wäre nicht schlimm genug. Sie soll leiden. Sie soll jeden Tag daran denken müssen, was sie alles verloren hat. Sie soll sich wünschen, dass der Tod sie von ihrem Elend erlöse. Aurélie, die Strebsame, die Brave, das Musterkind, der Traum aller Eltern. Sie hat schon immer gewusst, wie sie sich bestens in Szene setzen konnte, diese hinterhältige Schlange. Maman und Papa haben es nie geschafft, sie zu durchschauen. Doch jetzt ist meine Zeit gekommen. Ich bin kein Teil von etwas. Und ich möchte auch kein Teil von etwas sein! Ja, wir sind Zwillinge, aber das heißt noch lange nicht, dass wir zusammengehören. Wir haben zufällig die gleichen Gene. Eine einfache Störung bei der Befruchtung, und aus einem wurden zwei. Was hätte ich als Kind dafür gegeben, ohne diesen Ballast aufwachsen zu dürfen! Ich erinnere mich noch gut an Monique, ein Mädchen aus der Nachbarschaft. Sie war zwei Jahre älter als ich und hatte keine Geschwister. Wenn Monique mit ihren Eltern im Garten saß und gegessen hatte, hat man ihre Stimmen oft bis zu uns gehört. Sie haben sich viel unterhalten. Ihre Eltern sind stets auf sie eingegangen. Immer hatte sie die ungeteilte Aufmerksamkeit ihrer Maman

und ihres Papas. Ganz anders als bei uns, wo sich immer alles nur um Wunderkind Aurélie drehte.
Wie oft habe ich mir damals eine andere Familie gewünscht? Eine Mutter, die mich stolz ansieht, wenn ich mit meinen Arbeiten nach Hause komme. Einen Vater, der mich beim Tennis anfeuert und den anderen Vätern von seiner talentierten Tochter vorschwärmt. Ja, Moniques Leben war um so vieles einfacher als meines. Warum muss ausgerechnet ich eine Zwillingsschwester haben? Warum war mir keine schöne Kindheit vergönnt? Diese Frage habe ich mir so oft gestellt, und doch habe ich nie eine Antwort darauf gefunden.

Aurélie musste schwer schlucken. Ihre Schwester hätte sich gewünscht, dass Aurélie nie geboren worden wäre. Charlène war dreiundzwanzig Minuten älter als sie gewesen, und Aurélie hatte sich ihr ein Leben lang näher gefühlt als irgendjemandem sonst. Für sie war ihr Zwillingsdasein stets etwas ganz Besonderes gewesen. Zu wissen, dass da noch jemand war, der genauso aussah wie sie, der, wie sie immer dachte, genauso empfand wie sie. Der sie verstand wie niemand sonst auf dieser Welt. Doch diese Gefühlswelt hatte es so nie wirklich gegeben, wie sie jetzt erkennen musste. Zumindest hatte Charlène sich ihr nie derart nahe gefühlt.

Aurélies Augen füllten sich mit Tränen. Wie war es möglich, dass absolut niemand etwas gemerkt hatte? Ihre Eltern, sie, ihr näheres Umfeld, Nachbarn? Aurélie konnte sich jedenfalls nicht daran erinnern, dass je Bemerkungen in diese Richtung gefallen wären. Wenn ihnen jemand begegnete, hatten sie wie normale Geschwister, wie Zwillinge eben gewirkt. Oder hatte Aurélie es einfach nicht erkennen *wollen*? Nein, sie war sich sicher, dass ihr Gedächtnis sie nicht trog. Auch ihre Eltern hatten nie auch nur ein Wort darüber verloren, dass Charlène anders war als andere Kinder. Es war einfach niemandem aufgefallen. Aurélie musste sich damit abfinden, dass es eine sogenannte Geschwisterliebe oder Ähnliches von Charlènes Seite aus niemals gegeben hatte. Ihre Schwester war nicht glücklich darüber gewesen, Teil einer so besonderen Verbindung zu sein. Sie hatte es offensichtlich regelrecht gehasst, wäre lieber als Einzelkind aufgewachsen. Ohne Aurélie.

Ihr blieb keine andere Wahl. Sie musste sich irgendwie von der Vergangenheit lösen. Musste akzeptieren, dass ihre Kindheit nicht so harmonisch war, wie sie sie in Erinnerung hatte.

Als es an der Tür klingelte, schrak sie zusammen. Wer mochte das sein? Aurélie legte das Tagebuch auf den Couchtisch und ging zum Eingang.

Auf dem obersten Treppenabsatz stand ein dunkelhaariger Mann von Mitte dreißig und hielt eine Tasche in die Höhe. Aurélie sah ihn fragend an.

»Ich hab's!«, erklärte er grinsend

Bei seinen Worten schaltete sie sofort. »Yves!«

»Es war nicht allzu schwer.«

Sie trat zur Seite. »Komm doch rein.«

Wie gut sie sich mittlerweile in ihrer Rolle eingerichtet hatte. Wie leicht ihr die Lügen über die Lippen gingen! Erneut wurde Aurélie bewusst, dass sie dringend die Reißleine ziehen musste, wenn sie nicht völlig die Kontrolle verlieren wollte. Yves folgte ihr in die Küche und holte den Laptop aus der Tasche. Ein Post-it befand sich auf dem Deckel.

»Gut und heilig«, las Aurélie laut vor. »Was soll das sein?«

»Das Passwort«, verkündete Yves nicht ohne Triumph in der Stimme. »Ein Wort, zusammengeschrieben, ohne Leerzeichen.«

»Gut und heilig«, murmelte Aurélie fassungslos. Wie konnte sie diesen Zynismus bei ihrer Schwester all die Jahre übersehen haben?

»Ja, etwas ungewöhnlich, aber das ist Geschmackssache«, relativierte Yves, der den Hintergrund nicht kannte.

»Ich danke dir von Herzen«, wandte sie sich an Bastiens Bekannten. »Was sind wir dir schuldig?«

Er winkte ab. »Nichts. Hol mir Bastien aus diesem Schlamassel heraus. Das ist momentan das Allerwichtigste.«

Sie nickte. »Danke. Ja, ich hoffe, dass die Polizei sehr schnell merkt, dass sie sich komplett auf dem Holzweg befindet.«

»Das wird sie, Charlène.« Er sah von dem Laptop zu Aurélie.

»Bastien unter Mordverdacht. Das ist doch lächerlich. Brauchst du mich noch?« Yves sah auf die Uhr. »Ich habe in fünfzehn Minuten einen Termin, bei dem ich allerdings nicht weiß, wie lange er dauert. Daher wollte ich dir den Laptop unbedingt noch vorher vorbeibringen. Pardon, wenn ich dich etwas kurz abfertige.«

»Das ist doch gar kein Problem. Ich ... wir sind dir wirklich sehr dankbar, dass du uns so schnell geholfen hast.« Aurélie bemühte sich um ein Lächeln, auch wenn ihr alles andere als wohl zumute war.

»Und die Polizei hat das Teil nicht gefunden?« Wieder zeigte er auf das Gerät. »Man sollte meinen, sie würden gründlicher arbeiten.«

Aurélie begleitete ihn zur Tür. »Ja, das sollte man. Wenn ich etwas Relevantes entdecke, gebe ich dem Capitaine natürlich Bescheid.«

»Ich drücke die Daumen, dass sie den Täter schnell aufspüren.« Er umarmte Aurélie. »Es tut mir wirklich sehr leid, was mit deiner Schwester passiert ist, auch wenn ich sie nicht kannte.«

»Danke dir.« Ihre Stimme klang belegt, sie räusperte sich.

»Grüß mir Bastien. Er soll die Ohren steifhalten!« Zum Abschied hob Yves seine Hand und grinste erneut schwach.

Aurélie wartete, bis er das Tor passiert hatte und aus ihrem Blickfeld verschwunden war. Dann schloss sie hastig die Tür und eilte in die Küche zurück. Sie klappte den Laptop auf, fuhr ihn hoch und wartete, bis das Icon des Onlineportals erschien. Sie klickte das Symbol an und tippte mit zitternden Fingern das Passwort ein, nachdem das Anmeldefeld erschien. Gutundheilig. Aurélie konnte es immer noch nicht glauben.

Als sich die Startseite der Plattform öffnete, ballte sie ihre rechte Hand zu einer Faust. Yves hatte es tatsächlich geschafft. Sie überflog die Seite und klickte sich durch die einzelnen Punkte. Als sie auf den Unterordner »Datingpartner« stieß, verharrte sie einen Moment. Was würde sie gleich finden? Sie öffnete den Ordner und erstarrte.

Das Gesicht von Pascal Cartes blickte ihr entgegen. Charlène hatte den Toten tatsächlich über »Les deux cœurs« kennengelernt. Auch wenn Aurélie von der Polizei bereits erfahren hatte, dass es eine Verbindung zwischen ihrer Schwester und Cartes gegeben hatte, schockierte sie die Tatsache, dass Charlène sich völlig unbeeindruckt unter Aurélies Namen mit einem Fremden verabredet hatte, um ihr zu schaden, zutiefst. Um ihr zu schaden, wiederholte sie finster. So wie die Dinge standen, hatte Charlène den Mann ermordet, um Aurélie die Tat in die Schuhe zu schieben. Die Erkenntnis, dass die Polizei recht hatte, traf sie schwer. Bis zuletzt hatte sie gehofft, dass sich all die Intrigen und das vermeintlich bösartige Verhalten ihrer Schwester am Ende als ein großes Missverständnis herausstellen würden. Dass sie sich geirrt hätten und es eine völlig harmlose Erklärung für die furchtbaren Enthüllungen der letzten Tage gäbe. Doch hier auf dem Bildschirm vor ihr prangte der Beweis für Charlènes böses Spiel. Cartes sah Bastien in der Tat sehr ähnlich. Und Aurélie musste akzeptieren, dass auch dieser Aspekt mit Sicherheit kein Zufall gewesen war. Genau diese Ähnlichkeit war dem Mann zum Verhängnis geworden. Erst durch sein Aussehen war Cartes sehr wahrscheinlich in Charlènes Visier geraten.

Aurélie scrollte durch den Chatverlauf zwischen den beiden. Als sie auf ihre Verabredung für jenen Februarabend stieß, entfuhr ihr ein leiser Aufschrei. Charlène hatte also alles von langer Hand geplant. Sie hatte Aurélie und Bastien für ihre Zwecke eingespannt, ohne dass sie überhaupt etwas von ihrem düsteren Vorhaben ahnten.

Auch mit anderen Männern hatte Charlène unter Aurélies Namen geschrieben. Sie klickte sich durch die Verläufe und musste mehrmals an sich halten, um nicht vor Zorn laut loszubrüllen. Charlène hatte sich als Lehrerin ausgegeben, hatte den Männern vom Zauber des Malens erzählt. Sie war komplett in Aurélies Leben eingetaucht und hatte sich hinter einer falschen Fassade an diese Männer herangeschlichen.

Als Aurélie beim letzten ankam, stockte sie. Der blonde Hüne hieß Matthieu Gonache. Charlène hatte sich mit ihm für den Abend ihres Todes in besagtem Hotel in Narbonne verabredet. War Gonache Charlènes Mörder? Aurélie kroch bei dem Gedanken eine Gänsehaut über den Rücken. Laut seinem Profil war sein Hobby Gewichtheben, beruflich arbeitete er für eine Baufirma. Warum hatte Charlène gerade ihn ausgewählt? Und was hatte sie mit der Verabredung bezweckt? Sie überflog sein Profil weiter, bis sie entdeckte, wonach sie gesucht hatte. Gonache war ebenfalls ein Zwilling. Wie vor den Kopf gestoßen, starrte Aurélie auf den Bildschirm. Ihre Gedanken überschlugen sich. Was hatte ihre Entdeckung zu bedeuten? Musste sie der Polizei nicht umgehend Gonaches Namen melden, damit diese ihn verhören konnte?

Doch was sollte sie sagen? Sie müsste zugeben, dass sie ihnen den Fund des Laptops vorenthalten hatten. Und damit würden sie auch den Rest erfahren. Als Erstes würden dann Aurélie und Bastien erneut vernommen, weil Foummant annehmen würde, dass sie hinter dem Mord an Charlène steckten. Aus Rache für deren übles Intrigenspiel. Aurélie schwirrte der Kopf.

70

»Sie lassen ihn nicht gehen«, erklärte Monsieur Devillain mit ernster Stimme. »Dieser Foummant hat sich an Ihrem Mann festgebissen. Das falsche Alibi …« Er stockte. »Das war leider ein großer Fehler. Hätte er von Anfang an gesagt, dass er eine Stunde joggen war, hätte man Sie beide etwas näher unter die Lupe genommen, und das wär's dann gewesen. Aber Falschaussagen suggerieren der Polizei immer, dass derjenige etwas zu verbergen hat. Selbst wenn es wie bei Ihrem Mann eben nicht der Fall ist.«

Ungläubig fixierte Aurélie das Tagebuch auf dem Wohnzimmertisch.

»Madame Richaud?«

»Ja«, gab sie wie ferngesteuert zurück. »Ich bin noch dran.«

»Es tut mir sehr leid, dass ich für den Moment nicht mehr ausrichten konnte. Ich denke, Sie müssen sich darauf einstellen, dass der Capitaine Ihren Mann so lange wie möglich in Untersuchungshaft behält.«

»Ich verstehe.«

Sie bedankte sich trotzdem und beendete das Gespräch. Foummant hatte sich an Bastien festgebissen, sagte Devillain. Was würde erst passieren, wenn er von Aurélics Schwindel erführe? Nein, sie hatte nur diese eine letzte Chance. Zum einen musste sie sich noch mal mit dem Tagebuch beschäftigen und die verbliebenen Seiten lesen. Zum anderen musste sie Matthieu Gonache näher beleuchten. Wenn er sich als Charlènes Mörder herausstellte, wäre Bastien vollends entlastet. Bastien.

Gedankenverloren strich sie über den Deckel des Tagebuchs. So viele Jahre, die Charlène ihnen genommen hatte. Wie hätte sich Aurélies Leben entwickelt, wenn Bastien und sie damals tatsächlich zusammengekommen wären? Wäre sie trotzdem Lehrerin geworden? Wahrscheinlich. Für Aurélie hatte schon sehr früh festgestanden, dass sie beruflich etwas mit Kindern oder Jugendlichen machen wollte. Dass sie nie anstreben wollte, die Malerei als Hauptjob auszuüben, war ihr ebenfalls schon immer klar gewesen. Als sie Bastien damals von ihrem Hobby erzählt hatte, war er hellauf begeistert gewesen. Sie hatte ihm ein paar ihrer Zeichnungen gezeigt, und er hatte sich sehr beeindruckt gegeben.

Das Wissen um all die verlorene Zeit schmerzte Aurélie tief in ihrem Inneren. Wie sehr hätte sie eine Schulter zum Anlehnen benötigt, einen Mann, der sie sah, wie sie war. Der sie verstand, der sie schätzte und unterstützte. Auch Jules war ein wundervoller Mensch, wahrscheinlich der beste Partner, den sie je hatte. Doch sie liebte ihn nicht. Dieser Zauber, diese Nähe, diese Sehnsucht, die sie verspürte, wenn sie an Bastien dachte, hatte sie bei Jules nie empfunden. Bei überhaupt keinem Mann, musste sie sich eingestehen. Wie sehr sie ihn in diesem Moment vermisste. Wenn sie ihm nur von ihrer neuesten Entdeckung berichten, sich mit ihm beratschlagen, seine Sicht auf die Dinge hören könnte. Doch sie war allein. Laut Devillain durfte sie noch nicht einmal mit Bastien telefonieren. Was hätte das auch gebracht? Sicher wurden Telefonate im Gefängnis abgehört. Sie hätte also eh nicht offen sprechen können.

Nein, sie musste allein entscheiden, wie sie weiter vorgehen sollte. Es hing von Aurélie ab, wann Bastien aus der Haft entlassen wurde. Und auch wenn sie den Widerwillen in sich wachsen spürte, griff sie erneut beherzt zu dem Notizbuch und schlug es dort auf, wo sie vorhin aufgehört hatte zu lesen.

Wenn Aurélie nicht existieren würde, könnten Maman und Papa noch leben. Sie allein ist schuld daran, dass ich mit gerade einmal achtzehn Jahren Vollwaise wurde. Auch das werde ich ihr niemals verzeihen wie so vieles mehr. Mein Hass auf diese Schlampe könnte größer nicht sein.
Ich weiß es noch, als sei es gestern gewesen, wie Aurélie mich anrief und mir mitteilte, dass sie nun doch nicht zu ihrer Freundin nach Montpellier fahren würde, da diese überraschend krank geworden sei. Ich zitterte am ganzen Körper, als sie fortfuhr und erklärte, dass Maman und Papa stattdessen nach Perpignan wollten, da Maman sich schon so lange eine neue Küche wünschte.
»Mit dem Wagen?«, fragte ich mit bebender Stimme, obwohl ich die Antwort insgeheim natürlich bereits kannte.
»Ja, klar. Wie denn sonst?«
Sie hat nichts gemerkt. Sie hat mir in keiner Weise meine Verzweiflung und mein Entsetzen angehört, als mir klar war, was ihre Worte bedeuteten. Es dauerte keine halbe Stunde, bis uns die Polizei darüber informierte, dass Maman und Papa einen schweren Autounfall hatten und das Fahrzeug mitsamt Insassen in Flammen aufgegangen war. Die manipulierte Bremsleitung war glücklicherweise nie entdeckt worden. Dafür war der Schaden zu immens gewesen.
Doch Aurélie hat unsere Eltern auf dem Gewissen. Es war anders geplant gewesen. Ich wäre sie ein für alle Mal losgeworden. Hätte ein wenig die trauernde Schwester gespielt, hätte meinen Eltern Trost gespendet, immerhin hätten Maman und Papa ja noch mich gehabt. Mich ganz allein. ICH HASSE AURÉLIE AUS TIEFSTEM HERZEN!!!
Warum ist sie an jenem Tag nicht woanders hingefahren? Gut, ihre Freundin war krank. Aber hatte sie denn keine anderen Bekannten? Sie hat unsere Eltern auf dem Gewissen. Dadurch

hat sie mir endgültig die Möglichkeit genommen, Maman und Papa doch noch stolz auf mich zu machen. Sie hat mein Leben ruiniert, hat sich ständig in den Vordergrund gedrängt, hat mich schlecht dastehen lassen ... Ich könnte eine Endlosliste ihrer Verfehlungen erstellen, aber ich bin es so unfassbar leid. All das Schreiben bringt nichts. Einzig die Aussicht auf den großen Schlusspunkt kann mich noch erheitern. Es wird besser, ganz bestimmt. Ich glaube fest daran, dass ich meinen Seelenfrieden finde, wenn meine »geliebte« Schwester erst einmal in Haft sitzt. Sobald sie verurteilt wird, ist in meinem Leben kein Platz mehr für sie. Niemand kann von mir ernsthaft erwarten, dass ich ins Gefängnis gehe, um meine Schwester zu sehen. Nein, als Journalistin habe ich einen Ruf zu verlieren. Und eine Doppelmörderin in der Familie? Das geht nicht. Jeder wird für meine Haltung Verständnis haben. Und bei Bastien kann ich im Scheidungsprozess vielleicht sogar einen Mitleidsbonus ausspielen. Die arme Charlène mit ihrer kaputten Familie. Die Eltern ums Leben gekommen bei einem furchtbaren Verkehrsunfall, die Schwester wegen Mordes verurteilt.
Ja, er wird Nachsicht zeigen. Er muss mir nur das Haus überschreiben, mehr möchte ich ja gar nicht. Angesichts all des Leids, welches ich in meinem kurzen Leben schon ertragen musste, ist es kein allzu großes Opfer, wenn er mir die Villa überträgt. Ich werde versuchen, bei Margaux etwas auf die Tränendrüse zu drücken. Sie kann ihrem Langweilersohn ins Gewissen reden, dass er seiner Ex-Frau so gut wie möglich unter die Arme greifen soll.

Als Aurélie das Buch sinken ließ, strömten ihr unaufhaltsam die Tränen über die Wangen. Sie konnte nicht glauben, was sie da gerade gelesen hatte. Doch warum sollte Charlène etwas behaupten, was nicht stimmte? Ihre Schwester war ganz offensichtlich am Unfalltod ihrer Eltern schuld. Das konnte doch nicht wahr sein! Nur zu gut konnte Aurélie sich an jenen verhängnisvollen Nachmittag erinnern, als sie nicht zu Simone fahren konnte. Ihre Mutter war so euphorisch gewesen, weil sie ihren Mann spontan hatte überreden können, mit ihr zu einem großen Küchenstudio in Perpignan zu fahren. Und dann der Anruf der Polizei. Der Wagen war völlig ausgebrannt gewesen. Sie hatten ihre Eltern nicht einmal mehr identifizieren können. Lediglich am Zahnabgleich konnte festgestellt werden, wer zum Zeitpunkt des Unfalls im Auto gesessen hatte.

Aurélie schlug die Hände vor Gesicht und begann hemmungslos zu schluchzen. Es war zu viel. Wie sollte sie jemals mit dieser Wahrheit leben können? Sie hatte ihre Eltern über alles geliebt. Ihre Mutter und ihr Vater mussten sterben, weil Aurélie sich kurzfristig umentschieden hatte. Ansonsten wäre sie das Opfer gewesen. Ihre eigene Schwester hatte Mordpläne gegen sie geschmiedet! Niemals, wirklich niemals hätte sie sich derart Grauenhaftes vorstellen können. Was hatte sie ihr bloß getan? Sie waren Zwillinge! War denn wirklich ihr ganzes Leben eine einzige Lüge gewesen? Ihre Kindheit, ihre Jugend? Wie hatte sie sich in diesem Ausmaß täuschen lassen können? Sie hatte nichts gemerkt, überhaupt nichts. Ohne mit der Wimper zu zucken hätte Charlène Aurélies Tod in Kauf genommen. Und warum? Nur, um ihre Eltern für sich allein zu haben? Nein, diese Boshaftigkeit überstieg Aurélies Vorstellungsvermögen. Noch nie in ihrem Leben hatte sie sich so verlassen, so einsam, so unendlich leer und tief erschüttert gefühlt.

71

Nachdem Aurélie sich von ihrem ersten Schock erholt hatte, öffnete sie entschlossen die Datingplattform und las den Chat zwischen Charlène und diesem Matthieu Gonache ein weiteres Mal. Der Bauarbeiter hatte ihr seine Adresse in Saint-Pierre-la-Mer mitgeteilt. Wie sollte Aurélie nun weiter vorgehen? Wenn sie den Mann telefonisch kontaktierte, wäre er gewarnt, sollte es sich bei Gonache tatsächlich um Charlènes Mörder handeln. Wenn sie ihn jedoch persönlich konfrontierte und ihre Begegnung aufnähme, hätte sie einen Beweis, den sie direkt der Polizei vorlegen könnte.

Aurélie erhob sich und ging in den Flur, wo sie Charlènes Handtasche abgelegt hatte. Einer inneren Eingebung folgend, durchsuchte sie den Inhalt, bis sie an einer der Seiten einen Innenreißverschluss entdeckte. Sie öffnete das Fach und stieß einen triumphierenden Schrei aus. Zumindest eines hatten sie gemeinsam gehabt. Sie schüttelte die kleine Pfeffersspraydose und verstaute sie im Hauptfach der Tasche.

Alain Blumeaux war ein langjähriger Freund ihres Vaters gewesen. Er hatte viele Jahrzehnte bei der Polizei in Montpellier gearbeitet und ihnen während ihrer Jugend stets ans Herz gelegt, nicht ohne Pfefferspray aus dem Haus zu gehen. »Mit dem Spray kann euch nichts geschehen. Es ist sehr effektiv und leicht zu handhaben.« Noch heute erinnerte Aurélie sich nur zu genau an seine Worte.

Entschlossen nahm sie die Tasche auf und verließ die Villa. Es brachte nichts, sich weiter Gedanken zu machen, was der beste Weg war. Bastien saß unschuldig im Gefängnis, und es lag nun einzig an ihr, ihn da rauszuholen.

Sie stieg in Charlènes Wagen und fuhr los. Da bereits Feierabendverkehr herrschte, kam sie nur langsam voran. Als sie Saint-Pierre-la-Mer endlich erreichte, sah sie erneut auf die Adresse, die sie sich notiert hatte, und orientierte sich kurz. Das Haus lag nicht allzu weit von Carines Schmuckladen entfernt, nur einen Steinwurf vom Strand weg. Nachdem sie zehn Minuten einen Parkplatz suchen musste, bis sie endlich fündig wurde, stellte sie das Fahrzeug ab und stieg aus.

Beging sie gerade einen großen Fehler? Wie würde Gonache reagieren, wenn er sie sah? Hatte Charlène ihm erzählt, dass sie eine Zwillingsschwester hatte? War es nicht viel zu gefährlich, diesem Mann allein gegenüberzutreten? Vielleicht hätte Aurélie doch nicht so überstürzt handeln sollen.

Neben ihr stieg ein junger Mann aus seinem Wagen, dessen Blick sie beim Vorbeigehen kurz begegnete. Er kam ihr vage bekannt vor, doch wahrscheinlich erinnerte er sie nur an jemanden. Sie legte die letzten Meter zu Fuß zurück und betrachtete das zweistöckige, schmale Haus vor ihr. Die gelbe Fassade bröckelte bereits an einigen Stellen, vor der Haustür stand ein kleiner Olivenbaum, der auch schon bessere Zeiten gesehen hatte.

Aurélie holte das Handy hervor und aktivierte die Aufnahmefunktion. Dann steckte sie ihre rechte Hand in die Tasche und umklammerte das Pfefferspray. Die Stunde der Wahrheit war gekommen! Wenn Gonache nicht der Täter war, so würde er ihr zumindest sagen können, was an jenem Abend im Hotel geschehen war.

Aurélie trat an die Tür und klingelte. Es dauerte keine halbe Minute, bis geöffnet wurde und Matthieu Gonache erschien. Aurélie erkannte ihn auf Anhieb. »Salut.«

Seine Augen weiteten sich erschrocken, als er sie erblickte. »Aurélie!« Sein Kehlkopf bewegte sich hektisch auf und ab.

»Darf ich reinkommen?« Ihre Finger strichen nervös an der glatten Dose entlang.

Ohne ein weiteres Wort trat er zur Seite und bedeutete ihr, einzutreten. Sie folgte dem Hünen in ein kleines, zu voll gestelltes Wohnzimmer. Rechter Hand befand sich ein breites Sofa, das viel zu groß für den beengten Raum wirkte. Links hing ein großer Flachbildfernseher an der Wand. Die Terrassentüren standen offen, dünne Vorhänge blähten sich im Wind.

Aurélie drehte sich um und musterte den Mann. »Du wunderst dich, nicht wahr?«, begann sie in dreistem Ton.

Gonache schluckte und sah sich suchend um. »Ich verstehe nicht ganz …«

»Du dachtest, ich sei tot, richtig?«, fragte sie laut und deutlich und hoffte, dass sie auf der Aufnahme gut zu verstehen wäre.

»Ich … Aurélie, es tut mir leid. Deine Verletzung …« Er deutete auf ihren Kopf und schnaubte. »Was soll das?«

»Du hast sie getötet«, erklärte Aurélie mit fester Stimme.

»Was redest du da?« Schlagartig veränderte sich Gonaches Miene, sein Blick wurde kalt, seine Züge versteinerten. »Ich glaube, es ist besser, wenn du gehst.«

Aurélie schüttelte den Kopf. Später hätte sie nicht sagen können, was in jenem Augenblick in sie gefahren war. Doch mit einem Mal waren ihre ganze Anspannung und Angst komplett verschwunden. Der Mann vor ihr war ihr körperlich haushoch überlegen, doch die Wut, die sie in diesem Augenblick packte, überlagerte jegliche andere Empfindung.

»Du hast sie getötet«, wiederholte sie lauter.

»Sie wollte mich mit einer Waffe erschießen«, entgegnete Gonache voller Zorn. »Wer bist du? Auf jeden Fall nicht Aurélie. Ihre Zwillingsschwester?«

»Ich bin Aurélie Garnier, und du hast meine Zwillingsschwester Charlène umgebracht.«

Sie verstand nicht, was er mit der Erwähnung der Waffe meinte, doch das war jetzt auch nicht wichtig. Aurélie benötigte einzig sein Geständnis, um Bastien entlasten zu können. Alles andere musste für den Moment in den Hintergrund treten.

»Du lügst«, höhnte er, nun etwas selbstsicherer und kontrollierter. »Aurélie war ... Sie ist ...«

»Meine Schwester hat sich unter meinem Namen mit dir getroffen. Was ist in dem Hotelzimmer passiert?«, gab Aurélie patzig zurück und beobachtete genau seine Reaktion.

Er tippte sich an die Stirn. »Ich verstehe nicht, was diese kranke Scheiße soll. Deine Schwester, Aurélie oder Charlène, das ist mir auch völlig egal, hat sich mit mir in diesem verfluchten Hotel getroffen und zieht ohne Vorwarnung diese verfickte Waffe.«

»Welche Waffe?«, schoss Aurélie zurück, da sie noch immer nicht verstand.

»Was weiß denn ich, welche Waffe«, brüllte er. »Ich wollte ihr das verdammte Ding aus der Hand nehmen und habe sie nur ... leicht geschubst.« Voller Zorn presste er seine Lippen aufeinander.

»Du hast sie umgebracht«, folgerte Aurélie und umklammerte das Pfefferspray fester. »Warum hast du nicht sofort die Polizei gerufen?«

»Damit die mich einbuchten? Weil diese Schlampe irgendein krankes Spiel mit mir gespielt hat?« Er schüttelte den Kopf.

Als Aurélie das Spray aus der Tasche ziehen wollte, packte Gonache sie blitzschnell an ihrem rechten Arm und zerrte sie vor sich. Grob bog er ihr beide Arme auf den Rücken und presste sie gegen sich.

»Du hättest nicht herkommen sollen«, zischte er leise an ihrem Ohr. »Dir ist doch wohl klar, dass ich dich nicht gehen lassen kann.«

Panik stieg in Aurélie auf. Was hatte sie sich bei ihrer Aktion gedacht?

»Lassen Sie mich los!«

Er lachte heiser. »Ganz sicher nicht.«

Er zog sie in die Küche, fixierte mit einer Hand weiter ihre Arme und holte aus einer der Schubladen ein Knäuel weiße Schnur und ein Messer hervor. Als Aurélie die kalte Schneide an ihrem Hals spürte, schloss sie die Augen und schickte ein Stoßgebet gen Himmel. Wie hatte sie die Gefahr derart unterschätzen können?

»Hören Sie«, setzte sie vorsichtig an. »Wenn meine Schwester Sie mit einer Waffe bedroht hat, ist es vielleicht möglich …«

»Halt die Klappe, blöde Schlampe!«, fiel er ihr wütend ins Wort. »Erst der Ärger mit deiner irren psychopathischen Schwester, und jetzt tauchst auch noch du hier auf! Ein Mucks, und das Messer steckt zwischen deinen Rippen, Aurélie!« Er spuckte ihren Namen geradezu verächtlich aus. »Oder wie auch immer du heißen magst. Hast du verstanden?«

Sie nickte schwach. Die Angst lähmte ihren Körper. Die Situation war völlig aus dem Ruder gelaufen. Niemand wusste, wo sie war. Wenn sie doch nur …

»Messer fallen lassen!«, bellte es in diesem Augenblick hinter ihnen.

Was war das? Aurélie drehte ihren Kopf und erblickte in der Küchentür den jungen Mann, der ihr schon beim Aussteigen aus ihrem Wagen aufgefallen war. Schlagartig fiel ihr wieder ein, wo sie ihn schon einmal gesehen hatte. Bei einer ihrer Befragungen auf dem Revier der Police Nationale war sie ihm auf dem Flur über den Weg gelaufen.

Da Gonache nicht reagierte, wiederholte der Polizeibeamte seinen Befehl. »Messer fallen lassen! Aber sofort! Eine dritte Warnung gibt es nicht.«

Aurélie konnte förmlich spüren, wie Gonache seine Chancen abwog, und betete stumm, dass er sich endlich ergab.

»Sie wollte mich umbringen«, schrie er ohne Vorwarnung zurück. »Diese blöde Schnepfe wollte mich erschießen, obwohl sie mich überhaupt nicht kannte.«

In diesem Moment fiel es Aurélie wie Schuppen von den Augen. Sie musste an Charlènes Zeilen in deren Tagebuch denken. Aurélie sollte für einen Doppelmord hinter Gitter kommen. Pascal Cartes und Matthieu Gonache. Doch Gonache war schneller gewesen. Er hatte sich gewehrt und tragischerweise Charlène in Notwehr umgebracht.

»Gonache, mach keine Dummheiten und leg das Messer weg!«

Als plötzlich und unerwartet der Druck an Aurélies Hals nachließ, schnappte sie hektisch nach Luft. Der junge Beamte war mit zwei großen Schritten bei ihnen und legte Gonache im Bruchteil einer Sekunde Handschellen an.

»Alles in Ordnung mit Ihnen, Madame Richaud?«

Aurélie blickte dem Beamten fest in die Augen und nickte nachdrücklich. »Ja, alles okay, aber ich bin nicht Charlène Richaud. Ich bin Aurélie Garnier.«

72

Während Aurélie Garnier erzählte, was sich seit der Ermordung ihrer Schwester alles zugetragen hatte, kam Jean aus dem Staunen kaum noch heraus. Wie hatten sie all die Zeit nicht bemerken können, dass die falsche Frau vor ihnen saß? In Loulous Gesicht erkannte er die gleiche Ungläubigkeit.

Als die Schwester der Toten mit ihren Ausführungen fertig war, atmete er tief durch. »Und da dachten Sie, Sie konfrontieren den mutmaßlichen Mörder Ihrer Schwester mit Ihrer Theorie, nehmen das Ganze auf Band auf und marschieren im Anschluss wieder seelenruhig aus dem Haus heraus. Ohne dass Monsieur Gonache Sie daran hindert?«

Er konnte ihre Blauäugigkeit nicht fassen und bemühte sich, nicht sarkastisch zu klingen.

»Ich hatte Pfefferspray dabei«, gab Garnier patzig zurück.

»Pfefferspray?«, wiederholte er irritiert. »Und Sie haben geglaubt, das schützt Sie vor einem Übergriff?« Er schüttelte den Kopf. »Madame, bei allem Respekt, aber eines sollte Ihnen klar sein: Wenn ich nach der Verhaftung Ihres Mannes ...« Er räusperte sich. »Ihres Schwagers, Pardon, wenn ich danach nicht Ihre Beschattung angeordnet hätte, wären Sie jetzt mit hoher Wahrscheinlichkeit nicht mehr am Leben.«

Aurélie Garnier senkte ihren Kopf und nickte. »Ich weiß«, murmelte sie kaum hörbar.

Jean wechselte einen kurzen Blick mit Loulou, die ratlos mit den Achseln zuckte. »Was ist mit Ihrem ... Schwager?«

Garnier blickte wieder auf. »Was soll mit ihm sein? Er kommt doch frei, oder nicht?«

Jean fixierte sie nachdenklich. »Hat er auch nicht gemerkt, dass Sie nicht ... Charlène waren?« Er konnte sich kaum vorstellen, dass ein Mann nicht spürte, wenn er eine andere Frau vor sich hatte.

Sie schüttelte den Kopf. »Nein, er hat es nicht erkannt.« Sie machte eine Pause. »Niemand hat es bemerkt. Weder Charlènes Kollegen noch ihr Vorgesetzter, ihre Schwiegereltern ... Das gesamte Umfeld hat mir die Rolle abgenommen.« Sie schien zu überlegen. »Ich habe mich auch mit Carole und Jules getroffen. Als Charlène«, setzte sie nach. »Auch sie haben nichts gemerkt.«

»Unglaublich«, entfuhr es Jean, obwohl es ihnen ja genauso ergangen war.

»Nur eine alte Freundin meiner Mutter wusste sofort Bescheid. Obwohl sie mich viele Jahre nicht gesehen hatte, hat sie auf Anhieb an meiner Art gemerkt, dass ich nicht Charlène bin«, fuhr Aurélie Garnier fort.

»Und hat sie Ihnen nicht geraten, dieses Versteckspiel umgehend zu beenden?«, wollte Loulou nun von ihr wissen.

Aurélie Garnier räusperte sich. »Doch, natürlich. Und ich wollte es ja auch sagen. Ich ...« Sie schnaubte. »Schon als Sie das erste Mal bei uns waren … Als Sie uns über Charlènes Tod informiert haben, wollte ich Ihnen eigentlich die Wahrheit gestehen.«

»Eigentlich?«, gab Jean mit ironischem Unterton zurück.

»Ja. Als Sie dann aber erzählt haben, dass Charlène unter meinem Namen im Hotel eingecheckt hatte, war mir sofort klar, dass da irgendetwas nicht stimmen konnte. Mir hatte Charlène erzählt, sie habe einen beruflichen Termin. Warum sollte sie sich einem geschäftlichen Interviewpartner als Aurélie vorstellen? Ich kannte die Zusammenhänge zwar nicht, aber ich wusste, dass da etwas faul war. Und ich habe mich gefragt, ob der Mord möglicherweise mir gegolten haben könnte, weil sie das Zimmer auf meinen Namen reserviert hatte. Ich hatte Angst, was passieren würde, wenn der Mörder seinen Irrtum bemerkte. Falls er die Falsche umgebracht hatte.« Sie legte die Hände auf den Tisch und verschränkte ihre Finger ineinander. »Ich nahm mir vor, erst mal abzuwarten, wie sich die Dinge weiter entwickeln würden. Was Sie zu dem Mord herausfinden würden.« Sie schluckte schwer. »Und so verging ein Tag nach dem anderen, und ich sagte mir immer wieder, ich muss Ihnen endlich die Wahrheit erzählen. Aber dieses Tagebuch, Bastiens merkwürdige Bemerkungen … Ich wusste irgendwann nicht mehr, was richtig und was falsch ist. Hatte ich mich derart in meiner Schwester getäuscht? Und nachdem mir jeder die Rolle abgenommen hatte, fühlte es sich immer … leichter an.« Sie seufzte. »Es tut mir leid.«

»Wann haben Sie Ihrem Schwager die Wahrheit gesagt?« Loulou klang noch immer fassungslos.

Garniers Blick huschte zur Tür, bevor sie erst Jean, dann Loulou ansah. »Vor ein paar Tagen.«

»Warum haben Sie es ihm gesagt?«, hakte Jean nach.

»Weil …« Ihre Wangen färbten sich rot. Verlegen kaute sie auf ihrer Unterlippe.

»Als er Ihnen näherkommen wollte«, mutmaßte Loulou.

Aurélie nickte. »So ähnlich.«

»Ihre Schwester bringt also Pascal Cartes um und trifft sich mit Matthieu Gonache, um ihn ebenfalls zu töten und um Ihnen die beiden Morde in die Schuhe zu schieben«, fasste Jean den unglaublichen Racheplan von Charlène Richaud zusammen. »Gonache wehrt sich, und am Ende ist Ihre Schwester und nicht Gonache tot.«

»Warum sie sich in diesem Hotelzimmer verabredet haben, verstehe ich allerdings nicht«, sagte Aurélie Garnier leise. »Das war viel gefährlicher, als wenn Charlène sich bei ihm zu Hause mit ihm verabredet hätte.«

»Diese Frage können wir Ihnen beantworten«, erwiderte Loulou sanft. »Monsieur Gonache hat auf ein Treffen im Hotel bestanden. Er scheint sich wohl mit mehreren Frauen verabredet zu haben und wollte sie nicht alle gleich bei sich zu Hause empfangen. Das erste Date sollte immer außerhalb seiner vier Wände stattfinden. Nur Kandidatinnen, die in den engeren Kreis kamen, lud er zu sich ein.«

»Ihnen ist nie auch nur das Geringste aufgefallen?«, setzte Jean nochmals an. »Das Verhalten Ihrer Schwester war schließlich alles andere als …« er malte mit den Fingern Anführungszeichen in die Luft, »… normal.«

Aurélie Garnier begann zu weinen. Sie wischte sich über die Augen und schüttelte den Kopf. »Nichts, da war überhaupt nichts. Dass sie …« Ihre Stimme brach ab.

Loulou reichte ihr ein Taschentuch.

»Danke«, hauchte Aurélie Garnier kaum hörbar. Sie putzte sich die Nase und rang sichtlich um Fassung. »Dass sie schuld am Tod unserer Eltern ist …« Sie stöhnte schmerzvoll auf. »All die Jahre, und ich habe nichts gemerkt.«

»Ich habe einige Passagen gelesen.« Jean tippte auf das Tagebuch, das vor ihm lag. »Ziemlich starker Tobak.« Er war in seiner langen polizeilichen Laufbahn selten etwas Abscheulicherem begegnet als diesen hasserfüllten Ergüssen, die der eigenen Schwester galten. Wie musste Aurélie Garnier sich fühlen angesichts dieser bedrückenden und so offensichtlichen Feindseligkeit seitens ihrer Schwester?

»Zwischendurch habe ich immer wieder die Hoffnung gehegt, dass es sich um keine echten Tagebuchnotizen handelt. Dass Charlène möglicherweise etwas ausprobieren wollte. Für eine neue Reportage …« Wieder versagte Garniers Stimme. »Kommt Bastien frei?«

Jean schenkte ihr ein aufmunterndes Lächeln. »Er sitzt bereits nebenan. Wir hatten noch einige letzte Fragen an ihn, aber er kann gehen. Er wollte auf Sie warten. Auch Ihr Schwager ist bei Ihrer Schwester nicht gut weggekommen.«

»Es ging immer nur um mich«, erwiderte sie mit finsterer Stimme. »Bei allem, was Charlène tat, schien es immer nur darum zu gehen, mir zu schaden. Sie hat mich aus tiefstem Herzen gehasst.« Sie blickte Jean offen ins Gesicht. »Und ich habe bis heute keine Ahnung, warum.«

»Ich denke, das ist rational nicht zu erklären. Möglicherweise lag bei Ihrer Schwester eine psychische Erkrankung vor, die nie entdeckt wurde.«

Aurélie Garnier nickte. »Das vermutete ich auch schon.« Sie senkte ihren Kopf und starrte auf die Tischplatte. »Wir waren Zwillingsschwestern.«

»Sie können gehen, Madame«, brachte Jean sich wieder in Erinnerung, da er den Eindruck hatte, Garnier befinde sich gedanklich gerade irgendwo anders. »Wir werden sicher noch weitere Fragen haben, aber Sie sollten jetzt erst mal nach Hause gehen und sich ein wenig ausruhen.« Er erhob sich, Loulou folgte ihm.

Auch Aurélie Garnier stand auf. »Kann ich …?« Sie zeigte zur Tür.

Er nickte und ging voran.

Auf dem Flur saß Bastien Richaud und sah auf, als sie zu dritt den Verhörraum verließen. »Aurélie! Alles in Ordnung?«

Garnier nickte, ihr Schwager erhob sich hastig und umfasste ihre Schultern. Der Blick, den sie tauschten, sagte mehr als tausend Worte.

Loulou stieß Jean in die Seite und bedeutete ihm mit ihren Augen, die beiden allein zu lassen.

73

»Ich mag die Stimmung auf diesem Bild«, erklärte Sandra Thivaulle, eine Kundin von Bastien, während sie ihren Blick kaum abwenden konnte. »Dieses sanfte Abendlicht, das Glitzern des Wassers, die filigranen Flamingos«, zählte sie begeistert auf. »Ich könnte mir sehr gut vorstellen, dass das Gemälde einen Ehrenplatz in meinem Wohnzimmer bekommt, welches mir Monsieur Richaud gerade baut.« Sie zwinkerte belustigt.

»Es freut mich, dass die Kombination Ihren Geschmack trifft«, gab Aurélie ehrlich zurück. »Kommen Sie gern jederzeit auf mich zu.« Sie wandte sich ab und ließ ihren Blick über die weiteren Gäste der Ausstellung schweifen. Es war Bastiens Idee gewesen, eine Auswahl ihrer Kunstwerke in den Räumen seines Architekturbüros zu präsentieren. Neben einigen Kunden, die er betreute, waren auch drei ansässige Galeristen sowie zwei Vertreter der Stadtverwaltung von Narbonne gekommen. Freunde, Bekannte und weitere Kunstinteressierte vervollständigten das Publikum. Niemals hätte Aurélie mit so viel Zulauf gerechnet. Drei Bilder hatte sie schon im Vorfeld verkauft, für fünf weitere gab es ernsthafte Aspiranten.

Bastien stand bei seinen Eltern und unterhielt sich leise mit ihnen. Als er ihren Blick auffing, begann er zu lächeln.

Aurélies Herz machte einen kleinen Hüpfer. Heute könnte sie die ganze Welt umarmen. Dass sie vier Monate nach den tragischen Ereignissen um den Tod ihrer Schwester wieder so glücklich sein würde, hätte sie damals nicht für möglich gehalten. Wochenlang waren der Mord an Charlène und die damit einhergehenden Ermittlungen und Vorfälle Topthema in allen regionalen Zeitungen rund um Narbonne gewesen.

Nachdem die Polizei ihnen die Genehmigung erteilt hatte, hatte Bastien kurzerhand entschieden, dass sie vier Wochen komplett von der Bildfläche verschwinden sollten, um neugierigen Journalisten und aufdringlichen Kamerateams aus dem Weg zu gehen. Seine Eltern hatten ein Ferienhaus in der Normandie, wohin sie sich zurückgezogen hatten.

Vier Wochen, dachte Aurélie nun sehnsüchtig. Sie hatten viel geredet, über sich, über Charlène, über ihre Vergangenheit und eine eventuelle Zukunft, waren am Strand spazieren gegangen, hatten die rauere Natur des Nordens auf sich wirken lassen, um endlich ein wenig zur Ruhe zu kommen. Und sie hatten endgültig zueinandergefunden. Ohne doppelte Böden, ohne Intrigen, ohne Lügen, ohne die bedrückende Umgebung, in der Aurélie alles an Charlènes böses Spiel erinnerte.

Nach ihrer Rückkehr hatte sie sich rigoros geweigert, erneut in die Villa zurückzukehren. Zu allgegenwärtig waren dort die Spuren ihrer Schwester. Die Erinnerungen an die Tage als Charlène, an ihre Begegnungen mit Bastien, der zu dem Zeitpunkt nichts von ihrer wahren Identität gewusst hatte, und an die heuchlerischen Treffen mit ihrer hasserfüllten Schwester, die bleischwer in den Wänden hingen. Nein, Aurélie konnte in dieses Haus nicht zurückkehren. Bastien hatte Verständnis für ihre Aversionen gezeigt, und sie hatten sich darauf geeinigt, sich nur bei ihr zu Hause zu treffen. Ihr war klar, dass das keine Dauerlösung sein konnte, insbesondere nach ihrem heutigen Termin. Sie konnte ein verschmitztes Lächeln nicht unterdrücken.

Mit Jules und Carole, mit ihrer Vorgesetzten an der Schule und mit Bastiens Eltern hatte sie nach ihrer Rückkehr aus der Normandie mehrmals in Ruhe gesprochen. Ihr Umfeld war natürlich aus allen Wolken gefallen, als es von dem Identitätstausch erfahren hatte. Jules hatte bereits geahnt, dass ihre Beziehung keine Zukunft hatte. Der Abschied war traurig gewesen, aber sie hatten es geschafft, alles in Ruhe zu besprechen und zu klären.

Und Carole? Die hatte Aurélie ohne Wenn und Aber verziehen. Und sie hatte ihr außerdem zugesagt, weiterhin für sie da zu sein, egal, welcher Sturm im Zuge der Enthüllungen noch über Aurélie hereinbrechen würde. Ihr wurde warm ums Herz, als sie an ihre beste Freundin denken musste. Da es Carole heute nicht gut ging, hatte sie leider nicht kommen können. Doch da sie Aurélie im Vorfeld bei der Auswahl der Bilder geholfen hatte, fühlte es sich an, als sei sie in Gedanken doch dabei.

»Ich habe eine Frage«, ertönte hinter ihr eine weibliche Stimme. Aurélie drehte sich um. »Ja?«

»Sie malen sehr viele Landschaften«, setzte die ältere Frau an und zeigte in den Raum hinein. »Hätten Sie eventuell auch Interesse an Porträtzeichnung?«

Aurélies Neugier war geweckt. »An was genau dachten Sie?«

Die Frau grinste. »Meine Eltern haben nächstes Jahr goldene Hochzeit. Ich habe noch drei Geschwister, zwei Schwestern und einen Bruder. Und ich fände es toll, wenn wir meinen Eltern uns Geschwister als Ölbilder schenken würden. Sie haben eine große freie Wand in ihrem Wintergarten, die Fläche wäre geradezu prädestiniert dafür.«

»Das klingt interessant«, gab Aurélie zurück. »Schreiben Sie mich gern in den nächsten Tagen noch mal an, dann können wir uns mal in Ruhe treffen und über Ihr Vorhaben sprechen.«

»Haben Sie schon Porträts gemalt?«, vergewisserte sich die Frau erneut.

Aurélie nickte. »Ich male alles, was mich inspiriert.« Sie lachte.

»Dann hoffe ich, dass meine Geschwister und ich Inspiration genug sind.« Sie streckte ihr die Hand hin. »Lucie Foumages.«

»Sehr erfreut.« Aurélie erwiderte den Gruß. »Melden Sie sich gern.«

Als in diesem Moment zwei Hände ihre Hüften umfassten, drehte sie sich überrascht um.

»Ich müsste Ihnen die Künstlerin mal kurz entführen«, erklärte Bastien mit einem Augenzwinkern in Richtung der älteren Frau. »Wenn das okay ist.«

»Wir waren gerade fertig.« Lucie Foumages lächelte schelmisch. »Ich komme auf jeden Fall auf Sie zu.«

»Sehr gern.«

Bastien zog Aurélie in sein Büro und schloss die Tür hinter sich.

»Was tust du da?« Sie musterte ihn irritiert. »Wir haben draußen Gäste.«

Er schüttelte den Kopf. »Nicht wir, Aurélie. *Du* hast Gäste. Diese müssen aber mal zehn Minuten auf den Star verzichten.«

»Was ist denn los?«

Bastien trat zu ihr und umfasste locker ihre Taille. »Ich möchte dir einen Vorschlag machen.«

»Jetzt bin ich aber neugierig.« Sie fuhr ihm durchs Haar und betrachtete sein Gesicht. Wieder einmal wurde ihr bewusst, wie sehr sie diesen Mann liebte. Wie lange sie ihn schon liebte und wie sehr sie ihn brauchte. Und wie sehr er sich in den letzten Wochen in jeder Faser ihres Körpers festgesetzt hatte.

»Das solltest du auch.« Er grinste breit.

»Na los! Sag schon«, forderte sie ihn ungeduldig auf.

»Also«, begann er gedehnt. »Ich habe in den letzten Tagen die Pläne der Villa mit meinem Vater besprochen.«

Sie runzelte die Stirn. »Ich verstehe nicht ganz.«

Er nickte. »Ich möchte das Anwesen nicht aufgeben, Aurélie. Ich liebe die Nähe zum Meer, den Blick aufs Wasser. Ein ähnliches Grundstück ist heute kaum noch bezahlbar.«

Sie nickte betrübt. »Ich weiß, aber …«

»Kein Aber«, unterbrach er sie sanft. »Wie gesagt, wir haben uns die Pläne mehrfach zu Gemüte geführt. Da ich weiß, dass du im derzeitigen Zustand auf keinen Fall zu mir ziehen wirst, dachte ich mir …« Wieder lachte er verschmitzt. »Ich baue das Haus einfach um.«

»Wie bitte?«

»Ja, ich baue es um. Also nicht ich persönlich, aber ich werde gleich morgen einige Handwerkerfirmen abtelefonieren. Du wirst das Haus danach nicht wiedererkennen. Der Aufwand ist nicht allzu groß und überschaubar, es wird sich lohnen. Das Gästezimmer und den Fitnessraum werden wir zum Beispiel in dein neues Atelier verwandeln. Mit direktem Meerblick.«

Aurélie musste an den Abend denken, als sie sich in das Gästezimmer zurückgezogen hatte, weil Bastien so viel getrunken hatte. Obwohl es erst wenige Monate her war, schien ihr die Erinnerung wie aus einem anderen Leben zu stammen.

»Die Bäder und die Küche werden komplett erneuert, das Wohnzimmer …«

Aurélie verschloss seinen Mund mit ihren Lippen. Sie genoss seine Wärme, seine Nähe, seinen Duft. Diesen Mann würde sie nie wieder gehen lassen.

»Danke«, hauchte sie gerührt, als sie sich wieder voneinander lösten.

»Heißt das Ja?« Seine Augen funkelten belustigt.
Sie legte den Kopf schief. War dies der richtige Zeitpunkt? »Ja«, erklärte sie mit fester Stimme. »Das heißt Ja, aber ...«
»Wusste ich es doch, dass es ein Aber geben würde«, frotzelte er. »Alles, was du willst«, fuhr er fort und küsste sie erneut.
»Alles?« Sie fuhr mit dem Zeigefinger über seine Lippen.
Er zögerte. »Na ja, fast alles. Ein Tennisplatz oder eine Minigolfanlage wird schwierig.«
Sie lachte. »Ich benötige keinen Tennisplatz und auch keine Minigolfanlage.« Aurélie näherte sich seinem Ohr. »Wie wäre es aber mit einem Kinderzimmer?«, flüsterte sie heiser.
Er starrte sie ungläubig an. »Ein Kinderzimmer? Heißt das, du bist ... wir sind ... schwanger?«
Sie zuckte mit den Achseln. »Ich weiß, dass es nicht der richtige Zeitpunkt ist. Und ich weiß auch, dass wir das nicht eingeplant hatten. Aber ich glaube, dass mein Körper in den letzten Wochen ...«
»Wow! Das ist fantastisch«, platzte es aus Bastien heraus. »Und was redest du da? Es ist der absolut perfekte Zeitpunkt.«
»Findest du wirklich?« Erleichterung durchströmte Aurélie. Sie hatten in der Normandie über ihre Zukunft gesprochen. Auch über Kinder. Aber später. Nicht jetzt. Nicht sofort.
»Ja, das finde ich«, bekräftigte er und küsste sie erneut. »Ich bin glücklich, Aurélie. So glücklich wie noch nie in meinem Leben.«
Sie schlang ihre Arme um seinen Nacken und zog ihn dichter an sich heran. Nein, diesen Mann würde sie niemals wieder gehen lassen.

Epilog

Vor zweiundzwanzig Jahren

Die Sonne strahlte von einem fast wolkenlosen Himmel und erwärmte die Luft bereits auf angenehme fünfundzwanzig Grad. Im Schatten war es hingegen noch etwas kühler.

Charlène buddelte mit Aurélie im Sandkasten. Charlène grub ein Loch, Aurélie versuchte fieberhaft, eine Mauer zu errichten. Doch der Sand war zu trocken, die Körnchen hafteten nicht richtig aneinander.

Charlène sah aus dem Augenwinkel ihre Eltern am Rand des Spielplatzes auf einer dunklen Holzbank sitzen. Sie unterhielten sich leise.

Während Aurélie es schließlich aufgab, den Sand weiter anzuhäufen, lächelte Charlène stumm in sich hinein. Auch ihrer Wunderschwester gelang also nicht alles. Ob ihre Eltern bemerkt hatten, dass die tolle Aurélie versagt hatte? Am liebsten hätte Charlène ihre Eltern darauf aufmerksam gemacht.

»Aurélie, Charlène, möchtet ihr etwas Melone?« Ihre Mutter kramte in ihrem Korb, den sie heute in aller Eile gepackt hatte, und holte die Schüssel mit dem klein geschnittenen Obst hervor.

Der Spielplatz lag nicht weit vom Meer entfernt, Charlène konnte das leichte Rauschen der Wellen hören. Es war noch sehr früh, der Spielplatz war menschenleer.

In Charlène reifte langsam ein Plan heran. »Nein, wir müssen erst noch das Loch fertig graben«, rief sie hastig und wies ihre Schwester in harschem Ton an, sich zu beeilen. Aurélie machte sich sofort mit neuem Feuereifer an die Arbeit. Hoch konzentriert stach sie wieder und wieder ihre Schaufel mit dem langen Holzstiel in den trockenen Sand, die kleine Zungenspitze zwischen die Lippen gepresst, während es nun Charlène war, die zum wiederholten Mal versuchte, den Sand höher aufzutürmen. Sie rackerte und gab ihr Bestes, doch ihr Bau drohte immer wieder aufs Neue einzustürzen. Charlène stampfte wütend mit dem Fuß auf.

»Na kommt, Mädchen«, rief ihre Mutter erneut. »Stärkt euch erst, und dann könnt ihr weitermachen!«

Charlènes Zorn wuchs. Warum konnte Maman sie nicht einfach in Ruhe fertig bauen lassen? Ständig diese Gängelei.

Aurélie packte plötzlich ihre Hand und zog sie hinter sich her zu den Eltern, obwohl Charlène vehement versuchte, sich zu wehren. Doch wieder einmal setzte ihre Schwester ihren Kopf durch.

»Ein Stück für dich«, sagte ihre Mutter zu Aurélie und drückte ihr die Melone in die Hand. »Und eins für dich.« Charlène wich ihrem Blick aus und starrte auf den Boden.

»Wir schaffen das«, behauptete Aurélie vor ihren Eltern, um Charlène neben ihr wie ein kleines dummes Kind aussehen zu lassen. »Vielleicht müssen wir noch etwas tiefer graben, da wird der Sand nasser.«

»Ihr seid zwei so fleißige Baumeisterinnen«, mischte sich ihr Vater ins Gespräch, sah dabei aber nur Aurélie an, wie Charlène erneut enttäuscht registrierte. »Ich bin mir sicher, dass ihr eine Lösung für euer Problem finden werdet.« Natürlich meinte er Aurélie damit, der ja immer alles gelang.

Nachdem Charlène ihre Melone aufgegessen hatte, wischte sie sich mit einem feuchten Tuch, das ihre Mutter ihr reichte, über die verklebten Lippen. Wieder und wieder wanderte ihr Blick zum Sandkasten zurück. Sie kniff die Augen zusammen und dachte darüber nach, wo genau sich das Problem in ihrem Bauwerk befände.

»Charlène, komm«, forderte Aurélie sie in diesem Moment auf und wollte sie erneut an der Hand fassen.

Doch diesmal drehte Charlène sich schnell genug weg und schüttelte nur stumm den Kopf. Wie sie diese schöne heile Welt wieder einmal nervte!

»Komm«, wiederholte Aurélie bestimmter und trat einen Schritt um sie herum, um ihr wieder ins Gesicht sehen zu können. »Wir bekommen das hin.«

»Ich habe keine Lust mehr.« Warum konnte Aurélie sie nicht einfach in Ruhe lassen? Als ob es nichts Wichtigeres als diesen blöden Bau gäbe!

Endlich drehte diese sich um und rannte allein zum Sandkasten zurück.

Unschlüssig stand Charlène vor der Bank und überlegte, wie sie weiter vorgehen sollte.

»Setz dich.« Auffordernd schlug ihre Mutter mit der flachen Hand neben sich auf die Sitzfläche. Charlène sah nur zu deutlich in ihrer Miene, was sie in diesem Moment dachte. Die tolle, vorbildliche Aurélie konnte sich allein beschäftigen, während die nichtsnutzige, trotzige Charlène noch Unterhaltung durch ihre Eltern brauchte. Sie schob ihre Unterlippe vor und entschied, nicht auf die Bemerkung der Mutter zu reagieren. Sie kreuzte die Arme vor dem Oberkörper und stellte sich minutenlang reglos neben die Bank.

Ihre Eltern ließen sie links liegen und ignorierten sie völlig.

Als sie ihren Zorn kaum noch zügeln konnte, drehte sich Charlène wütend um und schlenderte betont gleichgültig zur Rutsche. Wie sie diese Familienausflüge hasste! Immer ging es nur um Aurélie. Es war jedes Mal das Gleiche. Während ihre tolle Schwester wieder einmal zeigen konnte, wie schlau und nett sie war, stand Charlène irgendwann im Abseits und wurde von niemandem mehr beachtet.

Trotzig kletterte sie nun in Windeseile die Leiter nach oben, ließ sich auf die blanke Fläche fallen und rutschte nach unten. Ohne zu zögern, rannte sie erneut zur Leiter und stürmte ein weiteres Mal nach oben, während sie bemerkte, wie Aurélie ihre Schaufel sinken ließ und abzuwägen schien, ob sie sich ihr anschließen oder an ihrem ursprünglichen Projekt weiterarbeiten sollte.

Nachdem Charlène zwei weitere Male gerutscht war, rief Aurélie plötzlich: »Warte auf mich. Wir rutschen zusammen!« Achtlos ließ sie die Schaufel in den Sand fallen und rannte zu Charlène.

Genervt verzog sie ihren Mund, wartete aber trotzdem, nachdem sie die Leiter ein weiteres Mal erklommen hatte, bis ihre Schwester ebenfalls oben ankam.

»Halt dich an mir fest.«

Sie nahm Aurélies Hände und zog sie enger an ihren Bauch. Zusammen rutschten sie unter lautem Geheul nach unten.

Ihre Eltern lachten auf der Bank.

Als Charlène keine Lust mehr hatte, schlug sie Aurélie vor, klettern zu gehen. Sie verließen die Rutsche und steuerten auf das Klettergerüst zu.

Entschlossen griff Charlène nach den Stangen und stieg das Spielgerät hinauf. Aurélie zögerte erst, folgte ihr dann aber doch. Oben angekommen zog Charlène eine Grimasse, die Aurélie nachmachen sollte. Sie begannen gleichzeitig, laut zu kichern, und winkten ihren Eltern auf der Bank zu.

»Wollen wir uns an den Griffen entlanghangeln?«, fragte Charlène und musterte Aurélie lächelnd. Sie wusste, dass ihre Schwester vor der Höhe Angst hatte.

Aurélie betrachtete ehrfürchtig die Strecke, die bis zur anderen Seite führte. »Ich weiß nicht …«, gab sie skeptisch zurück. »Was ist, wenn wir uns nicht halten können?«

Charlène verzog verächtlich das Gesicht. »Ach was, das schaffen wir locker. Wir sind doch keine Babys mehr«, versuchte sie, ihre Schwester weiter zu provozieren.

Aurélie schien noch immer nicht überzeugt von dem Vorschlag.

»Na los. Du zuerst, ich komme dann hinter dir her«, drängte Charlène weiter.

Was für ein Feigling!

Sie registrierte, dass ihre Eltern sie aufmerksam beobachteten.

Noch immer stand Aurélie auf der kleinen Plattform des Spielgeräts und bewegte sich nicht. Offensichtlich hatte sie riesige Angst vor der enormen Höhe. Gut so!

»Na, mach schon«, raunte Charlène hinter ihr. »Wir bekommen das hin. Maman und Papa sind doch da. Was soll denn passieren?«

Aurélie fuhr sich über den Mund und streckte beherzt ihre rechte Hand nach dem ersten Griff aus.

Charlène trat einen Schritt vor und stellte sich ins Blickfeld zwischen Aurélie und ihre Eltern. Ein kleiner Schlag auf Aurélies Hand, und schon stürzte ihre Schwester schreiend in die Tiefe.

Unten angekommen stand Aurélies rechtes Bein in einem merkwürdigen Winkel von ihrem dürren Körper ab.

Während ihre Eltern gleichzeitig erschrocken aufsprangen und zum Klettergerüst rannten, wandte sich Charlène hastig von ihnen ab und bemühte sich angestrengt darum, ihr zufriedenes Lächeln vor ihnen zu verbergen.

Danksagung

Liebe Leserinnen und Leser, das Thema Zwillingsschwestern ist mir schon sehr lange im Kopf herumgegeistert, bis ich mich endlich näher damit befasst habe. Ein Thema, das man als Krimiautorin nicht einfach ignorieren kann, da die Ähnlichkeit zweier Menschen zu viel Potenzial für Spannung und eine hoffentlich wendungsreiche Geschichte bietet. Und nun liegt er Ihnen also vor, mein Zwillingskrimi.

Da ich in den letzten Jahren öfter in Gruissan war und dieses beschauliche Städtchen am Mittelmeer mit seiner ganz eigenen Atmosphäre sehr mag, war klar, dass Aurélie, Charlène und Bastien genau hier leben sollen. Für die Villa der Richauds gibt es vor Ort tatsächlich mehrere Vorbilder, sodass hier ein Zahnrad ins andere griff, während ich die Geschichte konstruiert habe.

Bei der Entstehung eines Buchs sind jedes Mal sehr viele Menschen beteiligt, denen ich an dieser Stelle danken möchte.

Als Erstes ist da meine Familie, die mich nach wie vor bedingungslos unterstützt, mein Mann und meine Kinder. Ohne Verständnis für Abgabefristen, Organisation des Alltags, wenn Druckfahnen geprüft oder Lektorate bearbeitet werden müssen, wäre das Nebeneinanderher von Schreiben und Angestelltenjob überhaupt nicht möglich.

Danken möchte ich auch meinen Eltern, die immer für mich da sind und die mich ebenfalls auf jede erdenkliche Weise unterstützen.

Außerdem danke ich meinem Bruder, dass er immer da ist, wenn ich ihn brauche.

Danke schön, liebe Claudia Hugo, fürs Testlesen und Beurteilen. In diesem Fall danke auch für die realitätsnahe Bestätigung, dass das Verwechslungsszenario tatsächlich möglich ist. Du musst es ja wissen.

Ein großes Dankeschön geht an meinen Verlag Grafit/Emons,

an Hejo Emons, Ingeborg Simandi, Jana Budde, Mike Jauß, Christel Steinmetz, Stefanie Rahnfeld, Franziska Emons-Hausen, Inka Stirnagel, Nora Dutz, Nele Schütz und alle, die ich hier nicht erwähnt habe. Ohne euch wäre aus der Geschichte kein Buch geworden.

Vielen Dank, liebe Marion Heister, für das tolle Lektorat und die Auseinandersetzung mit dem Text. Es ist ein sehr gutes Gefühl, zu wissen, dass da jemand ist, der meine Geschichte noch besser macht, das Charakteristische daran aber nicht ändert.

Liebe Buchhändlerinnen und Buchhändler, ich danke Ihnen sehr, dass Sie meine Bücher auf Ihre Verkaufstische legen, dass Sie sie empfehlen und mich zu Lesungen einladen. Danke für die Sichtbarkeit, die Sie meinen Büchern bescheren.

Liebe Leserinnen, liebe Leser, Ihnen kann ich gar nicht genug danken, dass Sie sich für dieses Buch entschieden haben. Ohne Sie gäbe es meine Krimis und Romane in dieser Vielzahl nicht. Das ist eine unumstößliche Tatsache. Daher freue ich mich sehr, dass ich Ihnen, vielleicht zum ersten Mal, vielleicht zum wiederholten Mal, ein paar hoffentlich spannende und emotionale Lesestunden bescheren durfte. Danke für Ihre Unterstützung, Ihre Nachrichten und Rückmeldungen. Danke für Ihre Treue. Es gibt Momente, da kann ich immer noch nicht glauben, dass ich diesen Traum wirklich leben darf.

Ich würde mich sehr freuen, wenn wir uns an anderer Stelle wieder lesen. Passen Sie auf sich auf!
Liebe Grüße
Ihre Silke Ziegler

Die Südfrankreich-Krimis von Silke Ziegler: Spannung und Romantik

Im Schatten des Sommers – Spurensuche im Roussillon
ISBN 978-3-89425-481-0
Auch als eBook erhältlich

Sophias Eltern und ihr kleiner Bruder sind vor vierundzwanzig Jahren verschwunden. Als jetzt bei einem Autounfall ein Mann schwer verletzt wird, ergibt sich eine neue Spur. Denn der Unbekannte trägt ein Foto der Familie bei sich. Sophia bricht ins idyllische Argelès-sur-Mer an der südfranzösischen Küste auf – sehr zum Missfallen des ermittelnden Polizisten Nicolas Rousseau. Dabei verbindet die beiden mehr, als sie am Anfang ahnen ...

Im Angesicht der Wahrheit – Rückkehr ins Roussillon
ISBN 978-3-89425-491-9
Auch als eBook erhältlich

Nach einem traumatischen Erlebnis hat die Französin Estelle Miroux ihrer Heimat den Rücken gekehrt und ein neues Leben in Deutschland begonnen. Als sie eine kleine Auberge erbt, kehrt sie nach Argelès-sur-Mer zurück. Kurz darauf beginnt eine Mordserie und die junge Frau gerät unter Tatverdacht. Denn den Opfern wurde ein Datum in die Stirn geritzt – das Datum der schlimmsten Nacht in Estelles Leben.

Im Licht der Erinnerung
ISBN 978-3-89425-580-0
Auch als eBook erhältlich

Eine Frau wird verdächtigt, zwei Jugendliche niedergeschossen zu haben, aber sie leidet an einer Amnesie. Um ihrem Gedächtnis auf die Sprünge zu helfen, erklärt sich Polizist Cédric Douchet widerwillig bereit, bei einem waghalsigen Spiel mitzuspielen. Schon bald muss er feststellen, dass ihn die schöne Unbekannte alles andere als kaltlässt – und ganz eigene Pläne verfolgt …

Im Tal der Hoffnung
ISBN 978-3-89425-594-7
Auch als eBook erhältlich

Eine grausame Verbrechensserie erschüttert das südfranzösische Montpellier: Jahr für Jahr wird eine Studentin entführt, missbraucht und getötet. Als Adèle Nélard verschwindet, wendet sich ihr Vater an Raphaël Dumont. Der charmante Ex-Polizist genießt einen hervorragenden Ruf als Privatdetektiv und sieht nur einen Weg, sich dem Täter zu nähern: Er muss Coralie Beladier finden und sie überzeugen, ihm zu helfen. Denn sie ist das einzige Opfer, das der Entführer hat laufen lassen. Und dafür muss es einen Grund geben …

Im Zauber der Stille
ISBN 978-3-98659-006-2
Auch als eBook erhältlich

Unter dem Deckmantel seiner Hotel- und Casinokette betreibt Rémy Beauvolet Drogen- und Menschenhandel im großen Stil. Seine Ehefrau Fleur erträgt die Situation nicht länger und plant, ihn zu verlassen. Dafür ist sie bereit, gegen ihren Mann auszusagen, und wird mit der Hilfe von Capitaine Kylian Plevantier, der seit Jahren gegen Rémy ermittelt, in ein Zeugenschutzprogramm aufgenommen. Aber die Dinge laufen anders als geplant: Rémy sieht seine Chance gekommen, sich nicht nur seiner untreuen Ehefrau, sondern auch seines verhassten Widersachers Kylian zu entledigen. Als Plevantier klar wird, dass auch Fleur ihm gegenüber nicht mit offenen Karten spielt, droht die Situation zu eskalieren.

Mehr Spannung in Frankreich

Am Ende der Unschuld
ISBN 978-3-89425-772-9
Auch als eBook erhältlich

Milla Seifert erhält die Chance ihres Lebens: Sie soll einen Leitartikel über Robert Hoffmann schreiben, der seit fünf Jahren wegen Mordes in einem Pariser Gefängnis sitzt. Doch bei den Interviews mit Hoffmann kommen Milla zunehmend Zweifel an dessen Schuld. Kann sie ihrem Instinkt trauen, der sie glauben lässt, dass bei der Verurteilung Fehler gemacht wurden und er womöglich so unschuldig ist, wie er behauptet? Oder spielt der charismatische Mann ein perfides Spiel mit ihr? Als es im Gefängnis zu einem brutalen Zwischenfall kommt, trifft Milla eine folgenschwere Entscheidung ...

Sina-Engel-Krimis von Silke Ziegler

Die Nacht der tausend Lichter
ISBN 978-3-89425-488-9
Auch als eBook erhältlich

Ein ermordeter Verlobter, sie selbst hochschwanger – in Sina Engels Leben passt gerade nichts zusammen. Doch als in Weinheim an der Bergstraße das größte Sommerfest der Region näher rückt, muss das Privatleben der Kommissarin zurückstehen. Denn seit zwei Jahren treibt ein Serienmörder auf der Kerwe sein Unwesen. Die Polizei arbeitet mit Hochdruck, um ein weiteres Opfer zu verhindern. Da wird Sina ausgerechnet der ehemalige Kollege ihres Verlobten zur Seite gestellt. Matthias Sommer ist charmant und intelligent, doch Sina ist alles andere als gut auf ihn zu sprechen. Können die beiden sich zusammenraufen, um den Mörder rechtzeitig zu stoppen?

Stille Sünden
ISBN 978-3-89425-588-6
Auch als eBook erhältlich

Dieser Fall geht der alleinerziehenden Hauptkommissarin Sina Engel unter die Haut. Der elfjährige Fabian ist von zu Hause weggelaufen. Die eisigen Temperaturen erhöhen den Druck, ihn zu finden: Lange kann ein Kind auf der Straße nicht überleben. Dann wird ein Flüchtling vor seiner Unterkunft erschossen, der Mörder entkommt unerkannt. Auch hier drängt die Zeit. Unterstützung erhält Sina von Matthias Sommer, mit dem sie ein kurzer Flirt verbindet. Zwischen den beiden knistert es noch immer. Können sie das Gefühlschaos hinter sich lassen und die Fälle aufklären?

Zerbrochene Träume
ISBN 978-3-89425-783-5
Auch als eBook erhältlich

Eigentlich hat sich Kommissarin Sina Engel auf ein paar ruhige Bürotage eingestellt. Doch dann steht Weinheim plötzlich kopf: Zunächst verschwindet ein junges Mädchen aus gutem Haus, wenig später wird Sinas Schwager auf offener Straße zusammengeschlagen und lebensgefährlich verletzt. Als kurz darauf auch noch ein Mord geschieht, haben Sina und ihr Kollege Matthias Sommer, mit dem sie inzwischen mehr als ein reines Arbeitsverhältnis verbindet, auf einmal drei Fälle zu lösen. Einzig eine Sechzehnjährige könnte Licht ins Dunkel bringen – doch da ist es schon fast zu spät ...

Böse Stimmen
ISBN 978-3-98659-015-4
Auch als eBook erhältlich

Hauptkommissarin Sina Engel erhält einen anonymen Brief mit der rätselhaften Botschaft »Das Spiel beginnt«. Als kurz darauf ein Doppelmord geschieht, wird ihr klar, dass der Absender einen perfiden Plan geschmiedet hat. Und er ist noch längst nicht an seinem Ziel. Weitere Briefe treffen ein, weitere Menschen müssen sterben, und wer das nächste Opfer wird, liegt in Sinas Hand. Fieberhaft versucht sie, die Schritte des Täters vorauszuahnen. Wird sie es rechtzeitig schaffen, die stetig näher rückende Katastrophe abzuwenden?